MINETTE WALTERS

Anglaise, Minette Walters a été élevée à Salisbury. Au terme de ses études de français à l'université de Durham, elle travaille pour un magazine féminin dont elle devient rédactrice en chef, puis écrit dans divers journaux. Après avoir interrompu pendant sept ans son activité professionnelle pour se consacrer à l'éducation de ses deux fils, elle se lance dans l'écriture et choisit d'inscrire son premier livre dans la plus pure tradition du roman noir britannique : *Chambre froide* (1993) est immédiatement salué par la critique. *Cuisine sanglante* (1994), lauréat du Edgar Allan Poe Award aux États-Unis, et *La muselière* (1995), qui obtient le Gold Dagger Award, connaissent un très large succès. Dans son œuvre, qui se poursuit notamment avec *Le sang du renard* (2004), *La disparue de Colliton Park* (2005) et *Les démons de Barton House* (2006), Minette Walters fait reposer l'énigme sur un réseau enchevêtré de relations humaines, tout en levant le rideau sur les multiples facettes de la société anglaise. Projetant ainsi une lumière contrastée et insolite sur ses contemporains, elle apporte une contribution magistrale au genre du roman policier.

DU MÊME AUTEUR

LES DÉMONS
DE BARTON HOUSE

DU MÊME AUTEUR

CHEZ LE MÊME ÉDITEUR

MINETTE WALTERS

LES DÉMONS
DE BARTON HOUSE

*Traduit de l'anglais
par Odile Demange*

ROBERT LAFFONT

Titre original :

THE DEVIL'S FEATHER

© 2005, Minette Walters
© 2006, Éditions Robert Laffont pour la traduction française
ISBN : 978-2-266-17078-9

À Mick, Peggy et Liz,
pour tous les bons moments passés ensemble

Barton House

>>> Reuters

>>> Mercredi, 15 mai 2002, 16:17 GMT 17:17 UK
>>> de notre correspondante Connie Burns, Freetown,
Sierra Leone, Afrique occidentale

Flambée de violences

Voici quatre mois à peine que le président Kabbah a
annoncé la fin de la sanglante guerre civile qui a ravagé
la Sierra Leone et déjà, à Freetown, une recrudescence
d'homicides menace de compromettre une paix encore
précaire. La police accuse d'anciens soldats rebelles de
ces crimes odieux.
Depuis que la paix a été proclamée en janvier, cinq
femmes ont été victimes d'agressions. Elles ont été
retrouvées à leur domicile, violées et massacrées à
coups de machette.

Une source gouvernementale déclarait hier : « La
férocité de ces assassinats porte la signature des
rebelles. La Sierra Leone sort à peine d'une décennie de
conflits d'une grande violence et la police est
convaincue qu'il s'agit là des agissements d'un groupe
de dissidents. Nous appelons l'ensemble de la
population à mettre fin aux effusions de sang. »

L'inspecteur principal Alan Collins de la police judiciaire
de Manchester se trouve actuellement à Freetown dans
le cadre de la Force d'instruction britannique. Pour lui, il
s'agit de meurtres en série. « Il est difficile à ce stade de
l'enquête de préciser combien de personnes y ont
participé, mais de nombreux indices suggèrent que ces
crimes sont liés. Nous recherchons un individu ou un
groupe d'individus perturbés, à qui la guerre aurait
donné le goût de tuer. Le viol et le meurtre étaient alors
monnaie courante et une déclaration de paix ne suffit
pas à mettre fin aux violences dirigées contre les
femmes. »

>>> Reuters

>>> Mardi, 4 juin 2002, 13:06 GMT 14:06 UK
>>> de notre correspondante Connie Burns, Freetown,
Sierra Leone, Afrique occidentale

Trois suspects mis en examen

Trois jeunes gens, anciens membres de l'armée d'enfants du RUF de Foday Sankoh, ont été mis en examen hier. Ils sont accusés de l'assassinat de cinq femmes. Ils ont été arrêtés alors qu'ils tentaient d'enlever Amie Jonah, 14 ans. Les cris de la jeune fille ayant alerté un voisin, Ahmad Gberebana, 19 ans, Johnny Bunumbu, 19 ans, et Katema Momana, 18 ans, ont été maîtrisés par la famille de Miss Jonah.

Un porte-parole de la police a déclaré que les jeunes gens ont été violemment battus avant d'être remis aux autorités. « Miss Jonah avait été profondément choquée par cette agression, a-t-il expliqué, et l'on comprend la colère de son père et de ses frères. » La peur régnait à Freetown depuis la découverte macabre des corps de cinq femmes, violées, assassinées et défigurées à coups de machette.

Dans deux cas, l'identification a été impossible. « Peut-être ne connaîtrons-nous jamais leurs noms, a reconnu l'inspecteur Alan Collins de la police de Manchester, conseiller auprès de l'équipe chargée de l'enquête. La guerre civile a entraîné le déplacement de la moitié des 4,5 millions d'habitants de ce pays et nous n'avons aucune idée de la région dont ces femmes étaient originaires. »

Il a confirmé le retrait d'une demande d'expertise déposée auprès d'un médecin légiste britannique. « Apparemment, Gberebana, Bunumbu et Momana ont fait des aveux circonstanciés. Les enquêteurs sont convaincus que les coupables sont sous les verrous. »

Les trois jeunes gens ont reçu des soins avant d'être incarcérés à la prison de Pademba Road dans l'attente de leur jugement.

Paddy's Bar

1.

Je ne sais pas si l'affaire a fait du bruit dans les pays occidentaux. L'Afrique du Sud s'y est, me semble-t-il, vaguement intéressée, mais parce que les viols et les homicides y étaient à l'ordre du jour dans les médias, depuis un certain temps. Ayant été mutée en Asie peu après, je n'ai pas connu l'issue du procès. J'avais dans l'idée que les trois jeunes avaient été condamnés. En effet, en Sierra Leone, les restrictions budgétaires touchaient la justice aussi bien que le reste. Et même si le tribunal avait accepté de payer un avocat commis d'office, les aveux des jeunes gens, assortis de descriptions très crues de l'assassinat de chaque victime, auraient suffi à entraîner leur condamnation expéditive.

Je sais que ces mises en examen dérangèrent Alan Collins, mais il ne pouvait pas faire grand-chose après le rejet de sa demande d'expertise. Il se trouvait dans une position délicate – sa fonction était celle d'un observateur plus que d'un conseiller – et sa mission prenait fin moins de deux semaines après l'enlèvement d'Amie Jonah. De plus, les dépositions faites par les jeunes gens avaient scellé leur sort. Cela n'empêcha pas Alan de demeurer sceptique.

« Ils n'étaient pas en état d'être interrogés, m'expliqua-t-il. La famille d'Amie les avait réduits en bouillie. Ils auraient avoué n'importe quoi pour éviter un nouveau passage à tabac. »

L'examen du lieu des crimes ajoutait à son malaise. « J'ai vu deux des corps *in situ*, me dit-il, et il n'y avait pas le moindre indice d'agression collective. Dans les deux cas, la femme était recroquevillée dans un coin de la pièce, la tête et les épaules affreusement lacérées. Les blessures qu'elle avait aux bras montraient qu'elle avait essayé de se défendre. L'impression que j'ai eue, c'est que l'une et l'autre avaient cherché à se protéger d'un unique individu, qui les attaquait de face. S'il s'était agi d'une bande, elles auraient eu des balafres partout.

– Que pouvez-vous faire ?

– Pas grand-chose. Depuis que les jeunes ont avoué, l'affaire n'intéresse plus personne. J'ai rédigé un rapport, relevé un certain nombre de contradictions, mais il n'y a pas beaucoup de médecins à Freetown, et encore moins de médecins légistes. » Il m'adressa un sourire contrit. « De l'avis général, ils ont mérité ce qui leur arrive. L'agression contre la jeune Amie ne fait en effet aucun doute.

– Si votre hypothèse est exacte, vous ne croyez pas que le tueur va repasser à l'action ? Cela devrait suffire à disculper ces garçons, non ?

– Ça dépend. Si c'est quelqu'un du coin, oui, sans doute... mais si c'est un membre du contingent étranger... » Il haussa les épaules. « ... J'imagine qu'il exportera ses activités ailleurs. »

Ce fut cette conversation qui renforça les soupçons que m'inspirait John Harwood. La première fois qu'on me l'avait montré au Paddy's Bar – un genre de Stringfellows, version Freetown –, j'avais été certaine de l'avoir déjà rencontré. Je me demandai si ce n'était pas au Kinshasa, en 1998, quand je couvrais la guerre civile congolaise. Je me souvenais qu'il était en uniforme – il devait être mercenaire, car l'armée britannique ne participait pas à ce conflit –, mais ce nom de John Harwood ne me disait rien.

Au printemps 2002 en Sierra Leone, il était en civil et avait très mauvaise réputation. Pendant mon séjour, il participa sous mes yeux à trois bagarres et j'entendis parler d'un certain nombre d'autres, mais ce ne fut jamais lui qui se fit démolir le portrait. Il était bâti comme un bull-terrier – taille moyenne, mince et musclé, le cou et les membres puissants –, et tout aussi féroce une fois qu'il avait planté les dents dans sa victime. La plupart des expatriés l'évitaient soigneusement, surtout quand il avait bu.

À l'époque, les étrangers grouillaient à Freetown. Les Nations unies coordonnaient des opérations destinées à redresser le pays, et la plupart des expatriés travaillaient pour la presse internationale, des ONG, des missions religieuses ou des fondations humanitaires. Quelques-uns, comme Harwood, avaient des contrats privés. Il était employé comme chauffeur-garde du corps par un homme d'affaires libanais qui avait, disait-on, des intérêts dans une mine de diamants. De temps en temps, ils disparaissaient tous les deux à l'étranger avec des valises blindées. La rumeur devait donc être fondée.

Comme tout le monde, j'avais tendance à le fuir. La vie était trop courte pour fréquenter des solitaires hargneux. Je l'abordai tout de même une fois, pendant les six mois de mon séjour, pour lui demander de bien vouloir transmettre à son patron une demande d'interview. Les diamants étaient un sujet brûlant, au lendemain du conflit. Qui en était propriétaire et où allait l'argent ? Cette question déchirait la Sierra Leone depuis plusieurs dizaines d'années. Le pays n'en tirait pas un centime et le ressentiment de la population, condamnée à vivre dans une misère sans fin, avait été à l'origine de la guerre civile.

Comme j'aurais dû m'y attendre, il me fut impossible de rencontrer son patron, mais j'eus un bref échange avec Harwood. Aucune femme du coin n'acceptant de faire la cuisine ou le ménage chez lui, on pouvait être sûr de le trouver presque tous les soirs en train de dîner seul au Paddy's Bar. C'est là que je lui adressai la parole. Je lui dis que nos routes s'étaient déjà croisées, me semblait-il, et il acquiesça d'un signe de tête.

« Vous êtes plus canon que dans mon souvenir, Miss Burns, dit-il avec un grossier accent de Glasgow. La dernière fois, vous étiez moche comme un rat. »

Je m'étonnai qu'il ait retenu mon nom, et fus encore plus surprise par ce compliment équivoque. S'il y avait une chose que tout le monde savait sur Harwood, c'est qu'il n'aimait pas les femmes. Il suffisait qu'il ait quelques verres de Star dans le nez pour donner libre cours à sa misogynie. On le disait atteint de syphilis tertiaire, une maladie qu'il aurait contractée avec une prostituée. Cela pouvait peut-être expliquer son agressivité à l'égard des

18

femmes mais, personnellement, je n'y croyais pas. N'importe quel Occidental pouvait se procurer de la pénicilline et, même en Afrique, il était impensable de dépasser le stade primaire.

Je lui énonçai ma requête et posai sur la table une liste de questions, avec une lettre d'accompagnement précisant la nature de l'article que je prévoyais d'écrire. « Voulez-vous bien transmettre cela à votre patron et me communiquer sa réponse ? » Il était difficile d'avoir accès à qui que ce soit sans intermédiaire. Les rebelles avaient plus ou moins détruit le système de communications. De plus, comme tout le monde vivait dans des quartiers sécurisés, il était impossible même en bluffant de passer devant les gardes sans rendez-vous.

Harwood repoussa les feuilles vers moi. « C'est deux fois non.

– Pourquoi ?

– Il ne parle pas aux journalistes.

– C'est lui qui dit cela, ou c'est vous ?

– Sans commentaire. »

J'esquissai un petit sourire. « Dans ce cas, comment puis-je vous contourner, Mr Harwood ?

– Vous ne pouvez pas. » Il croisa les bras et m'observa en plissant les yeux. « Allez-y mollo, Miss Burns. Vous avez eu ma réponse. »

Mon congé aussi, me dis-je avec ironie. Malgré la présence d'une bonne vingtaine d'expatriés à portée de voix, je n'eus pas le courage d'insister. J'avais vu ce dont il était capable et n'avais pas la moindre envie de faire les frais de sa mauvaise humeur. Paddy's était le bar-restaurant préféré de la communauté internationale parce qu'il n'avait jamais fermé pendant les onze années de conflit.

19

Ce grand établissement, ouvert sur un côté, avec des tables disposées sur une véranda de béton, attirait toutes les putes en quête de quelques dollars. Elles avaient appris à éviter Harwood depuis qu'il en avait blessé une si grièvement qu'elle s'était retrouvée à l'hôpital. Il parlait le *pidgin-english*, *lingua franca* de la Sierra Leone, et accueillait par des bordées d'injures les filles qui se risquaient à l'aborder. Il les traitait de « plumes du diable [1] » et n'hésitait pas à leur envoyer des coups de poing si elles le serraient de trop près.

Il était un peu plus prudent avec les Européennes. Les organisations humanitaires et les missions internationales employaient un important pourcentage de main-d'œuvre féminine, mais si une Blanche lui heurtait le bras par mégarde, il restait de marbre. Peut-être était-il intimidé – ces femmes-là étaient beaucoup plus intelligentes que lui et avaient des kyrielles de titres universitaires derrière leurs noms –, ou peut-être craignait-il d'avoir des ennuis s'il s'en prenait à elles. Les Noires, plus empotées, offraient des cibles commodes à sa colère. Ce comportement avait persuadé la plupart d'entre nous que, non content d'être misogyne, il était aussi raciste.

J'aurais été bien en peine de lui donner un âge. Il avait le crâne rasé, tatoué d'un cimeterre ailé au sommet de la nuque, la peau tannée par le soleil. Quand il était ivre, il se vantait d'avoir fait partie de l'unité du SAS qui avait pris d'assaut l'ambassade d'Iran à Londres en 1980, et prétendait que le cimeterre était un rappel de cet exploit. Si c'était

1. Expression dérivée du turc. Désigne la femme qui éveille à son insu l'intérêt d'un homme, qui est la cause involontaire de son excitation sexuelle.

vrai, il aurait dû avoir une cinquantaine d'années, mais la violence de ses coups donnait à penser qu'il était plus jeune. Malgré son fort accent écossais, il affirmait être de Londres, ce que personne ne croyait dans la communauté britannique. Tout le monde était également persuadé que John Harwood n'était pas son vrai nom.

Pourtant, sans la remarque d'Alan Collins sur le contingent étranger, je n'aurais jamais imaginé que l'agressivité d'Harwood pût aller au-delà des faits constatés. Et même lorsque cette idée me traversa l'esprit, je ne pus pas faire grand-chose. À cette date, Alan était rentré à Manchester et tout le monde avait oublié cette série d'assassinats.

Je confiai mes soupçons à quelques-uns de mes collègues, qui se montrèrent sceptiques. Ils me firent remarquer que la vague de crimes avait pris fin avec l'arrestation des garçons, et que l'arme de prédilection de Harwood était ses poings, pas la machette. Le fond de leur pensée était, semble-t-il, que, bien que parfaitement odieux, Harwood n'aurait jamais violé ces femmes avant de les tuer. « Il ne peut même pas se résoudre à *toucher* une Noire, me dit un cameraman australien, alors je le vois mal s'abaisser à y tremper son biscuit. »

Je laissai tomber parce que la seule accusation précise que je pouvais porter contre Harwood était cette agression particulièrement brutale contre la jeune prostituée, au Paddy's Bar. Cela s'était passé devant une bonne centaine de témoins, mais la fille avait accepté de ne pas porter plainte en échange d'une coquette somme, si bien que l'incident n'avait même pas fait l'objet d'un procès-verbal. En tout état de cause, mon séjour en Sierra Leone touchait à son terme et je n'avais pas très envie de

21

m'engager dans une histoire qui risquait de retarder mon départ. Je me persuadai que ça ne me regardait pas et enfermai mon souci de justice dans la poubelle de l'apathie.

À cette date, j'avais passé la majeure partie de mon existence en Afrique. J'y avais vécu enfant et étais revenue travailler pour des journaux du Kenya et d'Afrique du Sud avant d'être nommée correspondante de l'agence Reuters. C'était un continent que je connaissais bien et que j'aimais, car j'avais grandi au Zimbabwe, dans la ferme de mes parents, des Blancs. Mais en cet été 2002, je commençais à en avoir assez. J'avais couvert trop de conflits oubliés, et trop d'affaires de corruption. J'avais l'intention de passer quelques mois à Londres, où mes parents s'étaient installés en 2001, avant de passer au bureau de Reuters à Singapour, pour m'occuper des affaires asiatiques.

La veille de mon départ définitif de Freetown, j'étais chez moi, en train de faire mes bagages, quand Harwood est passé. Il avait été escorté jusqu'à ma porte par Manu, un des gardiens léonais, qui le connaissait suffisamment de réputation pour me demander si je préférais qu'il reste. Je lui ai fait signe que non, mais j'ai pris la précaution de recevoir Harwood sur ma véranda où tous les voisins pouvaient nous voir.

Mon expression maussade ne lui échappa pas. « On dirait que vous ne m'aimez pas beaucoup, Miss Burns.

– Je ne vous aime pas du tout, Mr Harwood. »

Il prit l'air amusé. « Parce que j'ai refusé de transmettre votre demande d'interview ?

– Non. »

Cette réponse monosyllabique sembla le désarçonner. « Il ne faut pas croire tout ce qu'on raconte sur moi.

– Pas besoin. Je vous ai vu à l'œuvre. »

Son visage se ferma. « Dans ce cas, vous éviterez de me contrarier, murmura-t-il.

– C'est à voir. Qu'est-ce que vous voulez ? »

Il me tendit une enveloppe et me demanda de la poster à Londres. C'était un service dont on chargeait couramment ceux qui rentraient en Angleterre, parce que la poste sierra-léonaise n'était pas d'une efficacité à toute épreuve. En général, on laissait le pli ouvert pour que le porteur puisse montrer à la douane, au départ et à l'arrivée, qu'il ne contenait rien d'illégal. Or Harwood l'avait fermé. Quand je refusai de prendre sa lettre s'il n'acceptait pas d'en révéler le contenu, il la remit dans sa poche.

« Je vous revaudrai ça.

– Ça m'étonnerait.

– Vous verrez bien, le jour où ça vous tombera dessus, Miss Burns. J'ai une excellente mémoire.

– Vous ne me faites pas peur. Nous n'avons aucune raison de nous retrouver un jour. »

Il fit demi-tour. « C'est à voir, lança-t-il, faisant ironiquement écho à ce que je lui avais dit précédemment. Pour des gens comme nous, le monde est plus petit que vous ne croyez. »

Tout en le suivant des yeux pendant qu'il se dirigeait vers la grille, je m'interrogeai sur le nom que j'avais déchiffré sur l'enveloppe « Mary MacKenzie » et sur la dernière ligne de l'adresse « Glasgow ». La mémoire me revint. C'était bien au Congo-Kinshasa que nos routes s'étaient croisées. Il faisait partie d'un groupe de mercenaires qui combattaient pour le régime de Laurent Kabila et il se faisait appeler Keith MacKenzie.

Je me demandai sans doute pourquoi il avait pris un pseudonyme et comment il s'était procuré un passeport au nom de John Harwood, mais cela ne me préoccupa pas bien longtemps. J'avais dit la vérité en affirmant que je ne comptais pas le revoir un jour.

2.

Deux ans plus tard, au printemps 2004, je le reconnus immédiatement. J'avais été envoyée à Bagdad pour une mission de trois mois. La situation en Irak ne cessait de se dégrader et le stress dû à la pagaille ambiante empêchait tout journaliste d'agence normalement constitué de résister plus longtemps. Depuis la publication de photographies montrant des soldats américains en train de maltraiter des prisonniers dans la prison d'Abou Ghraib, les rédactions du monde entier tenaient à être informées minute par minute.

C'était une période dangereuse pour les Occidentaux. Des fournisseurs civils de l'armée étaient pris en otages et exécutés, et des sociétés privées de surveillance recrutaient d'anciens soldats par milliers pour servir de gardes du corps. L'Irak était devenu un excellent filon pour les mercenaires. Ils étaient payés le double de ce qu'on leur offrait ailleurs, mais les risques étaient en conséquence. Les fusillades entre agents de sécurité privés et insurgés irakiens étaient monnaie courante, mais elles faisaient rarement les gros titres. On jetait un voile discret sur ces incidents pour protéger l'anonymat du client qui, bien souvent, n'était autre que le gouvernement américain.

Dans le sillage de l'affaire d'Abou Ghraib, et devant la détérioration rapide de l'image de la coalition, on lança une offensive de charme pour essayer de réparer les dégâts provoqués par les photographies de « tortures ». On entreprit donc de trimbaler la presse de lieu de détention en centre d'entraînement, en lui promettant un accès libre et sans entrave. Les faucons sceptiques que nous étions n'espéraient guère tirer de ces excursions organisées des informations s'écartant tant soit peu de la ligne officielle, mais l'ambiance de nos hôtels fortifiés nous rendait tellement claustrophobes que toute occasion d'y échapper était bonne.

À cette époque, il était impossible de s'aventurer seul dans les rues irakiennes, du moins si on tenait à sa vie et à sa liberté. Alors qu'Al-Qaida avait mis à prix la tête de tous les Occidentaux – les femmes étant destinées à servir d'« esclaves sexuelles » en représailles aux sévices infligés aux prisonniers par Linda England –, la carte de presse n'offrait plus aucune protection. Bagdad était considérée comme la ville la plus dangereuse du monde et, à tort ou à raison, les femmes journalistes voyaient des violeurs à tous les coins de rue.

L'une de ces tournées de relations publiques s'acheva à l'Académie de police, d'où sortaient tous les deux mois cinq cents policiers irakiens nouvellement formés. Les autorités de la coalition avaient bien briefé leurs hommes, et à l'Académie, nous eûmes droit au même baratin sur les droits de l'homme que ceux qu'on nous avait déjà servis un peu partout. Les expressions à la mode étaient : « application de la loi », « clarification des chaînes de commandement », « respect absolu des principes humanitaires », « freins et contrepoids efficaces ».

C'étaient de beaux sentiments, et les jeunes Irakiens charmants qui s'en réclamaient étaient sincères, mais ces nobles principes n'avaient pas plus de chances d'éviter de nouveaux abus de pouvoir que les procès de Nuremberg ou l'enquête sur le massacre de My Lai au Vietnam. Si mon expérience des conflits internationaux m'avait appris quelque chose, c'était qu'il existe des sadiques partout et que la guerre est leur théâtre d'opérations préféré.

M'ennuyant à périr, je jetai un coup d'œil par la fenêtre ouverte d'un bureau, pendant que le défilé de journalistes serpentait autour du bâtiment principal. Au centre de la pièce, plusieurs maîtres-chiens en uniforme tenaient des bergers allemands en laisse, face à un type en civil qui me tournait le dos. J'aurais identifié le crâne rond de MacKenzie à son seul tatouage, mais la voix de notre guide ayant attiré l'attention de ses auditeurs, il se tourna vers nous. Il n'avait pas du tout changé. Je m'arrêtai, plus par surprise que parce que j'avais envie de lui parler, mais s'il me reconnut, il n'en montra rien. L'air agacé, il tendit la main vers la poignée de la fenêtre qu'il referma brutalement.

Je rattrapai le guide et l'interrogeai sur le civil au crâne rasé. Qui était-il, quelle position hiérarchique occupait-il ? Était-il chargé de former des maîtres-chiens irakiens ? Quelles étaient ses qualifications ? Le guide n'en savait rien, mais il me promit de se renseigner avant mon départ.

Une demi-heure après, j'appris que MacKenzie s'appelait désormais Kenneth O'Connell et avait

été engagé comme expert par Baycombe Group –
une société de surveillance privée qui assurait une
formation spéciale à l'Académie. Quand je demandai à pouvoir l'interviewer, on me répondit qu'il
avait quitté les lieux. On me donna un numéro de
téléphone où rappeler le lendemain. Tout en le
notant, je demandai à l'Irakien quelle était la spécialité d'O'Connell. Les techniques d'immobilisation et de neutralisation, me répondit-il.

Le numéro de téléphone était celui des bureaux
de Baycombe Group, situés dans un quartier
sécurisé près des bureaux bombardés des Nations
unies. Quand je demandai à pouvoir interviewer
O'Connell, mon interlocuteur se défila et il me fallut encore une bonne semaine pour obtenir un
entretien avec le chargé de communication de BG,
Alastair Surtees. Je pris cela pour une petite vengeance de MacKenzie qui avait promis qu'il me
« revaudrait ça ». Après tout, ça m'était bien égal.
J'avais l'intention d'écrire un article sans complaisance sur le genre de types que recrutaient ces
sociétés et pensais que Surtees serait certainement
plus coopératif qu'une brute de Glasgow qui changeait de nom comme de chemise.

Je me trompais. Surtees se montra charmant et
courtois, mais fermé comme une porte de prison
dès que j'essayai de lui soutirer des informations. Il
me raconta qu'il était un ancien de l'armée britannique, qu'il avait quarante et un ans et avait atteint
le rang de commandant dans un régiment de parachutistes avant de décider d'entrer dans le privé. Il
me rappela qu'il n'avait que trente minutes à
m'accorder avant de consacrer les vingt premières
à un exposé verbeux sur l'histoire et le professionnalisme de sa société.

J'appris très peu de choses sur le domaine d'activités de BG en Irak – sinon que ses responsabilités étaient très variées mais presque exclusivement concentrées sur la protection de civils –, et beaucoup sur le type d'employés que recrutait cette société : d'anciens militaires et d'anciens policiers d'une intégrité irréprochable. Lasse de son baratin, je lui demandai s'il me serait possible de m'entretenir avec un de leurs agents en particulier, pour avoir un témoignage de première main.

Surtees secoua la tête en signe de dénégation. « Nous ne pouvons pas vous accorder cette autorisation. Cela mettrait cet homme en danger.

– Je ne donnerai pas son vrai nom. »

Nouveau signe de tête. « Je suis navré.

– Et Kenneth O'Connell, de l'Académie de police ? Nous nous connaissons déjà. Je suis sûre qu'il accepterait de me parler. La dernière fois que nous nous sommes vus, c'était en Sierra Leone... et la fois précédente à Kinshasa. Pourriez-vous lui poser la question ? »

Surtees ne fut manifestement pas surpris par cette requête. « Je crains que vos informations ne soient périmées, Miss Burns, mais je vais me faire un plaisir de vérifier. » Il tira vers lui un ordinateur portable qui se trouvait sur son bureau et fit apparaître un fichier à l'écran. « Nous avons effectivement eu un certain O'Connell à l'Académie, mais il a été muté il y a un mois. Vous avez été mal renseignée, sans doute. »

Je hochai la tête. « Je ne crois pas. Il était ici il y a une semaine. Je l'ai vu.

– Êtes-vous bien sûre qu'il s'agissait de Kenneth O'Connell ? »

La question était tellement évidente que j'éclatai de rire. « Non... mais c'est le nom qu'on m'a indiqué quand j'ai demandé comment s'appelait l'homme que j'ai vu. À Freetown, il se faisait appeler John Harwood, et à Kinshasa Keith MacKenzie. » Je levai un sourcil amusé. « Ce qui m'incite à me demander comment vous pouvez vous porter garant de son intégrité. Sous quel nom avez-vous vérifié son identité ? À ma connaissance, il en a eu au moins trois.

— Dans ce cas, ce n'est pas O'Connell que vous avez vu, Miss Burns. Vous avez été mal informée, comme je vous l'ai dit. » Il tapa sur son clavier. « Nous n'avons pas plus de Harwood que de MacKenzie dans nos fichiers. La personne que vous avez vue travaille probablement pour une autre société. »

Je haussai les épaules. « J'ai demandé deux fois à l'Académie l'autorisation de l'interviewer – d'abord l'après-midi même, puis quelques jours plus tard, en passant par leur service de presse. Personne ne m'a dit que Kenneth O'Connell n'y travaillait plus... c'est curieux, s'il a été muté il y a un mois. »

Surtees hocha la tête. « Cela veut dire que leurs registres ne sont pas à jour. Vous vous êtes certainement rendu compte de la désorganisation qui règne à Bagdad en ce moment. » Il referma son portable. « Pour *notre* part, nous tenons nos fichiers avec le plus grand soin. Vous pouvez donc vous fier à l'information que je viens de vous donner. »

Je griffonnai sur mon carnet un petit Pinocchio de manière qu'il puisse le voir. « Où se trouve O'Connell maintenant ? Que fait-il ?

— Je ne peux pas vous répondre. La politique de notre société est exactement la même que chez Reuters. Confidentialité absolue pour tout ce qui

30

touche à nos employés. C'est une chose que vous devez pouvoir comprendre.

– Dans ce cas, je me contenterai d'une réponse générale, l'encourageai-je. Quelles sont les compétences requises pour enseigner les techniques d'immobilisation à des recrues inexpérimentées dans la capitale la plus dangereuse du monde ? Quelques connaissances de droit ? Une longue et honorable carrière à Scotland Yard ? Un passage dans la police militaire, peut-être ? Il m'a semblé qu'il instruisait des maîtres-chiens, je suppose donc qu'il a une certaine expérience dans ce domaine. Quel genre de qualités faut-il avoir ? De la patience ? Une parfaite maîtrise de soi ? »

Il joignit ses mains sur la table. « Je ne peux pas vous répondre.

– Pourquoi ?

– Parce que vos questions concernent un individu précis et que je vous ai déjà décrit le type de personnes que nous recrutons. »

J'allongeai le nez de Pinocchio. « Vous devez tenir O'Connell en très haute estime, Mr Surtees. Il fait partie de vos rares employés à ne *pas* travailler dans le secteur privé... ou, du moins, il n'y travaillait pas jusqu'à la semaine dernière. Je suppose que la coalition n'embauche que des experts dotés d'états de service irréprochables ?

– Cela va de soi.

– Vous avez donc vérifié ceux d'O'Connell très consciencieusement ? » Surtees hocha la tête en signe d'approbation. « Quels sont ses antécédents ? Où est-il né ? Où a-t-il grandi ? Avec un nom pareil, il doit être irlandais.

– Je ne peux pas vous répondre. »

Je l'observai un instant. « Quand je l'ai connu en Sierra Leone, il disait avoir fait partie de l'unité du

SAS qui a donné l'assaut à l'ambassade d'Iran à Londres. Vous a-t-il raconté cela ? »

Surtees fit signe que non.

« Je me doutais bien que c'était un mensonge, dis-je d'une voix suave. Cette affaire de siège remonte à vingt-quatre ans et l'unité avait été sélectionnée pour son expérience. O'Connell devrait avoir une bonne cinquantaine d'années aujourd'hui s'il en avait fait partie... à moins que le SAS n'ait recruté des gamins, à la fin des années 1970.

– Je ne nie rien, mais je ne confirme rien non plus, Miss Burns. » Il tapota sa montre. « ... Et le temps passe. »

Je tournai une page de mon carnet et fis un rapide croquis du cimeterre à plumes de MacKenzie. Je le tendis à Surtees. « Il a affirmé à un de mes collègues que le tatouage qu'il porte à la base du crâne est une interprétation symbolique de la dague ailée du SAS... son hommage personnel à une victoire écrasante contre l'intégrisme islamique. Jugez-vous approprié qu'un homme qui professe ce genre d'opinions soit appelé à former des policiers irakiens ? »

Surtees secoua encore la tête en signe de dénégation.

« Que voulez-vous dire ? Qu'il n'en forme pas... ou que ce n'est pas approprié ?

– Je veux dire : sans commentaire. » Il détacha le bracelet de sa montre et la posa sur la table. « Le temps est écoulé », dit-il.

Je coinçai mon crayon derrière mon oreille et attrapai le sac contenant mon matériel. « Il travaille dans un secteur sensible. Les techniques d'immobilisation et de neutralisation doivent permettre de maîtriser des suspects dangereux ou violents, et nous avons tous vu des images éloquentes de ce qui se passe quand on confie des détenus à des sadiques incultes. Vous n'aurez certainement pas oublié que des chiens ont été utilisés pour terroriser les détenus d'Abou Ghraib. L'idée que de tels agissements puissent se reproduire vous laisse peut-être indifférent – vous vous en laverez les mains en rédigeant un procès-verbal qui témoignera de votre admirable créativité –, mais je peux vous dire que moi, ça ne me laisse pas insensible. »

Il esquissa un petit sourire. « Je vous abandonne volontiers l'aspect créatif des choses, Miss Burns. Je crains d'être un peu trop lent d'esprit pour rivaliser avec les prodiges d'imagination qui vous permettent de passer de votre erreur d'identification touchant un de nos employés à ma responsabilité personnelle dans l'affaire d'Abou Ghraib.

– Vous devriez avoir honte, dis-je d'un ton léger. J'espérais que vous auriez plus d'intégrité. » Je fourrai mon carnet et mon crayon dans ma sacoche. « MacKenzie est un type violent. Quand il était en Sierra Leone, on ne peut pas dire qu'il brillait par sa maîtrise de soi... de là à l'enseigner à autrui. Il avait un Rhodesian Ridgeback qui montait la garde autour de sa villa et qui était encore plus agressif que lui. Il avait entraîné ce chien à tuer en lui jetant en pâture des petits corniauds. »

Surtees se leva et me tendit la main.

« Au revoir, dit-il aimablement. Si je peux faire autre chose pour vous, n'hésitez pas à m'appeler. »

Je me redressai et lui serrai la main. « J'ai peur de ne pas avoir le temps, lui répondis-je tout aussi courtoisement en jetant ma carte sur la table devant lui. Voici mon numéro de portable. Si jamais *vous* aviez envie de me parler.

– Je ne vois pas pour quelle raison. »

Je posai ma sacoche en équilibre sur ma hanche pour en boucler les lanières. « MacKenzie a cassé le bras à quelqu'un à Freetown. Je l'ai vu faire. Il l'a pris entre ses deux mains et l'a brisé sur son genou comme une branche morte. »

Il y eut un bref instant de silence, suivi d'un sourire sceptique. « Cela me paraît impossible, à moins que l'os n'ait été si fragile que n'importe qui aurait pu le faire.

– Il n'a pas été poursuivi, continuai-je, parce que la victime a eu trop peur pour le dénoncer à la police... mais quelques parachutistes – des hommes de *votre* régiment – ont obligé MacKenzie à lui verser une indemnité substantielle. Les fractures ne se soignent pas gratuitement, en Sierra Leone... et si vous ne pouvez pas travailler, il ne faut pas compter toucher des allocations. » Je secouai la tête. « Ce type est un sadique, et tous les expatriés le savaient. Ce n'est pas quelqu'un que je choisirais pour apprendre à de jeunes recrues de Bagdad à faire leur boulot correctement... certainement pas dans le climat qui règne actuellement. »

Il me jeta un regard hostile. « C'est un règlement de comptes personnel ? Vous avez l'air décidée à détruire la réputation de cet homme. »

Je me dirigeai vers la porte et appuyai sur la clenche avec mon coude. « À titre d'information, la victime de MacKenzie était une prostituée qui crevait de faim et pesait moins de quarante kilos... elle avait certainement les os fragiles ; il faut dire que les rebelles avaient abattu toutes les vaches du pays pour la viande et que le lait était devenu un produit de luxe. Pas de calcium donc. La pauvre gosse – elle n'avait que seize ans – essayait de gagner un peu d'argent pour acheter de quoi habiller son bébé. Elle était soûle après les deux bières qu'un client lui avait payées, et elle a heurté le coude de MacKenzie sans le faire exprès. Par représailles, il lui a fracturé le cubitus en lui tordant le bras et en le retournant sur sa jambe. » Je levai un sourcil. « Vous avez un commentaire à faire ? »

Apparemment il n'en avait pas.

« Bonne fin de journée », lui dis-je.

Finalement, je n'ai jamais écrit cet article. J'ai réussi à obtenir une interview d'un garde du corps d'une autre société de surveillance, mais il n'avait quitté l'armée que récemment, et l'Irak était sa première opération en free-lance. Mon idée première ayant été de révéler à quel point la demande de mercenaires excédait l'offre, ce qui conduisait à se montrer assez peu scrupuleux dans l'examen des candidatures, le récit d'un unique débutant était évidemment un peu maigre. De plus, l'appétit du public pour les histoires de « guerre » commençait à s'étioler. Ce que tout le monde voulait, c'était un moyen de sortir de ce bourbier, pas de nouvelles preuves que l'affaire échappait au contrôle de la coalition.

Avec l'aide d'une traductrice, je fis le tour des bureaux des journaux irakiens et parcourus tous les numéros des trois derniers mois, à la recherche d'articles faisant état de viols et d'assassinats de femmes ; Salima, la traductrice, se montra sceptique d'emblée. « Nous sommes à Bagdad, me rappela-t-elle. La seule chose qui intéresse les gens, ce sont les attentats suicides ou mieux encore, les actes de sadisme commis par la coalition. Il y a des

...mmes qui se font violer tous les jours par des hommes auxquels elles ont été mariées contre leur gré. Vous croyez que ça compte ? »

Je lui fis remarquer que mes recherches dureraient deux fois plus longtemps si elle les accompagnait de commentaires interminables.

« Mais vous êtes naïve, Connie. À supposer même qu'un Européen puisse approcher une Irakienne d'assez près sans se faire repérer – ce dont je doute –, qui va dénoncer les faits ? Certains quartiers de Bagdad sont tellement dangereux que les journalistes irakiens refusent d'y mettre les pieds – les bombardements et les fusillades n'ont jamais cessé –, alors comment voulez-vous que la mort d'une femme isolée attire l'attention de qui que ce soit ? »

Je savais qu'elle avait raison, et je me demande laquelle de nous deux fut la plus surprise quand nous sommes tombées sur le premier article. Il était intitulé « Viols en augmentation ». C'était une analyse statistique de la multiplication des viols ou des enlèvements de femmes ; d'un par mois avant la guerre, ils étaient passés à près de vingt-cinq un mois après. En s'inspirant d'un rapport de l'Observatoire des droits de l'homme, cet article mettait l'accent sur les dangers que courent les femmes quand les fondements moraux et éthiques d'une société sont ébranlés par la guerre.

« L'article précise que les viols étaient rares sous Saddam, parce qu'ils étaient passibles de la peine de mort, m'expliqua Salima, et il suggère que c'est le démantèlement de la force de police au début de l'occupation qui a compromis la sécurité des femmes... Tiens, voilà quelque chose qui devrait vous intéresser. » Elle suivit le texte du doigt.

36

« "Les voyous et les bandits écumant des quartiers en pleine anarchie, les femmes sont obligées de se terrer chez elles pour préserver leur vie et leur honneur. Cela ne suffit pas toujours à les mettre à l'abri des violences. Fateha Kassim, une jeune veuve pieuse, a été retrouvée violée et assassinée à son domicile la semaine dernière. Son père, qui a découvert le corps, a évoqué un crime bestial. Ils ont détruit sa beauté, a-t-il déclaré." » Elle leva les yeux. « C'est le genre de choses que nous cherchons, non ? »

Je hochai la tête. « Ça ressemble comme deux gouttes d'eau aux crimes de la Sierra Leone.

– Mais comment a-t-il pu arriver jusqu'à elle ?

– Je n'en sais rien, mais je suis persuadée que la difficulté ne fait qu'ajouter à l'excitation. S'il a effectivement appartenu au SAS, il aura appris à se déplacer sans attirer l'attention. Peut-être s'introduit-il chez les femmes à la faveur de la nuit. Alan Collins disait que l'examen des scènes du crime en Sierra Leone suggérait que les victimes avaient passé un certain temps en compagnie de leur assassin avant qu'il ne commence à jouer de la machette. »

Le deuxième article, le seul autre que nous ayons trouvé, avait été publié un mois plus tard. Très court, il était enfoui dans le cahier central du journal sous le titre : « Une mère de famille victime d'une agression à l'épée ». Salima me le traduisit : « "Le corps de Mme Gufran Zaki a été découvert par son fils hier, en rentrant de l'école. Elle avait été victime de coups brutaux portés à la tête et son corps présentait de nombreuses lacérations. On a parlé d'une agression d'une grande sauvagerie. La police est à la recherche de son mari, M. Bashar

Zaki, qui souffrirait de dépression. Des voisins affirment qu'il possédait une épée qui n'a pas été retrouvée dans la maison." »

Nous espérions apprendre dans les numéros suivants si Bashar Zaki avait été arrêté, mais l'affaire avait été éclipsée par les événements de la prison d'Abou Ghraib et n'avait plus fait l'objet du moindre entrefilet. L'assassinat de Fateha Kassim n'était plus mentionné non plus. Nous étions dans l'impasse. La presse internationale ne s'intéressait pas aux difficultés des femmes, si bien que je ne pris même pas la peine de parler de ces deux pistes ni des soupçons que m'inspirait MacKenzie à Dan Fry, le chef du bureau de Reuters à Bagdad. Une avalanche de catastrophes réclamait une attention plus immédiate et Salima, la seule avec moi à s'intéresser au problème, partit peu après pour Bassora, au sud, avec un autre correspondant.

Par frustration plus que dans l'espoir d'obtenir une réaction, je recherchai mes deux articles sur la Sierra Leone et les transmis, avec les traductions qu'avait faites Salima des papiers sur les assassinats de Bagdad et une lettre d'accompagnement, à Alastair Surtees, de Baycombe Group. Je les communiquai également via e-mail à Alan Collins par l'intermédiaire du site web de la Greater Manchester Police. La seule réponse de Surtees fut une carte de visite accusant réception des documents. Le mail qu'Alan m'envoya une semaine plus tard était un peu plus encourageant.

« Tout ce que je peux vous suggérer, écrivait-il, c'est de prendre contact avec l'inspecteur principal Bill Fraser ou l'inspecteur Dan Williams à Bassora. Ils sont chargés d'une mission de formation du même genre que celle que j'ai effectuée à

Freetown. J'ai transmis votre mail et les pièces jointes à Bill Fraser pour qu'il accélère le mouvement. Vous trouverez son adresse e-mail ci-dessous. Sans garantie. En l'absence de concertation entre les différents secteurs contrôlés par la coalition, Bill aura du mal à intervenir à Bagdad, mais il devrait pouvoir vous donner les noms de responsables situés plus haut dans la hiérarchie. En attendant, évitez de trop parler. S'il a travaillé ou travaille encore avec la police, MacKenzie est certainement très bien informé, et n'aura aucun mal à découvrir la source des accusations portées contre lui. Même si vos soupçons ne sont pas fondés, rappelez-vous qu'il peut être violent quand il se met en colère. »

Ses mises en garde arrivaient trop tard. Au moment où je reçus son mail, j'avais déjà été obligée de changer deux fois d'hôtel et trois fois de chambre en l'espace de trois jours. Il n'est pas facile d'expliquer comment l'invasion répétée de votre espace privé arrive à vous déstabiliser... c'est pourtant le cas. À chaque fois, la porte de ma chambre était fermée à clé et on ne m'avait rien volé, mais toutes mes affaires avaient été ostensiblement déplacées. J'étais terrorisée. Une fois, je trouvai même mon ordinateur ouvert, avec la lettre que j'avais écrite à Alastair Surtees affichée à l'écran.

Je n'avais aucune preuve de la responsabilité de MacKenzie – bien que je n'en aie jamais douté –, et ne pus convaincre les hôtels de me prendre au sérieux. Il était impossible à un non-résident de pénétrer dans les chambres des clients, me répondait-on invariablement. Et de quoi avais-je à me plaindre exactement, puisqu'on ne m'avait rien volé ? La femme de chambre avait fait son travail, rien d'autre. Quant à mes collègues, ils haussaient les épaules en parlant du « voleur de Bagdad ». Il ne fallait s'étonner de rien, dans cette ville pourrie.

Le seul qui aurait pu croire que j'avais de bonnes raisons de m'inquiéter était mon patron, Dan Fry, mais il avait choisi cette semaine pour partir en congé au Koweit. Je fus à deux doigts de lui téléphoner et de lui demander si je pouvais m'installer chez lui, dans son appartement, mais j'avais peur d'y être encore plus isolée que dans un hôtel rempli de journalistes. Il était inutile de m'adresser à la police. Obsédée par les kamikazes et les preneurs d'otages, elle ne m'aurait même pas écoutée. En tout état de cause, je me dis qu'Alan Collins avait raison. Mieux valait ne rien dire aux flics.

Je ne fermais pas l'œil de la nuit. Je restais aux aguets, le poing serré autour d'une paire de ciseaux, les yeux fixés sur la porte avec une paranoïa grandissante. Au bout de quatre nuits de ce régime, j'étais tellement épuisée que, lorsque, au retour d'une conférence de presse, je découvris l'entrejambe de mes slips découpé, mes nerfs lâchèrent. Je déposai une demande de congé immédiat pour stress et dépression dus à la guerre.

Je n'avais pas passé plus de deux mois en Angleterre depuis que j'étais sortie d'Oxford en 1988 mais, en ce début de mai 2004, à Bagdad, je ne rêvais que de tiède pluie d'été, d'herbe verte, de sentiers étroits bordés de haies, et de champs, de champs de blé à perte de vue. C'était une Angleterre que je connaissais à peine – nourrie de romans et de poésie autant que de réalité –, mais je ne pouvais imaginer de lieu plus sûr au monde.

Je me demande encore comment j'ai pu être aussi bête.

Disparition d'une correspondante de Reuters

Trois jours à peine après l'enlèvement d'Adelina Bianca, reporter de télévision italienne de 42 ans, prise en otage par le groupe terroriste armé Muntada Al-Ansar, on craint que Connie Burns, une correspondante de Reuters âgée de 36 ans, n'ait subi le même sort. Connie Burns a été enlevée hier sur la route de l'aéroport international de Bagdad et l'on ignore où elle se trouve actuellement. Sa voiture de presse a été découverte, abandonnée et calcinée, dans les faubourgs de la ville. Pour le moment, aucun groupe n'a revendiqué cette prise d'otage.

Muntada Al-Ansar, qui serait dirigé par Abou Moussab Al-Zarkaoui, un des chefs d'Al-Qaida, s'est fait connaître avec l'effroyable exécution du civil américain Nick Berg filmée sur vidéo. Ce groupe vient de diffuser sur le même site web une séquence vidéo montrant Adelina Bianca, les yeux bandés, visiblement terrorisée. Il menace de la décapiter si Silvio Berlusconi, Premier ministre italien, continue à soutenir la coalition.

À la suite de ces atrocités, Amnesty International a publié le communiqué suivant : « L'exécution de prisonniers est l'un des crimes les plus graves prévus par le droit international. Nous appelons les groupes armés à libérer immédiatement et sans condition tous les otages et à cesser toutes les agressions, les enlèvements et les assassinats de civils. »

Les collègues de Connie Burns sont atterrés. Cette correspondante de presse réputée et qui jouit de l'estime générale a couvert plusieurs conflits armés en Afrique, en Asie et au Proche-Orient. Née au Zimbabwe où elle a grandi, elle est diplômée de l'université d'Oxford. Elle a travaillé pour la presse écrite en Afrique du Sud et au Kenya avant d'entrer chez Reuters comme spécialiste de l'Afrique.

« Avec l'assistance de responsables religieux de Bagdad, nous faisons tout notre possible pour trouver qui détient Connie, a déclaré Dan Fry, le chef du bureau de l'agence en Irak. Nous demandons à ses ravisseurs de se rappeler que les correspondants des agences de presse sont des observateurs neutres. Leur travail est de transmettre des informations et non de concevoir la politique qui en est à l'origine. »

Le dernier article que Connie Burns a fait parvenir avant son départ pour l'aéroport était un hommage émouvant à Adelina Bianca. « Adelina est une journaliste courageuse qui n'hésite jamais à poser des questions dérangeantes. Sa voix s'est toujours fait entendre pour défendre ceux qui souffrent, et ses articles ont provoqué une vive émotion dans le monde entier... Toute tentative pour la réduire au silence marquerait la victoire de l'ignorance et de l'oppression. »

>>> Associated Press

>>> Mercredi, 18 mai 2004, 13:17 GMT 14:17 UK
>>> de notre correspondant James Wilson, Bagdad, Irak

Libération de la correspondante de Reuters

La libération inattendue de Connie Burns, la journaliste de 36 ans enlevée lundi, a été annoncée par Reuters ce matin. « Nous avons reçu un appel anonyme hier, nous indiquant le lieu où elle se trouvait, a expliqué Dan Fry, son chef de bureau. Elle est très éprouvée, et j'ai préféré lui faire quitter le pays par le premier avion avant de transmettre l'information aux médias. »

Il a ajouté que Connie avait craint pour sa vie avant d'être abandonnée dans un bâtiment bombardé, à l'ouest de la ville. « Nous l'avons retrouvée ligotée et bâillonnée, la tête recouverte d'une cagoule noire. Son enlèvement s'inscrit probablement dans une campagne de représailles à la suite des événements d'Abou Ghraib. Nous demandons aussi bien à la coalition qu'aux forces irakiennes dissidentes de se rappeler que tout abus de pouvoir est un crime. »

« La première pensée de Connie est allée à Adelina Bianca, a déclaré le chef d'agence lors d'une conférence de presse. Ses ravisseurs lui ont déclaré qu'Adelina avait été décapitée mardi et qu'elle devait s'attendre à subir le même sort. Elle a réagi avec la plus vive émotion quand nous lui avons appris qu'à notre connaissance Adelina était toujours en vie. »
On prendra la mesure du courage de Connie Burns quand on saura qu'elle a passé trois heures à essayer d'aider la police avant de s'envoler de l'aéroport de Bagdad. « Son plus grand regret a été de n'avoir aucune

information utile à lui transmettre. Elle a eu les yeux bandés dès l'instant où elle a été arrachée de sa voiture par des hommes masqués alors que son chauffeur avait quitté la route de l'aéroport pour la conduire dans le quartier d'Al-Jahid. »

La police a publié une description du chauffeur. « Notre voiture de presse a été détournée par un inconnu quelques instants avant d'aller prendre Connie à son hôtel », a déclaré Dan Fry. Il a confirmé que Reuters avait donné des directives plus strictes à tous ses correspondants. « À l'avenir, personne ne doit croire *a priori* qu'un véhicule est sûr, a-t-il annoncé. On a tendance à devenir moins vigilant quand on a été transporté plusieurs fois dans la même voiture. »

Il a refusé de donner de plus amples détails sur la captivité de Connie Burns. « Pour le moment, son seul souci est la sécurité d'Adelina Bianca. Connie tient à éviter que ses propos ou ses agissements ne compromettent la libération d'Adelina. »

Le groupe armé qui détient Miss Bianca a publié la déclaration suivante : « Le sort d'Adelina Bianca est entre les mains du Premier ministre italien. Tant qu'il soutiendra les soldats américains qui occupent la terre sacrée d'Irak, les mères de son pays doivent s'attendre à recevoir des cercueils. La dignité des hommes et des femmes musulmans ne peut se racheter que par le sang et par des âmes. »

Cela fait aujourd'hui plus d'une semaine qu'Adelina a été enlevée, mais l'expiration de l'ultimatum fixé à mardi par ses ravisseurs donne une lueur d'espoir. Certains chefs religieux irakiens modérés s'inquiètent beaucoup de la dégradation de l'image de l'islam dans le monde provoquée par la brutalité des preneurs d'otages. « L'islam ne fait pas la guerre aux femmes et aux enfants innocents, a déclaré l'un d'eux. Devant ces atrocités, on tend à oublier les ignominies scandaleuses d'Abou Ghraib. Ces groupes cèdent la victoire morale à l'Amérique. »

3.

J'ai vu la libération d'Adelina à la télé, chez mes
parents, après la dispersion de la foule de reporters
et de photographes qui s'étaient agglutinés dans
leur rue. Une semaine après mon départ de Bagdad,
ce qui m'était arrivé n'intéressait plus grand monde.
J'avais réussi à échapper au comité d'accueil de
Reuters à Heathrow et renoncé à participer à une
conférence de presse pour aller me terrer dans un
hôtel anonyme de Londres sous le nom de Marianne
Curran – une agoraphobe sans appétit et sujette à de
fréquents saignements de nez, qui ne sortait jamais
et dont la chambre était payée en liquide par le
vieux qui venait lui rendre visite tous les soirs.

Dieu sait ce qu'on pensait de moi, à l'hôtel. Je
n'avais demandé qu'une chose, l'adresse et le
numéro de téléphone du centre de dépistage de
MST le plus proche. Autrement, je refusais que les
femmes de chambre fassent le ménage, je fumais
comme un pompier, je passais des heures à la salle
de bains et ne consommais que les sandwichs
commandés par mon père. Je faisais bonne figure
en sa présence, mais je voyais bien qu'il s'inquiétait
de me voir manger aussi peu.

Je lui expliquai pourquoi je refusais de rencontrer la presse en me retranchant derrière le même prétexte que Dan à Bagdad : je ne voulais faire aucune déclaration publique qui risque de compromettre les chances de libération d'Adelina. Pour le tranquilliser, je lui confiai que j'avais eu les yeux bandés tout le temps et que je n'avais donc pas vu mes ravisseurs ; bien que terrorisée, j'avais été correctement traitée.

Je ne sais pas ce qu'il en pensait. Ma mère, elle, n'en crut pas un traître mot. Mon père m'avait introduite discrètement dans leur appartement, à trois heures du matin. Elle fut consternée par ma maigreur, et mon refus de parler à qui que ce soit, notamment à Dan Fry, à Bagdad, et aux gens de Reuters, à Londres, ne lui disait rien qui vaille. Mais comme je m'enfermais dans la chambre d'amis chaque fois qu'elle m'interrogeait, mon père insista pour qu'elle me fiche la paix.

Adelina Bianca était ma seule excuse. Tant qu'elle était séquestrée, j'avais d'excellentes raisons de me taire. Ce fut donc avec des sentiments ambigus qu'assise devant la télévision, je la vis sortir à pas hésitants d'une mosquée de Bagdad, couverte d'un épais tchador noir. L'imam qui avait négocié sa libération se tenait à ses côtés. Elle était si bien dissimulée derrière son voile qu'il était impossible de lire quoi que ce soit sur son visage, mais ce fut d'une voix ferme qu'elle remercia ceux qui l'avaient aidée. Le gouvernement italien, assurat-elle, n'avait pas versé de rançon en échange de sa libération.

Vingt-quatre heures plus tard, j'étais de nouveau scotchée à l'écran pour suivre la conférence de presse qu'elle donna à Milan. Ce fut un véritable numéro de bravoure et j'eus honte d'être incapable de raconter ce qui m'était arrivé. Je n'avais pas son courage.

À peine Adelina libérée, j'écumai Internet à la recherche de locations dans le sud-ouest de l'Angleterre. Bien sûr, ma mère se montra violemment hostile à ce projet, surtout quand je lui expliquai que j'avais l'intention de prendre six mois de congé et que je souhaitais utiliser son nom de jeune fille. Pour quoi faire ? Et Reuters ? De quoi allais-je vivre ? Pourquoi m'obstinais-je à prétendre que j'allais bien, alors que ce n'était manifestement pas vrai ? Que se passait-il ? Et pour quelle raison décidais-je de me cacher à l'instant même où Adelina était libre ?

Une fois de plus, mon père intervint. « Fiche-lui la paix, dit-il énergiquement. Si elle ne sait pas ce qu'elle veut à trente-six ans, elle ne le saura jamais. Certaines blessures ne cicatrisent qu'au grand air. »

J'aurais pu – j'aurais *dû* probablement – leur dire la vérité et je me demande pourquoi je ne l'ai pas fait. Enfant unique, j'avais toujours été très proche de mes parents et nous nous étions toujours soutenus, malgré les distances souvent considérables qui nous séparaient. Mais mon père avait été si malheureux de devoir abandonner sa ferme au Zimbabwe que j'avais des scrupules à l'accabler davantage. S'il n'avait pas été marié, il serait resté là-bas et se serait barricadé dans sa maison juste pour emmerder le monde, mais ma mère lui avait forcé la main après qu'un de leurs voisins s'était fait assassiner par des brutes de la Zanu-PF de Mugabe.

Mon père ne s'était jamais pardonné ce qu'il considérait comme une capitulation. Il estimait qu'il aurait dû se battre avec plus d'obstination pour ce que sa famille avait construit, pour ce qui lui appartenait légitimement. À Londres, il avait décroché un boulot correctement payé chez un importateur de vins d'Afrique du Sud, mais il détestait l'insularité de l'Angleterre, l'exiguïté de la vie urbaine et l'appartement modeste qu'ils louaient dans Kentish Town et qui était quatre fois plus petit que leur ferme, du côté de Bulawayo.

Je ressemble à ma mère par le physique – je suis grande et blonde – et à mon père par le caractère, d'une indépendance farouche. En apparence, c'est ma mère qui a l'air la moins solide de nous trois, mais je me demande si la facilité avec laquelle elle avoue sa peur n'est pas le signe d'une plus grande assurance. Quitter le Zimbabwe fut pour mon père un aveu de défaite. Il se considérait comme un homme fort et résolu, et je me rendis compte, pendant l'été 2004, à quel point il avait été humilié de devoir s'en aller comme ça. Face aux voyous de Mugabe, il n'avait pas eu plus de courage que moi face à mes ravisseurs... et nous nous sentions aussi diminués l'un que l'autre.

Le prétexte que je donnai à mes parents – il me fallait du temps et de l'espace pour écrire un livre – était en partie vrai. J'avais esquissé les grandes lignes d'un ouvrage quand j'étais encore à Bagdad (dans le sillage des révélations d'Abou Ghraib) et un éditeur m'avait déjà signé un contrat. J'avais constaté que nous avions été terriblement déstabilisés, mes collègues et moi, en voyant se lézarder la façade de respectabilité morale de l'Occident, et je m'étais dit qu'il pouvait être intéressant de dresser la carte des points chauds du monde à travers le regard des correspondants de guerre. Mais, surtout, je voulais analyser les répercussions psychiques d'une exposition permanente au danger.

On m'avait proposé une avance dérisoire, que je renégociai en m'engageant à intégrer dans mon livre un récit complet et objectif de ma détention. C'était de l'escroquerie pure et simple : au moment de signer le contrat, je savais parfaitement que je ne révélerais jamais la vérité. En fait, je me voyais mal écrire un livre – j'étais paralysée dès que je m'asseyais devant un clavier – mais je n'eus aucun scrupule à persuader les éditeurs que mon projet tenait la route. C'était l'alibi dont j'avais besoin pour me mettre hors circuit, le temps de retomber sur mes pieds.

Je dénichai Barton House sur le site d'un agent immobilier du Dorset et je choisis cette maison parce que c'était la seule pour laquelle on proposait un bail de six mois. Elle était beaucoup trop grande pour une seule personne, mais le loyer mensuel était le même que celui d'une villa de vacances de trois pièces. Quand je m'en étonnai, l'agent me répondit que les locations de vacances étaient irrégulières et que la propriétaire tenait à avoir un revenu garanti. Comme c'était dans mes moyens, j'acceptai son explication et envoyai une caution sous le nom de ma mère, Marianne Curran. Même s'il m'avait dit la vérité, à savoir que la maison était en piteux état et manquait d'un certain nombre des commodités modernes les plus élémentaires, je l'aurais louée. À ce moment-là, je n'avais qu'une idée en tête : me retirer du monde.

Je ne sais pas à quoi je m'attendais – m'intégrer dans une petite communauté tout en étant libre de fermer ma porte quand j'en aurais envie, peut-être. En tout cas, la réalité ne correspondait pas à ce que j'avais imaginé. Tout avait été arrangé par courrier électronique et par téléphone jusqu'à ce que j'aille chercher la clé à l'agence de Dorchester, une demi-heure avant de me rendre sur place. La photographie de Barton House sur Internet montrait une glycine en fleur sur une façade de pierre, avec le toit d'un autre bâtiment à l'arrière-plan (un garage, comme je le découvris plus tard). L'adresse, Winterbourne Barton, m'avait fait croire que la maison était située dans le village.

En fait, elle était très éloignée de la plus proche habitation et se cachait derrière une haute haie qui la rendait presque invisible de la route. L'endroit idéal pour quelqu'un qui voulait fuir la foule – s'isoler même. J'arrêtai ma Mini toute neuve devant l'entrée et regardai à travers le pare-brise, le cœur palpitant d'angoisse. Le tourbillon humain de Londres avait été un cauchemar pendant les trois semaines que j'avais passées chez mes parents, parce que je me demandais à chaque instant qui marchait derrière moi. Mais ce qui m'attendait là n'était-il pas plus terrifiant encore ? Me retrouver seule, dissimulée à tous les regards, sans protection et sans un être humain à portée de voix ?

Les haies projetaient de longues ombres et le jardin à l'abandon était tellement envahi par la végétation qu'une armée aurait pu s'y tapir à mon insu. Dès l'instant où mon avion s'était posé à Heathrow, j'avais essayé de dompter ma peur en me répétant cette vérité – *je ne courais plus aucun danger parce que j'avais fait ce qu'on m'avait dit de faire* –, mais l'angoisse échappe à toute raison. C'est une émotion intime et intense sur laquelle la logique n'a pas prise. Tout ce qu'on peut faire, c'est éprouver la terreur que le cerveau commande au corps de ressentir.

Je m'approchai parce que je ne savais pas où aller. La maison était plutôt jolie – une construction basse et rectangulaire du XVIIIe siècle – mais de près, on voyait qu'elle était délabrée. Le soleil et les vents marins avaient abîmé les portes et les encadrements de fenêtres, et il manquait tant de tuiles que je me demandai si le toit était encore étanche. Après tout, ça m'était bien égal – j'avais vu pis dans Bagdad bombardé – mais je commençai à comprendre pourquoi Barton House n'était pas plus chère qu'un gîte rural de trois pièces.

Connaissons-nous toujours notre point de rupture ? Je découvris le mien quand, après que la clé se fut coincée dans la serrure et alors que j'essayais de téléphoner, cinq mastiffs surgirent de nulle part. Comme j'étais occupée à capter le réseau en orientant mon portable vers la ligne d'horizon, je ne m'étais rendu compte de rien avant qu'un des chiens se mette à grogner. Ils montaient la garde autour de moi, leurs museaux à quelques centimètres de ma jupe et je sentis monter la poussée d'adrénaline familière au moment où la peur me faisait passer en pilote automatique.

Une demi-seconde de réflexion aurait dû me faire comprendre que leur maître ne pouvait être loin, mais j'étais pétrifiée au point que je n'arrivais plus à penser. Je ne me rendis même pas compte que je laissais tomber mon téléphone. Vous aurez beau faire, cela ne sert à rien de chercher à se rassurer quand votre angoisse est si concrète qu'un unique grognement suffit à réveiller des cauchemars. Je n'avais jamais vu les chiens, dans la cave de Bagdad, mais je les entendais et je les sentais encore. Ils peuplaient mes rêves.

Je n'aperçus leur propriétaire que lorsqu'elle fut devant moi, et ne compris que c'était une femme que lorsqu'elle parla. Je n'imaginai pas un instant que c'était une adulte. Elle portait un jean et une chemise d'homme trop grande pour son corps menu, et ses traits étrangement plats surmontés de cheveux bruns tirés en arrière m'incitèrent à la prendre pour un adolescent en pleine croissante. Elle devait peser moins de cinquante kilos. N'importe lequel de ses mastiffs aurait pu la tuer simplement en se couchant sur elle.

« Arrêtez de remuer vos mains dans tous les sens, dit-elle sèchement. Ça les énerve de vous voir gigoter comme ça. »

Elle claqua des doigts et les chiens s'alignèrent devant elle, tête basse.

« Vous ressemblez à Madeleine, reprit-elle. Vous êtes de sa famille ? »

Je ne savais absolument pas de qui elle pouvait bien parler. C'était d'ailleurs le cadet de mes soucis. Je n'arrivais pas à respirer. Je m'accroupis, rejetant la tête en arrière pour essayer d'inhaler un peu d'oxygène, mais le seul résultat fut que ses chiens se remirent à grogner. Je renonçai alors et rampai à quatre pattes vers la porte ouverte de la Mini. Je me précipitai à l'intérieur et claquai la porte, actionnant le verrouillage derrière moi avant de me laisser aller en arrière, dans un effort désespéré pour faire pénétrer de l'air dans mes poumons. Un des chiens chargea sans doute la voiture, parce que je la sentis se balancer. Puis j'entendis la fille lancer un ordre, mais j'avais fermé les yeux et ne regardais pas.

Je savais ce qui m'arrivait. Je savais que cela ne durerait pas et qu'il fallait seulement que j'arrive à enrayer cette respiration précipitée et superficielle, mais cette fois, la douleur qui me lacérait la poitrine était si violente que je me demandai si je n'étais pas

[...] Avant, j'avais peur du noir, mais maintenant je reste assise des heures, toutes lumières éteintes. Quand Dan a arraché le tissu adhésif, j'ai eu l'impression qu'on m'enfonçait des tisonniers brûlants sous les paupières. J'ai refusé d'ouvrir les yeux et de le regarder. Il était bouleversé, mais je ne savais pas qui il était. Cela pouvait être n'importe qui. Sa voix ne ressemblait pas à celle de Dan. Son odeur non plus.

[...] C'est effrayant de ne plus supporter que quelqu'un s'approche de moi. Ma bulle protectrice s'est dilatée aux dimensions d'une maison. Est-ce ainsi que le cerveau fonctionne ? Je m'enferme dans des espaces exigus, mais il me faut un palais tout autour pour que j'aie la place de respirer. J'arrive à rester dans la même pièce que mes parents, mais je ne supporte personne d'autre. Si je suis dans la rue et qu'un passant me frôle, je pique une crise. Je ne me déplace plus qu'en voiture.

[...] J'ai dit à mes parents que j'allais voir un psy. C'est marrant comme ça les rassure. Pourvu que je sois entre les mains d'un « spécialiste », tout ira bien. Ma mère a beau me bombarder de questions, je crois qu'elle est secrètement soulagée que j'aie refusé l'aide de Reuters. Si j'avais accepté un soutien officiel, j'aurais été obligée de leur raconter mon « histoire ». Or papa et elle sont des gens très discrets. Ça n'a pas été facile pour eux, quand les

journaux ne parlaient que de moi et que le
téléphone n'arrêtait pas de sonner.

[...] Au lieu d'aller chez le psy, je vais à l'église
de Hampstead. J'y passe quelques heures un jour
sur deux. Il y fait frais, c'est calme et il y a un
parking privé. Personne ne me casse les pieds. Ils
doivent se dire que ça ne se fait pas de demander
à quelqu'un pourquoi il vient s'asseoir là. Ils
pensent peut-être que je parle à Dieu...

Barton House

4.

En temps normal, je n'aurais certainement jamais fait la connaissance de Jess Derbyshire. Elle vivait en recluse au point que les habitants de Winterbourne Barton n'étaient qu'une poignée à avoir mis les pieds chez elle ; les autres se contentaient de raconter que le policier du coin passait une fois par mois vérifier qu'elle était toujours en vie. En fait, il s'en gardait bien. Les chiens de Jess lui inspiraient la même terreur qu'à tout un chacun ; le facteur, pensait-il, ne manquerait pas de s'inquiéter si elle ne relevait pas le courrier qu'il déposait dans la boîte aux lettres américaine, à côté de son portail. Elle était la propriétaire et l'exploitante de Barton Farm, une ferme située au sud-ouest du village, et sa maison était encore plus isolée que la mienne.

Je ne mis pas longtemps à découvrir que Jess était à la fois l'habitante la plus discrète de la vallée de Winterbourne et celle dont on parlait le plus. La première chose qu'apprenait tout nouveau venu était que le reste de sa famille avait trouvé la mort dans un accident de voiture en 1992. Elle avait vécu avec son petit frère, sa petite sœur et ses deux parents, des êtres absolument charmants, jusqu'au jour où un type en Range Rover, complètement ivre, avait foncé à plus de cent à l'heure dans la vieille Peugeot de son père sur la bretelle de contournement de Dorchester. La deuxième était qu'elle avait vingt ans quand le drame s'était produit ; elle était donc plus âgée qu'elle n'en avait l'air. Et la troisième qu'elle avait transformé la demeure familiale en sanctuaire à la mémoire de ses chers disparus.

Je dois convenir qu'il était difficile de la trouver sympathique et que sa meute de mastiffs – quatre-vingts kilos pour soixante-quinze centimètres au garrot – ne faisait rien pour arranger les choses. Son caractère revêche apparaissait dans ses regards hostiles et dans la sécheresse de son élocution, mais la plupart des gens attribuaient sa bizarrerie au lien étroit qu'ils établissaient entre l'immaturité de son physique – « retard de développement » – et l'intérêt morbide qu'elle vouait à sa famille disparue – « refus de tourner la page ». Son image de « solitaire » inspirait la méfiance ; en fait, très peu de gens semblaient la connaître.

Ma première impression ne fut pas différente – je la trouvai franchement étrange – et ce jour-là, quand je rouvris les yeux, je fus soulagée de constater qu'elle n'était plus là. Je me rappelle parfaitement m'être demandé si elle avait lâché ses chiens exprès, et comment on pouvait être assez insensible pour abandonner une personne visiblement en détresse ; mais cette idée ravivait trop de souvenirs d'Irak et je la chassai de mon esprit. Autrement dit, je ne m'attendais pas à la voir revenir. Quand sa Land Rover s'arrêta en travers du portail de Barton House un quart d'heure plus tard, bloquant délibérément toute issue, tout mon organisme se remit en état d'alerte.

L'observant dans mon rétroviseur, je la vis sortir de sa voiture une boîte à outils métallique. Elle se dirigea vers l'avant de la Mini et m'examina à travers le pare-brise, comme pour vérifier que j'étais toujours en vie. Son visage mince et plat était tellement impassible et son regard indiscret si peu amène que je fermai les yeux pour l'effacer. Tant que je n'y voyais pas, j'étais capable de tout affronter. Comme une autruche qui s'enfonce la tête dans le sable.

« Je suis Jess Derbyshire, dit-elle, assez fort pour que je l'entende. J'ai appelé le docteur Coleman. Il est en consultation, mais il m'a promis de venir dès qu'il aura fini. » Elle avait un très léger accent du Dorset, mais ce fut la gravité de son timbre qui me frappa le plus. On aurait dit que, non contente de s'habiller comme un homme, elle cherchait à imiter une voix masculine.

J'espérais qu'elle s'en irait si je ne répondais pas.

« Ça ne sert à rien de fermer les yeux, reprit-elle. Vous feriez mieux d'ouvrir la fenêtre. C'est un vrai four là-dedans. » J'entendis quelque chose tapoter contre la vitre. « Je vous ai apporté une bouteille d'eau. »

Mourant de soif, j'entrouvris les yeux pour replonger dans son regard hostile. Un soleil de plomb tapait sur le toit de ma voiture et j'avais les cheveux plaqués sur le crâne par la transpiration. Elle attendit que j'aie baissé ma vitre d'une dizaine de centimètres et me glissa la bouteille par l'interstice, le menton pointé en direction de la porte de la maison. Elle bougea la main comme pour faire signe qu'elle allait débloquer la clé, puis s'éloigna et alla s'accroupir sur le seuil. Je la vis sortir une bombe de WD40 de sa boîte à outils et pulvériser un fin brouillard dans la serrure avant de se rasseoir sur ses talons.

Elle me rappelait curieusement Adelina – petite, fine et compétente – mais sans l'expressivité italienne. Les gestes de Jess étaient économes et précis, comme si elle avait passé des années à dégripper des serrures. Après tout, c'était peut-être le cas.

« Elle se coince tout le temps, dit-elle en se penchant pour me parler à travers la vitre. Lily ne s'en servait jamais... elle mettait le verrou intérieur et passait par l'office. Le dégrippant met une dizaine de minutes à agir. On ne vous a pas donné d'autres clés ? Vous devriez avoir un cylindre et une clé Yale, pour la porte de derrière. »

Je jetai un coup d'œil sur une enveloppe posée sur le siège du passager.

Elle suivit mon regard. « Vous pouvez me les passer ? » demanda-t-elle en tendant la main.

Je fis non de la tête.

« Vous devriez essayer de compter des oiseaux, lança-t-elle brusquement. Avec moi, ça a toujours marché. Quand j'arrivais à vingt, j'avais généralement oublié pourquoi j'avais commencé. » Ses yeux bruns me dévisagèrent un moment. Puis, avec un haussement d'épaules, elle retourna vers la porte, et s'accroupit. Au bout d'un certain temps, elle sortit une pince de sa caisse à outils et s'en servit pour remuer la clé à l'intérieur de la serrure. Quand elle réussit enfin à la tourner, elle ouvrit la porte et disparut à l'intérieur. Quelques secondes plus tard, une lampe s'alluma dans l'entrée. Puis elle fit le tour du rez-de-chaussée, ouvrant les fenêtres une à une pour aérer.

Je mourais d'envie de sortir de voiture pour lui crier : « Arrêtez de vous mêler de ce qui ne vous regarde pas. » Mais je commençais à me sentir tellement bien à ne rien faire que je préférai ne pas bouger. J'observai les oiseaux, effectivement. Comment faire autrement ? Le jardin en était plein. Des bandes de moineaux, en péril dans les villes, jacassaient et voletaient dans les arbres tandis que des hirondelles et des martinets entraient et sortaient comme un jet des nids accrochés sous les toits.

Quand Jess réapparut, elle s'approcha de ma portière et se pencha pour se mettre à mon niveau. « Il faut allumer la cuisinière. C'est une Aga. Voulez-vous que je vous montre comment on fait ? »

J'aurais pu continuer à l'ignorer si je m'étais moins souciée de paraître grossière ou idiote. Après tout, peut-être que le truc des oiseaux avait marché. Je passai ma langue à l'intérieur de ma bouche pour en extraire un peu de salive.

« Non, merci. »

Elle pointa le menton en direction de l'enveloppe. « Il y a des instructions, là-dedans ?

– Je ne sais pas.

– Si c'est Madeleine qui les a écrites, vous n'arriverez jamais à allumer l'Aga. Elle ne sait même pas la mettre en route et encore moins régler le brûleur. »

Je faillis lui demander qui était Madeleine, et puis aussi Lily, dont elle avait prononcé le nom un peu plus tôt, mais c'était complètement ridicule. « Je m'en vais », lui annonçai-je.

Elle n'eut pas l'air étonnée. « Dans ce cas, vous aurez besoin de vos clés de voiture. »

Je hochai la tête.

Elle les sortit de sa poche et les brandit devant moi. « Je les ai prises dans votre sac – j'y cherchais de la Ventoline. Il était par terre, à côté de votre portable.

– Je ne suis pas asthmatique.

– Je m'en suis doutée. » Elle referma les doigts autour des clés. « Je vais les garder pour vous empêcher de conduire. Vous ne pouvez pas repartir maintenant... pas en voiture, en tout cas. Si vous voulez les récupérer, vous viendrez les chercher dans la maison. »

Elle s'imaginait de toute évidence que j'allais lui obéir sans broncher, ce qui eut le don de m'exaspérer. Je continuais à la croire plus jeune qu'elle n'était, mais la rigidité de son corps fluet suggérait une détermination que j'étais loin de posséder. « Vous êtes de la police ?

– Non. Simple mesure de précaution. Si je vous laissais partir maintenant, vous seriez un danger pour vous-même et pour les autres. C'est à cause des chiens ?

Je réfléchis un instant et me rappelai le mal que j'avais eu à franchir le portail.

« Non », lui dis-je finalement.

Elle hocha la tête d'un air satisfait, avant de remettre les clés dans sa poche. « Le médecin qui va venir – Peter Coleman – ne connaît strictement rien aux crises de panique, m'annonça-t-elle catégoriquement. Il va probablement vous conseiller de prendre des calmants et vous prescrire toute une flopée d'antidépresseurs pour vous remonter le moral. Si je l'ai appelé, c'est simplement pour me couvrir. Je n'ai pas envie d'avoir un procès au cul. Vous feriez mieux de continuer à vous fier aux sacs en papier et de vous sortir vous-même de cet engrenage. »

Un petit rire flotta autour de ma tête. « Vous êtes psychiatre ?

– Non. Mais j'ai eu un certain nombre de crises de ce genre quand j'avais une vingtaine d'années.

– De quoi aviez-vous peur ? »

Elle réfléchit un instant. « De ne pas y arriver, sans doute. Je me suis retrouvée avec une ferme sur les bras, et je ne savais pas comment me débrouiller. Et vous, de quoi avez-vous peur ? »

D'étouffer... de me noyer... de mourir...

« De ne pas y arriver », répétai-je impassiblement.

Ce n'était pas faux, mais elle ne me crut pas. Je n'avais pas le ton qu'il fallait peut-être, ou bien mon visage exprimait autre chose. Je me demandai si elle était vexée que je ne me sois pas confiée à elle, car elle se redressa et disparut à nouveau à l'intérieur de la maison. Le médecin arriva peu après.

Il s'arrêta à côté de la Land Rover de Jess et je le regardai sortir par la portière du conducteur. C'était un homme de haute taille, aux cheveux bruns, vêtu d'une veste de lin et d'un pantalon de grosse toile. J'aperçus un sac de golf posé sur le siège avant de sa BMW. Il se pencha pour vérifier son nœud de cravate dans la vitre avant de passer devant moi et d'entrer dans Barton House. Je l'entendis crier : « Mais où es-tu bon sang, Jess ? Que se passe-t-il ? », avant que sa voix ne soit engloutie par les murs.

S'il y avait une perspective susceptible de me replonger dans la panique, c'était bien celle du remue-ménage qui allait suivre. Ambulances... psychiatres... hôpitaux... presse. Je voyais déjà les titres des journaux à sensation : *Bouleversée,*

Connie s'effondre. C'était le stimulus dont j'avais besoin pour m'extirper de ma voiture. Je savais que je ne pourrais plus jamais affronter la honte des révélations. J'aurais dû être aussi courageuse qu'Adelina.

Avez-vous cherché à résister ? Non.

Avez-vous demandé à vos ravisseurs qui ils étaient ? Non.

Leur avez-vous demandé les raisons de votre enlèvement ? Non.

Leur avez-vous parlé ? Non.

Avez-vous quelque chose à nous dire, Miss Burns ? Non.

Je relâchais mes doigts crispés pour attraper la poignée de la portière et découvris que j'avais les paumes tellement moites que le sachet en papier auquel je me cramponnais avait commencé à se désagréger. Ce sont les petits détails qui effraient. Je fus prise d'une peur soudaine et atroce à l'idée que c'était peut-être le dernier.

Mais non. Ma réserve était bien dans le compartiment de la portière, sur ma droite, une pile de papier brun plié – une vraie bouée de sauvetage. J'avais découvert ça sur Internet. Si vous inhalez votre propre dioxyde de carbone, les symptômes de panique ont tendance à s'atténuer. Le cerveau comprend que le corps n'est pas sur le point de mourir d'asphyxie, et le cercle vicieux de la terreur est momentanément brisé. Comme je l'appris plus tard, cette méthode avait permis à Jess de supprimer entièrement les crises. Pour moi, les sachets de papier n'étaient qu'un dernier recours, avant la mort par suffocation.

Je frottai énergiquement mes mains l'une contre l'autre pour me débarrasser des fragments de papier.

Le truc de lady Macbeth. « Va-t'en, tache damnée ! Va-t'en, dis-je ! L'enfer est sombre ! » Comment Shakespeare savait-il que les femmes angoissées ont un besoin obsessionnel de se laver ? Est-ce une chose que nous faisons depuis des siècles pour nous purifier de la souillure ?

Je me rappelai avoir lu dans la description de Barton House qui se trouvait sur Internet qu'il y avait une mare dans le jardin. Elle n'était pas visible depuis ma voiture et devait donc, en toute logique, se trouver de l'autre côté. Peu importe ce qui m'a poussée à aller m'y nettoyer, mais je me suis souvent demandé depuis si la raison pour laquelle je m'étais intéressée à l'histoire de Lily Wright n'était pas que je m'étais agenouillée pour me laver les mains à l'endroit où Jess Derbyshire l'avait trouvée, mourante.

5.

D'après ce que j'ai appris plus tard, je ne crois pas que Lily et moi serions devenues amies. Elle avait des idées démodées sur la place des femmes, et aurait certainement levé un sourcil réprobateur face à une correspondante de guerre célibataire qui faisait passer son métier avant sa famille. Son rôle dans la vie consistait à jouer les grandes dames à Winterbourne Barton, sous prétexte que Barton House était la plus ancienne et la plus grande demeure de la vallée et que sa famille y habitait depuis trois générations. Quand son mari était encore en vie, avant que l'afflux de citadins ne transforme la démographie du village, elle participait activement à la vie de la communauté. Mais, après sa mort, elle s'en détacha peu à peu.

Ce lent processus passa largement inaperçu; la plupart des gens pensaient que, si elle insistait tant sur son intimité avec l'aristocratie du Dorset, c'était parce qu'elle préférait ses anciennes fréquentations aux nouveaux habitants de Winterbourne Barton. Sa fille, Madeleine, qui vivait à Londres et venait de temps en temps lui rendre visite, confirmait cette interprétation en invoquant le rang social de sa mère. Et, dans la mesure où Lily se gardait bien de dire que, son défunt mari ayant dilapidé sa fortune personnelle en Bourse, elle était loin d'être aussi riche qu'il n'y paraissait, on s'accordait à penser qu'elle avait des amis ailleurs, hors de la communauté villageoise.

Elle vivotait grâce à une pension de l'État et aux quelques maigres dividendes qu'elle avait réussi à mettre à l'abri. Mais l'ombre de la pauvreté planait. Cela explique que Barton House ait eu grand besoin de réparations – ce que je découvris dès que je m'y installai. Les plafonds étaient cintrés et les murs humides mais, comme très peu de visiteurs étaient autorisés à aller au-delà de l'entrée et du salon, la majorité des gens n'en savaient rien. Les taches qui maculaient les sols et les murs étaient dissimulées sous des tapis et des tableaux, tandis qu'à l'extérieur, la glycine était conduite le long des encadrements de fenêtres à la peinture écaillée. Lily était toujours vêtue avec élégance en jupe et veste de tweed, ses cheveux blancs enroulés en un chignon flou sur la nuque ; et elle conserva beaucoup de sa séduction jusqu'à ce que la maladie d'Alzheimer la conduisît à se négliger.

Le jardin était sa passion et, bien qu'il fût un peu à l'abandon à mon arrivée, les soins qu'elle lui avait prodigués restaient visibles. La maison n'avait pas beaucoup changé depuis le temps de son grand-père. Il n'y avait pas le chauffage central ; seules l'Aga de la cuisine et les flambées faites dans les cheminées prodiguaient un peu de chaleur. À l'étage, l'humidité était telle qu'il faisait froid dans les chambres même en plein été, et il n'y avait jamais suffisamment d'eau chaude pour remplir l'immense baignoire à l'ancienne mode. Quant aux douches, il ne fallait pas y penser. La maison était équipée d'une antique machine à laver à deux tambours, d'un petit réfrigérateur-congélateur, d'un micro-ondes bon marché et d'un téléviseur, installé dans la pièce de derrière, où Lily passait le plus clair de son temps. L'hiver, elle s'enveloppait dans un grand manteau et dans des couvertures, qu'elle rejetait si quelqu'un se présentait à la porte d'entrée, feignant d'avoir été assise devant l'âtre vide du salon plein de courants d'air.

Comme une grande partie du Dorset, Winterbourne Barton s'était radicalement transformé au cours des vingt dernières années. La flambée des prix de l'immobilier avait incité les gens du coin à vendre à bon prix leur capital le plus précieux. Deux ou trois des propriétés étaient devenues des résidences secondaires et restaient vides durant de longs mois de l'année, mais la plupart des nouveaux venus étaient des citadins arrivés en fin de carrière avec un solide plan de retraite, qui avaient choisi d'acheter à Winterbourne Barton, attirés par son charme de carte postale et par la proximité de la mer.

Le village remontait au XVIIIe siècle, à l'époque où le propriétaire de Barton House avait décidé de bâtir trois petites maisons pour ses ouvriers sur un terrain improductif. Construits en pierre de Purbeck avec des toits de chaume et des fenêtres à battants, ces cottages pittoresques servirent de modèle à une centaine d'autres, avant que le conseil régional du West Dorset ne fasse de Winterbourne Barton un secteur sauvegardé et n'interdise tout nouveau projet immobilier. C'était cette défense de construire, autant que les roses et le chèvrefeuille qui grimpaient sur les jolies façades de pierre, qui attira les retraités. Elle conférait au village une sorte de cachet d'exclusivité d'autant plus irrésistible qu'il était un des sites les plus photographiés (et les plus enviés) du comté.

L'isolement persistant de Lily était dû à son refus de sacrifier aux relations de voisinage. Elle invitait à entrer tous ceux qui se présentaient à sa porte, mais son accueil était aussi glacial que son salon, et la conversation portait invariablement sur ses « copains » – le gratin du West County –, jamais sur les nouveaux venus assis en face d'elle. Selon Jess, elle était trop fière pour admettre qu'elle avait du mal à joindre les deux bouts, une situation qu'elle n'aurait pas pu dissimuler longtemps si elle avait fréquenté assidûment ses voisins. Personnellement, j'y verrais plutôt une forme d'indifférence à autrui qu'elle partageait avec Jess.

Celle-ci était la seule personne à lui rendre régulièrement visite. Sa grand-mère avait été servante à Barton House pendant et après les années de guerre. Cette relation de domestique à maîtresse s'était apparemment transmise dans la famille Derbyshire, d'abord au père de Jess, puis, à sa mort, à Jess elle-même. Bien que ni l'un ni l'autre n'aient été payés pour ce qu'ils faisaient, ils étaient, semble-t-il, à l'entière disposition de Lily et accouraient au moindre problème, allant jusqu'à la fournir gratuitement en produits de la ferme pour compléter sa pension.

La fille de Lily, Madeleine, tenait apparemment cette situation pour acquise. Fort occupée à Londres avec son mari et son fils de onze ans, elle comptait sur Jess pour accomplir des tâches qu'elle ne pouvait assurer elle-même. Mais elle ne dissimulait pas son aversion pour Jess ; pas plus que

Jess ne cachait la sienne. On ignorait les raisons de leur différend, mais les sympathies de Winterbourne Barton allaient indéniablement à la fille de Lily. Madeleine était une belle femme d'une quarantaine d'années qui, contrairement à sa mère et à Jess, possédait un caractère ouvert et aimable. Elle était très populaire au village. On s'accordait en outre à soupçonner que les motifs qui poussaient Jess à se rendre indispensable à une femme fortunée étaient forcément louches.

Le diagnostic d'Alzheimer fut posé en juin 2003. Lily avait soixante-dix ans, ce qui était relativement jeune. Comme la maladie en était au tout premier stade, on pouvait penser que, malgré quelques épisodes amnésiques, la vieille dame serait en mesure de conserver son indépendance pendant un certain temps encore. Au cours de l'automne, elle commença à souffrir de confusion mentale ; plusieurs de ses voisins la trouvèrent, errant dans Winterbourne Barton. Aucun d'entre eux n'ayant été averti de son état et, comme elle leur tenait des propos parfaitement sensés quand on lui indiquait le chemin de sa maison, ils attribuèrent ce comportement à une légère excentricité – qui s'aggravait lorsque le vent soufflait du nord-nord-ouest.

Les symptômes s'aggravèrent nettement au moment des fêtes de fin d'année. En janvier, elle s'introduisit à quatre reprises chez des gens, le soir, passant par la porte de derrière qu'ils n'avaient pas verrouillée, pendant que les occupants des lieux regardaient la télévision. Elle montait à l'étage sur la pointe des pieds, pénétrait dans leurs salles de bains où elle se servait de leur linge de toilette et de leurs brosses à dents, avant de se glisser tout habillée entre leurs draps où ils la découvraient dormant à poings fermés. Réveillée, elle réagissait avec agressivité, mais une tasse de thé et un biscuit suffisaient à l'apaiser.

Prétendant toujours ne pas avoir conscience que Lily était gravement malade – malgré son aspect échevelé et son comportement pour le moins bizarre –, chacune des quatre familles la reconduisit chez elle sans se poser davantage de questions. Ils déclarèrent qu'elle s'était montrée grossière et désagréable, et qu'elle avait insisté pour être ramenée immédiatement à Barton House, affirmant ne pas vouloir d'autre aide que celle de Jess Derbyshire ou du docteur Coleman. Elle avait renvoyé ses sauveteurs dès qu'ils l'eurent déposée à sa porte de derrière.

Au village, on jasa, évidemment, mais on décida manifestement d'un commun accord qu'il valait mieux ne pas s'en mêler. Si ce n'était pas Lily qui leur tombait dessus, ce serait certainement Jess Derbyshire. Ils auraient bien prévenu Peter Coleman, mais il était en congé jusqu'à la fin janvier. On laissa un message sur le répondeur de Madeleine, mais elle n'était pas là non plus et personne n'eut le courage de faire savoir au remplaçant de Peter Coleman que le comportement de Mrs Wright inspirait quelque inquiétude.

Par la suite, on mit tout sur le dos de Jess. Comment les habitants de Winterbourne Barton auraient-ils pu savoir qu'elle n'était pas allée voir Lily depuis novembre ? Cela faisait des années qu'elle faisait du plat à la vieille dame, elle était mieux placée que quiconque pour prendre la mesure de son état mental, tout ça pour la laisser tomber comme une vieille chaussette dès que les symptômes devenaient trop éprouvants. Pourquoi n'avait-elle prévenu personne ?

Ce fut pourtant Jess qui sauva la vie à Lily. Le troisième vendredi de janvier, à onze heures du soir, elle la découvrit respirant à peine, vêtue d'une simple chemise de nuit, à côté de la mare de Barton House. N'ayant pas la force de porter Lily jusqu'à la porte de derrière, et l'absence de réseau l'empêchant d'utiliser son portable pour appeler des secours, elle prit sa Land Rover, traversa la pelouse en marche arrière, hissa la vieille dame à l'intérieur et la conduisit à Barton Farm, d'où elle appela un médecin.

Loin de lui valoir des louanges, cette intervention alimenta encore les soupçons. Que faisait Jess dans le jardin de Lily à une heure pareille ? Pourquoi n'avait-elle pas utilisé le téléphone fixe de la maison ? Pourquoi avait-elle conduit Lily à Barton Farm et pas à l'hôpital ? Pourquoi alerter les services sociaux avec une telle précipitation ? Pourquoi accuser tout le monde de négligence, alors que c'était elle qui avait honteusement abandonné Lily ? Les thèses de complot proliférèrent d'autant plus que l'on apprit que Lily avait secrètement annulé la procuration établie au nom de sa fille pour la confier à son notaire. Jess était certainement à l'origine de cette décision.

En l'absence de Madeleine, Lily fut internée sous la responsabilité des services sociaux tandis que l'on cherchait à joindre son notaire. Quand elle revint de vacances, la semaine suivante, Madeleine découvrit qu'elle n'avait plus son mot à dire sur le sort de sa mère. Le notaire de Lily n'avait pas perdu de temps : il l'avait fait admettre dans une coûteuse maison de santé et avait annoncé son intention de vendre Barton House et tous les biens de la famille pour couvrir les frais d'hospitalisation.

Pour les uns, Madeleine était une garce sans cœur qui ne souhaitait que la mort de sa mère afin d'hériter de la maison avant que Lily ne soit obligée de la vendre pour payer la maison de retraite. Pour les autres, elle était si mal informée que la double révélation de l'état médical et financier de sa mère lui avait infligé un terrible choc. Mon cynisme invétéré m'empêchait de croire à une telle ignorance ; mais les villageois faisaient remarquer que Lily n'avait jamais cessé de verser à sa fille une rente hebdomadaire depuis ses dix-huit ans. Pourquoi, si ce n'était pour laisser croire à Madeleine qu'elle était très à l'aise ?

Quant à Lily, sa situation dépendait entièrement de la vente de Barton House. Tant que la maison restait à elle, ses revenus étaient insuffisants pour couvrir ses besoins. La vente rapporterait plus d'un million et demi de livres. Madeleine avait de bonnes raisons de s'opposer à ce projet. Sa mère pouvait aussi bien mourir demain que vivre encore vingt ans, et il était précipité de se défaire de la demeure familiale. Il s'ensuivit une bataille entre Madeleine et le notaire. Celui-ci finit par proposer un compromis. Si la maison était louée et l'intégralité des revenus des actions et des obligations restantes consacrée aux soins de Lily, il repousserait la vente.

C'est ainsi que je devins la première locataire de Barton House. Au moment où je me penchai sur la mare pour me laver les mains, j'ignorais tout de son histoire récente. Autrement je ne serais pas restée. C'était un lieu de souffrance...

[...] Je me souviens d'une femme, à Freetown, qui traînait dans la rue à l'extérieur de mon quartier sécurisé en se hurlant des insultes. Je l'avais crue sourde et un peu fêlée jusqu'à ce qu'on me raconte. Elle s'était cachée sous sa maison le jour où une bande de rebelles avait fait irruption dans son village. Ils étaient une douzaine et avaient massacré tous les habitants, dont le mari et les enfants de cette femme. Ils n'étaient repartis que lorsque l'odeur des corps en décomposition était devenue insupportable. Cette mère se fustigeait publiquement d'être restée en vie.

[...] Je pense souvent à elle. Elle a passé à peu près autant de temps sous sa maison – immobile, terrifiée, muette – que moi dans la cave de Bagdad. Se parlait-elle à elle-même pour ne pas perdre la tête ? Et, le cas échéant, que se disait-elle ? Pesait-elle le pour et le contre, se demandant s'il était justifié de sauver sa peau au prix de la mort de ses enfants ? Est-ce à cet instant que le nœud de la folie s'était formé ?

[...] J'ai dans la tête un cri qui refuse de se taire. Peut-être est-il dans toutes les têtes. Peut-être est-ce ce qui faisait hurler la femme de Freetown.
Pourquoi est-ce que personne ne s'occupe de moi ?

6.

L'entrée était sombre et fraîche après le soleil éclatant du dehors. De part et d'autre, des portes s'ouvraient sur des pièces qui semblaient ne conduire nulle part. Un escalier qui se divisait en deux après le premier palier se dressait devant moi. C'est alors qu'un murmure sur la droite attira mon attention. J'aperçus une porte matelassée verte, au fond du couloir. Elle était équipée d'une charnière à fermeture automatique et, quand je l'entrouvris d'une dizaine de centimètres, je pus suivre la conversation.

« Je ne comprends toujours pas pourquoi j'ai dû me ranger à côté de ton tacot pourri, disait la voix masculine. Tu es quand même gonflée de lui avoir pris ses clés et d'avoir bloqué la sortie, tu ne crois pas ? » Il parlait d'un ton léger, badin, comme s'il avait l'habitude de taquiner cette femme enfant.

Jess, au contraire, semblait exaspérée ; son attitude protectrice lui tapait visiblement sur les nerfs. « Elle pouvait avoir un trousseau de rechange dans sa voiture.

– Dans ce cas, elle se serait tirée pendant que tu me téléphonais de la ferme, objecta-t-il raisonnablement.

– Dommage que je ne sois pas voyante, lança-t-elle. Je ne t'aurais pas cassé les pieds. Je me suis dit qu'il fallait que je fasse au moins semblant d'être embêtée, qu'autrement elle risquait de porter plainte en invoquant la loi sur les chiens dangereux.

– Qui est-ce ?

– Je n'en sais rien... elle a les clés de la maison, je suppose que c'est une locataire. J'ai cru que c'étaient les chiens qui la terrorisaient, alors je les ai ramenés à la maison. » Elle lui raconta brièvement ce qui s'était passé.

« Tu n'as pas pensé qu'elle pouvait être allergique aux poils de chien ?

– Bien sûr que si. Je lui ai demandé si elle était dans cet état à cause d'eux, elle m'a dit que non.

– Bon. » Il devait être assis, car j'entendis un raclement de pieds de chaise alors qu'il s'apprêtait à se lever. « Je vais aller lui parler.

– Non ! s'écria Jess avec véhémence. Il faut qu'elle vienne ici toute seule. »

Peter Coleman parla d'un ton amusé. « Pourquoi est-ce que tu m'as fait venir, si tu as déjà défini une thérapie ?

– Je te l'ai dit. Je n'avais pas envie qu'elle porte plainte.

– Bon, eh bien, on ne va pas y passer l'après-midi, fit-il en bâillant. Je dois être au golf dans une demi-heure.

– Il y a d'autres traitements que les comprimés, tu sais. Tu ferais moins d'histoires pour annuler ton golf si une de tes vieilles dames avait besoin de compagnie. Tu aurais trop peur de ternir ton aura. »

Je fus surprise d'entendre Peter rire. « Bon sang ! C'est ce qui s'appelle avoir la rancune tenace ! Je regrette que personne n'ait découvert un médicament contre le ressentiment... Je t'aurais collé sous perf il y a douze ans et je t'en aurais bourrée jusqu'à la gueule. Je te rappelle – *encore une fois* – que tu n'avais pas dormi depuis cinq jours et que tu avais une tachycardie d'enfer. » Il s'arrêta comme s'il attendait une réponse. « Tu sais bien que les calmants ont été efficaces, Jess. Ils t'ont accordé un peu de répit, et ton organisme en avait grand besoin.

– Ils m'ont transformée en zombie, voilà ce qu'ils ont fait.

– Oui, une semaine, le temps que ta grand-mère prenne les choses en main. Crois-moi, je t'aurais donné un sac en papier si tu n'avais pas eu besoin d'autre chose. »

Jess ne répondit pas.

« Alors, que prescris-tu pour la bonne femme qui est dehors ?

– Patience et longueur de temps...

– Et mon golf ? La médecine n'est pas toute ma vie, tu sais. »

Visiblement, le sujet n'intéressait pas Jess. Un ange passa. J'aurais dû me manifester, je le sais, mais en tout état de cause, la situation ne pouvait qu'être embarrassante. Dans un coin de ma tête, j'espérais que, si j'attendais assez longtemps, ils allaient finir par lever le camp ; en même temps, je savais que, plus j'attendrais, plus les explications seraient laborieuses. Qu'est-ce que j'allais bien pouvoir leur dire, de toute façon ? Que je partais ?

Que je ne partais pas ? Et puis quel nom allais-je donner au médecin ? S'il demandait le dossier médical de Marianne Curran, on lui transmettrait celui d'une personne de soixante-trois ans.

Je crois bien que c'est ce long intermède dans le vestibule de la maison de Lily qui me persuada de rester. La vétusté des lieux sautait aux yeux – près du plafond, un bon mètre de papier peint s'était détaché des bouts de Patafix qui le maintenaient en place – mais, curieusement, cet endroit me plaisait. À part ma mission en Irak, j'avais passé les deux dernières années dans un appartement minimaliste d'un grand immeuble de Singapour, où l'espace était exigu, la couleur crème prédominante et où aucun meuble ne m'arrivait au-dessus du genou. On n'aurait pu imaginer moins pratique – servir du vin rouge frisait le cauchemar –, ni moins confortable – je ne pouvais pas bouger sans m'écorcher les tibias –, mais mes visiteurs ne tarissaient pas d'éloges sur le goût exquis du décorateur.

Ici, c'était le contraire. Spacieux, haut de plafond et prêt à accueillir toutes les taches de vin rouge possibles. Le papier peint fané dans des tons bleus et verts, avec ses motifs de pagodes japonaises, de feuilles de saule plumeuses et d'oiseaux exotiques genre faisans datait d'une bonne cinquantaine d'années, alors que le mobilier, lourd et encombrant, était de style victorien, purement utilitaire. J'avais aperçu une commode déglinguée sous une des volées d'escalier, un vieux fauteuil de cuir dont le crin sortait du coussin sous l'autre, et une affreuse table de chêne au centre, arborant une plante verte en plastique. Peut-être le vieux tapis Axminster étalé sous la table ajoutait-il une petite touche familière : il me rappelait celui que nous avions au Zimbabwe. Mon grand-père l'avait fait venir d'Angleterre en grande pompe puis avait interdit qu'on marche dessus.

La voix du médecin rompit le silence. « Tu n'as jamais imaginé que tu pouvais te tromper ?

– Comment ça ?

– Pour le moment, cette femme est dehors. Tu pars du principe qu'elle arrivera à se ressaisir suffisamment pour entrer dans la maison... et si ce n'est pas le cas ? » Il s'interrompit pour la laisser répondre mais, devant son silence, il poursuivit : « Peut-être que ses craintes sont bien réelles, qu'elle a peur de quelque chose de précis ? Qu'est-ce que tu sais d'elle ?

– Rien, sauf qu'elle a l'accent sud-africain et qu'elle connaît le truc des sachets en papier.

– Aha !

– Ce qui veut dire ?

– Ce qui veut dire que je comprends pourquoi tu es persuadée qu'elle va entrer. Les sachets en papier sont pour toi ce que les sangsues étaient jadis aux charlatans. La panacée.

– Ils sont bien moins nocifs que ton Valium, en tout cas. »

Peter s'étrangla. « Ce ne sont pas les sachets qui t'ont guérie, Jess. C'est d'avoir été obligée de prendre le taureau par les cornes, de t'occuper de la ferme. Ta courbe d'apprentissage a grimpé à la verticale simplement parce que tu avais des tripes et une intelligence supérieure à la moyenne. Montre-moi le sachet en papier qui t'a appris à enfoncer la main dans le cul d'une vache pour l'aider à sortir son veau. » Il s'arrêta.

« Qu'est-ce que tu en sais ? » J'entendis le fracas d'une porte qui s'ouvrait violemment. « Je vais passer par-derrière, voir si elle est toujours dans sa voiture.

– Bonne idée. » Le silence se fit.

Je jetai un coup d'œil vers la porte d'entrée, pensant que Jess allait arriver par là, mais j'entendis sa voix en provenance de la cuisine. « Elle n'y est pas. Elle doit être dans la maison.

– Et maintenant, qu'est-ce qu'on fait ? »

Pour la première fois, elle eut l'air d'hésiter. « Il faudrait peut-être faire du bruit pour qu'elle sache où nous sommes. Si nous partons à sa recherche, elle risque de paniquer.

– Parfait, la taquina-t-il. Dis-moi ce que je dois faire. Chanter ? Faire des claquettes ? Taper sur des casseroles ?

– Ne sois pas idiot. »

Son ton s'adoucit et j'eus l'impression qu'il lui souriait. « Si elle est allée jusqu'à la porte d'entrée, tu ferais aussi bien d'aller la chercher. Je vais mettre de l'eau à chauffer pendant ce temps. Pourvu qu'elle ait quelques sachets de thé sur elle. Si Madeleine en a laissé qui datent de Lily, ils doivent être moisis, à l'heure qu'il est. Allez, file. Qui sait, elle va peut-être t'étonner. »

Ce ne fut que plus tard, en m'apercevant dans le miroir de la salle de bains, que je pris conscience de l'image épouvantable que j'offrais. Mon T-shirt et ma longue jupe légère étaient loin d'être flatteurs ; ils soulignaient mes os saillants et révélaient ma maigreur. J'avais les yeux entourés de cernes brunâtres, mes cheveux avaient l'air d'avoir été trempés dans du gel, et j'avais la figure barbouillée. Le portrait type de la déprimée. L'inquiétude manifeste de Jess et de Peter à ma vue n'avait rien de surprenant.

Pour tout arranger, je devais avoir l'air furieuse. En effet, la première réaction de Jess fut de se répandre en excuses quand elle poussa la porte matelassée et me découvrit dans le hall d'entrée, à côté de la table. « Je suis désolée, dit-elle après un instant d'hésitation. Je voulais simplement vous avertir que nous sommes à la cuisine.

– Bon. »

Elle fit un signe de tête vers le portable que j'avais toujours en main. « Si vous essayez d'obtenir le réseau, vous pouvez renoncer tout de suite. Ça ne passe pas, ici. C'est pareil, chez moi. J'arrive à me connecter en montant au grenier, mais c'est tout. La vallée est trop encaissée. » Elle leva le pouce par-dessus son épaule. « Le fixe marche, si ça peut vous rendre service. J'ai vérifié la ligne. Il y a un téléphone sans fil à côté du frigo.

– Bon. »

Elle eut l'air déconcertée par mes réponses monosyllabiques et regarda le plafond. Ne la connaissant pas, je crus qu'elle s'attendait à des remerciements pour son intervention – ce ne serait que plus tard que je découvrirais à quel point elle comptait sur les autres pour faire la conversation. Peter y voyait l'expression de son caractère intro-verti, mais j'y ai toujours perçu un soupçon d'arro-gance. Elle était au-dessus des bavardages futiles de pure politesse, et les autres n'avaient qu'à s'accommoder de ses silences.

Le salut vint de Peter qui surgit dans le couloir derrière elle et s'avança vers moi, tout sourire. « Bonjour, dit-il en me tendant la main. Peter Coleman. Bienvenue à Winterbourne Barton. Si j'ai bien compris, les chiens de Jess vous ont un peu effrayée. »

J'essayai de reculer, mais ses doigts avaient déjà englouti les miens. « Marianne Curran », balbutiai-je, les yeux écarquillés, sentant toute ma peau se recroqueviller sous la sienne.

Il me lâcha immédiatement et s'effaça en m'indiquant la direction du couloir. « Je n'arrive pas à faire entrer dans la tête de Jess que tout le monde n'apprécie pas forcément de se faire recouvrir de bave par ces affreux bestiaux. Ils aboient plus qu'ils ne mordent, évidemment – un peu comme leur maîtresse. » Ses yeux s'illuminèrent d'un humour ironique tandis qu'il ignorait le regard furieux de Jess et m'escortait jusqu'à la cuisine. « D'où arrivez-vous ? Si vous êtes partie de Londres, vous devez être épuisée... »

Il me fit asseoir à la table et poursuivit son monologue inoffensif jusqu'à ce que je sois suffisamment détendue pour lui répondre. Je restais pourtant sur mes gardes, livrant des demi-vérités plus que des mensonges purs et simples. Je lui racontai que j'étais née et que j'avais grandi dans une ferme du Zimbabwe, que je m'étais réfugiée à Londres avec mes parents après que notre voisin avait trouvé la mort dans une agression raciste. J'avais loué Barton House pour six mois, j'avais l'intention d'écrire un livre. Je m'attendais à être pressée de questions, mais Peter sembla aussi indifférent au genre d'ouvrage que j'avais en chantier qu'à mes éventuels antécédents littéraires. Il ne s'appesantit pas non plus sur les motifs de ma crise de panique.

Jess ne participait pas à la conversation. Elle restait debout, près de la porte menant à l'office, mordillant sa lèvre inférieure. Elle évitait soigneusement de nous regarder et je me demandai si elle avait un faible pour Peter et si, peut-être, elle n'appréciait pas l'attention qu'il m'accordait. Cela rendait l'atmosphère assez pesante ; j'attendais leur départ avec impatience. J'aurais voulu dire à Jess qu'elle n'avait aucune raison de s'inquiéter. Je n'éprouvais strictement aucune attirance pour ce genre d'homme – médecin subtil au regard pénétrant. Mais je m'en abstins, évidemment.

J'étais en train de me demander comment les congédier sans être trop grossière quand Peter lança à Jess : « Pas question que tu partes, Jess. Tu es la seule ici à savoir allumer l'Aga. »

Elle avait la main sur le bouton de la porte. « Je pensais que je ferais mieux de revenir un peu plus tard. »

Il se tourna vers moi. « C'est moi qui dois y aller, dit-il en se levant. Mes consultations commencent à quatre heures et demie et je n'ai pas encore déjeuné. » Il sortit son portefeuille et en retira une carte. « Je fais partie d'un cabinet rural qui couvre un important secteur, me dit-il en posant la carte sur la table. Nous sommes trois médecins et notre service de consultation externe se trouve à une bonne dizaine de kilomètres d'ici. Jess vous indiquera comment vous y rendre. Mais il faudra que vous preniez une inscription temporaire pour y avoir accès... » Il soutint mon regard un moment. « Ce qui veut dire qu'il vous faut un numéro de Sécurité sociale et une pièce d'identité. »

Je passai nerveusement la langue sur mes lèvres.

« L'autre solution est de m'appeler sur ma ligne privée... » Il tapota la carte. « *Celle-ci*. J'habite à cinq minutes, à l'ouest du village. Si je suis chez moi, je viendrai... sinon, l'appel sera transféré au cabinet. Vous n'aurez qu'à donner votre nom et à me demander personnellement, la réceptionniste me passera votre appel. »

Il savait que je n'étais pas Marianne Curran. Savait-il que j'étais Connie Burns ? Mon chef de bureau, Dan Fry, avait communiqué une photo de moi à la presse internationale, mais il m'avait assuré qu'elle était très ancienne, qu'elle datait de l'époque où j'étais entrée chez Reuters. Des cheveux plus courts, le visage plus rond et dix ans de moins. Je pliai la carte dans ma paume. « Merci. »

Peter hocha la tête. « Je vous laisse en de bonnes mains. Le seul défaut de Jess est de croire que tout le monde est aussi compétent qu'elle. » Il se tourna vers elle, me dissimulant son expression et ses mains ; je me demandai ce qu'il cherchait à lui faire comprendre. « Allez-y doucement, d'accord ? Vous savez où me joindre en cas de besoin. »

J'appris plus tard que c'était la mention du Zimbabwe qui avait rafraîchi la mémoire de Peter. Le lendemain de mon enlèvement, le *Times* avait publié un article contenant des détails sur mon enfance en Afrique et sur notre départ forcé de la ferme. Il avait eu peine à croire à une coïncidence en voyant débarquer à Winterbourne Barton un auteur au passé identique, dont le physique correspondait approximativement au portrait de Connie Burns et qui manifestait des signes d'angoisse aiguë. Ses soupçons furent confirmés quand, rentré chez lui, il surfa sur le Net à la recherche de vieux articles de presse, et apprit que ma mère s'appelait Marianne.

Jess n'avait pas été aussi perspicace. Tout ce qu'elle avait remarqué, c'était une vague ressemblance entre Madeleine et moi. Une grande blonde aux yeux bleus, la trentaine passée. Mon nom lui-même – *Marianne* – était un peu similaire. Quand elle fut plus à l'aise avec moi, elle m'avoua que ce qui m'avait sauvée, c'était que, manifestement, mon physique ne m'inspirait pas la même vanité qu'à Madeleine. Même en pleine panique, celle-ci aurait ouvert son poudrier bien avant d'avoir atteint la couleur du homard. Elle n'aurait jamais laissé Peter approcher avant de s'être refait une beauté.

« Elle s'est jetée sur lui comme la misère sur le pauvre monde quand il est arrivé à Winterbourne Barton. D'après ma mère, c'en était même gênant. Madeleine avait alors vingt-cinq ans et elle cherchait désespérément à se caser. Elle ne lâchait pas Peter d'une semelle.

– Quel âge avait-il ?

– Vingt-huit ans. C'était il y a quinze ans.

– Et comment s'en est-il débarrassé ?

– Il a sorti une fiancée de son chapeau. » Elle esquissa un petit sourire. « Madeleine s'est mise en rogne, mais c'est encore Lily qui a été la plus désolée. Elle adorait Peter. Elle disait qu'il lui rappelait le médecin de famille qu'elle avait eu quand elle était petite.

– Comment ça ?

– L'éducation. Elle prétendait que de son temps, les médecins avaient plus de classe. Je lui ai dit que c'était un critère complètement idiot – tout ce qui compte pour moi, c'est que Peter connaisse son métier – mais Lily lui faisait confiance parce que c'était un "monsieur". »

Cela faisait indéniablement partie du charme de Peter, me dis-je, comprenant assez bien Lily. « J'ai quand même l'impression qu'il sait ce qu'il fait, non ? » avançai-je prudemment, prête à me faire arracher la tête. Jess avait une attitude tellement ambiguë avec Peter que j'avais du mal à savoir ce qu'elle pensait vraiment de lui. Je ne savais pas non plus ce que lui pensait d'elle. Elle avait laissé entendre à plusieurs reprises qu'elle ne lui faisait pas vraiment confiance à propos de l'Alzheimer de Lily, et qu'elle le soupçonnait de s'être laissé convaincre par Madeleine de laisser Lily se débrouiller seule.

« Il sait parfaitement ce qu'il fait, c'est sûr, dit-elle d'un ton sarcastique. Il a même des diplômes, vous savez.

– Pourquoi êtes-vous aussi dure avec lui ? »

Elle haussa les épaules.

« Qu'est-ce qu'il a qui cloche ?

– Rien... excepté une tendance chronique à se croire irrésistible. »

Je souris. « Il est *vraiment* séduisant, Jess.

– Si vous le dites.

– Vous ne l'aimez pas ?

– Des fois, si, admit-elle, mais Winterbourne Barton est plein de bonnes femmes qui bavent devant lui. Elles ont toutes soixante-dix ans tapés et passent leur temps à lui passer de la pommade. Si vous vous mettez sur les rangs, attendez-vous à trouver du monde devant vous.

– Il est marié ?

– Il l'a été.

– Des enfants ?

– Deux... un garçon et une fille... ils vivent chez leur mère, à Dorchester.

– Elle est comment ? »

Jess avait une façon de me regarder qui me désarçonnait. J'avais l'impression qu'un scalpel me découpait le cerveau.

« Pleurnicheuse, collante et mollasse, lança-t-elle, comme si cette description s'appliquait également à moi. Il ne serait pas allé chercher ailleurs si elle lui avait tenu tête ou si elle s'était trouvé du boulot. C'est la fiancée qu'il a dénichée pour se débarrasser de Madeleine... Et elle l'a nettoyé jusqu'à l'os quand elle a découvert qu'il s'envoyait deux infirmières dans son dos.

– Il couchait avec les deux à la fois ? » demandai-je avec un étonnement sincère.

C'était la première fois que je voyais Jess rire. « Si seulement ! Au moins, on aurait rigolé un peu ! Vous oubliez que c'est un monsieur. Non, non, rassurez-vous, il les baisait chacune à son tour et envoyait des fleurs à l'une s'il ne pouvait pas se libérer de l'autre... Le résultat, c'est que les trois ont eu l'impression de s'être fait avoir. Sa femme me faisait un peu pitié – sauf qu'elle ne l'avait pas volé – mais les infirmières n'ont pas à se plaindre. Elles savaient qu'il était marié, alors il n'y avait pas de quoi faire du foin parce qu'il les trompait. »

Je songeai avec un petit pincement de remords aux hommes mariés avec qui j'avais couché. À Dan, surtout. *Quel genre de relation était-ce ?* « Il est plus facile d'avoir une épouse pour rivale. Au moins, on sait à quoi on a affaire. S'il y a une autre maîtresse, on peut se dire qu'on est aussi chiante que la femme qu'on essaie de dégommer. »

Après le départ de Peter, plusieurs minutes s'écoulèrent avant que Jess ou moi ne nous décidions à parler. Je ne voyais pas ce que je pouvais lui dire, à part « Allez-vous-en », mais elle avait les yeux fixés par terre comme si elle cherchait l'inspiration dans le carrelage. Quand elle desserra enfin les dents, ce fut pour critiquer Peter. « Je ne sais pas pourquoi il a fait ça. Si vous l'appelez sur sa ligne privée, vous serez obligée de payer. Je vais vous dire où se trouve le cabinet. Au moins, là-bas, c'est gratuit.

– Peut-être que je n'y ai pas droit. »

Elle fronça les sourcils. « Vous n'avez pas dit que vous aviez obtenu l'asile politique, vos parents et vous ? »

Je tendis le bras vers mes clés posées à l'autre bout de la table pour éviter d'avoir à la regarder. « Si, mais bon, j'ai toujours un passeport zimbab-wéen, alors je ne sais pas très bien quel est mon statut. Je pense que le docteur Coleman cherchait simplement à me faciliter les choses. » Au fil des ans, je me suis fabriqué un accent mi-anglais mi-américain qui empêche de savoir d'où je viens. Mais quand je suis énervée, mes inflexions sud-africaines reviennent au galop. J'entendis parfaite-ment le « zim » de « zimbabwéen » sortir comme un « zeem », le « pense » comme un « ponse » et le « C » de « Coleman » comme un « G » dur.

Jess embraya immédiatement. « C'est moi qui vous inquiète ? Vous préférez que je m'en aille ?

– Je suis sûre que je pourrai parfaitement me débrouiller toute seule. »

Elle haussa les épaules. « Vous avez l'intention de rester ? »

J'acquiesçai d'un signe de tête.

« Dans ce cas, il vaut mieux que je vous allume l'Aga, parce que sinon, vous ne pourrez pas vous faire à manger. » Elle pointa le menton vers la porte donnant sur le couloir. « Vous n'avez qu'à aller faire un tour pendant que je m'en occupe... Vérifiez s'il n'y a rien d'autre que je puisse faire pour vous. C'est votre dernière chance. J'ai encore moins envie de m'attarder ici que vous de me voir rester. »

Rétrospectivement, je m'étonne que ni elle ni moi n'ayons pris ces amabilités en mauvaise part. C'étaient de simples constatations : nous préférions être seules. Je n'avais pas toujours été comme ça, mais Jess, si. « Ça me vient de mon père. Il pouvait passer des jours entiers sans prononcer un seul mot. Il disait que nous n'étions pas nés au bon siècle. Si nous avions vécu avant la révolution industrielle, nos compétences auraient été appréciées et notre réserve considérée comme de la sagesse. »

Sa mère avait essayé de lui apprendre à être plus communicative. « Quand elle était encore là, elle réussissait toujours à me faire sourire – mon frère et ma sœur aussi – mais la nature a repris le dessus après leur mort... ou bien j'ai oublié comment faire. Je ne sais pas. C'est une compétence acquise. Plus on la pratique, plus elle vient facilement.

– Je pensais que le sourire était une réaction automatique.

– Impossible, répondit Jess brutalement, sinon Madeleine n'y arriverait pas. Son sourire est presque aussi sincère que celui d'un crocodile... et elle montre encore plus de dents. »

Il fallut du temps pour que les choses se mettent en place. Ce jour-là, je n'étais qu'une exploratrice. Je me rappelle m'être arrêtée devant une photographie grande comme une affiche qui ornait le mur, tout au bout du palier de l'étage. Dessous, je déchiffrai « Madeleine ». Le nom me frappa parce que Jess m'avait demandé si nous étions apparentées, mais je ne savais toujours pas qui c'était. Il s'agissait d'un cliché en noir et blanc représentant une jeune femme penchée en avant pour résister au vent, avec un océan agité à l'arrière-plan. Sans la légende, je l'aurais pris pour un tirage Athena. C'était une photo remarquable aussi bien par l'allure du modèle que par l'éclairage.

Madeleine était superbe. Elle était en pantalon, avec un long manteau, la tête recouverte d'un chapeau cloche noir. Son visage était tourné vers l'objectif et la définition de chacun de ses traits était extraordinaire. Ses dents parfaites dessinaient le sourire triangulaire que les vedettes américaines travaillent pendant des heures, mais il avait l'air parfaitement naturel, et illuminait des yeux pétillants de malice. Je commençais à comprendre pourquoi Jess ne l'aimait pas – il n'y avait pas de lutte possible entre la Vénus de Madeleine et le Mars de Jess. Quant à savoir pourquoi Peter Coleman avait repoussé ses avances, ça, c'était un mystère.

À ce moment-là, j'ignorais que c'était Madeleine qui s'était chargée de préparer Barton House, mais je me rappelle avoir pensé que le propriétaire devait avoir piètre opinion de ses locataires potentiels. La maison aurait pu se louer dix fois la somme que je payais si on ne s'était attaché à la rendre atrocement vulgaire. Chaque pièce révélait les traces de meubles prestigieux remplacés par un mobilier bon marché. Des armoires étroites et ordinaires ne pouvaient masquer la silhouette, encore dessinée sur les murs, de sœurs de plus nobles dimensions et, dans les tapis, des empreintes révélaient l'endroit occupé par de grands lits et de lourdes coiffeuses avant la mise en place de substituts légers.

Pour quiconque possédait ne fût-ce qu'une once de créativité, cette maison réclamait à cor et à cri d'être restaurée de fond en comble. Si on m'avait donné carte blanche, je lui aurais rendu son aspect XVIIIᵉ, débarrassant les murs de leurs papiers peints des années 1950 et retirant les rideaux tarabiscotés pour révéler, et utiliser, les volets à panneaux. La sobriété était de rigueur dans une telle demeure, alors que ruchés, falbalas et mobilier clinquant la faisaient ressembler à une putain vieillissante, dont le maquillage épais recouvrait les chairs flétries. J'appris plus tard qu'elle n'était dans cet état que parce que Madeleine refusait que le notaire de Lily dilapide son héritage pour remettre les lieux en état, mais cela m'incita à m'interroger sur le propriétaire. Toute dépense, cela me paraissait évident, serait largement rentabilisée par le loyer plus élevé que l'on pourrait réclamer.

Je fus très intriguée par les esquisses et les toiles qui décoraient toutes les pièces. C'était un méli-mélo de styles – peintures abstraites, croquis sur le vif, représentations extravagantes de bâtiments dont les racines s'enfonçaient dans le sol et dont les fenêtres laissaient échapper des feuillages – mais toutes ces œuvres étaient signées du même artiste, « Nathaniel Harrison ». Certaines étaient des originaux et d'autres – les esquisses – des reproductions, mais je ne comprenais pas que quelqu'un ait pu collectionner autant de pièces d'un seul artiste pour les accrocher dans une maison de location.

Quand j'interrogeai Jess, sa bouche se tordit dans un sourire cynique. « Elles doivent être là pour cacher les traces d'humidité.

– Mais qui est Nathaniel Harrison ? Pourquoi Lily lui a-t-elle acheté toutes ces œuvres ?

[...] Je n'arrive plus à faire le tri entre les différents événements. Je ne sais pas si j'ai occulté mes souvenirs ou si j'étais tellement déboussolée que ma mémoire ne fonctionnait pas correctement. Tout se mélange, il n'y a plus que le temps passé dans la cage et le temps passé à l'extérieur. J'ai décrit la cage à Dan et à la police, j'ai dit qu'elle se trouvait dans une cave, mais le reste...

[...] La police a pensé que je faisais exprès d'être évasive quand j'ai expliqué que je n'avais rien d'autre à dire. Mais c'est vrai. Quand Dan m'a demandé ce qui s'était passé, je n'ai pas pu lui répondre non plus. De toute façon, ça n'aurait servi à rien. Je vois mal la police procéder à une arrestation avec une odeur pour tout indice. Ça n'a jamais été considéré comme un moyen d'identification.

[...] C'est Paul Gauguin qui a dit : « La vie étant ce qu'elle est, on rêve de vengeance. » *Moi*, je rêve de vengeance. Tout le temps.

7.

La seule information que Jess me donna à propos de l'Aga était que la cuve à mazout était à l'extérieur et qu'il fallait éviter de laisser descendre le niveau au-dessous du quart. Elle me fit passer par la porte de derrière et me montra un appentis en bois, à côté du garage. « La cuve est là. Une jauge indique le niveau. Il y a aussi une valve qui contrôle le débit, mais je l'ai mise en route et vous ne devriez pas avoir à y toucher. Si vous laissez le niveau de mazout descendre trop bas, vous risquez d'avoir des ennuis. Le numéro de téléphone du fournisseur est collé sur la citerne mais, s'ils ont beaucoup de travail, il leur arrive de ne pas pouvoir passer avant plusieurs jours. Vous aurez intérêt à vous y prendre à temps.

— Combien en reste-t-il pour le moment ?

— La cuve est presque pleine. Ça devrait largement vous suffire pour trois ou quatre mois.

— Est-ce qu'il faut que je ferme la valve pour éteindre l'Aga ?

— Oui, mais alors, vous n'aurez plus d'eau chaude si vous voulez prendre un bain. Il n'y a pas de chauffe-eau dans la maison. Ce qui fait qu'en été, on crève de chaud à la cuisine, mais sans l'Aga, il n'y a que de l'eau froide. La maison est plus que vétuste. Il n'y a pas de chauffage central et pas de ballon d'eau chaude. Si vous avez froid le soir, il faudra que vous fassiez du feu. » Elle désigna un bûcher, à gauche de la remise. « Vous trouverez le numéro du fournisseur de bois sur la cuve, juste au-dessous de celui du livreur de mazout. »

Jess s'attendait sans doute à ce que je me démonte, mais ce qu'elle me décrivait là n'était pas tellement différent de ce que j'avais connu dans mon enfance, au Zimbabwe. Notre combustible essentiel était le bois, pas le mazout, mais nous n'avions pas le chauffage central et, pour avoir de l'eau chaude, il fallait attendre que le soleil ait chauffé toute la journée la citerne installée sur le toit. Notre cuisinière, Gamada, préparait d'excellents repas sur un poêle à bois ; ayant fait mes classes avec elle, je n'avais jamais été très à l'aise avec les plaques électriques, qui avaient plus de boutons de commande que le poste de pilotage d'un Concorde.

Je fus beaucoup moins satisfaite d'apprendre qu'il y avait une seule prise de téléphone, à la cuisine. « Ce n'est pas possible, dis-je quand Jess me montra l'installation murale à côté du frigo. Il me faut d'autres postes. Et si je me trouve à l'autre bout de la maison et que j'ai à appeler quelqu'un ?

– C'est un sans-fil. Vous n'avez qu'à le trimbaler avec vous.

– Mais la batterie va s'épuiser, non ?

– Pas si vous le remettez sur son support à la fin de la journée. Elle se rechargera pendant la nuit.

– Je ne peux pas dormir sans téléphone à côté de mon lit. »

Elle haussa les épaules. « Dans ce cas, il faudra que vous achetiez un prolongateur. Vous en trouverez sûrement à Dorchester, mais il vous en faudra plusieurs si vous voulez faire fonctionner le téléphone au premier. Je crois qu'on ne vend pas de câble de plus de trente mètres et, à vue de nez, il y a bien cent mètres de la cuisine à la grande chambre. Il faudra les brancher en série... vous aurez besoin d'adaptateurs... et puis d'un autre combiné, évidemment.

– Est-ce qu'il y a l'ADSL ? demandai-je, la bouche desséchée par l'angoisse, me demandant comment j'allais pouvoir travailler. Est-ce que je peux me connecter à Internet et téléphoner en même temps ?

– Non.

– Mais alors, comment est-ce que je vais faire ? Normalement, je devrais pouvoir me servir de mon portable et d'une ligne fixe.

– Vous auriez mieux fait de chercher une maison plus moderne. L'agence ne vous a pas prévenue ? On ne vous a pas envoyé de descriptif ?

– Si. Mais je ne l'ai pas lu. »

Je devais avoir l'air parfaitement stupide, parce qu'elle lança d'un ton cinglant : « Bon sang ! Mais qu'est-ce que vous venez foutre dans le Dorset ? Vous avez peur des chiens, vous ne pouvez pas vivre sans téléphone... » Elle s'interrompit brusquement. « Ce n'est pas la fin du monde. Je n'ai pas vu d'ordinateur dans votre voiture. Vous en avez un ? » J'acquiesçai de la tête. « Quel genre de portable est-ce que vous avez ? Vous avez un contrat Internet avec votre serveur ?

– Oui, répondis-je. Mais ça ne marchera pas s'il n'y a pas de réseau, si ?

– Comment est-ce que vous vous connectez ? Par câble ou par Bluetooth ?

– Bluetooth.

– D'accord. Ça vous donne une portée de dix mètres entre les deux appareils. Tout ce que vous avez à faire, c'est lever le portable assez haut... » Elle s'interrompit brutalement devant ma moue sceptique. « Laissez tomber. Je vais le faire. Filez-moi votre téléphone et montez votre ordinateur au premier. »

Pendant la demi-heure qui suivit, elle ne desserra pas les dents, parce que je n'avais pas manifesté suffisamment d'enthousiasme à l'idée de crapahuter au grenier chaque fois que j'aurais un mail à envoyer. Je restai accroupie sur le palier près de l'échelle, écoutant le bruit sourd de ses pas arpentant le grenier en tous sens. Elle redescendit et poursuivit l'expérience dans les différentes chambres. Au bout d'un moment, elle entreprit de déplacer les meubles, qu'elle cognait contre les murs et déplaçait sur le plancher avec irritation. On aurait dit une adolescente boudeuse et je lui aurais vraiment demandé de partir si je n'avais pas eu absolument besoin d'une liaison Internet.

Elle finit par surgir d'une chambre, tout au bout de l'étage. « C'est bon, j'ai le réseau. Vous voulez essayer de vous connecter ? »

C'était une installation surréaliste – une pyramide à gradins construite à l'aide d'une coiffeuse, d'une commode et de quelques chaises – mais enfin, ça marchait. Il fallait ramper sous le plafond pour établir la connexion, mais ensuite, je pouvais rester par terre pour me servir de l'ordinateur.

« Ça passe mieux au grenier, m'annonça Jess, mais ça vous obligerait à y grimper chaque fois que la batterie est à plat ou que vous voulez vous déconnecter. Je me suis dit que vous n'auriez pas tellement envie de faire ça... en plus, vous vous perdriez certainement. On a un peu de mal à savoir au-dessus de quelle pièce on se trouve.

– Je ne vous remercierai jamais suffisamment, lui dis-je avec chaleur. Vous voulez boire quelque chose ? Du vin ? De la bière ? J'en ai dans la voiture. »

Sa réprobation fut immédiate. « Je ne bois pas », rétorqua-t-elle d'un ton de reproche implicite que j'interprétais comme « et vous feriez mieux d'en faire autant ». Elle se montra encore plus critique en me voyant allumer une cigarette, quand nous redescendîmes l'escalier. « C'est sans doute le pire que vous puissiez faire. Si vous chopez une bronchite en plus de vos crises de panique, vous allez drôlement en baver. »

Retard de maturité et puritanisme composaient un mélange fatal, me dis-je, en me demandant si elle allait m'imposer le rôle d'une Edwina débauchée d'*Absolutely Fabulous*, tandis qu'elle-même assumerait celui de Saffy, la fille à l'âme noble. Je faillis plaisanter sur ce thème, mais je redoutais que la télévision ne fût, elle aussi, un objet d'opprobre. J'avais l'impression que les blagues ne trouvaient pas place dans la vie de Jess et que, le cas échéant, elles devaient être d'un genre qu'elle était seule à savoir apprécier.

Avant qu'elle ne parte, je lui demandai comment la joindre. « Pour quoi faire ? » demanda-t-elle.

Pour appeler au secours... « Pour vous remercier.

– Inutile. Mettons que c'est fait. »

Je me décidai à être franche. « Je ne sais pas qui appeler si quelque chose ne va pas. Je n'aurais jamais pu allumer l'Aga. L'agent immobilier non plus. »

J'esquissai un sourire hésitant qu'elle me rendit avec une certaine réticence. « Mon numéro est dans l'annuaire sous J. Derbyshire, Barton Farm. J'imagine que vous aurez besoin d'un coup de main, avec les prolongateurs ? »

Je fis oui de la tête.

« Je ferai un saut à huit heures et demie. »

Le même schéma se reproduisit les jours suivants. Jess me proposait son aide à contrecœur, passait le lendemain matin faire le nécessaire, prononçait trois ou quatre mots avant de repartir et réapparaissait dans la soirée pour me suggérer un autre service qu'elle pouvait me rendre. Deux ou trois fois, je lui répondis que je pouvais me débrouiller seule, mais elle n'eut pas l'air de comprendre. Peter m'expliqua que j'étais son nouvel animal domestique – l'explication n'était pas mauvaise, parce qu'elle m'apportait régulièrement des produits de la ferme –, mais ses constantes intrusions et son attitude autoritaire m'agaçaient.

Je ne pouvais même pas dire que je commençais à la connaître. Nous n'avions aucune des conversations habituelles entre deux femmes d'une trentaine d'années. Elle usait du silence comme d'une arme – peut-être parce qu'elle savait très bien quelle réaction il suscitait, ou alors parce qu'elle en ignorait tout. Cela lui permettait de mener à sa guise toutes nos entrevues – en tête à tête, car je ne la voyais jamais en société, sauf dans les rares occasions où Peter faisait un saut chez moi. En effet, j'avais le choix entre me lancer dans un monologue creux ou la rejoindre dans son silence. Dans un cas comme dans l'autre, l'atmosphère n'était pas particulièrement détendue.

Je ne parvenais pas à déterminer dans quelle mesure ce comportement était délibéré. Il m'arrivait de la considérer comme une manipulatrice hors pair ; d'autres jours, je la voyais en victime que les circonstances avaient isolée et déconnectée du monde. Peter, qui la connaissait mieux que personne, la comparait à un chat sauvage – indépendante et imprévisible, avec des griffes acérées. C'était une comparaison pleine d'imagination mais qui ne manquait pas de justesse, car Winterbourne Barton s'était apparemment mis en tête de la « dompter ». Les non-conformistes sont peut-être le fonds de commerce des médias et l'objet d'un amour immodéré de la part des intellos mais, dans les petits villages, ils attirent toutes les critiques.

Le temps passant, on me traça de Jess les portraits les plus invraisemblables – de la « militante de la protection animale » à la « lesbienne prédatrice ». Certains lui attribuaient même un « chromosome de plus » à cause de son faciès aplati et de ses yeux très écartés. L'hypothèse de trisomie était évidemment absurde, mais je me posai des questions à propos de l'obsédée des bêtes et de la lesbienne. Elle s'animait beaucoup quand je l'interrogeai sur les oiseaux et la faune de la vallée, savait identifier tous les animaux à partir de mes descriptions et il lui arrivait de me dépeindre avec lyrisme leur habitat et leur comportement. Je me demandais aussi si je devais interpréter ses visites biquotidiennes comme des avances. Pour éviter de lui faire perdre son temps, je lui fis clairement comprendre que j'étais hétérosexuelle, mais elle resta tout aussi indifférente à ces allusions qu'à mon envie affirmée de rester seule.

Au bout de quinze jours de ce régime, j'étais prête à verrouiller toutes les portes, à planquer ma

Mini dans le garage et à faire semblant d'être sortie. J'avais fini par comprendre qu'elle m'avait choisie pour cible de faveurs toutes particulières. En effet, elle n'allait jamais voir personne d'autre, pas même Peter, et je commençais à me demander si Lily l'avait trouvée aussi soûlante que moi. Une ou deux personnes laissèrent entendre que c'était à Barton House qu'elle était attachée, mais je n'en décelai aucune preuve. L'explication de Peter – elle me traitait comme un oiseau blessé – me paraissait plus vraisemblable. Au-delà de son curieux détachement, elle semblait me surveiller de près dans l'attente de nouvelles manifestations d'angoisse.

Chose étonnante, celles-ci avaient disparu. Au début, du moins. Je ne sais pas pourquoi, mais je dormais bien mieux dans cette vieille maison remplie d'échos que dans l'appartement de mes parents. C'était bizarre. Chaque ombre aurait dû me faire sursauter. La nuit, la glycine frottait contre les vitres et la lune projetait la silhouette de vrilles, qui dessinaient comme des doigts sur les rideaux. Au rez-de-chaussée, les nombreuses portes-fenêtres étaient autant d'invitations à s'introduire dans la maison pendant mon sommeil.

Je répondais à cette menace en laissant toutes les portes intérieures ouvertes et en gardant une puissante lampe de poche à côté de mon lit. Ce qu'il y avait de génial, à Barton House, c'était que toutes les chambres à coucher possédaient un dressing doté d'une porte particulière qui donnait sur le palier. Je disposais donc d'une sortie de secours, dans l'éventualité où un rôdeur serait venu se promener dans le couloir. La maison avait aussi deux escaliers, l'un sur l'avant, l'autre sur l'arrière, qui rejoignait l'office. J'étais donc sûre de pouvoir semer n'importe quel intrus. Je pulvérisai du WD 40 de Jess dans toutes les serrures extérieures du rez-de-chaussée et décidai de considérer les portes et les fenêtres comme des issues plus que comme des entrées.

En réalité, c'est à la vallée de Winterbourne que je dus ma guérison. Le contraste entre le chaos de Bagdad et ces paisibles champs de blé mûrissant et de colza en fleur n'aurait pu être plus grand. Les voitures qui passaient étaient rares, et les gens plus encore. Depuis les fenêtres du premier, la vue s'étendait d'un côté jusqu'au village et de l'autre jusqu'au Ridgeway – un plissement de terrain dessinant un chemin de crête le long de la côte du Dorset. Cela m'inspirait un sentiment de sécurité car, si les haies et l'obscurité pouvaient évidemment masquer un intrus, ces mêmes obstacles me dissimulaient aux regards.

Jess était une écologiste convaincue. En plus de son hostilité à l'évolution de la société, elle cultivait ses terres comme l'avaient fait ses ancêtres, en respectant scrupuleusement la rotation des cultures, en limitant l'utilisation de pesticides, en conservant les espèces rares et en préservant les habitats naturels de la faune sauvage qui vivait sur sa propriété. Quand je lui demandai un jour quel était son roman préféré, elle me répondit *Le Jardin secret* de Frances Hodgson-Burnett. L'ironie ne pouvait pas m'échapper – elle savait que je l'identifierais immédiatement avec l'orpheline difficile et mal aimée de l'histoire –, mais d'un autre côté, je l'imaginais bien se réfugier dans le coin de nature caché qui donnait son titre au livre.

Au contraire, Madeleine aimait les environnements densément peuplés. Elle n'était jamais plus à son avantage qu'en société, où son charme facile et ses manières policées faisaient d'elle une invitée prisée. Peter disait qu'elle était le produit typique d'un pensionnat de jeunes filles coûteux : bien élevée, ayant de la conversation, et sans intelligence excessive.

La première fois que je la vis, je la trouvai incroyablement séduisante. Elle avait les traits adorables et l'accent anglais cristallin des élégantes vedettes du cinéma britannique des années 1940 et 1950, de Greer Garson dans *Mrs Minniver* ou de Virginia McKenna dans *Agent secret S.Z.* C'était le deuxième dimanche après mon arrivée. Peter m'avait invitée à venir prendre un verre dans son jardin pour faire la connaissance de quelques voisins. La réunion, tout à fait informelle, rassemblait une vingtaine de personnes. Madeleine arriva en retard. Je pense qu'en fait elle n'avait pas été invitée car Peter n'avait pas mentionné son nom auparavant.

Malgré la photo que j'avais vue sur le palier de Barton House, je ne la reconnus pas avant de lui être présentée. Je crus, j'en suis sûre, que c'était la petite amie de Peter, parce qu'elle le prit immédiatement par le coude et lui permit de la piloter à travers le jardin. De toute évidence, les invités de Peter étaient enchantés de la voir. Il y eut force embrassades et « mais comment allez-vous ? », et je fus un peu interloquée de découvrir que c'était la fille de Lily.

« Votre propriétaire, m'annonça Peter avec un clin d'œil. Si vous avez des réclamations, c'est le moment ou jamais. »

Je m'en étais plutôt bien tirée jusque-là – avec à peine un frémissement d'angoisse quand j'entendais une voix masculine dans mon dos –, mais en serrant la main de Madeleine, mon sang ne fit qu'un tour. À en croire Jess, c'était une salope sans cœur qui avait réduit sa mère à la misère avant de l'abandonner à son triste sort. Personnellement, j'avais tendance à penser que la haine inexpiable de Jess obscurcissait son jugement, mais elle n'en avait pas moins instillé le doute dans mon esprit, et Madeleine s'en rendit compte.

Elle réagit par une contrition immédiate. « Oh mon Dieu ! La maison ne vous plaît pas ? Vous n'y êtes pas bien ? »

Que pouvais-je faire d'autre que la rassurer ? « Non, pas du tout, protestai-je. Elle est magnifique... exactement ce que je voulais. »

Le sourire qui illumina son visage n'avait rien d'artificiel. Elle retira sa main du coude de Peter et la glissa sous mon bras. « Elle est vraiment superbe, n'est-ce pas ? J'y ai passé une enfance divine. Peter me dit que vous écrivez un livre ? De quoi parle-t-il ? C'est un roman ?

– Non, répondis-je prudemment. C'est un documentaire... un ouvrage de psychologie. Rien de bien palpitant, vous savez.

– Vous ne me ferez pas croire ça. Ma mère aurait été absolument *enchantée*. La lecture était sa passion. »

J'ouvris la bouche pour tempérer son enthousiasme, mais elle parlait déjà d'autre chose. Je ne me souviens plus de quoi – une allusion à Daphné Du Maurier, me semble-t-il – « *une vieille amie de Maman* » –, qu'elle présentait à toutes ses nouvelles relations comme une proche parente. Cela me parut assez peu probable – la différence d'âge entre la romancière et Lily était considérable, et

106

Du Maurier était morte depuis quinze ans –, mais Madeleine ne s'arrêtait pas à ce genre de détails. Dans l'univers où elle vivait, croiser quelqu'un brièvement à une réception suffisait à faire de vous son ami intime.

Elle lançait des noms pour la galerie comme, disait-on, sa mère en avait l'habitude. Je m'en rendis compte quand, ayant mentionné les tableaux de Barton House, j'appris que Nathaniel Harrison était son mari. Cela expliquait la réflexion de Jess affirmant que Madeleine avait acquis cette collection en couchant avec son propriétaire – elle aurait évidemment pu me dire qu'elle avait « épousé l'artiste », ce qui aurait été plus clair. En tout cas, cette évocation refroidit visiblement Madeleine.

Elle parla ensuite de Nathaniel comme s'il faisait partie des plus grands et, pour enfoncer le clou, elle cita David Hockney, laissant entendre qu'ils le fréquentaient assidûment et que c'était un fervent admirateur de l'œuvre de son mari. À l'entendre, Hockney venait régulièrement dans l'atelier de Nathaniel et ne manquait jamais de chanter ses louanges aux critiques et aux galeristes. J'étais sincèrement intriguée. Je me demandais comment ils avaient fait la connaissance d'Hockney et surtout pourquoi ce dernier aurait défendu un artiste dont le style et l'approche picturale étaient tellement différents des siens.

« Je ne savais pas qu'il passait encore autant de temps en Angleterre, dis-je. Je croyais qu'il s'était installé définitivement en Amérique. »

Madeleine sourit. « Il vient quand il peut.

– Et comment l'avez-vous rencontré ?

– Vous savez, le monde de la peinture est petit, me répondit-elle un peu sèchement, se mettant en quête d'un autre interlocuteur. Nathaniel est invité à tous les vernissages. »

J'aurais dû m'en tenir là. Mais je ne pus résister à l'envie de lui demander quels autres artistes contemporains son mari et elle connaissaient. Lucien Freud ? Damien Hirst ? Tracey Emin ? Quelle place son mari occupait-il sur la scène artistique britannique ? Saatchi lui avait-il acheté des œuvres ? Elle continuait à sourire, mais plus jusqu'aux yeux, et je compris que j'avais franchi la limite invisible des convenances. J'étais censée vénérer Nathaniel absent, et ne pas montrer que je connaissais d'autres artistes ni mettre en doute l'amitié étroite qui les liait à son mari.

Tout cela était bien puéril, et je constatai avec amusement que Madeleine m'évitait, jusqu'à ce que Peter nous remette en présence l'une de l'autre. « Marianne t'a-t-elle raconté que Jess Derbyshire l'a aidée à s'installer ? demanda-t-il, en la guidant vers moi d'une main au creux des reins. Jess a construit un véritable échafaudage pour que Marianne puisse se connecter à Internet par l'intermédiaire de son téléphone portable. »

À la mention de Jess, je vis le visage de Madeleine se rembrunir. « C'est un peu branlant, remarquai-je. Nous avons réussi à obtenir le réseau près du plafond de la chambre du fond, ce qui me permet de faire fonctionner mon ordinateur juste en dessous. Mais c'est loin d'être idéal. Je me demandais si vous seriez d'accord pour que je fasse installer le haut débit. Ce serait possible en passant par le central de Barton Regis et ça me faciliterait drôlement la vie. J'ai posé la question à l'agence immobilière et le responsable m'a dit que ça ne devrait pas poser de problème à condition que ce soit moi qui paye. Je ne demande pas mieux que de laisser le modem quand je repartirai. »

Peter posa une main taquine sur mon épaule. « Ne perdez pas votre temps à parler charabia à Madeleine. Elle se sert encore d'une plume d'oie et de parchemin. C'est un petit boîtier, lui expliqua-t-il, qui sépare les communications vocales de la connexion Internet... comme ça, on peut se servir du téléphone en même temps que de l'ordinateur. Si Marianne est prête à prendre les frais à sa charge, je te conseille de lui donner le feu vert immédiatement. » Il rit. « Ta vieille ruine sera plus attrayante pour le prochain locataire, et ça ne te coûtera pas un sou. »

Le sourire de Madeleine était glacial, mais il ne s'adressait pas à Peter. Il s'adressait à moi. Et j'eus le sentiment très net que, bien plus que ses propos, c'était la main de Peter sur mon épaule qui la gênait.

D'où ma surprise en la voyant débarquer tout sourire à Barton House le lendemain matin. « Je me suis rendu compte hier soir que je ne vous ai même pas répondu à propos du haut débit, lança-t-elle gaiement, quand j'ouvris la porte d'entrée. Alors çà ! La clé marche ? Maman ne se servait plus que des loquets. La serrure était tellement dure. » Elle passa devant moi pour s'engager dans le vestibule. « J'ai payé un type pour venir la graisser mais d'après lui, ça ne tiendrait pas. »

Je refermai la porte derrière elle. « Jess m'a prêté du WD40. J'en pulvérise tous les matins et ça a l'air de marcher. » Je fis un geste en direction du salon. « Voulez-vous que nous allions ici ? Ou préférez-vous la cuisine ?

– Ça m'est égal », dit-elle, parcourant les lieux du regard pour voir si j'avais apporté des changements.

Je vis ses yeux voleter en direction du morceau de papier peint qui s'était détaché de la Patafix et qui était à présent solidement recollé, grâce à Jess. « Maman était si snob qu'elle tenait à recevoir ses invités au salon. Elle trouvait que ce n'était pas chic d'exiger de ses amis qu'ils supportent la vaisselle sale et les épluchures de légumes. Vous avez réussi à allumer l'Aga ?

– C'est Jess qui s'en est occupée. »

Les lèvres de Madeleine se pincèrent sur-le-champ. « Elle a dû en faire tout un plat, non ?

– Mais non. » J'ouvris la porte donnant sur le salon. « Vous voulez vous installer ici ? »

Malgré ses dimensions spacieuses et le soleil qui y pénétrait à flots, la pièce était franchement sinistre, et je n'y avais pas mis les pieds depuis mon arrivée. Jess m'avait dit qu'auparavant, elle était remplie de meubles anciens que Madeleine avait remplacés par du bric-à-brac acheté dans un magasin d'occasions.

La moquette élimée et pelucheuse, d'un rose terne, présentait d'innombrables traces d'accidents remontant à l'époque où Lily avait eu, elle aussi, des mastiffs. Selon Jess, elle ne les sortait pas assez et cachait les taches sous des tapis persans que Madeleine s'était empressée de mettre au garde-meuble. Ils étaient probablement en train d'y moisir, si l'odeur d'humidité et de renfermé qui régnait dans la pièce était révélatrice de l'état où ils se trouvaient au moment où on les avait retirés. Quant aux murs, c'était encore pis. Cela faisait des années qu'ils n'avaient pas été repeints ; le

110

plâtre s'écaillait au-dessus des plinthes et sous la moulure du plafond. Des formes irrégulières révélaient l'emplacement des tableaux de Lily.

Cherchant sans doute à détourner l'attention et le regard, Madeleine les avait remplacés par deux toiles de son mari et trois reproductions de Jack Vettriano – *The Singing Butler*, *Billy Boys* et *Dance me to the End of Love* –, mais tout ce qu'on voyait de ces dernières était le reflet du soleil sur les vitres. Je ne comprenais pas pourquoi elle les avait accrochées là, car le style film noir de Vettriano jurait avec les représentations fantastiques de bâtiments enracinés et feuillus de Nathaniel. Elle avait dû les avoir en lot, à pas cher. Mais je n'avais pas la moindre intention d'aborder le sujet avec elle. De toute évidence, nous n'avions pas vraiment les mêmes goûts.

« Que pensez-vous de Vettriano ? demanda-t-elle en s'installant sur le canapé de vinyle et en étalant sa jupe autour d'elle. Il est très populaire. Jack Nicholson a trois originaux de lui.

– Je préfère Hockney et Freud.

– Évidemment, cela va sans dire. Tout le monde est bien d'accord. »

Je lui décochai mon sourire le plus aimable. « Voulez-vous un café ?

– Oh non, vraiment. Je viens d'en prendre un chez Peter. Il a une machine Espresso. Vous l'avez déjà essayée ? »

Je secouai la tête en m'installant sur le fauteuil à côté d'elle. « Je n'étais jamais allée chez lui avant la soirée d'hier. Il tenait à me présenter à quelques voisins. »

Elle se pencha en avant. « Alors, qu'en avez-vous pensé ?

– Des gens charmants », répondis-je. C'était le reflet sincère de mon opinion, mais Madeleine ne pouvait pas le savoir. Dans ces circonstances, je n'aurais guère pu lui faire une autre réponse sans paraître grossière.

Elle eut l'air satisfaite. « Quel soulagement ! J'aurais été désolée que Jess vous ait montée contre eux. » Elle s'interrompit avant de reprendre avec précipitation. « Écoutez, ne le prenez pas mal – je sais que ça ne me regarde pas –, mais vous feriez mieux de chercher à vous faire des amis au village. Jess peut se conduire très bizarrement quand elle se prend d'affection pour quelqu'un. Elle n'y peut rien, bien entendu... C'est parce qu'elle a perdu sa famille, je m'en rends bien compte... mais elle se cramponne aux gens comme une sangsue et ne se rend manifestement pas compte qu'elle les agace. »

Je fus à deux doigts de lui avouer que nous en étions déjà là, mais reculai devant cette trahison. Il fallait que je règle mes comptes avec Jess en tête à tête, au lieu d'alimenter les ragots en satisfaisant la curiosité de Madeleine. « Elle m'a donné un coup de main à mon arrivée, dis-je. Heureusement qu'elle était là. J'étais loin de penser qu'il n'y avait qu'une prise téléphonique, ou qu'il était aussi difficile d'obtenir le réseau. Voilà pourquoi je tiens tant à faire installer le haut débit. »

Mais la seule chose qui intéressait Madeleine était Jess. « Peter aurait *absolument* dû vous prévenir, reprit-elle avec le plus grand sérieux. Malheureusement, il fait des salades incroyables à l'idée de trahir la confiance de ses patients. Ce n'est pas tellement cette manie qu'elle a de se jeter à la tête des gens qui pose un problème. Ce sont ses réactions quand elle a l'impression qu'on la rejette. C'est probablement la conséquence de ce terrible accident de voiture – un besoin pathologique d'être aimée, j'imagine – mais il y a de quoi être effrayé quand on n'est pas prévenu. »

Je me surpris à la regarder avec le même détachement que celui de Jess en ma présence. Simplement parce que je ne savais pas comment réagir.

« Vous devez me trouver très dure, poursuivit Madeleine d'un air contrit, mais je serais navrée que vous mettiez deux mois à découvrir que j'avais raison. Vous pouvez interroger qui vous voulez. »

Je contemplai mes mains avec attention. « Interroger ? Qu'est-ce que je suis censée demander ?

– Oh mon Dieu, je m'exprime mal sans doute. J'aurais sans doute dû vous dire d'écouter. D'*écouter* ce que les gens disent.

– À quel sujet ?

– Sur sa manie de mettre le grappin sur tout le monde. D'abord, elle se débrouille pour être là au moment où vous arrivez, puis elle passe son temps à entrer et sortir. Elle vient généralement vous apporter quelque chose ou vous proposer son aide, et ensuite, vous n'arrivez plus à vous débarrasser d'elle. Elle a empoisonné l'existence de ma pauvre mère pendant des années. À la fin, Maman en était réduite à se cacher à l'étage dès qu'elle entendait la Land Rover dans l'allée.

– Peter n'a pas l'air d'avoir de problèmes avec elle.

– Parce qu'elle ne l'aime pas, c'est tout. Elle est convaincue qu'il a essayé de la rendre dépendante au Valium après la mort de ses parents. C'est quand elle fait une fixation sur quelqu'un que les problèmes commencent... et il s'agit généralement de femmes. » Elle me dévisagea attentivement. « Ce n'est pas de la médisance, Marianne. J'essaie simplement de vous mettre en garde.

– Contre quoi ? L'incapacité de Jess à se faire des amis... ou son homosexualité ? »

Madeleine haussa les épaules. « Je n'en sais rien, tout ce que je peux vous dire, c'est qu'elle n'a jamais manifesté d'intérêt pour un homme. Maman prétend qu'elle était très proche de son père. Ceci explique peut-être cela. La plupart des gens la prennent pour un jeune homme la première fois qu'ils la voient... En plus, avec sa voix grave... Maman m'a dit que ses hormones se sont détraquées quand elle a décidé de s'occuper de la ferme. »

Ses « Maman » commençaient à me porter sur les nerfs. J'ai toujours eu du mal à tolérer ce terme d'affection dans la bouche de femmes d'âge mûr. Il trahit une dépendance persistante à l'égard de leur mère, ou cherche à faire croire à des sentiments plus tendres et plus profonds qu'ils ne le sont en réalité. « Si elle est venue m'accueillir, c'est simplement parce que ses chiens avaient repéré ma voiture dans l'allée. Elle les a rappelés quand ils m'ont encerclée. Autrement, nous ne nous serions jamais rencontrées.

– Et comment ont-ils repéré votre voiture ?

– Elle devait les promener sur ce bout de route quand je suis arrivée. Ils m'ont peut-être vue m'engager dans l'allée.

– C'est ce qu'elle vous a dit ? » Elle prit mon silence pour une approbation. « Alors, elle vous a menti. Elle fait de l'élevage avec ces mastiffs, alors elle ne va certainement pas courir le risque de les promener sur une route, au milieu des voitures. » Elle posa ses coudes sur ses genoux. « Tout ce que je veux vous conseiller, Marianne, c'est de faire attention. Même Peter a trouvé curieux qu'elle soit passée ce jour-là, comme par hasard. »

J'esquissai un petit signe de tête qu'elle pouvait interpréter à sa guise. « Vous disiez que c'est pire quand elle se sent rejetée ? Que fait-elle ?

– Elle rôde autour de chez vous en pleine nuit... elle vous épie par les fenêtres... passe des coups de fil intempestifs. Vous devriez en parler avec Mary Galbraith. Elle habite Hollyhock Cottage avec son mari. Je vous assure qu'ils en ont vu des vertes et des pas mûres quand Mary lui a fait comprendre que leur patience était à bout. » Elle tendit les mains dans un geste de supplication. « Vous auriez dû vous demander pourquoi les gens se méfient tellement de Jess. Maintenant, vous le savez. Au début, tout le monde a de bonnes intentions, parce qu'elle fait pitié, mais on finit toujours par le regretter. Posez la question à Mary, si vous ne me croyez pas. »

Je la croyais. J'avais déjà découvert à mes dépens une bonne partie de ce qu'elle venait de me décrire. « J'y penserai, promis-je. En tout cas, merci de m'avoir prévenue. » Je remis le haut débit sur le tapis. « Je me sens vraiment isolée ici... surtout la nuit. Je serais bien plus tranquille avec une ligne de téléphone un peu plus efficace. »

Madeleine accepta immédiatement, avant d'ajouter : « Les solutions de Jess ne durent jamais très longtemps. Je ne sais combien de machins elle a bricolés pour Maman. Ils sont toujours tombés en panne deux ou trois jours plus tard. Je me souviens qu'elle a essayé de faire marcher la télé dans la chambre à coucher ; l'image a toujours été mauvaise. »

Au moins, elle avait essayé, me dis-je en me demandant quelle aide concrète Madeleine avait apportée à Lily. Je sortis un paquet de cigarettes de ma poche. « Vous fumez ? »

Elle eut l'air aussi offusquée que si je lui avais offert de l'héroïne. « L'agent ne vous a pas dit que c'était une location non fumeurs ?

– J'ai bien peur que non, dis-je en coinçant une cigarette entre mes lèvres et en approchant mon briquet. Il devait avoir atteint le fond du désespoir quand je m'y suis enfin intéressée. Je pense qu'il aurait remis les clés à un assassin pourvu qu'il paye la caution. » Je posai la tête contre le dossier du fauteuil et soufflai la fumée en l'air. « Si cela vous dérange vraiment, je suis prête à vider les lieux immédiatement en échange d'un remboursement intégral. J'ai vu dans la vitrine de votre agence immobilière une maison en mitoyenneté qui est déjà équipée du haut débit. »

Les commissures de sa bouche s'infléchirent, comme si mes « haut débit » réitérés lui faisaient le même effet qu'à moi ses « Maman ». « Tant que vous faites attention à bien éteindre vos cigarettes. Le bâtiment est classé », expliqua-t-elle d'un ton pompeux.

Je la rassurai : j'étais toujours très prudente. « Vous avez dû vous faire de la bile chaque fois que votre mère faisait du feu, murmurai-je avec un coup d'œil vers la cheminée. Surtout au moment où elle a commencé à perdre ses facultés de concentration. »

Madeleine fit la grimace. « Pas vraiment... mais je dois avouer que j'ignorais la gravité de son état. Elle avait toujours l'air en pleine possession de ses moyens quand je venais la voir... Elle avait bien tendance à oublier deux ou trois petites choses mais, pour ce qui était de tenir la maison, elle avait toute sa tête. J'aurais été malade d'inquiétude si j'avais su qu'elle n'arrivait plus à s'en sortir. Cette maison est dans ma famille depuis des générations. »

Cette fois encore, j'aurais probablement dû ne pas insister, mais cette image de générations suggérait une éternité au lieu des soixante-dix ans de possession effective. « Ah bon ? Je croyais que c'était votre arrière-grand-père qui avait acheté cette propriété ? On m'a dit qu'il avait fait fortune dans les ventes d'armes pendant la Première Guerre mondiale... et avait acheté toute la vallée en 1935, au moment où il a pris sa retraite.

– C'est Jess qui vous a raconté ça ?

– Je ne sais plus très bien, mentis-je. Il me semble que c'est plutôt quelqu'un, hier. Comment votre famille a-t-elle perdu la vallée ?

– Droits de succession. Grand-père a dû vendre quand son père est mort. Il n'en a pas tiré grand-chose, évidemment, mais le promoteur qui lui a acheté le terrain a fait fortune.

– C'est lui qui a construit les maisons au bout du village, là où habite Peter ?

– Oui, c'est cela. » Le sujet était manifestement douloureux pour elle. « Ces terres étaient à nous jusqu'à ce que Haversham ait reçu l'autorisation de construire. Maintenant, sa famille est à la tête de l'une des plus grandes entreprises du bâtiment du Dorset alors que nous, il nous reste un demi-hectare de jardin.

– C'est Haversham qui a racheté ? »

Elle hocha la tête en signe d'approbation. « Grand-père était paresseux. Il n'avait pas envie

117

de cultiver lui-même ni même de prendre la peine de trouver des métayers. Alors il a cédé le tout à Haversham, qui a revendu les terres agricoles en lopins deux fois plus cher qu'il ne les avait payées.

– À qui a-t-il vendu ?

– Je n'en sais rien. Ça s'est passé à la fin des années 1940. Il me semble avoir entendu ma mère dire que ces terrains avaient été divisés entre quatre exploitants du coin, mais qu'ils avaient changé de mains plusieurs fois par la suite. La partie nord a été rachetée par une coopérative de Dorchester il y a près de trois ans.

– Et les Derbyshire ? Ils en ont acheté ?

– Comment voulez-vous ? Ils n'avaient pas les moyens.

– Tout de même, Barton Farm est une grande propriété. D'après Peter, il y a 750 hectares. »

Madeleine secoua la tête. « Jess est locataire... elle doit posséder environ 25 hectares, le reste est loué. Elle vient d'une famille modeste, vous savez. Sa grand-mère était domestique chez nous après la guerre. » Elle tourna les yeux vers la cheminée. « La vieille Mrs Derbyshire retirait les cendres tous les jours. Maman disait qu'elle avait le nez écrasé, la figure aplatie et qu'elle avait l'air d'être mongolienne ou atteinte de syphilis congénitale. » Elle surprit mon regard. « Ce n'était pas le cas, bien sûr, mais c'est quand même quelque chose de génétique, sinon Jess n'aurait pas le même problème. »

Je soufflai un nuage de fumée vers elle. « C'est le mari de cette dame qui était propriétaire de Barton Farm dans les années 1950 ? »

C'est tout juste si je n'entendis pas les mots « ce n'était pas une dame » se former dans l'esprit de Madeleine. « Non, ça a sauté une génération. Le mari a attrapé la polio pendant la guerre, et il est mort peu après être rentré chez lui – il avait un frère plus jeune, qui est mort en Normandie, me semble-t-il. Le père de Jess a hérité directement de son grand-père. Et puis c'est lui qui est mort et Jess a repris la ferme... Personne ne sait ce qu'elle deviendra après elle.

– Jess aura peut-être des enfants. »

Elle me jeta un regard méprisant. « Il faudrait que ce soit par parthénogenèse, dans ce cas. Elle préférerait coucher avec ses mastiffs qu'avec un homme. »

Tss-ss-ss ! « Et qu'est-il arrivé à la grand-mère de Jess ?

– Quand son fils a repris la ferme, elle est allée s'installer en Australie, chez son frère. Avant cela, elle a tenu la maison de son beau-père. C'était un ivrogne... il a poussé sa femme dans la tombe avant de mener la vie dure à sa bru. D'après Maman, ça a empoisonné ses relations avec son fils – c'est pour ça qu'elle a émigré –, mais je pense qu'elle espérait aussi mener une vie plus facile là-bas.

– Vous l'avez connue ?

– Je ne l'ai vue que lorsqu'elle est revenue d'Australie pour aider Jess à organiser les obsèques. Elle est restée à peu près trois mois, mais ce drame a été trop douloureux pour elle ; elle est morte d'une attaque peu après être rentrée chez elle.

– C'est bien triste. »

Madeleine acquiesça. « Maman a été vraiment bouleversée. Elle voyait souvent Mrs Derbyshire quand elle était là. Ce n'était pas la même génération, bien sûr, pas le même milieu non plus... mais elle aimait bien parler du bon vieux temps avec elle.

– Ça a dû être épouvantable, pour Jess.

– C'est vrai, reconnut-elle, soutenant mon regard avant de détourner les yeux. Elle est arrivée ici avec un couteau à découper et s'est coupé les veines devant Maman. Il y avait du sang partout... les médecins ont dit qu'elle cherchait à attirer l'attention plus qu'à attenter vraiment à ses jours. Les entailles n'étaient pas assez profondes pour mettre sa vie en danger. »

Je restai silencieuse.

« Pauvre Maman ! Elle était clouée de peur, poursuivit Madeleine avec une nuance d'excuse dans la voix, comme si cette confidence lui coûtait. Elle a cru que le couteau était pour elle. C'était quand même une idée tordue... venir jusqu'à Barton House se suicider en public. » Elle s'interrompit. « Vous comprendrez maintenant que j'aie été consternée hier quand Peter a dit que Jess vous aidait à vous installer. Il aurait dû vous avertir de son état mental au lieu de l'encourager à s'accrocher à vous comme elle l'a fait avec ma mère. »

Extraits de notes, classées sous « CB15-18/05/04 »

[...] Je n'arrive plus à manger. J'essaie de me forcer, mais tout a le même goût...

De : Dan@Fry.ishma.iq
Date : Dim 11/07/04 14:05
À : connie.burns@uknet.com
Objet : Dieu merci !

Mais où étais-tu passée, Connie ? Tu m'avais promis de me donner de tes nouvelles si je te conduisais à l'avion. Résultat : presque deux mois de silence – que dalle... 0000000 – jusqu'à un misérable mail de 15 mots que j'ai reçu il y a 2 heures. Je suis fou de rage. Je me suis fait un sang d'encre depuis que tu es partie.

Pour ta gouverne : j'ai fait le siège de Londres pour avoir des infos mais tout ce qu'ils m'ont dit, c'est qu'ils n'en savaient pas plus que moi. Harry Smith a dû demander l'adresse de tes parents à un collègue de la presse people parce que les coordonnées des gens à prévenir que tu as laissées ne sont pas à jour. Ton père ne veut rien dire si ce n'est que tu n'es « pas à Londres » et qu'il te transmet les messages. Alors pourquoi n'y as-tu pas répondu ? Où es-tu ? Que se passe-t-il ? Tu as vu un toubib ? Je n'aurais jamais accepté de fermer ma gueule si j'avais pu penser une seconde que tu t'étais fourré dans le crâne de t'en sortir toute seule. Tu imagines un peu ce que je me prends dans la tronche ?

Je suppose que tu as utilisé mon adresse perso pour éviter de mettre le bureau au courant. OK, c'est bon, sauf que tu ne m'apprends strictement rien, à part ta nouvelle adresse e-mail et le fait que tu vas « bien ». J'ai du mal à le croire, et je ne le crois pas. Il *faut* que tu parles à quelqu'un. Londres t'avait dégoté un psy – ils étaient prêts à t'accorder toute la protection que tu voulais – et tu les as envoyés bouler. Pourquoi ? Tu ne comprends pas les conséquences que ça peut avoir ?

Dans mes cauchemars, je vois encore Bob Lerwick abattu devant moi, et ça s'est passé il y a dix ans.

Franchement, je me foutrais des claques de ne pas t'avoir obligée à accepter de l'aide quand tu étais encore à Bagdad. J'ai cru qu'il valait mieux éviter de faire des vagues, mais en fait...

C'est un vrai bordel ici. J'ai été interrogé trois fois par un flic cynique, un Amerloque qui bosse avec la police de Bagdad (Jerry Greenhough). Il en a conclu que toute cette histoire d'« enlèvement » était bidon. Il a l'air de penser que tu as l'intention de réclamer une confortable indemnité ou d'écrire un « roman » à gros tirage sur un machin qui n'est jamais arrivé.

Écris-moi, Connie. Ou mieux, téléphone. Je n'ai pas changé de numéro.

Je t'embrasse, Dan.

Extraits de notes, classées sous « CB15-18/05/04 »

[...] Au bout d'un moment, l'obéissance vient presque toute seule. Fais ci. Fais ça. Dans ma tête, je me révoltais. Si tu me laisses en vie, tu mourras. Une manière de ne pas devenir cinglée...

[...] La vérité était bien différente. Tu m'appartiens. Tu mourras quand je le dirai. Tu parleras quand je te dirai de parler. Tu souriras quand je te dirai de sourire...

[...] À quel moment ai-je décidé de me laisser dominer pour toujours ? Quand je me suis rendu compte que toutes les choses honteuses que je faisais étaient filmées ? Pourquoi ne pas refuser ? Mourir étouffée était donc si atroce que je sois prête à vivre comme ça ?

[...] Il n'y avait pas de traces de ce qui s'était passé. Je saignais dedans, mais pas dehors...

[...] J'ai de la chance. Je suis vivante. J'ai fait ce qu'on m'a dit de faire...

De :	alan.collins@manchester-police.co.uk
Date :	lun. 19/07/04 17:22
À :	connie.burns@uknet.com
Objet :	Keith MacKenzie
Documents joints :	AC/WF.doc (53 Ko)

Content d'avoir de vos nouvelles, Connie. Après votre libération, j'ai essayé de vous contacter sur votre portable et à votre ancienne adresse, mais j'ai fait chou blanc. Je suppose qu'ils sont entre les mains d'un voleur de Bagdad ? J'ai été effondré d'apprendre votre enlèvement, surtout aussi peu de temps après votre mail de mai au sujet de MacKenzie. Vous dites qu'il n'y a aucun lien entre les deux, mais je l'avoue, je me suis posé la question. Au point que j'ai contacté Bill Fraser à Bassora et que je lui ai demandé de jeter un coup d'œil sur cette affaire. En fait, vous avez été libérée avant qu'il ait eu le temps d'entreprendre quoi que ce soit.

Vous dites que votre patron à Bagdad serait d'accord pour reprendre l'enquête O'Connell/MacKenzie là où vous avez dû l'abandonner. Je vous fais parvenir l'intégralité de ma correspondance avec Bill, comme vous me l'avez demandé. Peut-être certains passages vous déplairont-ils, mais tant pis. Bill me dit qu'à Bagdad la situation est totalement incontrôlable. Les étrangers sont devenus une marchandise et la plupart des enlèvements sont le fait de gangs de professionnels qui revendent leurs otages au plus offrant. Comme vous le dites, vous avez eu du « bol » d'être libérée aussi vite.

Vous verrez que Bill a parlé à son homologue américain en poste à Bagdad des deux affaires que vous avez dénichées dans la presse irakienne. Il a aussi échangé quelques mails avec Alastair Surtees à propos de O'Connell/MacKenzie. Rien de concluant, mais une intéressante dérobade de Surtees.

Vous me demandez si j'ai conservé une copie de mon rapport sur les homicides en Sierra Leone. La réponse est oui, et je vous l'envoie en document joint. Je l'ai aussi fait passer à Jerry Greenhough (l'homologue de Bill à Bagdad), ne serait-ce que pour souligner les similitudes du *modus operandi* du/des assassin(s). Enfin, on m'a donné les coordonnées d'un type de la police de Kinshasa qui a accepté de vérifier si des crimes du même genre y ont été commis en 1998. Je ne suis pas très optimiste – il y a à Kinshasa 15 000 enfants des rues qui passent leur temps à mourir ou à disparaître – et les adolescentes sont particulièrement vulnérables. Je vous préviendrai si j'ai de ses nouvelles, mais n'y comptez pas trop. Il estime sans doute avoir fait son devoir de coopération internationale en répondant à mon mail, et je suppose qu'il a fourré ma demande dans un tiroir. Bosser sur des affaires anciennes est aussi difficile que barbant, surtout sans motivation financière.

Ma femme et ma famille vont bien. Merci d'avoir pris de leurs nouvelles.

N'hésitez pas à m'écrire ou à m'appeler si je peux faire quelque chose pour vous. Pourquoi ne m'avez-vous pas donné d'autres coordonnées que votre nouvelle adresse e-mail ? Et pourquoi tenez-vous à servir d'intermédiaire entre Bill Fraser, votre patron et moi ?

Cordialement, Alan
IP Alan Collins, Greater Manchester Police

(Extraits des pièces jointes)

E-mail de Bill Fraser à Alan Collins

[...] Mon homologue à Bagdad est un certain capitaine
du NYPD qui s'appelle Jerry Greenhough. Il a été
envoyé en Afghanistan il y a deux ans avant d'être
détaché à Bagdad en mai. C'est un type sympa, mais
j'ai l'impression que l'affaire Connie Burns lui inspire
quelques réserves. Il n'a pas assisté à son débriefing
mais, après avoir écouté l'enregistrement, il l'a trouvée
« évasive et peu convaincante ». Pour plusieurs raisons :
a) elle n'a pour ainsi dire rien dit à la police, prétextant
qu'elle avait eu les yeux bandés et qu'elle n'avait donc
rien vu ; *b)* elle a exigé que son patron, Dan Fry,
assiste à l'interrogatoire et soit autorisé à interrompre
la séance si elle manifestait des signes d'émotion
excessive – ce qui n'a pas été le cas ; *c)* elle a été
examinée par un médecin qui n'a relevé aucune trace
de mauvais traitements ni de violences. D'où un
certain scepticisme sur la véracité de toute cette
histoire, d'autant plus que sa captivité n'a duré que
trois jours.

Les choses ne sont pas faciles, Alan. Je ne partage pas
forcément ce scepticisme – j'imagine bien qu'un certain
nombre de raisons puissent inciter une femme à
refuser de parler d'une telle expérience – mais, selon
Jerry, son récit était truffé d'incohérences. En plus, son
enlèvement ne correspond pas aux schémas habituels.
J'ai transmis votre hypothèse à propos de MacKenzie,
mais elle n'a pas convaincu non plus. Pendant tout
l'entretien, Connie a gardé son « sang-froid », elle a été
« maîtresse d'elle-même » et a affirmé catégoriquement
qu'il ne lui était rien arrivé de fâcheux pendant sa

captivité. Ce point semble confirmé par l'examen médical. J'ai consulté de près vos notes sur le *modus operandi* de MacKenzie. Relâcher une femme en bon état ne fait pas partie de son schéma comportemental habituel.

Vous apprendrez avec intérêt que j'ai eu plus de succès avec la suggestion de Connie selon laquelle les deux assassinats de Bagdad sont *a)* liés ; *b)* liés à des crimes similaires en Sierra Leone ; *c)* pourraient être l'œuvre de Keith MacKenzie, alias John Harwood, alias Kenneth O'Connell. Jerry a travaillé avec le FBI sur deux affaires de viols en série et il veut bien ne pas écarter d'emblée cette éventualité. Vous serait-il possible de lui adresser votre rapport sur les victimes de Sierra Leone ? Le problème est évidemment que les enquêtes de ce genre sont longues et complexes et que je vois mal des bleus s'en occuper sans un minimum de continuité et d'engagement au sommet. J'en profite pour vous informer qu'il me reste moins de six semaines à faire et que Jerry rentre fin septembre. Même les plus compétents des Irakiens n'auront pas les fonds nécessaires pour mener une enquête transfrontalière.

Vous trouverez ci-joint deux mails d'Alastair Surtees (Baycombe Group). Je n'ai pas rencontré ce type, mais BG a près de 500 agents de sécurité sur le terrain et ils ont plutôt meilleure presse que d'autres. J'ai instinctivement tendance à donner raison à Connie quand elle dit que Surtees est « fuyant ». Son deuxième mail est plus conciliant que le premier ; il fait suite à ma demande de copies de documents et de photos d'O'Connell. Je ne les ai toujours pas reçues pour le moment, mais je vais insister parce que je tiens à savoir si j'ai un sosie sur les bras. C'est déjà assez difficile de surveiller la population indigène sans qu'on nous balance de faux passeports britanniques dans les pattes.

Si ces assassinats sont liés, si leur auteur est britannique et s'il rentre en Angleterre – ça fait un sacré paquet de si –, il se retrouvera sur le territoire national, et là, nous avons les ressources nécessaires pour le pincer. Il m'arrive de me réveiller la nuit en me disant que c'est un vrai crime parfait, Alan. La vie a si peu de valeur, dans ces zones de guerre, qu'un psychopathe peut tranquillement s'éclater en découpant des femmes en morceaux, tout le monde s'en fout. Nous venons de vivre une nouvelle journée épouvantable. Trois gosses de moins de cinq ans sont morts et un gamin de douze ans a eu les jambes arrachées par une bombe à fragmentation qui n'avait pas explosé. Je déteste cette boucherie de merde...

E-mail (1) d'Alastair Surtees à Bill Fraser

[...] Je suppose que votre attention a été attirée par Miss Connie Burns de Reuters qui a obtenu une entrevue avec moi dans le seul but de porter des accusations infondées et calomnieuses contre Mr Kenneth O'Connell. Elle prétend l'avoir connu sous un autre nom en Sierra Leone, mais il ne fait aujourd'hui aucun doute que la personne qui lui a indiqué l'identité de l'homme qui a éveillé ses soupçons s'est trompée. Je vous assure formellement et personnellement qu'aucun de nos agents ne se trouvait à l'Académie de police de Bagdad le jour où Miss Burns s'y est rendue. Je considère donc que l'affaire est close...

E-mail (2) d'Alastair Surtees à Bill Fraser

... Je suis navré que vous ayez pu avoir l'impression que j'éludais délibérément certaines de vos questions. Je n'accepterai jamais de fermer les yeux sur l'utilisation d'un faux passeport de la part d'un employé de BG. Je pensais que ma parole suffirait à vous convaincre de l'erreur de Miss Burns. J'ai posé la question à O'Connell à deux reprises depuis que Miss Burns a formulé des accusations à son sujet, et je n'ai <u>absolument aucune raison</u> de penser que Kenneth O'Connell puisse être le pseudonyme de John Harwood ou de Keith MacKenzie. Baycombe Group respecte des procédures de contrôle extrêmement scrupuleuses et examine avec le plus grand soin les antécédents de tous ses employés.

Kenneth O'Connell s'est présenté avec des références irréprochables. Voici un résumé de son *curriculum vitae* : sergent au Royal Irish Regiment ; états de service (déployé dans de multiples secteurs dont : Malouines et Bosnie) ; a quitté l'armée en 2000 (à 36 ans) pour entrer à la Metropolitan Police de Londres (3 ans de service) ; embauché par Baycombe Group en septembre 2003. Il a exercé deux types de fonctions ici, en Irak : 1) instructeur chef de techniques de neutralisation de suspects à l'Académie de Police de Bagdad du 1-11-03 au 1-02-04 ; 2) officier chargé de la sécurité chez Spennyfield Construction depuis le 14-02-04, poste qu'il occupe encore actuellement. Spennyfield Construction est une société britannique, qui travaille en ce moment dans le secteur de Karbala. Les documents concernant O'Connell sont conservés par notre bureau du Cap. J'ai demandé qu'on en faxe une copie au numéro que vous m'avez indiqué, à condition que son nom, les coordonnées de sa famille et son lieu actuel de résidence n'apparaissent pas. Il arrive que les fax s'égarent ou tombent entre des mains hostiles, et nous attachons une grande importance à la sécurité de notre personnel. Je suis certain que cela répondra à votre attente et suffira à dissiper rapidement les éventuels soupçons que vous inspire Mr O'Connell...

E-mail de Bill Fraser à Alastair Surtees

Cela fait maintenant deux semaines que je vous ai demandé les documents concernant Kenneth

O'Connell. En l'absence de documents écrits étayant ses allégations quant à la légitimité du passeport qu'il détient, son nom sera communiqué à l'ambassade britannique qui s'opposera à toute velléité de sa part de quitter le pays. Par ailleurs, si je devais soupçonner Mr O'Connell d'avoir quitté le pays sous une autre identité...

De : connie.burns@uknet.com
Date : Mar. 20/07/04 23:15
À : Dan Fry (Dan@Fry.ishma.iq)
Objet : Désolée !

Cher Dan,

J'ai bien reçu ton premier mail. Inutile de continuer à me bombarder de messages. Je suis désolée que tu te sois fait de la bile, désolée aussi que mon silence prolongé ait aggravé les choses. N'y vois pas un manque de confiance, c'est simplement que j'ai du mal à écrire en ce moment. La seule raison pour laquelle je ne t'ai pas donné de numéro de téléphone est que les lignes téléphoniques d'ici sont impossibles et que je suis obligée d'utiliser mon portable pour envoyer des mails. Dès que j'aurai bidouillé un système un peu plus au point, je te ferai savoir comment me joindre.

Je t'en prie, ne t'inquiète pas. Je vais <u>bien</u>. Je me suis planquée dans une vallée du sud-ouest de l'Angleterre, un coin paumé où souffle une brise tiède. C'est une jolie région, très paisible – des champs de blé doré à perte de vue, un village tout mignon à moins d'un kilomètre et une mer tumultueuse de l'autre côté d'une colline. Je passe l'essentiel de mon temps toute seule, mais ça me plaît. La maison est grande, très primitive il faut l'avouer. Il y a même un vieux puits à l'extérieur de la maison – soigneusement camouflé en réserve de bois –, mais Dieu merci, je n'ai pas à m'en servir. J'ai l'eau courante et l'électricité. Pour le reste, le confort laisse <u>beaucoup</u> à désirer. D'où le problème de téléphone. Je me suis liée d'amitié avec quelques moineaux. J'ai découvert que, si je répands des graines à mes pieds, ils arrivent de partout pour manger. Je viens de me

rendre compte que je n'ai pas vu un seul oiseau à
Bagdad. Il y a aussi un étang à poissons sans poissons.
J'envisage d'en acheter quelques-uns pour les observer,
le soir.

Quant à Jerry Greenhough et aux critiques que tu
essuies, peux-tu, s'il te plaît, continuer à faire barrage?
Franchement, je me fiche pas mal de ce que la police de
Bagdad et un Amerloque que je ne connais même pas
pensent de moi. Tout cela me paraît désormais si loin et
tellement insignifiant. De toute façon, Dan, ils ne te
vireront pas, ils ont trop besoin de toi. Et puis, tu as le
dos large et je ne vois pas qui serait plus qualifié que
toi pour dire aux grands pontes d'aller se faire foutre.

Dans l'avion, en rentrant en Angleterre, j'ai compris
qu'en parler serait bien pis que de ne pas en parler. Je
sais que tu es convaincu que le psy t'a été d'un grand
secours, mais tu es bien plus fort que moi et tu n'as pas
peur de reconnaître tes faiblesses. C'est une forme de
courage que tu partages avec Adelina... je ne l'ai pas. Je
changerai peut-être d'avis avec le temps, mais ça
m'étonnerait. Quand je fais des cauchemars, ce n'est
jamais à propos de ce qui s'est passé. Mais plutôt sur la
manière dont je me suis immiscée dans la vie d'autrui
simplement pour faire un article. Rien n'est jamais
simple, Dan. Je suis beaucoup plus tourmentée par ma
conscience que par quelques événements survenus dans
une cave et qu'il vaut mieux oublier.

Je serai toujours enchantée d'avoir de tes nouvelles,
pourvu que tu te limites à d'autres sujets et que tu ne
me bassines pas avec ma santé mentale. Autrement, je
ne te répondrai pas. Je te remercie encore pour ta
gentillesse et ta sollicitude.

Bises, Connie.

8.

Évidemment, je cherchai des cicatrices sur les poignets de Jess et, évidemment, j'en trouvai. Il fallait savoir qu'elles étaient là pour les voir. Je fus aussi discrète que possible mais elle remarqua sans doute ma curiosité, car elle se mit à boutonner ses manches. Voulant me rattraper, je redoublai d'amabilité, ce qui ne fit qu'attiser ses soupçons. Après quoi, elle cessa de venir. Curieusement, je ne m'en rendis pas compte tout de suite. Comme avec une rage de dents qui s'arrête d'un coup, ce n'est qu'à la fin de la semaine que j'en pris conscience : l'exaspération qui me taraudait avait disparu.

J'aurais dû en être soulagée, mais non. Je me surpris à sursauter d'angoisse chaque fois que mes parents m'appelaient, à regarder par les fenêtres avec inquiétude dès la tombée de la nuit. Pour la première fois depuis mon arrivée, la solitude me pesait. Ma mère s'inquiéta un soir où je refusai de parler avant d'avoir entendu le son de sa voix. « Que se passe-t-il ? » me demanda-t-elle.

Je lui dis la vérité, craignant qu'elle n'imagine pire. Elle était parfaitement capable de peupler tout le territoire du Dorset d'insurgés irakiens et de terroristes d'Al-Qaida. Elle m'écouta sans m'interrompre avant de dire simplement : « Tu m'as l'air bien seule, ma chérie. Veux-tu que Papa et moi descendions, le week-end prochain ?

– Je croyais que vous aviez prévu d'aller à Brighton.

– Nous pouvons annuler.

– Non, répondis-je. C'est inutile. De toute façon, vous venez à la fin du mois. Je tiendrai le coup jusque-là, ne t'en fais pas. »

Elle hésita avant de poursuivre. « J'ai peut-être tout compris de travers, Connie – ça m'arrive souvent – mais à t'entendre, j'ai l'impression que Jess s'est montrée meilleure amie que Madeleine. Tu te souviens de Geraldine Summers... tu sais, la femme de Reggie... ils avaient deux fils de ton âge qui sont allés faire leurs études en Amérique ?

– Vaguement. C'était la grosse qui se pointait tout le temps sans prévenir avec des gâteaux dont personne ne voulait ?

– Exactement. Ils habitaient à une cinquantaine de kilomètres de chez nous. Reggie avait une plantation de tabac et, avant leur mariage, Geraldine était institutrice. Ils avaient fait connaissance en Angleterre pendant un congé de Reggie. Ils ne se connaissaient que depuis quelques mois quand ils se sont mariés. Ça a été une terrible erreur. Reggie n'avait pas ouvert un livre de sa vie, et Geraldine était loin d'imaginer à quel point sa ferme était isolée. Elle pensait qu'il vivait dans un village, qu'elle retrouverait un poste d'enseignante. Tout ça pour découvrir que ses seules distractions allaient être Reggie et la radio.

– Je me souviens de lui, maintenant, dis-je avec émotion. Bête comme ses pieds, perpétuellement bourré au gin et passant son temps à raconter des blagues cochonnes. »

Ma mère rit. « C'est ça. Les choses se sont encore aggravées après la naissance des garçons. Ils avaient hérité de l'intelligence de Geraldine, et leur père avait du mal à suivre. Alors il a encore forcé sur la bouteille. Il avait l'impression d'être plus spirituel quand il avait bu. » Elle s'interrompit pour réfléchir. « Il m'a toujours fait un peu pitié. Il aurait été beaucoup plus heureux avec une bonne campagnarde et deux costauds passionnés de tracteurs. »

Je me demandai pourquoi elle me racontait cette histoire. « Qu'est-ce qu'ils sont devenus ? Ils sont toujours ensemble ? Ils sont restés au Zimbabwe ?

– Reggie et Geraldine ? Non, ils sont partis en Afrique du Sud. La dernière fois que j'ai eu de leurs nouvelles, Reggie n'était pas très en forme. Geraldine m'a écrit pour Noël. Elle disait qu'il avait passé le plus gros de l'année à entrer et sortir de l'hôpital. Je lui ai envoyé un mot, mais elle ne m'a pas encore répondu. » Elle entra dans le vif du sujet. « Ce que je voulais te dire, c'est que quand elle est arrivée, Geraldine m'a rendue cinglée. Elle nous considérait, ton père et toi, comme un antidote à Reggie. Elle n'arrêtait pas de venir nous voir – pour se changer les idées. Finalement, je me suis décidée à être ferme, à lui faire comprendre qu'elle nous cassait les pieds. Ça n'a pas été facile, et elle l'a très mal pris.

– Qu'est-ce qu'elle a fait ?

– Rien de bien terrible. À peu près une semaine plus tard, j'ai reçu une lettre anonyme me reprochant d'être cruelle, et un ou deux coups de fil bizarres. Je ne l'ai pas revue pendant deux ans... À ce moment-là, elle avait eu son premier bébé et avait fini par se faire une raison. Pauvre femme. Nous nous sommes retrouvées à une réception à Bulawayo. Elle était affreusement embêtée... Elle s'est répandue en excuses, elle était désolée d'avoir été aussi collante et elle a même reconnu être l'auteur de la lettre anonyme et des appels téléphoniques.

– Qu'est-ce que tu lui as dit ?

– Que c'était à moi de m'excuser de m'être montrée aussi dure. Je me sentais bien plus coupable d'avoir repoussé ses offres d'amitié – même si elles étaient *vraiment* exaspérantes – qu'elle n'avait à s'en vouloir d'avoir écrit cette lettre. Geraldine en a été ravie, tant et si bien qu'elle a recommencé à nous casser les pieds – et, cette fois-ci, il a bien fallu la supporter. Eh bien, figure-toi, ma chérie, qu'elle s'est révélée la plus fidèle de nos amis. Au moment où ton père a été accusé de faire des bénéfices illégaux, les Barrett et les Fortescue – des amis d'enfance – nous ont battu froid, mais Geraldine et Reggie sont arrivés sur-le-champ, et ils sont restés avec nous pendant tout le siège. Il fallait un sacré courage pour faire ça. »

Je n'étais pas au Zimbabwe au moment de cette affaire, mais je l'avais suivie de près par téléphone. Ça s'était passé au moment où Mugabe avait lancé sa campagne d'expulsion des fermiers blancs. Un apparatchik local de la Zanu-PF avait balancé des accusations – inventées de toutes pièces – d'évasion fiscale et de profits illégaux contre mon père, pour attiser les troubles. Mon père tenait scrupuleusement ses comptes, si bien que ce type n'avait aucune chance de convaincre un tribunal, mais cela avait suffi à provoquer la colère des « vétérans » de

137

Mugabe. Une bande d'une cinquantaine de types avait campé pendant une semaine sur notre pelouse, menaçant de donner l'assaut. Le siège avait pris fin grâce au courage des employés de mon père, qui avaient formé un cordon devant les anciens soldats pour les empêcher de passer.

C'est à cause de cela que ma mère avait absolument voulu partir. Elle savait que, la prochaine fois, les manœuvres d'intimidation seraient encore plus brutales et elle se refusait à impliquer davantage les ouvriers agricoles. Pour la Zanu-PF, des Noirs qui soutenaient leurs patrons blancs étaient des traîtres ; pour ma mère, quelques arpents de terre ne valaient pas la mort d'un seul homme.

Avant d'avoir définitivement décidé de s'expatrier, mon père et elle avaient décidé de faire comme si les Barrett et les Fortescue ne les avaient pas lâchés – « ils ont eu peur », disaient-ils – et se portèrent à leur secours quand leurs fermes furent attaquées. Mais, intérieurement, ma mère ne leur avait pas pardonné et le départ de mes parents pour l'Angleterre avait mis fin à une longue amitié.

« Oui, et quelle est la morale de l'histoire ? demandai-je avec un sourire. Il ne faut pas se fier aux apparences ?

– En gros, oui, reconnut-elle.

– Et si Jess brandit un couteau à découper ?

– Ton ami le médecin se fera radier de l'ordre pour négligence, répondit ma mère. Pour t'avoir laissée seule avec une patiente dangereuse. »

J'aurais sans doute dû consulter Peter, mais cela ne me paraissait pas très utile. Je me dis que le raisonnement de ma mère était sain. Dans la vie, nous avons à choisir *qui* nous croyons aussi souvent que *ce que* nous croyons, et je ne voyais pas pourquoi le médecin du coin aurait eu envie de me mettre une aliénée dans les pattes. J'étais beaucoup moins sûre des motifs de Madeleine. Manifestement, Jess et elle se détestaient et le vieil adage « Demi-vérité, mensonge entier » s'appliquait à l'une comme à l'autre. À en croire Jess, Madeleine avait délibérément abandonné sa mère, la laissant mourir faute de soins ; à en croire Madeleine, Jess était une dangereuse désaxée qui harcelait les gens.

Sans doute les deux versions contenaient-elles une part de vérité – Madeleine ne rendait pas visite à Lily aussi souvent qu'elle l'aurait pu et Jess venait trop souvent, ce qui donnait à penser que la jalousie était au cœur de leur haine –, mais j'étais bien placée pour savoir que les rumeurs ne mettent pas longtemps à se transformer en faits. Selon le dernier mail de Dan Fry, Adelina Bianca elle-même suggérait que j'avais pu monter mon enlèvement de toutes pièces. Dans une interview accordée à une revue italienne, on lui faisait dire : « Bien sûr, on peut gagner de l'argent en faisant semblant d'avoir été séquestré – le public adore les histoires d'horreur –, mais ceux qui font une chose pareille déprécient les épreuves des vraies victimes. »

Je ne sais pas si j'étais visée – un déserteur américain venait de simuler un rapt avant de se réfugier au Liban –, mais ses propos furent interprétés en ce sens. Dan m'annonça que quatre des principaux mouvements terroristes avaient nié toute participation à mon enlèvement et que la presse arabe se répandait en commentaires sur une correspondante étrangère qui avait cherché à se faire de l'argent en se faisant passer pour une victime. Par bonheur, la presse occidentale ne reprit pas ces allégations – soit parce qu'elle craignait un procès en diffamation, soit parce qu'elle savait que je n'avais rien publié sur ma détention –, mais je n'en fus que plus réticente à révéler où je me trouvais. J'en voulais à Adelina. Je savais que ses propos avaient probablement été « arrangés » dans le sens qui convenait au rédacteur en chef, mais je ne pouvais m'empêcher de me demander comment elle faisait pour donner des interviews ; après tout, peut-être ne lui était-il pas arrivé grand-chose.

Quand, enfin, j'allai trouver Jess, elle m'expliqua qu'elle savait toujours quand Madeleine avait distillé son venin. Même les gens les plus raisonnables du monde cessaient alors de sourire avec sincérité. Elle reconnut que j'avais fait des efforts louables, mais que l'intérêt que j'avais porté à ses poignets était trop flagrant. Elle avait compris au bout de quelques jours et décidé de me laisser tranquille pour se remettre au travail. Il y avait dans la vie un certain nombre de choses qui ne valaient pas la peine qu'on se tracasse pour elles ; convaincre de parfaits étrangers qu'elle n'avait pas l'intention de leur flanquer des coups de couteau figurait en tête de liste.

C'était une mise au point intéressante, car je ne lui avais pas dit que j'avais discuté avec Madeleine. Celle-ci était-elle convaincante au point de susciter des réactions invariablement identiques ? Le cas échéant, c'était effrayant. Je demandai à Jess pourquoi elle la laissait répandre des demi-vérités au lieu de se battre, mais elle haussa les épaules. Ce n'était pas la peine, me dit-elle. « Les gens croient ce qu'ils ont envie de croire, et je refuse d'être quelque chose que je ne suis pas simplement pour leur prouver qu'ils ont tort. »

J'avais du mal à suivre son raisonnement. « Comment ça ?

– Je les méprise, lança-t-elle avec un certain flegme. Je serais obligée de faire semblant si je voulais les faire changer d'avis.

– Peut-être qu'ils gagnent à être connus.

– Vraiment ? Ça ne changerait rien à l'essentiel : ils ont cru Madeleine. »

Nous eûmes cette conversation dans sa cuisine le jour où, prenant mon courage à deux mains, je m'étais rendue chez elle. Je n'avais pas le choix : elle n'avait répondu à aucun des messages que j'avais laissés sur son répondeur, mais j'étais terrifiée à l'idée que ses mastiffs puissent être en liberté. J'avais franchi les huit cents mètres qui me séparaient de sa ferme et arrêté ma voiture au milieu de la cour, cherchant la porte d'entrée. Comme ma vitre était baissée – c'était une des rares journées ensoleillées d'un mois franchement pluvieux – j'avais entendu les chiens aboyer furieusement dès que je m'étais mise au point mort. Ils faisaient trop de bruit pour être à l'intérieur de la maison, et je guettais nerveusement leur arrivée.

La maison était séparée de la cour par un rideau de hêtres assez haut pour masquer le rez-de-chaussée, mais je ne voyais aucune brèche signalant un passage. À ma gauche, j'aperçus une grange. À droite, la piste semblait longer la haie pour dessiner un virage serré à l'extrémité de la maison, mais quelques silhouettes de chiens entre les troncs de hêtres me firent passer toute envie d'exploration. Pendant que je soupesais les différentes solutions, j'entendis le grondement d'un puissant moteur. Un tracteur surgit dans le virage, remorquant une ramasseuse-presse.

141

J'entrevis le visage renfrogné de Jess avant qu'elle ne fasse un écart pour m'éviter et s'enfoncer dans la grange. Une demi-seconde plus tard, elle repartait en marche arrière, manquant l'arrière de ma voiture de dix centimètres à peine au moment où la remorque prit la direction opposée à celle du tracteur. Elle fit un demi-tour impeccable – le tracteur passa à deux doigts de mon rétroviseur –, avant de s'éloigner avec tout son barda. Elle ne faisait pas de quartier, ce jour-là, et il n'était pas invraisemblable que j'assiste à la disparition de ma Mini sous deux tonnes de métal.

Elle arrêta le moteur et descendit de la cabine, faisant taire les chiens d'un sifflement. « Vous êtes dans le passage, me cria-t-elle. Une autre fois, garez-vous près de la haie. »

J'ouvris ma portière. « Désolée.

– Pas la peine d'avoir peur, reprit-elle d'un ton cassant. Je n'avais pas l'intention de vous rentrer dedans.

– Je m'en doute. Je me serais bien déplacée, mais je ne savais pas dans quel sens vous alliez manœuvrer... je craignais de vous compliquer encore les choses.

– Les remorques reculent toujours dans le sens inverse de ce à quoi on s'attend. Je croyais que vous aviez grandi dans une ferme.

– Je voulais parler du tracteur. »

Elle croisa les bras. « Vous aviez besoin de quelque chose ?

– Non. Je m'étais simplement dit... Je me demandais comment vous alliez. Ça fait un moment que vous n'êtes pas passée et vous n'avez pas répondu à mes messages. »

Je fus surprise de voir une légère rougeur envahir ses joues. « J'ai eu du travail. »

J'ouvris la portière plus grand. « Je tombe mal ? Je peux revenir plus tard si vous préférez.

– Ça dépend de ce que vous voulez.

– Rien de spécial. Je suis venue bavarder, c'est tout. »

Elle fronça les sourcils comme si j'avais dit quelque chose d'incongru. « Il faut que je détache la ramasseuse-presse et que je la graisse. Vous pouvez me parler pendant que je travaille si ça vous chante. Mais vous risquez de vous salir. La grange n'est pas impeccable.

– Ça n'a pas d'importance. Tout passe en machine. » Je sortis de la voiture et m'avançai précautionneusement à travers la cour défoncée dans ma longue jupe portefeuille et mes nu-pieds de cuir. Elle me dévisageait d'un air critique. « Il y a quelque chose qui ne va pas ?

– Vous avez l'air d'aller à une garden-party.

– Je m'habille toujours comme ça.

– Ce n'est pas une bonne idée. Surtout dans une exploitation agricole. » Elle désigna du menton des sacs de pommes de terre à l'entrée de la grange. « Vous pouvez vous asseoir là-dessus. De quoi vouliez-vous me parler ?

– De rien en particulier. »

Elle fit avancer la ramasseuse et la détacha de la barre de remorquage du tracteur avant de la repousser contre le mur. Pour une femme aussi frêle, elle avait une force peu commune. Selon elle, n'importe qui était capable de faire n'importe quoi lorsque c'était nécessaire. L'esprit était plus fort que la matière. Tant qu'il ne s'agissait pas de parler. Son expression révélait très clairement que, si j'espérais qu'elle allait se mettre en frais pour moi, je serais déçue. Je la regardai prendre une poignée de graisse et l'introduire dans les pivots du bras de liage ficelle.

« Vous devez faire ça chaque fois que vous vous en servez ?

– Ça aide. La machine a vingt ans.

– C'est la seule que vous ayez ?

– La seule ramasseuse-presse, oui. » Elle désigna du menton une moissonneuse-batteuse à l'autre bout de la grange. « Ça, c'est pour les moissons. »

Je me retournai pour y jeter un coup d'œil. « Papa en avait une, au Zimbabwe.

– C'est plutôt courant de nos jours. Il y a des gens qui en louent, mais celle-là, je l'ai achetée d'occasion à une vente aux enchères. »

Je la regardai travailler. « Pourquoi est-ce que vous vous êtes servie de la ramasseuse-presse aujourd'hui ? demandai-je au bout d'un moment. Je n'ai encore vu personne moissonner. Il n'y a pas encore de paille, si ?

– Je profite de ce qu'il fait un temps correct pour ramasser le foin à la lisière des champs. » Elle dut trouver que la question n'était pas idiote puisqu'elle prit la peine de développer. « Les prévisions à long terme annoncent de la pluie en août. Je préfère botteler au plus vite tant que c'est possible. Si la météo ne se trompe pas, nous aurons du mal à rentrer le blé. Quant à la paille, n'en parlons pas. »

Nous... ? « Vous avez de la main-d'œuvre ? »

Elle revissa le couvercle du pot de graisse et ramassa un chiffon pour s'essuyer les mains. « Un peu. Il y a Harry, qui travaille ici depuis des années, et deux ouvrières à temps partiel – l'une vient le matin, l'autre l'après-midi.

– De Winterbourne Barton ?

144

« – De Weymouth.

– Que font-elles ?

– Ce qu'il y a à faire.

– Les labours ? »

Elle acquiesça. « Tout ce qui concerne les cultures. Harry et moi, nous nous occupons des troupeaux, des clôtures et des bois.... Mais tout le monde donne un coup de main là où il y en a besoin. » Elle me dévisagea avec curiosité tout en repliant le chiffon et en le posant sur la boîte de graisse. « Il n'y a pas de femmes qui travaillent dans l'agriculture, au Zimbabwe ?

– Des milliers, si.

– Alors, pourquoi est-ce que vous avez l'air étonnée ? »

– Parce qu'à Winterbourne Barton, tout le monde vous décrit comme une solitaire, et je découvre qu'il y a trois personnes qui travaillent pour vous.

– Et alors ?

– Alors, on donne une fausse image de vous. J'étais sûre que vous viviez et travailliez seule. »

Sa bouche prit un pli cynique. « Vous commencez à mieux comprendre comment les choses se passent à Winterbourne Barton. Ils ignorent complètement la masse de travail que représente l'exploitation d'une ferme. Il faut dire que la plupart d'entre eux n'ont jamais vécu à la campagne. » Elle jeta un coup d'œil en direction de la maison. « Je vais préparer des sandwichs pour le déjeuner. » Une pause, et elle lança, passant soudain au tutoiement : « Tu veux entrer un moment ?

– Les chiens sont là ? »

Ses yeux bruns s'étrécirent légèrement, sous l'effet de la réflexion plus que du mépris. « Pas si tu préfères qu'ils n'y soient pas. »

Je me levai. « Dans ce cas, c'est volontiers. Merci.

– Il va falloir que tu bouges ta voiture. Harry ou Julie pourraient rentrer. Si tu te gares par là... » Elle désigna l'extrémité gauche de la haie. « Tu verras le chemin qui conduit à la porte de derrière. Je vais m'occuper des chiens, je te retrouve là-bas. »

La ferme était un bâtiment étroit, tout en longueur, construit avec la même pierre de Purbeck que Barton House et Winterbourne Barton. La partie centrale, c'est-à-dire les pièces qui entouraient la porte d'entrée, était du XVIIᵉ siècle, mais les ailes situées de part et d'autre dataient du XIXᵉ et du XXᵉ. La surface au sol était presque aussi importante que celle de Barton House ; l'absence de plan d'ensemble privait cependant la ferme des lignes claires et de l'élégance de la propriété de Lily.

Nous entrâmes par la cuisine, plus grande, plus lumineuse et mieux équipée que celle de Lily. Une baie vitrée donnait sur le jardin, entièrement recouvert de gazon, sans un buisson ni une fleur. Un grillage de deux mètres cinquante de haut suivait le tracé intérieur de la haie de hêtres, empêchant les mastiffs de s'échapper. Une grande niche de bois occupait un angle du terrain. Je ne décelai aucun signe de leur présence.

« Ils sont devant, dit Jess comme si elle lisait dans mes pensées. Je les remettrai de ce côté-ci quand tu seras partie. Ma mère avait des massifs de fleurs partout, mais mon premier chiot a tout dévasté. Il y a moins d'entretien comme ça.

– Ils sont toujours dehors ?

– Quand je travaille, oui. Quand je suis à la maison, je les rentre. Si tu les prenais pour ce qu'ils sont, c'est-à-dire des carpettes surdimensionnées, ils te feraient moins peur. Les mastiffs sont des chiens très sociables... ils adorent la compagnie. Ils se contentent de faire barrage entre leur maître et un intrus éventuel. Ils n'attaqueront jamais sauf si l'étranger attaque le premier.

– C'est une belle pièce, Jess. Bien plus agréable que la cuisine de Lily. »

J'avais changé de sujet un peu trop brusquement. Elle m'observa un moment avant de se détourner pour ouvrir la porte du réfrigérateur. « Tu veux visiter le reste de la maison pendant que je prépare les sandwichs ? Tu dois mourir de curiosité... comme tout le monde.

– Ça ne te dérange pas ? »

Sa seule réponse fut un haussement d'épaules indifférent.

Ce n'était pas l'invitation la plus chaleureuse que l'on pût imaginer, mais je n'allais pas ergoter. L'espace où nous vivons en révèle aussi long sur nous que notre comportement. Et puis Jess avait raison, j'étais curieuse de découvrir le décor où elle vivait. J'avais appris de différentes sources que la maison était restée figée dans le temps, que c'était un mausolée à la mémoire de sa famille, plein de souvenirs morbides, un temple à la mort dont les objets de culte étaient des animaux empaillés. Je ne pouvais pas les manquer : le hall d'entrée en contenait quatre vitrines, abritant respectivement un faisan, un renardeau, deux belettes et un blaireau.

C'était la partie XVIIe, le cœur du bâtiment, et je n'avais pas de mal à croire qu'elle était restée inchangée depuis de longues années. Le seul jour venait d'une fenêtre percée à mi-hauteur de l'escalier, mais il n'était pas suffisant pour dissiper l'obscurité, accentuée par les lambris de chêne. Le plafond était traversé de poutres anciennes ; l'usure avait dessiné dans les dalles une incurvation parfaitement visible entre la porte et l'escalier.

En revanche, les deux pièces qui donnaient sur l'entrée démentaient l'image d'une demeure pétrifiée. L'une, qui était manifestement le bureau de Jess, contenait des classeurs, un bureau et un ordinateur, l'autre un vieux canapé et des tas de sacs de haricots qui dégageaient une puissante odeur de chien. Contre le mur le plus long, une chaîne hi-fi ultramoderne en acier brossé et d'interminables étagères remplies de CD, de DVD, de cassettes et de disques vinyle entourant un écran plasma. Je n'avais pas imaginé que Jess puisse se passionner pour la musique, le cinéma ou la télévision. Pourtant, c'était visiblement le cas. À en croire la télécommande noire parfaitement reconnaissable posée sur le canapé, elle était même abonnée à Sky Digital. Drôle de mausolée à la gloire du passé, me dis-je avec envie, regrettant l'indigence de Barton House, avec ses quatre malheureuses chaînes hertziennes et son petit écran coincé dans la pièce du fond.

Je fus à deux doigts de rebrousser chemin. Être autorisé à explorer la maison d'autrui est une chose, abuser de ce droit en est une autre. Je persistai par pure curiosité ou, pis, poussée par le désir puéril de faire la nique à Winterbourne Barton en me flattant d'avoir été invitée à visiter les lieux. Surtout, c'était la dissonance entre ce que je voyais et la description qui m'en avait été faite qui me poussa à continuer. Je ne compris pas d'où venaient ces histoires de morbidité avant d'arriver dans un couloir tapissé de photos.

On y retrouvait les quatre mêmes visages rieurs – un homme, une femme, un garçon et une fille – reproduits à l'infini. Des portraits format affiche. Des clichés taille carte postale. Des agrandissements de visages, extraits de photos de groupe. Des patchworks de tirages collés les uns aux autres pour composer un groupe joyeux. Cet assemblage de noir et blanc, de sépia et de couleurs gaies disposées sur la toile uniforme des murs du couloir exprimait une vitalité éclatante.

Je pensai aux photos de mes parents, aux portraits officiels de leur mariage, et aux instantanés de vacances sur lesquels ils exhibaient des sourires gênés ou des regards confus à l'idée d'être saisis par l'objectif. Rares étaient celles, toutes prises à leur insu, qui les montraient vraiment naturels, et je songeai que c'était une excellente idée de reproduire les mêmes visages radieux au lieu de combler les vides à l'aide d'images compassées et solennelles.

« Qu'en penses-tu ? » demanda la voix de Jess derrière moi.

Je ne l'avais pas entendue arriver ; je tournai vers elle un visage ébahi. « Super, répondis-je sincèrement. C'est le genre d'images que j'aimerais laisser de moi.

– Tu n'as pas l'air particulièrement épatée.

– C'est que tu m'as fait sursauter, c'est tout. Qui les a prises ? Toi ?

– Oui. » Ses yeux bruns parcoururent le mur. « Lily détestait ma galerie. Elle la trouvait malsaine... Elle me disait tout le temps de laisser l'oubli faire son œuvre. »

Conseil classique, me dis-je, mais qui, selon moi, ne s'appliquait pas aux photos. Ma mère avait le portrait de ses défunts parents sur sa table de nuit, et je n'avais jamais eu l'impression d'une présence déplacée. « Pourquoi est-ce que tu ne figures sur aucune ?

– Mais si. Sur celle-ci. » Elle désigna un cliché taille carte postale, tout au début de la série, où l'on voyait ses parents tenant par le bras une fillette que j'avais prise pour sa sœur.

Je revins sur mes pas pour la regarder de plus près. « Je ne t'avais pas reconnue. Quand a-t-elle été prise ?

– Le jour de mes douze ans. Papa et Maman m'avaient offert un appareil photo et j'ai laissé Ron prendre cette photo.

– Quel âge avait-il ?

– Huit ans... quinze quand il est mort. Sally avait deux ans de moins.

– Et tes parents ?

– Un peu plus de quarante-cinq ans tous les deux. » Elle désigna une photographie format affiche à mi-chemin du couloir. « C'est la dernière photo que j'ai prise d'eux. À peu près trois semaines avant l'accident. »

Je passai devant elle pour me mettre bien en face. Elle était en couleurs et il n'y avait pas la mer en arrière-plan, mais la composition et la manière dont le soleil éclairait le profil des visages me rappelèrent le portrait en noir et blanc de Madeleine qui se trouvait à Barton House. « C'est toi qui as pris la photo de Madeleine qui est sur le palier, chez moi ?

– Possible.

– C'est la seule chose qui mérite d'être regardée dans toute la maison. Le reste est vulgaire à chier... même les toiles de Nathaniel. »

C'était un compliment, mais Jess ne le prit pas comme tel. « Il n'est pas du tout ressemblant, maugréa-t-elle d'un ton irrité. C'était pour faire plaisir à Lily, c'est tout. Elle avait absolument besoin de croire que les Wright avaient réussi à produire quelque chose de bon. Si c'était une photo honnête, sa salope de fille ressemblerait au portrait de Dorian Gray – laide comme le péché.

– Ta mère est drôlement jolie », remarquai-je en essayant de détourner son attention.

Elle m'ignora. « Tu sais, il m'arrive de me demander si ce n'est pas ce qui se produit. Tant que Nathaniel fait passer toute la méchanceté de Madeleine dans ses tableaux, elle peut faire semblant d'être douce comme un agneau. »

C'était une curieuse analogie. « Sauf que ses toiles ne sont pas méchantes, elles sont médiocres, c'est tout. S'il avait un peu de talent, il les aurait vendues et elles ne ramasseraient pas la poussière à Barton House.

– Dans ce cas, Madeleine s'est rendue coupable de destruction de talent, dit-elle catégoriquement. C'était un bon peintre, avant qu'il ne l'épouse. Peter a une de ses premières œuvres. Tu devrais y jeter un coup d'œil. » Elle ouvrit une porte, au fond du couloir. « Tu es allée jusque-là ?

– Non.

– C'est la plus belle pièce de la maison. »

Je pensais qu'elle voulait parler de la décoration, des dimensions, ou encore de sa vocation à accueillir les invités. Bref, j'étais loin de m'attendre à ce que je découvris. Elle ne contenait pas un seul meuble. C'était une immense pièce aux volets clos, au sol recouvert de parquet, aux murs blancs. Une série de minces panneaux s'élevaient du sol au plafond, disposés de façon asymétrique en direction du centre, avec des mini-enceintes accrochées dessus. Je n'avais pas la moindre idée de ce que j'étais censée regarder jusqu'à ce que Jess actionne une série de boutons sur un tableau électrique disposé près de la porte. La pièce se remplit soudain de sons et d'images en mouvement.

Pendant quelques secondes atroces, tandis que la ferme apparaissait sur le mur du fond, je m'apprêtai à voir sa famille passer et repasser en boucle sur une cassette vidéo. Je n'aurais pu que donner raison à Lily. Pouvait-on imaginer plus morbide et plus malsain que de rester assise dans le noir à regarder des morts s'affairer à des fêtes ou à des spectacles d'école oubliés depuis longtemps ?

« C'est le cycle de vie de la belette, annonça Jess alors qu'une nouvelle séquence apparaissait sur les différents écrans. Cette femelle a niché sous la maison pendant toute une saison... Elle est partie s'installer dans le bois de Clambar quand les chiens ont repéré l'entrée de son abri. Voilà ses petits... elle leur apprend à chasser. Je pense que c'est de là que vient le mythe des bandes de belettes. En fait, elles sont strictement territoriales et ne se regroupent que pour s'accoupler. Regarde ça. Elles sont belles, tu ne trouves pas ? Les cultivateurs devraient les protéger au lieu de les tuer. Elles volent des œufs et des poussins quand elles arrivent à en attraper, mais leurs proies préférées sont les souris et les campagnols.

– C'est incroyable, dis-je. Qui a filmé ça ?

– Moi.

– C'est aussi toi qui as équipé la pièce ? »

Elle hocha la tête en signe d'acquiescement. « J'ai fait des panneaux assez légers pour pouvoir

152

les déplacer en fonction des effets recherchés. Certains films rendent mieux sur des écrans continus et incurvés... les oiseaux en vol, par exemple. J'ai quelques bonnes séquences de corneilles qui quittent leur nid, le matin. C'est formidable de les voir tournoyer sur un écran courbe. Les belettes fonctionnent mieux en formation espacée, ça montre bien leur caractère territorial.

– Je peux voir les corneilles ? »

Elle jeta un coup d'œil à sa montre. « L'installation me prendrait trop de temps. Il faudrait que je réaligne les projecteurs. » Elle effleura les boutons, plongeant la pièce dans le noir avant de me faire sortir et de refermer la porte. « Pour le moment, je travaille sur la bande-son des belettes. Quand j'aurai fini, j'installerai peut-être les corneilles. »

Je la raccompagnai jusqu'à la cuisine. « Mais à quoi servent ces films ? C'est pour des écoles ? Qu'est-ce que tu en fais ?

– Rien.

– Comment ça, rien ? »

Elle prit des sandwichs, emballés dans du film plastique, sur le plan de travail et les fourra dans sa poche. « C'est un passe-temps, c'est tout », dit-elle.

Je la regardai, incrédule. « Tu es folle ? À quoi bon faire des films que personne ne voit ? Il faut les montrer... te trouver un public. » Je m'interrompis. « C'est comme si j'écrivais des articles que personne ne lit.

– Je ne suis pas comme toi. Je n'ai pas besoin de me faire admirer tout le temps.

– Tu es injuste. »

Elle haussa les épaules d'un air indifférent.

« Mais enfin, qu'est-ce qu'il y a de mal à montrer que tu as du talent ? Tu es *bonne*, Jess.

– Je sais, dit-elle sans ménagement. Qu'est-ce qui te fait croire que j'ai besoin que tu me le dises ? Tu t'y connais en cinéma ? Tu t'y connais en belettes ? Oui ? » Elle émit un rire méprisant en me voyant secouer la tête en signe de dénégation.

« Je ne faisais que te donner mon avis. Sincèrement.

– Non, ce n'est pas vrai. » Elle ouvrit la porte de derrière et me fit sortir. « Tu es condescendante – sans doute parce que tu te sens coupable d'avoir écouté Madeleine. La prochaine fois, tu feras bien de la boucler. »

Je marchais sur des œufs. Je ne comprenais pas ce que j'avais fait de mal, à part la féliciter. « Tu aurais préféré que je te dise que c'est de la merde ?

– Bien sûr que non. » Elle me jeta un regard féroce. « Je déteste les menteurs encore plus que les lèche-cul. »

De : connie.burns@uknet.com
Date : mer. 21/07/04 13:54
À : alan.collins@manchester-police.co.uk
Sujet : coordonnées

Cher Alan,

Vous savez sans doute que les journalistes tiennent à leurs articles comme à la prunelle de leurs yeux. Je ne suis pas très sûre de mon patron et je me dis qu'il essaiera peut-être de me court-circuiter dans l'affaire O'Connell/MacKenzie pour s'attribuer toutes mes recherches. Je vous communiquerai mon adresse et mon numéro de téléphone dès que j'aurai une résidence permanente. Pour le moment, je n'ai même pas le temps de défaire mes bagages.

C'est la vie !

Cordialement, Connie

P.-S. : Je n'aurais jamais imaginé que le réseau était aussi mauvais, dans ce pays ! Je n'ai pas dû choisir le bon opérateur.

9.

Quand je quittai Jess, nous étions plus ou moins réconciliées, mais elle ne m'invita pas à revenir et hocha la tête sans s'engager quand je lui dis que j'espérais la voir bientôt à Barton House. Je ne savais plus très bien à quoi m'en tenir. Au lieu de rentrer directement chez moi, je décidai de faire un saut au village pour voir si Peter était chez lui. Ayant repéré sa voiture dans la rue, je me garai derrière elle avant de sonner à sa porte. Dans le temps qu'il mit à répondre, je fus prise de scrupules : j'étais une commère et une fourbe. Mais j'étais trop curieuse pour renoncer.

« Je vous dérange ? demandai-je quand la porte s'ouvrit. Vous avez dix minutes à m'accorder ?

– C'est une visite médicale ou amicale ?

– Amicale. »

Il recula. « Entrez, mais vous allez être obligée d'assister à mon déjeuner. Il n'y en a pas assez pour deux, je suis désolé, mais je devrais arriver à vous trouver un verre de vin ou une tasse de café. »

Je traversai l'entrée sur ses talons. « Je vous remercie, ce n'est pas la peine.

– De quand date votre dernier repas ? »

La question me prit par surprise. « De ce matin », répondis-je sans grande conviction.

Il me dévisagea pensivement avant de tirer une chaise pour moi. En ma présence, il veillait toujours à rester à distance, reculant avant de m'inviter à m'asseoir. « Installez-vous.

– Merci. »

Il prit place de l'autre côté de la table. Son déjeuner se composait d'un plat de pâtes réchauffé au micro-ondes, qu'il n'avait même pas sorti de sa barquette en plastique. « Je mange dans une assiette quand j'attends de la visite, dit-il en prenant sa fourchette. Les gens qui passent sans prévenir ne comptent pas. Jess vous a apporté des produits de la ferme ? »

Je fis signe que oui.

« Vous les avez mangés ? »

Je hochai à nouveau la tête.

Il n'en crut rien, mais n'insista pas. « Bien. Qu'est-ce que je vais pouvoir vous raconter à propos de Jess ? Sur quel aspect précis de cette personnalité extraordinairement exaspérante souhaitez-vous des explications ? »

Je souris. « Comment savez-vous que je suis venue vous parler d'elle ? »

Il enfila quelques pâtes sur sa fourchette. « J'étais à deux cents mètres de vous quand vous avez tourné dans son allée. Elle était chez elle ?

– Oui. Je l'ai regardée graisser sa ramasseuse-presse puis elle m'a fait visiter la maison. Vous y êtes déjà allé, j'imagine ?

– Je ne sais combien de fois.

– Alors, vous avez vu le couloir avec ses photos de famille ?

– Oui.

– La grande salle de projection ?

– Oui.

– Qu'est-ce que vous en pensez ? »

Il attendit pour me répondre d'avoir avalé la dernière bouchée de son plat et repoussé la barquette. « Il m'arrive d'hésiter, mais en règle générale, je me félicite que Jess n'ait jamais terminé ses études d'art. Elle était en fin de première année au moment de l'accident, et elle a dû arrêter pour s'occuper de la ferme. Elle le regrette encore... mais elle aurait perdu trois ans si elle était restée dans cette école. »

Ma déception fut sans bornes. Si quelqu'un pouvait reconnaître son talent, c'était certainement Peter. Il avait l'air de la comprendre mieux que quiconque. « Vous n'aimez pas ce qu'elle fait ?

– Je n'ai pas dit ça, rectifia-t-il avec douceur. Ce que j'ai dit, c'est que, si elle était restée dans cette école, elle aurait perdu son temps. Elle serait rentrée dans le moule et aurait abdiqué toute originalité... ou alors, elle aurait été tout le temps en bisbille avec ses profs et n'en aurait fait qu'à sa tête. Si vous avez de la chance, elle vous montrera ses peintures, un jour. À ma connaissance, elle n'a pas touché à un pinceau depuis l'accident, mais franchement, elle avait fait des choses remarquables.

– Elle en a vendu ? »

Il secoua la tête. « Elle n'a jamais essayé. Tout est dans son atelier, à l'arrière de la maison. De toute façon, ça m'étonnerait qu'elle accepte une offre d'achat. Elle est de ceux qui considèrent comme un péché capital de peindre pour le profit... elle estime qu'un artiste qui se prête aux exigences commerciales est forcément médiocre.

– Quel genre de sujets est-ce qu'elle peignait ?

– Des paysages. Des marines. Elle a un style très personnel – plus impressionniste que figuratif –, elle crée du mouvement dans le ciel et dans l'eau avec très peu de peinture et des touches très amples. Ses professeurs n'appréciaient pas beaucoup, c'est pour ça qu'elle supporte si mal l'avis des autres. Ils lui ont reproché de revenir à Turner au lieu de se rallier aux doctrines de l'art conceptuel qui prétendent qu'une œuvre doit se créer dans l'esprit, avant de prendre une forme concrète. Le mari de Madeleine, voilà le genre d'artistes qui leur convenait. »

Mon incrédulité fut si visible que Peter éclata de rire.

« Il a fait des choses bien plus intéressantes que ce qu'il y a chez Lily. Il a conceptualisé l'irrationalité sous une forme matérielle... rien à voir avec les abstractions qu'il fait maintenant. »

Je fis ce que je pouvais pour avoir l'air intelligent. « Jess m'a dit que vous aviez une toile de sa première période. Je peux la voir ? »

Il hésita un court moment. « Pourquoi pas ? Elle est dans mon bureau... deuxième porte à droite. Vous ne pouvez pas vous tromper. C'est le seul tableau de la pièce. »

Cette toile-là était animée et fourmillait de détails à la Jérôme Bosch. On y retrouvait les mêmes visions cauchemardesques d'un monde pris de folie. Des maisons vivantes projetaient de puissantes racines, tandis que des lianes noueuses s'enfonçaient à travers les murs de briques. Le tableau présentait un lustre étonnant, comme s'il était constitué d'une superposition méticuleuse de couches de peinture, et le style était à cent lieues du travail peu structuré de Barton House. Tout semblait emporté dans un tourbillon de démence. Aucune des maisons n'était d'aplomb, elles penchaient, ivres, dans tous les sens, comme sous l'effet d'un ouragan. Des centaines d'êtres humains minuscules, sans proportions avec les bâtiments, peuplaient les pièces que l'on distinguait derrière les fenêtres, et chacun de leurs visages était une reproduction minutieuse du *Cri* d'Edvard Munch. À l'extérieur des constructions, des animaux tout aussi minuscules, de différentes espèces mais de dimensions toutes identiques, fouillaient dans des tas de feuilles, arborant, eux aussi, les visages humains pâles et émaciés du *Cri*.

J'étais toute prête à y voir l'expression même de l'irrationalité conceptualisée (quel que fût le sens de la formule, j'y voyais surtout un oxymoron) mais, en l'absence de titre, j'étais incapable de déterminer si cette œuvre représentait un exemple précis de démence, ou la démence en général. Pourquoi des maisons vivantes ? Pourquoi tous ces gens enfermés à l'intérieur ? Pourquoi des animaux à visage humain ? Voulait-il représenter la peur que la nature inspire à l'homme ? Ou se rapprochait-il plus de Jérôme Bosch – une vision de l'enfer ? J'éprouvais de surcroît le sentiment désagréable que, si Jess avait été là, elle aurait déclaré que mon avis était subjectif, et donc hors de propos. Peu importait que cette vision me paraisse perturbée ou puissante, le sens en appartenait à l'artiste.

Peter était debout devant la bouilloire quand je regagnai la cuisine. « J'espère que vous aimez le café noir, dit-il en versant de l'eau dans deux tasses. Je n'ai plus de lait, je suis désolé.

– C'est parfait, merci. » Je pris la tasse qu'il me tendait, réussissant à éviter tout contact entre nos doigts. « Il a donné un titre à son tableau ?

– Oui, mais ça ne vous aidera pas beaucoup. *Ocre*. Alors qu'en pensez-vous ?

– Franchement ? Vous n'allez pas me rembarrer, comme Jess ? Dans votre bureau, j'avais l'impression de l'entendre respirer à côté de moi et me traiter de prétentieuse. »

Peter eut l'air amusé. « Parce que vous ignorez qu'elle déteste la police de la pensée encore plus que vous. Elle appelle ça le syndrome des habits de l'empereur. Si un type comme Saatchi est prêt à payer une fortune pour un lit défait, c'est forcément bon... et seuls les idiots n'y comprennent rien. Essayez d'être franche, m'encouragea-t-il.

– D'accord, eh bien, c'est vachement mieux que tout ce que j'ai vu à Barton House, mais je n'ai pas la moindre idée de ce que ça doit représenter. Il y a un petit côté surréaliste, là-dedans. Mais s'il y a une chose que je ne comprends pas, c'est comment Madeleine peut vivre avec l'auteur d'une toile pareille. C'est que... elle est *tellement* bourgeoise, *tellement* conformiste... j'ai l'impression que Nathaniel, au contraire, plane à cent lieues de notre planète. Comment est-ce que ça peut marcher ? »

Il s'étrangla de rire. « Nathaniel a peint ça avant de l'épouser. Ce qu'il fait maintenant est beaucoup plus inoffensif. Jess parle de bâtiments en marshmallows avec des jardinières. Elle n'a pas complètement tort. Il ne vend pour ainsi dire plus rien.

– Combien avez-vous payé cette toile ? »

Peter fit la grimace. « Cinq mille livres il y a onze ans, et elle ne vaut plus un clou aujourd'hui. Je l'ai fait évaluer au moment de mon divorce. Un investissement catastrophique... mais ce tableau continue à me fasciner. Quand je l'ai acheté, Nathaniel m'a expliqué que la clé est la répétition à l'infini du visage inspiré d'Edvard Munch – ce cri d'angoisse. »

J'attendis la suite. « Oui, bon, d'accord, dis-je au bout d'un moment. Je l'ai évidemment reconnu... mais ça ne m'aide pas beaucoup. C'est l'enfer ?

– En un sens. » Il s'interrompit. « Je pensais que vous identifieriez peut-être le sentiment qu'il décrit. Une crise de panique. Munch a souffert d'angoisse pendant presque toute sa vie et l'on s'accorde généralement à voir dans *Le Cri* l'expression d'une anxiété ou d'une crainte profonde. »

Je levai un sourcil ironique.

« Vous n'avez pas perçu cela ?

– Pas vraiment, non. Pourquoi les maisons sont-elles vivantes ? Qu'est-ce qui les rend instables ? Je croyais que les agoraphobes les considéraient comme des havres de sécurité. Et pourquoi mettre un visage humain sur des corps d'animaux ? Les animaux ne souffrent pas d'angoisse... en tout cas pas autant que les humains.

– Je ne crois pas que vous puissiez raisonner en termes logiques, Marianne. La panique est une réaction irrationnelle. »

Le « Marianne » me prit au dépourvu, comme d'habitude. Pour moi, c'était le nom de ma mère et j'éprouvais toujours quelques secondes de stupeur quand on m'appelait ainsi. Je crois que Peter était sur le point d'avouer qu'il avait percé mon identité à jour, mais je pris la parole sans lui en laisser le temps. « Il ne peut pas avoir peint ça au cours d'une crise d'angoisse... son travail est trop détaillé, trop minutieux. Ses mains auraient tremblé, au minimum. »

Peter haussa les épaules. « Qui vous dit qu'il s'agit d'une de ses crises à lui ? Il a pu observer celle de quelqu'un d'autre.

– De qui ? »

Nouveau haussement d'épaules.

« Pas de Madeleine, repris-je, incrédule. Elle n'a pas assez d'imagination pour se ronger les sangs au point de chercher à s'enfermer dans une boîte. Et puis, si c'était elle qui l'avait inspiré, il aurait continué à peindre comme ça.

– Je ne sais pas sur quels thèmes il travaille actuellement. Madeleine a évoqué des réflexions abstraites sur la condition humaine... Quant à savoir si c'est elle qui parle ainsi ou Nathaniel... Quoi qu'il en soit, c'est une tentative désespérée pour remédier à l'évanouissement spectaculaire d'un vrai talent. Pour le moment, il gagne sa vie en donnant des cours.

– Quel âge a-t-il ?

– Autour de trente-cinq ans. Il en avait vingt-quatre quand il a peint le tableau que j'ai acheté.

– Et Madeleine en a combien ? Trente-neuf... quarante ? Quand se sont-ils mariés ?

– En 1994. »

Dix ans plus tôt. Je fis un peu de calcul mental. « Ça fait un peu gigolo, non ? Après tout, elle est peut-être moins conventionnelle que je ne le pensais. Jess m'a dit qu'elle a un fils de onze ans. C'est Nathaniel, le père ?

– À ma connaissance, oui. Ils se sont mariés quelques mois après sa naissance.

– Qu'est-ce que Lily en a pensé ?

– Exactement ce que vous pouvez imaginer, fit Peter avec un sourire.

– Elle aurait préféré un mariage et des petits-enfants dans le bon ordre ? »

Il acquiesça.

« Comme la plupart des mères. » Je hochai la tête d'un air contrit. « Cela montre à quel point on peut se tromper sur les gens. J'aurais parié que Madeleine avait épousé un homme riche, plus âgé qu'elle, et exhibé son bébé en toute respectabilité au terme de neuf mois révolus. Comment se sont-ils rencontrés, Nathaniel et elle ? Elle ne m'a pas fait l'effet de quelqu'un qui passe sa vie à courir les galeries.

– Ici même, répondit Peter d'un ton flegmatique, en tapant le sol de son pied. À peu près à l'endroit où vous vous trouvez. Je bavardais avec Nathaniel quand Madeleine est passée. Dès qu'elle a su qui c'était, il a été cuit, mais je ne sais pas trop ce qui a bien pu le séduire chez elle... son admiration sans mélange peut-être. Elle n'aurait pas su distinguer un pinceau d'une brosse, mais je dois avouer qu'elle a su le prendre dans le sens du poil. »

Dès qu'elle a su qui c'était... ? « Il habitait Winterbourne Barton ?

– Pas exactement.

– Qu'est-ce que ça veut dire ? »

Peter baissa les yeux sur son café. « Réfléchissez un peu. Pas la peine d'avoir étudié la mécanique quantique pour comprendre. »

Je devais être particulièrement bouchée ; en tout cas, je ne voyais absolument pas où il voulait en venir. « Pourquoi est-ce que vous ne pouvez pas me le dire ?

– Serment d'Hippocrate, fit-il avec une grimace joviale. Je perdrais mes patients si je ne savais pas tenir ma langue... surtout dans un endroit comme ici, où les rumeurs se répandent à la vitesse grand

164

V. Et puis, la vie est trop courte pour qu'on mène les guerres des autres. »

Les guerres...? « Je n'ai rencontré que deux personnes qui passent leur temps à s'étriper... » Je m'interrompis au moment même où le déclic se fit. « Oh, j'y suis ! L'école d'art... les crises de panique... Madeleine a piqué Nathaniel à Jess ? C'est pour ça qu'elles se détestent ? » Son expression me révéla que j'avais vu juste. « Pas étonnant que Jess n'aime pas la flagornerie. Ça doit être un point particulièrement douloureux si, comme on peut l'imaginer, Madeleine en a fait des tartines.

– C'était sa faute, remarqua Peter sans compassion. Elle critiquait le travail de Nathaniel avec beaucoup trop de franchise. Ce n'est jamais facile à supporter. La recette de Madeleine – thé et sympathie – était bien plus alléchante.

– On peut penser que les critiques avaient du bon si son talent a décliné depuis.

– C'est sûr... mais il est beaucoup plus faible que Jess. Du genre à bouder quand on ne flatte pas son ego.

– Ça m'a l'air d'un foutu con, oui, dis-je sans ménagement, en me rappelant un ou deux hommes de mon passé qui lui ressemblaient, étrangement. Combien de temps sont-ils restés ensemble ? »

Il ne répondit pas tout de suite. Il devait se demander jusqu'où il pouvait aller dans la confidence en gardant la conscience tranquille. « Ce n'est pas vraiment un secret. Deux ans. Elle l'a rencontré au début de ses études. Ça aurait sans doute pu durer si elle était restée à Londres mais, après l'accident, leurs relations étaient condamnées à plus ou moins brève échéance. Elle lui a aménagé un atelier à la ferme, qu'il a cessé d'utiliser pendant l'été 1993. » Il but une gorgée de café d'un air songeur. « Si elle n'a pas digéré son départ, c'est uniquement parce qu'il l'a plaquée pour Madeleine. Autrement, elle n'aurait pas bronché.

– Qu'est-ce que Lily a dit ? »

Ses yeux se plissèrent à nouveau d'amusement. « Pourquoi ce curieux intérêt pour les réactions de Lily ? »

Je haussai les épaules. « Je me demande pourquoi Jess est restée aussi proche d'elle. Si Madeleine m'avait piqué un mec, je n'aurais certainement pas continué à venir tondre la pelouse de sa mère. Imaginez que Madeleine et Nathaniel arrivent à ce moment-là ? Plutôt gênant, non ? J'aurais eu la trouille qu'ils se moquent de moi derrière mon dos.

– Je ne sais pas si ça aurait embêté Jess. Elle est imperméable à ce que les gens disent d'elle.

– *Maintenant*, oui, peut-être, mais pas à l'époque. Si rien n'avait jamais pu la déstabiliser, elle n'aurait pas fait de crises de panique », fis-je remarquer.

Peter se caressa la mâchoire d'une main pensive, comme si je lui rappelais quelque chose qu'il avait oublié. « Lily n'en a jamais parlé, dit-il, mais elle a lâché un jour que, pour Madeleine, la valeur des choses se mesure au prix que quelqu'un d'autre y attache. »

L'analyse me paraissait très juste. « Nathaniel lui inspire-t-il toujours une admiration sans mélange, demandai-je avec curiosité, ou a-t-il perdu de son éclat quand ses ventes ont chuté ?

– Je passe. »

Je ris. « Je choisis de prendre ça pour un oui. Je parie qu'il regrette d'avoir laissé tomber Jess. Lily l'appréciait ?

– On ne peut pas dire qu'elle l'ait vraiment connu. Madeleine venait toujours seule.

– Vous devez bien avoir une idée.

– Pas vraiment, en fait. Lily était très discrète dès qu'il s'agissait de sa famille. C'est sans doute pour ça qu'elle s'entendait aussi bien avec Jess. Jess ne lui en voulait sûrement pas du comportement de Madeleine, mais ça m'étonnerait qu'elles en aient parlé.

– Sauf que Jess s'est ouvert les veines à Barton House. On peut en conclure qu'elle tenait à ce que Lily sache qu'elle souffrait. »

Toute bonne humeur s'effaça immédiatement du visage de Peter. « Qui vous a raconté ça ?

– Madeleine. »

Il avait l'air furieux. « À l'avenir, je vous conseille de ne pas prendre pour argent comptant tout ce qu'elle vous dit. Elle récrit l'histoire à sa façon. » Il inspira énergiquement par le nez. « J'espère que vous ne l'avez répété à personne.

– Bien sûr que non. À qui voulez-vous que je le dise ?

– À Jess ?

– Mais non. »

Il se détendit un peu. « Si Madeleine tient cette histoire de sa mère, ça veut dire qu'elle a mal compris ce que Lily disait. » Une formulation prudemment évasive, pensai-je.

« Donc ce n'est pas vrai ? »

Ne pouvant se résoudre à répondre par la négative, il usa de faux-fuyants. « C'est ridicule. Personne n'a envie d'avoir un public pour faire ça. »

Sauf si on veut attirer l'attention, ajoutai-je *in petto*. L'histoire ne manquait pas de fanatiques qui s'étaient immolés en public pour défendre une cause, toujours avec un grand retentissement. Peut-être Jess avait-elle recherché un effet de ce genre, car je ne doutais pas de la réalité de sa tentative de suicide. Même sans les cicatrices qui barraient ses poignets, l'embarras manifeste de Peter en apprenant que j'étais au courant aurait suffi à m'en convaincre.

Je fis semblant de lui donner raison par quelques remarques banales, tout en me demandant s'il s'imaginait vraiment que j'étais la seule à qui Madeleine ait parlé. J'avais la vague impression que c'était lui qui avait trahi le secret, pas Lily, ce qui expliquait sa gêne. Je trouvai particulièrement curieux qu'il m'ait demandé si j'en avais parlé à Jess. Croyait-il qu'elle ignorait que Madeleine savait tout ? Ou s'inquiétait-il à l'idée que ces souvenirs ne l'incitent à recommencer ? Je songeai à la désinvolture avec laquelle elle avait fait allusion à mon intérêt pour ses poignets et à l'indifférence avec laquelle elle avait nié être du genre à « flanquer des coups de couteau aux étrangers ».

« Franchement, c'est un secret de Polichinelle et vous vous fourrez le doigt dans l'œil si vous vous figurez que Jess ne le sait pas, lançai-je brutalement. Ce n'est pas *moi* qui en ai parlé, c'est *elle*. Elle m'a parlé de ses cicatrices et du poison que distille Madeleine. Elle m'a dit autre chose encore : qu'elle a cessé de chercher à persuader les gens qu'elle n'a pas la moindre intention de leur flanquer des coups de couteau. » Je m'interrompis un instant. « Je suppose que Madeleine a mis au point une version des faits qui présente Jess sous un mauvais jour, et elle n'allait certainement pas passer cette affaire sous silence. Elles se détestent cordialement.

« – Que vous a-t-elle dit d'autre ?

– Jess ou Madeleine ?

– Madeleine.

– Que la famille de Jess était pauvre... que sa grand-mère a émigré en Australie pour s'éloigner de son fils... que Jess est lesbienne. » Je vis la colère envahir à nouveau son visage. « Elle m'a aussi dit que c'est un pot de colle... qu'elle passe des coups de fil menaçants et se venge quand elle se sent rejetée. Oh, et puis qu'elle est consternée que vous n'ayez pas jugé bon de m'avertir que Jess est profondément dérangée. » J'esquissai un petit sourire. « Vous auriez dû ?

– Non.

– C'est vrai qu'elle se venge ? Madeleine m'a conseillé d'aller bavarder avec Mary Galbraith de Hollyhock Cottage. »

Peter secoua la tête d'un air exaspéré. « Vous pouvez être sûre que Mary vous confirmera ses propos, dit-il. Elle est persuadée que Jess veut leur peau, à elle et son mari.

– Pourquoi ça ? »

Nouveau hochement de tête agacé. « Ralph Galbraith est rentré dans l'arrière de la Land Rover de Jess en plein village. Il avait l'haleine tellement avinée que Jess a appelé la police. » Il opina du chef devant mon regard interrogateur. « Taux d'alcoolémie trois fois supérieur au maximum autorisé ; on lui a retiré son permis. Il devra le repasser à la fin de la période de retrait. Mary était dans tous ses états. Elle prétend qu'il n'y avait aucune raison d'appeler les flics – c'était un accrochage de rien du tout et personne n'a été blessé – et qu'ils ne sont intervenus que parce que Jess a un caractère de cochon. »

Je me rappelai mes clés de voiture confisquées. « Elle a des idées radicales sur les dangers de la conduite automobile.

– Elle a des idées radicales sur tout. Le mot compromis ne figure pas à son vocabulaire. En l'occurrence, il aurait été charitable de fermer les yeux. Ralph Galbraith a plus de soixante-dix ans, il ne dépassait jamais les trente à l'heure et se contentait de faire l'aller-retour jusqu'au Tesco. On ne peut pas dire qu'il mettait les autres automobilistes en danger. En plus, il a peu de chances de repasser son permis à son âge, ce qui les oblige, Mary et lui, à faire appel à des amis et à des taxis pour leurs courses. La plupart des gens ont trouvé que Jess avait mal agi... moi compris. Elle aurait dû les aider à conserver leur indépendance. »

Je préférai ne pas m'engager dans ce débat. Les avis auraient sans doute été différents si Ralph avait écrasé un gamin à trente à l'heure avec un taux d'alcoolémie trois fois supérieur à la limite autorisée. « Pourquoi Jess serait-elle décidée à avoir leur peau ? L'inverse serait plus logique. »

Il émit un petit rire brusque. « La logique n'a rien à voir dans l'affaire. Les Galbraith font partie de ceux qui ont trouvé Lily dans leur lit et Jess les a accusés de sévices parce que, après l'avoir raccompagnée chez elle, ils l'ont laissée à sa porte sans proposer de l'aider. L'accident de voiture a été la goutte d'eau qui a fait déborder le vase – il lui a permis de dénoncer Ralph aux flics – c'est en tout cas comme ça qu'on voit les choses, au village.

– Ça remonte à quand ?

– Quatre ou cinq mois.

– Depuis combien de temps les Galbraith vivent-ils ici ?

170

– Huit ans. Pourquoi ?

– J'essaie simplement de comprendre cette histoire de harcèlement. »

Je lui répétai aussi fidèlement que possible ce que Madeleine m'avait dit des fixations de Jess et de ses réactions vindicatives quand on la rejetait.

« Je m'étonne que vous soyez allée la voir, remarqua Peter avec une ironie pesante. Vous n'avez pas eu peur d'être sa prochaine victime ?

– J'aurais pu, si j'avais cru Madeleine. Je lui aurais battu froid... comme tout le monde, apparemment. » Je l'observai. « Sauf vous. C'est parce que vous êtes son médecin, ou parce que vous êtes mieux informé que les autres ?

– À quel sujet ? »

Je haussai les épaules. « Nathaniel ? Quelqu'un d'autre sait qu'il sortait avec Jess ? »

Il revint vers sa chaise et plia sa grande carcasse sur le siège. « Tous ceux qui vivaient dans le coin à l'époque, sans doute... mais ils ne se sont jamais affichés en public. Si Jess avait laissé transparaître ses sentiments, cela aurait peut-être fait des vagues, mais, en apparence, le départ de Nathaniel ne lui a fait ni chaud ni froid. Voilà pourquoi vous ne devriez pas attacher trop d'importance à la remarque de Lily sur la valeur des objets... en ce qui concerne Jess, du moins. À cet âge-là, les petits amis vont et viennent. Vous vous rappelez le nom de ceux que vous avez eus à vingt ans ?

– En fait, oui. Pourtant, aucun d'eux n'a duré plus de trois mois. Je me souviendrais certainement d'un type avec qui j'aurai vécu deux ans. » Je le dévisageai avec amusement. « Mais peut-être n'est-ce pas pareil pour vous. Peut-être que même sur le moment, vous ne saviez pas le nom des filles avec qui vous étiez.

171

– Touché !

– Pour quelle autre raison Jess et Madeleine se détesteraient-elles comme ça ? »

Il posa son menton sur ses mains jointes. « Je n'en sais rien, mais c'était déjà le cas bien avant que Nathaniel plaque Jess. Il n'a été qu'un épisode d'une bataille interminable. C'est à propos de Lily qu'elles se chamaillaient... pas de Nathaniel.

– Et s'il s'agissait de rivalité fraternelle ? suggérai-je ironiquement. Elles ne sont pas demi-sœurs, tout de même ? Est-ce que Lily aurait pu coucher avec le père de Jess ? »

Peter s'étrangla de rire. « Il aurait fallu qu'elle soit complètement bourrée. La grand-mère de Jess était la domestique de Lily, bon sang. Elle se serait drôlement encanaillée.

– Ça arrive.

– Pas dans ce cas, dit-il catégoriquement. Frank Derbyshire n'aurait jamais fait quelque chose d'aussi moche. Il était bien trop amoureux de sa femme.

– Et l'inverse... ? Le père de Madeleine avec la mère de Jess ? »

Il secoua la tête en signe de dénégation. « Jenny Derbyshire avait meilleur goût que ça. Et d'ailleurs, on ne pourrait parler de rivalité fraternelle que si *Lily* était la mère de Jess... ce qu'elle n'est pas. Je vous garantis que Jess est une Derbyshire pure souche. » Il parlait avec fermeté, comme si toute affirmation du contraire était une offense. « C'est surtout Madeleine qui est jalouse. Elle n'avait jamais le temps de s'occuper de sa mère jusqu'à ce que Jess s'y intéresse. D'un coup, elle ne l'a plus lâchée d'une semelle... Mais Lily n'est pas entrée dans son jeu. Je suis sûre que la remarque sur la valeur des objets la concernait, elle, Lily. Madeleine n'a jamais autant aimé sa mère que quand Jess a commencé à être dans ses petits papiers, après la mort de ses parents.

– Pourquoi est-ce que Lily n'est pas entrée dans son jeu ?

– Elle savait que ça ne durerait pas. Dès que Madeleine aurait retrouvé la première place, elle l'aurait laissée tomber. Lily a dû se dire qu'elle avait tout à gagner à les monter l'une contre l'autre.

– Elle avait probablement raison. »

Peter hocha la tête. « Elle prenait un malin plaisir à attiser leurs querelles... et ça s'est retourné contre elle. Il lui arrivait souvent d'appeler Jess sa petite Seccotine en présence de Madeleine et d'appeler Madeleine sa petite sangsue devant Jess. Ce n'était pas très intelligent. Si elles ne s'étaient pas détestées, elles auraient pu le prendre à la blague, mais les choses étant ce qu'elles sont... » Il sourit amèrement. « Ça n'a fait que jeter de l'huile sur le feu.

– Et ces histoires d'homosexualité, ça vient d'où ? Si Jess a eu une liaison avec Nathaniel, pourquoi est-ce que tout le monde la prend pour une gouine ? Elle a eu des aventures avec des femmes ? »

Une expression fugace de dégoût déforma les traits de Peter. « Il me semble que ça ne regarde qu'elle.

– Pourquoi ? demandai-je, surprise. C'est parfaitement légal... Elle m'a bien raconté vos aventures. Vous n'êtes pas homophobe, si ? »

Il me jeta un regard furieux. « Bien sûr que non. »

173

Je haussai les épaules. « Il n'y a pas de "bien sûr" qui tienne. Tous les autres habitants de Winterbourne Barton le sont. On se croirait au Zimbabwe. Cinquante ans de retard et une ignorance crasse. Robert Mugabe ne supporte pas les homos, alors tout le monde fait comme lui... Ils ont tout intérêt, s'ils ont envie de garder la tête sur les épaules. »

Peter se frotta les yeux. « Elle a embauché deux femmes – Julie et Paula. Elles vivent ensemble ouvertement, en couple. Ça vient peut-être de là, en partie. La plus jeune, Julie, est la petite-fille de Harry Sotherton – un vieux type qui travaillait pour le père de Jess et qui donne encore un coup de main à la ferme. Il a demandé à Jess de prendre Julie il y a une dizaine d'années. Elle avait vingt-cinq ans, elle était mariée, mais elle a laissé tomber son mari à peu près un an plus tard pour s'installer chez Jess avec ses enfants. Elle est restée deux mois, et puis elle s'est mise en ménage avec Paula... c'est à ce moment-là que les gens se sont mis à jaser.

– Pourquoi ? »

Sa bouche prit un pli cynique. « Jess a servi d'intermédiaire. C'est elle qui leur a fait faire connaissance. Elle a embauché Paula pour que Julie puisse travailler à temps partiel et s'occuper de ses enfants. Maintenant, Paula et elle ont mis au point un système de rotation entre les matins et les après-midi. Comme ça, il y en a toujours une de libre pour aller chercher les gosses à l'école. Ça fonctionne très bien. » Il fit mine d'ajouter un « mais », avant de se reprendre.

« Mais Winterbourne Barton admet mal que des lesbiennes élèvent des enfants, c'est ça ?

– La femme de Harry, en tout cas, oui, c'est sûr. Elle n'a pas mâché ses mots... et elle rejette toute la responsabilité sur Jess.

174

– Parce qu'elle leur a donné du travail?

– Parce qu'elle a poussé sa petite-fille dans la turpitude morale et la dépravation. Elle est incapable d'admettre que Julie est lesbienne. Elle est convaincue que c'est Jess qui l'a "initiée"... » Il dessina des guillemets en l'air. « ... avant de la remettre entre les mains de la grande Paula, qui est plutôt hommasse, pour qu'elle finisse le boulot. Julie est extrêmement féminine, et on lui donnerait le bon Dieu sans confession.

– Et Harry, qu'est-ce qu'il en dit?

– Rien. Il vient travailler tous les jours et va voir ses arrière-petits-enfants tout seul. Julie ne laisse pas Mrs Sotherton s'approcher d'eux.

– Ce qui ne fait qu'aggraver ses soupçons, je suppose? » Peter acquiesça. « Et Lily? J'imagine qu'elle ne devait pas approuver les manifestations de turpitude morale dans la vallée de Winterbourne. »

Un nouveau sourire éclaira son visage, lui plissant les yeux. « Vous vous trompez. Elle n'a pas sourcillé. Elle a déclaré que Jess était bien trop inhibée pour coucher avec des femmes, qu'elle imaginait parfaitement que Julie puisse le faire, et qu'elle n'avait aucun doute à propos de Paula. Je crois qu'elle les enviait même un peu. Figurez-vous qu'elle m'a confié un jour que sa vie aurait été très différente si elle avait eu une épouse aimante au lieu d'un bon à rien de mari.

– Peut-être qu'elle n'était pas si mauvaise, après tout... » Je m'interrompis, mais il garda le silence. « Et cette étiquette de "solitaire" qui colle à la peau de Jess, ça vient d'où? Vous ne trouvez pas un peu schizophrène d'héberger des femmes et des enfants d'un côté, et de se conduire en recluse renfrognée de l'autre?

– Je passe.

– Et l'étiquette de cinglée ?

– Elle consacre un temps fou aux belettes... elle accroche des photos de morts sur ses murs... s'habille comme un homme. » Il écarta les mains devant mon froncement de sourcils impatient. « C'est tout ce que j'ai à vous proposer. Si elle souriait ou disait bonjour de temps en temps, les gens finiraient sans doute par changer d'avis. » Il joignit ses mains devant son nez. « Ce n'est pas la peine de lui en parler, vous gaspilleriez votre salive. Elle ne tient pas plus compte des conseils sur son mode de vie que sur son art. Lily a passé son temps à essayer de la faire changer. Ça n'a eu strictement aucun effet. »

Je me demandai s'il se rendait compte de la transparence de ses sentiments. « Vous l'aimez beaucoup, n'est-ce pas ? »

Il étouffa un petit rire. « Si vous voulez parler de Lily, la réponse est non. C'était une sacrée vieille vache quand elle s'y mettait.

– Non. Je pensais à Jess.

– Je sais bien. » Il regarda sa montre. « Je ne vais pas tarder à y aller. Il y a autre chose que vous vouliez savoir ? »

C'était fait en douceur, mais c'était tout aussi catégorique que l'injonction antérieure de Jess à la boucler. Je pris congé de bonne grâce mais, en me dirigeant vers Barton House, je ne pus m'empêcher de me demander si Peter avait révélé aussi clairement à Madeleine qu'il avait un faible pour Jess. Le cas échéant, cela pouvait expliquer bien des choses.

De : connie.burns@uknet.com
Date : Jeu. 29/07/04 10:43
À : alan.collins@manchester-police.co.uk
Objet : Scan

Cher Alan,

À propos du scan des documents d'O'Connell

Non. Même en tenant compte de la médiocre qualité du fax original, le type qui figure sur la photo N'EST PAS MacKenzie/Harwood. MacKenzie a le visage plus étroit, les lèvres plus minces et les yeux beaucoup plus clairs. Cet homme-là a les yeux bruns. Il a aussi l'air plus jeune. Je n'ai pas de commentaire à faire sur les informations contenues dans les documents, puisqu'elles ne concernent pas MacKenzie. *N.B.* : Dans la mesure où le nom de ce type et les coordonnées de ses proches ont été passés au noir, il peut s'agir de n'importe qui. Bill Fraser n'a que la parole d'Alastair Surtees pour se convaincre que c'est bien Kenneth O'Connell.

Pourriez-vous faire savoir très clairement à Bill que je suis sûre d'avoir correctement identifié MacKenzie ? Notre guide irakien a pris soin de noter le numéro du bureau où il se trouvait, et je n'ai aucune raison de penser qu'il s'est trompé ni que les dossiers de l'Académie n'étaient pas à jour quand on m'a affirmé, le lendemain, que Kenneth O'Connell y travaillait toujours. On avait promis aux journalistes qu'ils pourraient parler à tous les membres de l'Académie, et plusieurs de mes collègues ont demandé à faire des interviews en tête à tête qui leur ont été accordées dans les plus brefs délais. Si je me suis trompée en prenant O'Connell pour

MacKenzie, O'Connell n'avait aucune raison de refuser de me parler. En revanche, s'il s'agissait bien de MacKenzie, il avait tout lieu de le faire. Le premier motif étant qu'il se trouvait là sous une fausse identité.

Je comprends bien que cette affaire fait peser un sacré doute sur le rôle d'Alastair Surtees – sans parler du siège social de BG au Cap –, mais d'un autre côté, les sociétés privées de sécurité font fortune en Irak, et elles n'ont aucune envie de tuer la poule aux œufs d'or en étant compromises dans une enquête. Cela leur ferait une trop mauvaise publicité. Voilà pourquoi ces « documents » me laissent franchement sceptique. J'ai bien peur qu'on ait fourgué à Bill un faux O'Connell. Pour votre information : sur le conseil de Dan Fry, mon patron à Bagdad, qui souhaite poursuivre les investigations, j'ai retrouvé la trace d'un photographe norvégien qui était en Sierra Leone en 2002. Je me suis souvenue qu'il avait réalisé un photomontage sur le Paddy's Bar – pour illustrer l'intérêt multinational que Freetown suscitait après la guerre –, et j'espérais qu'il aurait un cliché de MacKenzie. Il m'a envoyé deux tirages où l'on aperçoit MacKenzie au second plan. J'ai une amie, ici, qui est en train d'agrandir le meilleur des deux pour obtenir un portrait utilisable et identifiable.

Dan envisage de le montrer un peu partout à l'Académie de police, juste pour voir si quelqu'un reconnaît Kenneth O'Connell. Le cas échéant, il aura évidemment de quoi écrire un article sur Alastair Surtees et les opérations de BG en Irak et au Cap. Il veut bien partager toutes ses infos avec Bill avant de les divulguer. Si Bill souhaite le joindre tout de suite, voici son adresse e-mail : Dan@Fry.ishma.iq

Enfin, si Bill a vraiment envie de démasquer MacKenzie, il ne serait peut-être pas inutile de se mettre à la recherche de la Mary MacKenzie de l'enveloppe. Elle doit être de sa famille, et je suis presque sûre que c'était une adresse à Glasgow. *N.B.* : Les Britanniques de Freetown prétendaient que Harwood avait l'accent de Glasgow. Je me doute que ça doit être à peu près aussi facile que de dénicher une « Mary Smith » à Londres mais, si le reste de la famille ressemble à Keith de près ou de loin – en termes de violence –, la police de Glasgow a peut-être quelque chose.

J'espère que vous allez bien. Bonne chance à votre fils pour son bac. Est-ce qu'il veut devenir policier comme vous ?

Cordialement, Connie

P.-S. : Le meilleur moyen d'identifier MacKenzie est le cimeterre ailé qu'il s'est fait tatouer à la base du crâne – un peu comme celui de David Beckham, mais en plus petit. MacKenzie a l'air de faire une fixation sur les plumes. Vous ai-je dit qu'il surnommait les prostituées de Sierra Leone les « plumes du diable » ?

De :   connie.burns@uknet.com
Date :   Mar. 03/08/04 12:03
À :   Dan Fry (Dan@Fry.ishma.iq)
Objet :   photo de MacKenzie

Pièces jointes : DSC02643.JPG ; *W* cb_surtees (28 Ko)

Cher Dan,

C'est bon ! Je n'y suis pas pour grand-chose – figure-toi que j'ai déniché ici une championne d'informatique et de photo. Elle a peaufiné un tirage impeccable. J'ai envoyé la version définitive à un copain australien qui était en Sierra Leone au même moment, avec ce seul commentaire : « Tu reconnais cette tête ? » Et il m'a immédiatement répondu par e-mail : « Ça m'étonne que tu l'aies oublié. C'est le misogyne de Freetown, John Harwood. »

Je sais que je me suis un peu avancée en promettant que tu partagerais tes infos avec Bill Fraser à Bassora, mais c'est important, Dan. Je t'en prie, ne me laisse pas tomber. Tu pourras faire ton papier sur le Baycombe Group, et ça donnera à Bill une chance de repérer MacKenzie avant que Surtees ne l'escamote de l'autre côté de la frontière ou qu'il ne décide lui-même de prendre le large. Si jamais c'est déjà fait, Bill devrait au moins être en mesure de trouver où il est allé et sous quel nom il se planque. Si je me trompe et si effectivement O'Connell n'a rien à voir avec MacKenzie, je présenterai à tous mes plus plates excuses pour le temps que je leur aurai fait perdre. Mais si j'ai raison, tu auras de quoi faire un super-article dénonçant la négligence des procédures de vérification d'identité des sociétés de sécurité britanniques.

Il n'y a pas de temps à perdre : Bill quitte Bassora à la fin du mois, et ça m'étonnerait que son remplaçant soit aussi intéressé par cette histoire et aussi compréhensif. Une chose encore : je préférerais que tu ne donnes pas d'infos à Jerry Greenhough à Bagdad. 1) Il part fin septembre ; 2) il se fiche pas mal de l'existence d'un faux passeport britannique ; 3) il ne te tiendra pas au courant, et moi non plus.

J'espère de tout cœur que tu arriveras rapidement à quelque chose. Je t'en prie, fais attention à toi. Bien sûr que je m'inquiète pour toi. Je m'inquiète pour vous tous là-bas, tout le temps.

Je t'embrasse, Connie

De : Dan@Fry.ishma.iq
Date : Mer. 11/08/04 10:25
À : connie.burns@uknet.com
Objet : bonne nouvelle/mauvaise nouvelle

Bonne nouvelle : 3 identifications positives de la photo. C'est bien Kenneth O'Connell.

Mauvaise nouvelle : Alastair Surtees prétend maintenant qu'« à la suite des soupçons qu'on lui avait communiqués », il a mené sa propre enquête interne et a « donné congé à Kenneth O'Connell il y a deux semaines ». Il n'a pas la moindre idée de l'endroit où il est allé ni de l'identité sous laquelle il a voyagé. Il l'a autorisé à conserver son passeport au nom d'O'Connell, car il n'avait pas pouvoir de le lui confisquer. Bill Fraser est furieux, ce qui se comprend, et il a clairement fait comprendre le fond de sa pensée à Surtees. Je n'ai pas mâché mes mots non plus.

Je te ferai passer mon texte sur Baycombe Group dès que possible.

N.B. : Il n'y a pas trace du départ d'un Kenneth O'Connell/John Harwood/Keith MacKenzie de l'aéroport de Bagdad, mais Bill pense qu'il a dû monter à bord d'un camion de l'armée et sortir du pays par le Koweit. Les frontières de l'Irak sont tellement poreuses que, franchement, il a pu passer par où il voulait.

Bill a l'air de penser que c'est moi qui ai eu l'idée de montrer la photo à l'Académie. Je ne l'ai pas détrompé, mais y a-t-il quelque chose que tu ne m'aies pas dit à propos de MacKenzie/O'Connell ? A-t-il quelque chose à voir avec ton enlèvement, Connie? Tu as beau prétendre le contraire, je ne peux pas m'empêcher d'éprouver quelques doutes.

Tu ne me fais toujours pas confiance?

Je t'embrasse, Dan.

De : Brian.Burns@S.A.Wines.com
Date : Jeu. 12/08/04 08:52
À : connie.burns@uknet.com
Objet : coups de fil

Ma chérie,

Je t'écris en vitesse. Je suis en réunion toute la matinée, mais je t'appellerai cet après-midi de mon bureau. Ta mère est dans tous ses états depuis que vous vous êtes chamaillées hier à propos de ces fameux appels anonymes. Quand elle t'a demandé si ça ne pouvait pas être Jess Derbyshire, elle voulait simplement savoir si *c'était possible* – autrement dit, si tu as donné notre numéro à Jess ou si on peut imaginer qu'elle l'ait vu noté quelque part (sois honnête, C. C'est toi qui as semé le doute il y a quelques semaines, autrement Maman n'aurait jamais imaginé que ça puisse être Jess).

À voir la manière dont tu as pris la mouche, j'ai l'impression que tu es plus inquiète que fâchée, mais je ne vois aucune raison de penser que ces appels puissent te viser. Un conseiller de British Telecom pense qu'il doit s'agir d'appels aléatoires – venant probablement d'un homme – qui a composé des chiffres au hasard jusqu'à ce qu'une femme décroche, et qui s'amuse maintenant à appuyer sur la touche de rappel automatique parce que ça l'excite. Nous avons eu de nombreux coups de fil de gens qui cherchaient à te joindre et nous avons toujours suivi tes instructions à la lettre – nous avons expliqué que tu n'étais pas à Londres, et nous avons pris leur nom et leur numéro pour te les transmettre. Nous avons refusé de donner le moindre renseignement supplémentaire, même lorsque nous reconnaissions les voix de tes amis.

184

La même règle s'applique évidemment à l'auteur de ces appels anonymes. Il n'appelle que dans la journée, et ta mère raccroche dès qu'elle constate que personne ne parle. En fait, elle ne sait même pas si c'est un homme ou une femme, puisqu'il ne dit pas un mot. Il y a eu une vingtaine d'appels entre lundi midi et hier soir, mais ça ne sert à rien de faire le 1471 parce qu'il appelle depuis un numéro caché. J'ai demandé à British Telecom d'interdire tous les numéros cachés, ce qui veut dire que les appels de l'étranger seront automatiquement rejetés. C'est embêtant à court terme, mais j'espère que cet enquiquineur se lassera de ne pas obtenir de réponse.

Cette pauvre Marianne ne t'aurait jamais parlé de ces coups de fil si elle avait su que tu réagirais comme ça. Maintenant, on se fait de la bile pour toi. Est-ce que tu t'en sors vraiment aussi bien que tu le dis ? *Tu ne veux pas que nous avancions notre visite ?* Maman m'a demandé de t'en parler parce qu'elle pense que tu accepteras plus facilement si c'est moi qui te le demande. Je n'en suis pas si sûr, C., mais je t'appellerai dès que j'aurai un moment. En attendant, est-ce que tu veux bien téléphoner à ta mère ? Tu sais qu'elle déteste les disputes – surtout quand il s'agit de toi.

Je t'embrasse très fort, Papa.

De : alan.collins@manchester-police.co.uk
Date : Ven. 13/08/04 16:19
À : connie.burns@uknet.com
Objet : Keith MacKenzie

Chère Connie,

J'ai eu un peu de mal à comprendre votre mail. Si vous le relisez, vous admettrez qu'il est plutôt confus. J'ai tout de même eu l'impression que trois choses vous inquiètent : 1) MacKenzie a quitté l'Irak. 2) Il va se mettre à votre recherche. 3) Vos parents ont reçu des appels anonymes.

1) J'imagine mal que MacKenzie rentre en Angleterre. Il est plus vraisemblable qu'il retourne en Afrique, où il est sûr de trouver du travail. J'ai tout de même transmis son signalement, il y a déjà quelque temps, pour délits relatifs à une utilisation frauduleuse de passeport. Glasgow a aussi votre portrait-robot et ses deux pseudos connus. Idem pour les services de douane, qui le coinceront s'il essaie d'entrer dans le pays sous l'une ou l'autre de ces identités.

2) Vous dites qu'il sait forcément que vous l'avez accusé de meurtres en série à cause des mails dont vous avez communiqué la copie à Alastair Surtees. Surtees prétend ne pas les lui avoir montrés, parce qu'il n'y voyait que diffamation. Bill Fraser en doute mais, en tout état de cause, je pense que vous vous inquiétez pour rien. Vous êtes la seule à pouvoir identifier MacKenzie, et il vous évitera certainement – qu'il ait commis des viols et des assassinats, ou qu'il ait simplement utilisé de faux passeports. Il n'a aucun intérêt à attirer l'attention sur lui.

3) Les coïncidences sont moins rares que vous ne pensez, et vous auriez tort de conclure de la simultanéité entre les appels anonymes reçus par vos parents et la disparition de MacKenzie d'Irak que celui-ci se trouve en Angleterre. Vos parents feraient bien de prévenir la police, car il n'est pas impossible que quelqu'un surveille leur domicile. Mais sans preuve tangible que MacKenzie *a)* connaît leur numéro de téléphone ; *b)* leur lieu de résidence ; *c)* se trouve en Angleterre, le dénoncer comme suspect ne ferait qu'embrouiller les choses.

Concernant : l'inquiétude évidente qui ressort de votre mail. Vous comprenez bien que mes conseils et conclusions reposent sur les informations que vous m'avez transmises. Afin de dissiper tout éventuel malentendu, j'en ai dressé la liste suivante :

1. À la suite des crimes en série commis à Freetown, de l'agression dont John Harwood s'est rendu coupable contre une prostituée et de mon commentaire sur « le contingent étranger », vous avez commencé à vous demander si Harwood était responsable du décès de ces femmes.

2. Vous avez fait part de vos soupçons à certains de vos collègues, qui se sont montrés plus que sceptiques, et vous n'avez pas creusé plus loin. Vous avez quitté Freetown peu après. Auparavant, Harwood vous avait montré une enveloppe portant le nom de « Mary MacKenzie ». Cela vous a rappelé que, quand il était au Kinshasa, il se faisait appeler Keith MacKenzie.

3. Deux ans plus tard, à Bagdad, vous l'avez reconnu, mais on vous a dit qu'il s'appelait Kenneth O'Connell. Quand vous avez évoqué la question avec Alastair

Surtees, il vous a envoyée paître, affirmant que vos propos étaient sans fondement et diffamatoires.

4. Vous avez dépouillé la presse irakienne à la recherche de crimes comparables à ceux de Freetown. Vous en avez trouvé deux et vous les avez signalés à des journalistes irakiens, qui ne s'y sont pas intéressés. C'est à ce moment-là que vous m'avez informé et, par ricochet, que Bill Fraser a été mis au courant.

5. Vous avez transmis une copie de ces échanges de mails à Alastair Surtees.

6. Peu après, vous avez été enlevée sur la route de l'aéroport par un groupe inconnu qui vous a relâchée trois jours plus tard. Vous avez eu les yeux bandés tout le temps de votre détention et avez été incapable de donner la moindre information utile à la police. Comme votre enlèvement n'était pas conforme au *modus operandi* habituel et que vous refusiez d'en parler, on vous a traitée de « simulatrice ».

7. À votre retour en Angleterre, vous vous êtes cachée et n'avez jamais écrit d'article sur votre captivité. À ma connaissance, je suis l'une des rares personnes à être en contact avec vous – le seul membre de la police, certainement, puisque vous ne voulez pas communiquer votre adresse e-mail à Bill Fraser – mais vous refusez toujours de me transmettre votre adresse et votre numéro de téléphone.

8. Votre portable et votre ordinateur vous ont été volés au moment de votre enlèvement. *Par conséquent*, toutes les informations qui y étaient stockées – coordonnées de votre famille et de vos amis, notes et mails sur les assassinats de Freetown

et de Bagdad – sont à la disposition de votre (vos) ravisseur(s).

9. Vous êtes terrifiée à l'idée que MacKenzie se mette à votre recherche.

Au risque de me répéter, Connie, vous savez comment me joindre si vous avez quoi que ce soit à ajouter. Je ne peux pas vous *forcer* à parler. Autrement, je l'aurais fait dès votre retour en Angleterre.

Je ne peux pas vous garantir des résultats positifs sur un (des) crime(s) commis à l'étranger, mais si MacKenzie est aussi dangereux que vous le dites, nous avons tout intérêt à ne pas rester les bras croisés. *Ne serait-ce que pour votre sécurité*. La crainte de représailles est un excellent moyen de dissuader les gens de parler, mais vous aurez certainement compris que je traite tout ce que vous me dites comme strictement confidentiel.

Cordialement, comme toujours, Alan

IP Alan Collins, Greater Manchester Police

La cave

10.

Je n'aurais jamais imaginé que la panique me reprendrait dans ses rets aussi vite. Ma mère avait cru que j'étais en colère quand elle m'avait demandé si ces coups de fil anonymes pouvaient venir de Jess. Mais c'était de terreur que j'avais crié, et l'asphyxie qui m'avait fait raccrocher brutalement. Je savais parfaitement qui était l'auteur de ces appels. Peut-être n'en aurais-je pas été aussi sûre si Dan ne m'avait pas appris que MacKenzie avait quitté l'Irak, mais j'en doute. J'avais cherché à reprendre courage en me récitant des mantras ridicules et en espérant que Bill Fraser trouverait MacKenzie avant que MacKenzie ne me trouve. Je m'étais bercée d'illusions.

Rétrospectivement, je suis effarée de constater à quel point mes réactions étaient devenues pavloviennes. Comment trois jours au fond d'une cave avaient-ils pu réduire à néant des schémas comportementaux qu'il m'avait fallu trente-six ans pour mettre au point, et jeter bas toute mon organisation méticuleuse des dernières semaines ? À quoi bon avoir soigneusement repéré chaque interrupteur, graissé toutes les serrures, m'être équipée de lampes-torches et avoir élaboré des stratégies de fuite si la terreur ne provoquait chez moi qu'un unique réflexe : me rouler en boule dans un coin, les yeux fermés ? Exactement comme les victimes mutilées de Freetown.

Finalement, même les animaux pétrifiés par la panique recommencent à bouger quand ils prennent conscience qu'ils sont encore en vie, et je suivis leur exemple. Mais je ne dépassai pas la cuisine, dont je pouvais fermer à clé la porte donnant sur le couloir aussi bien que celle de l'office. Pour quelque raison mystérieuse, je jugeais plus sûr de rester dans le noir, alors que toutes les autres lampes de la maison étaient allumées. Peut-être le bandeau sur les yeux m'avait-il habituée à l'obscurité – j'en étais venue à préférer ne pas voir qui ou ce qu'il y avait en face de moi. En tout cas, mon cerveau se remit à fonctionner, fût-ce au ralenti.

J'adoptai la même attitude d'assiégée que le jour de mon arrivée, dans la voiture. Tant que je ne bougeais pas, j'étais en sécurité. Toute tentative de fuite m'aurait mise en danger. J'avais de la nourriture et de l'eau. Je pouvais barricader la fenêtre en hissant la table de cuisine sur l'évier, et me défendre avec des couteaux à découper. Je n'envisageai pas un instant à appeler au secours. Selon Peter, je m'étais exercée à penser qu'il ne servait à rien d'attendre de l'aide, mais cela n'explique pas pourquoi, quand le jour se leva, la vue du téléphone sur le mur de la cuisine me rappela qu'il existait un monde au-delà de ma petite personne, au-delà de la peur que m'inspirait MacKenzie.

Évidemment, ce fut Jess que j'appelai. Comme Lily, j'en étais venue à m'appuyer entièrement sur elle. C'était une femme lige d'une loyauté sans faille, qui ne réclamait pas – qui *refusait*, même – d'être nourrie et récompensée par de menus propos. Une fois habituée à ses manières, j'avais trouvé sa compagnie étrangement reposante. Si elle était d'humeur causante, nous causions. Autrement, nous nous taisions. Je n'avais jamais eu conscience de mon conformisme avant d'avoir appris à tolérer les silences de Jess. J'étais du genre à prendre précipitamment la parole de crainte de paraître grossière, et j'avais eu du mal à changer mes habitudes.

J'avais renoncé à essayer de comprendre le fonctionnement de Jess lorsqu'elle reprit ses visites. Dans ces cas-là, elle faisait irruption aux moments les moins opportuns, mais cela ne m'exaspérait plus autant. J'avais découvert que je pouvais lui expliquer que j'étais occupée sans qu'elle le prenne mal. Elle sortait tondre le demi-cercle de pelouse entretenue à l'arrière de la maison ou repartait sans dire au revoir. Quand je lui fis remarquer qu'elle n'était pas obligée de se charger de toutes les corvées, elle se contenta de répondre en haussant les épaules qu'elle aimait ça. « Il y a des années, Lily avait un jardinier, il tondait l'herbe jusqu'aux limites de la propriété et toute la faune avait disparu. Maintenant, les hautes herbes abritent tout un tas de bêtes. Tu peux repérer leurs traces quand elles entrent et sortent de leurs abris. Tu as une belette, si ça t'intéresse. Elle vient boire dans la mare.

– Quoi d'autre ?

– Des souris, des campagnols, des écureuils. Un blaireau est passé il n'y a pas longtemps. »

Je fis la grimace. « Des rats ?

– Ça m'étonnerait... à moins que tu ne laisses des détritus dehors. De toute façon, s'il y en a, ta belette dévorera leurs petits. Et puis il y a une colonie de hulottes dans la vallée. Elles s'en nourrissent, elles aussi.

– Tu as des rats, à la ferme ? »

Elle acquiesça. « Comme dans toutes les fermes. Ils s'intéressent aux réserves de céréales et aux aliments pour bétail.

– Comment est-ce qu'on s'en débarrasse ?

– Il faut leur rendre la vie aussi difficile que possible, conserver tous les aliments en boîtes et organiser le plus rigoureusement possible les réserves de céréales. Ils ne s'installent et ne se reproduisent que s'ils ont à boire et à manger, et s'ils trouvent des cavités et des trous pour s'abriter. Ils sont comme tous les animaux. Ils prospèrent lorsqu'ils rencontrent des conditions qu'ils peuvent exploiter. »

Comme MacKenzie, me dis-je. « Ça a l'air si simple quand tu en parles. »

Jess haussa les épaules. « Ça l'est. Il n'y a que les paresseux et les négligents qui sont infestés de rats. Laisser traîner de la nourriture et des détritus, c'est les inviter à s'installer. Ils sont comme tout le monde, ils préfèrent ne pas avoir à se fatiguer. » Elle s'interrompit. « Ce qui ne veut pas dire que je n'utilise pas de poison de temps en temps, ou qu'il ne m'arrive pas de sortir ma carabine quand j'en aperçois un gros qui vient fureter dans le coin. Ils peuvent transmettre la maladie de Weil et la leptospirose aux humains et aux bêtes. Mieux vaut prévenir que guérir. »

Cette approche prosaïque de la gestion des nuisibles était séduisante, mais je la voyais mal conserver ce bel optimisme devant une invasion de sauterelles. Surveiller sa propriété pour empêcher la vermine de proliférer est une chose, c'en est une autre de risquer la famine à cause de milliers de bestioles qui se sont reproduites et regroupées à des centaines de kilomètres de chez vous pour venir ravager vos récoltes. Il ne vous reste plus qu'à pleurer et à prier Dieu qu'il éloigne ce fléau, car aucune puissance terrestre ne peut vous aider, à part la charité des gouvernements étrangers et des ONG.

Quand je le lui fis remarquer, elle me répondit d'un ton plutôt cinglant que c'était exactement pareil avec l'ESB et la fièvre aphteuse. « J'ai perdu tout le troupeau de Papa à cause de l'ESB. On nous a forcés à incinérer la totalité des bêtes de plus de trente mois – malades ou non. Il m'a fallu huit ans pour reconstituer la moitié du cheptel d'origine. Cette cochonnerie a ruiné l'industrie bovine et laitière du pays, mais les agriculteurs n'ont pas inspiré beaucoup de compassion.

– Tu as quand même été indemnisée, non ?

– Pas à la valeur réelle des bêtes, et de loin. Papa avait mis des années à constituer ce troupeau – il remportait toujours des prix aux foires – et aucune bête n'était atteinte d'ESB. J'ai obtenu soixante livres de plus pour chaque animal abattu pour rien, quand les tests post-abattage se sont révélés négatifs. C'est ce que j'appelle se foutre du monde... en plus, ça a été un crève-cœur. Je les aimais bien, mes vaches.

– Je comprends, je suis navrée. »

Elle hocha la tête. « On s'en remet. Ton père a perdu des récoltes à cause des sauterelles ?

– À cause des hommes. Mugabe lui a pris sa ferme.

– Ça faisait combien de temps que ta famille vivait là-bas ?

– Pas assez longtemps, répondis-je ironiquement. Trois générations seulement – quatre avec moi. À peu près aussi longtemps que la famille de Madeleine à Barton House.

– Pourquoi est-ce que tu dis que ça ne faisait pas assez longtemps ?

– Question de couleur, répliquai-je d'une voix dure. Si tu es noir, ça veut dire que tu es là depuis des siècles... peu importe que tu sois né au Mozambique ou en Tanzanie. Si tu es blanc, ça veut dire que tes ancêtres ont volé la terre à la population autochtone.

– C'est ce qu'a fait ta famille ?

– Mais non. Mes arrière-grands-parents ont acheté notre ferme de façon parfaitement légale, mais quand les brutes du Zanu-PF sont à ta porte, les actes de propriété n'ont plus aucune valeur. » Je haussai les épaules. « Il y a des torts des deux côtés, c'est sûr, mais confisquer les terres n'a rien réglé du tout. Ça n'a fait qu'aggraver la situation... et transformer le grenier à blé de l'Afrique en désert de poussière. Il y a dix ans, les fermiers blancs produisaient suffisamment de nourriture... » Je m'interrompis.

« Continue.

– Non, fis-je avec un petit rire amer. Ça me met en colère. Comme toi avec le troupeau de ton père. Je serais moins furieuse si la ferme était allée à nos employés, mais c'est un copain de Mugabe qui se l'est appropriée et elle n'a rien produit depuis trois ans. Il y a de quoi devenir cinglé.

– Tu as l'intention d'y retourner un jour ?

– Je ne peux pas, répondis-je sans réfléchir. Je suis interdite de séjour pour une durée indéterminée à cause de ce que j'ai écrit sur Mugabe. »

Il y eut un moment de silence, puis Jess changea de sujet. Elle avait déjà eu cette réaction en d'autres circonstances où je m'étais laissée aller à des confidences imprudentes, et je me demandai si Peter l'avait prévenue que je n'étais pas celle que je prétendais. J'avais remarqué qu'elle ne m'appelait jamais Marianne, préférant attendre, pour me parler, d'avoir attiré mon attention autrement. J'étais bien décidée à lui avouer la vérité – avant l'arrivée de mes parents, en tout cas, car la présence de deux Marianne dans la même famille exigerait quelques explications –, mais je repoussais toujours le moment. Je n'étais pas prête à parler de Bagdad – pas encore, jamais peut-être – et je continuais donc à faire semblant, par facilité.

J'étais sûre, en revanche, que Peter avait rapporté à Jess notre conversation sur Nathaniel, car elle y fit allusion dès le lendemain. Ce qui me conduisit à m'interroger sérieusement sur ses relations avec Peter. Était-il passé chez elle la veille au soir ? L'avait-il appelée pour lui dire que j'étais venue le voir ? Je n'y voyais aucun abus de confiance, car je ne lui avais pas demandé de garder le secret, mais j'aurais bien voulu savoir pourquoi il avait tenu à en informer Jess. En tout état de cause, cela trahissait une amitié plus intime qu'ils n'étaient prêts à l'admettre l'un et l'autre.

« C'est dans les crises que les gens se révèlent, dit-elle, en pointant le menton vers une toile de Nathaniel. À la mort de mes parents, il s'est conduit comme un vrai branleur.

– Qu'est-ce qu'il a fait ?

– Il s'est terré à Londres pour éviter d'avoir à assumer mon chagrin. Finalement, c'était peut-être mieux. J'aurais peut-être vendu la ferme si je l'avais écouté. Il voulait que j'achète une maison à Clapham, avec un atelier à l'étage.

– Pour lui ?

– Bien sûr. Il se voyait bien vivre dans une béatitude bohème au fond d'un immeuble merdique. » Un petit sourire éclaira son visage. « Avec le fric de mes parents..., lui dans le rôle de l'artiste charismatique et moi à la vaisselle.

– Ça t'a tentée ?

– Des fois... la nuit. Dès que le jour se levait, je retrouvai suffisamment de bon sens pour voir que ça ne marcherait pas. J'ai besoin de solitude et de beaucoup d'espace, alors que lui, c'est un public qu'il lui faut. » Elle s'interrompit. « Je l'ai foutu dehors quand j'ai compris que je n'avais pas l'étoffe d'une domestique. »

Un choix de vocabulaire intéressant, pensai-je. « C'est à ce moment-là qu'il a commencé à sortir avec Madeleine ?

– Nnnon... Ça faisait des siècles qu'ils couchaient ensemble. Je lui ai dit que je ne voulais plus le revoir ; deux mois plus tard, elle était en cloque. » La tête que je fis provoqua un des rares éclats de rire de Jess. « Lily a réagi comme toi. Elle n'aurait rien pu imaginer de pire, ou presque... sa fille unique engrossée par le type qu'une Derbyshire venait de plaquer ! À voir sa réaction, on aurait pu croire qu'on était de la même famille, Nathaniel et moi. Personnellement, j'ai trouvé ça plutôt marrant.

– Parce que Lily t'avait snobée ? » L'humour de la situation m'échappait.

« Non, non. Ce qui me faisait rigoler, c'était de penser que Madeleine allait jouer les bonniches pour la première fois de sa vie. »

C'est à cet instant, j'en suis sûre, que je renonçai à essayer de comprendre Jess. J'avais envie de lui poser une foule de questions et notamment de lui demander pourquoi elle était restée aussi proche de Lily. Mais je préférai me réfugier dans la banalité.

« Tu t'en es bien tirée.

– Je sais, dit-elle, en regardant le tableau de Nathaniel d'un œil critique. Je ne peux pas en dire autant de *lui*. Il me fait pitié des fois. Il fait un saut à la ferme de temps en temps, il voudrait que tout recommence comme avant. Cela dit, je ne l'ai pas revu depuis le jour où je l'ai menacé d'une décharge de chevrotine dans les couilles s'il revenait. » Une lueur d'humour pétilla dans son regard.

Avec elle, j'allais vraiment de surprise en surprise. « Madeleine est au courant ? »

Jess haussa les épaules d'un air indifférent. « Ça m'étonnerait. Ils ne se parlent pratiquement plus. C'est pour ça qu'elle veut la maison. S'y installer est le meilleur moyen de se débarrasser de lui... elle l'aurait déjà fait si Lily ne l'avait pas coincée. Lily était contre le divorce.

– Pourquoi est-ce que Madeleine le lui a dit ?

– Ce n'est pas elle. C'est *moi*. »

J'aurais dû m'en douter. « Pas mal, comme vengeance.

– Sauf que je n'ai pas fait ça par vengeance. Je l'ai fait pour protéger Lily. Madeleine l'aurait tuée, ou l'aurait fourrée dans la maison de retraite la plus minable qu'on puisse trouver si Lily n'avait pas changé sa procuration. La seule chose qui l'empêche d'étouffer Lily sous un oreiller, c'est la présence du notaire. Elle vaudra un sacré paquet de fric si elle hérite de la maison... à condition de se débarrasser d'abord de Nathaniel et de son fils. »

Jess me donna la preuve de sa vocation d'ange gardien quand sa voiture remonta l'allée en vrombissant moins de dix minutes après mon appel. J'avais l'impression de voir un chevalier voler à mon secours sur son destrier blanc, à cette différence près que son intervention n'avait rien de chevaleresque et pas grand-chose de langoureux. Quand je déverrouillai la porte arrière, ses chiens bondirent sur ses talons. En me voyant recroquevillée contre le mur, elle me lança d'un ton cassant : « Tu ne te figurais quand même pas que j'allais affronter un intrus toute seule. » Puis elle suivit les mastiffs dans la cuisine. « Attends-moi ici. » Je l'entendis tourner la clé de la porte donnant sur le couloir, je perçus le chuintement de la porte matelassée et les chiens disparurent dans les entrailles de la maison.

Ce ne fut que lorsqu'elle revint seule, cinq minutes plus tard, que j'aperçus son fusil. Elle le cassa sur son genou et le posa sur la table. « Tout va bien. Il n'y a pas la moindre trace d'effraction et j'ai laissé les chiens dans l'entrée. Qu'est-ce qui s'est passé au juste ? »

Je ne sais plus quelle explication je lui donnai, si ce n'est qu'il m'avait semblé apercevoir quelqu'un dans le jardin, la veille au soir. La vérité était trop compliquée et j'étais trop épuisée pour me frayer un chemin à travers le champ de mines des aveux. Jess ne broncha pas. « Pourquoi est-ce que tu n'as pas appelé la police ? Elle sert à ça, non ?

— Je ne sais pas, dis-je en m'accroupissant lamentablement dans un coin. Je n'y ai pas pensé. »

Elle se baissa pour me remettre debout d'un geste impatient. « Tu ne peux pas arrêter de te vautrer par terre comme ça ? Un peu de tripes, bon sang, grogna-t-elle en me poussant vers une chaise. Je sais que tu en as. »

Je me demandai si elle avait traité Nathaniel comme cela. Le cas échéant, on pouvait comprendre qu'il ait préféré l'onctuosité de Madeleine. Je ne sais pas ce que j'attendais d'elle – de la compassion et un peu d'affection, peut-être –, mais je n'avais pas imaginé un instant qu'elle puisse avoir peur. J'aurais dû. J'aurais dû deviner qu'elle avait immédiatement établi un lien entre la photo de MacKenzie et la présence d'un intrus.

Au moment où elle travaillait sur ce cliché, je m'étais attendue à ce qu'elle me bombarde de questions. Elle ne l'avait pas fait. Je me souviens qu'elle m'avait simplement demandé le nom du type et pourquoi je faisais ça. Elle s'était servie de l'ordinateur de la ferme, j'étais assise à côté d'elle, et mes réponses avaient eu l'air de la satisfaire – c'était quelqu'un que je connaissais de vue, il était recherché en Afrique pour utilisation de faux passeports. Il était bizarre, avait-elle simplement commenté, que je ne sache pas son nom alors que je me souvenais aussi bien de son visage.

« C'est ce type ? » me demanda-t-elle alors.

Je contemplai mes mains.

« Qui est-ce ? Qu'est-ce qu'il te veut ? » Devant mon silence, elle décrocha le téléphone sans fil et me le tendit. « Appelle la police... je vais te donner le numéro de la gendarmerie locale. Demande Steve Banks. Tu dépends de son secteur. C'est un chic type. » Elle posa le combiné sur la table devant moi. « Tu as une minute pour te décider. Sinon, c'est moi qui le fais. »

J'attrapai le combiné et le serrai contre ma poitrine. « Ce n'est pas la peine. Je n'ai vu personne.

– Alors pourquoi est-ce que tu m'as dit le contraire ? Pourquoi t'être bouclée dans la maison ?

– Tu ne serais pas venue si je ne t'avais pas dit ça. »

Elle ouvrit le robinet et remplit la bouilloire électrique.

« Tu as une tête à faire peur, dit-elle sévèrement. Tu ne veux pas monter t'arranger un peu pendant que je fais du café ? Je vais enfermer les chiens dans la pièce de derrière pour éviter que tu piques ta crise. » En branchant la bouilloire, elle me jeta un de ces regards pénétrants dont elle avait le secret, puis se dirigea vers la porte du couloir. « Ne recommence pas à te lamenter sur ton sort. Si tu n'es pas redescendue dans une demi-heure, je me tire... et ne t'imagine pas que je reviendrai. S'il y a bien une chose que je déteste, ce sont les pleurnicheuses. »

La négation est une chose merveilleuse. Il suffit de dire « non » pour s'en tirer éternellement. Ce qui vous met en danger, c'est de dire « oui ». Oui, j'aimerais ce boulot. Oui, je veux bien aller à Bagdad. Oui, je sais qui m'a enlevée. Oui, je suis en mesure d'identifier MacKenzie. J'avais une grand-tante qui disait « non » à tout. Elle est morte pucelle à quatre-vingt-dix-huit ans et sa mort a été l'événement le plus intéressant dans sa vie. Elle a dit : « À quoi est-ce que j'ai bien pu penser ? » juste avant de mourir, et nous n'avons pas cessé de nous poser la même question depuis.

Jess avait raison. J'avais vraiment une mine épouvantable. Les yeux rouges, hagarde, à peu près aussi ratatinée qu'une pucelle de quatre-vingt-dix-huit ans. En me rafraîchissant le visage et en me passant une brosse dans les cheveux, je me demandai à quoi j'avais bien pu penser, moi. Je n'avais presque rien écrit depuis que j'étais arrivée – à part des mails à Alan et Dan –, et les seules personnes avec qui je parlais régulièrement étaient mes parents, Jess et

Peter. Je passais mes journées à surfer sur le Net, en quête d'informations sur les psychopathes et les pervers. Et je passais mes nuits à rêver d'eux.

« **Types de traqueurs** : le traqueur en proie à des fantasmes a souvent des antécédents de maladie mentale qui lui font imaginer que sa victime est amoureuse de lui. Le traqueur vengeur – le plus dangereux – cherche à se venger... »

« **Violeur sadique** : cherche à punir une femme en lui infligeant des traitements violents et cruels. Dans les cas les plus typiques, la victime incarne simplement la source de sa colère. Il fait généralement preuve d'une grande réflexion dans ses tentatives de viol et les prépare toujours minutieusement. Les victimes sont souvent traumatisées, elles subissent des préjudices physiques d'une extrême gravité et, dans de nombreux cas, sont assassinées... »

« **Tortionnaire** : inflige des souffrances physiques et mentales extrêmes pour punir ou soutirer des informations. Les sévices peuvent comprendre : l'obligation de garder les yeux bandés ; l'obligation de rester constamment debout ou accroupi ; une quasi-noyade par immersion dans l'eau ; une quasi-asphyxie à l'aide de sacs de plastique attachés autour de la tête ; le viol... »

Quand John Donne a écrit que « nul homme n'est une île, complète en elle-même », il ignorait sans doute l'existence d'authentiques introvertis comme Jess ou de sociopathes comme MacKenzie. Ces gens-là peuvent vivre au sein de communautés – plus exactement à leur marge –, mais leur réclusion, leur réserve, leur indifférence même à ce que les autres pensent les empêchent d'être véritablement attachés au « continent » de l'espèce humaine. S'il leur arrive par extraordinaire de nouer des relations, c'est à leurs conditions, pas aux nôtres.

L'isolement de MacKenzie en avait fait un prédateur, bien qu'on puisse se demander si son sadisme était antérieur à son aliénation ou inversement. Il est difficile de croire qu'il ait pu naître avec des fantasmes sadiques – existe-t-il un seul bébé dans ce cas ? –, mais une enfance difficile pouvait les expliquer. Au contraire, Jess semblait avoir hérité son introversion de son père, encore que la tragédie qu'elle avait vécue ait pu exacerber cette tendance. À certains moments, et surtout quand elle refusait de parler, je n'étais pas loin de penser à une forme atténuée d'autisme. C'était indéniablement une artiste douée, qui vouait à son travail une de ces passions obsessionnelles qu'on observe chez certains scientifiques.

À sa manière, elle n'était pas dépourvue de charisme. Elle inspirait de l'affection et de la loyauté à ceux qui choisissaient de nouer le dialogue avec elle, et une aversion disproportionnée à ceux qui s'y refusaient. Avec Jess, il n'y avait pas de moyen terme. Vous l'aimiez ou vous la détestiez et, dans un cas comme dans l'autre, vous acceptiez son détachement comme indissociable de sa personnalité.

Tout cela me persuada de redescendre avant l'expiration de la demi-heure qu'elle m'avait accordée. J'avais beaucoup plus besoin d'elle qu'elle de moi.

Extraits de notes, classées sous « CB15-18/05/04 »

[...] La police de Bagdad s'est demandé si on ne pouvait pas attribuer ma prétendue « ignorance » au syndrome de Stockholm – j'aurais, pour rester en vie, noué des liens avec mes ravisseurs, et refusais de livrer des informations parce que je leur étais reconnaissante de m'avoir libérée. Ils m'ont dit que je n'avais pas à en avoir honte. Cela arrive à la plupart des otages parce que leur vie est entre les mains de leurs ravisseurs. Se lier d'amitié avec ceux qui vous menacent est une manière classique de se protéger. Quand j'ai nié, la police a cessé de me soutenir.

[...] Je n'ai noué de liens avec rien, sauf avec les bruits de pas. Je les attendais avec impatience parce que j'avais peur qu'on me laisse mourir lentement de faim ou de déshydratation... et je les redoutais parce que cela voulait dire qu'on allait me sortir de la cage. Je me suis indéniablement prise d'un attachement psychologique pour les bruits. J'ai été possédée pendant trois jours – je le suis encore.

[...] J'étais décidée à ne jamais donner de détails sur ce qui s'était passé. Comment expliquer à des étrangers que j'aie pu sourire ? M'est-il arrivé, à un moment ou à un autre, de dire non ? Ai-je *envisagé* de dire non ?

[...] Tous les sadiques comprennent-ils le pouvoir qu'ils exercent ? Toutes les victimes sont-elles

programmées pour réagir pareillement à la peur et
à la douleur?

[...] J'aimerais pouvoir le croire. Ce serait une
excuse à la lâcheté. Pourquoi suis-je en vie? Cela
me dépasse complètement...

11.

Mon retour au rez-de-chaussée fut un remake de mon arrivée. Quand j'ouvris la porte, Peter était assis à la table de la cuisine et Jess était debout près de l'Aga, la mine rebelle, les yeux au sol. Je n'avais pas entendu la voiture de Peter, et me raidis d'angoisse en l'apercevant. Il m'adressa un sourire rassurant. « Je ne me vexerai pas si vous m'envoyez promener, Marianne. Jess m'a dit de me "pointer en quatrième vitesse". Une urgence, selon elle, mais vous avez sans doute compris qu'elle n'est pas une championne du diagnostic. »

Jess lui jeta un regard mauvais. « Il faut que tu parles à quelqu'un, me dit-elle brutalement, et Peter est probablement la personne la plus adaptée. Seulement, n'accepte pas de médicaments. S'il te transforme en zombie, le premier psychopathe venu ne fera qu'une bouchée de toi. »

Peter fronça les sourcils en guise d'avertissement. « Boucle-la un peu, Jess, tu veux. Si c'est l'idée que tu te fais du tact, je ne m'étonne plus que tu ne fréquentes que des belettes.

– C'est pourtant bien de ça qu'elle a peur. »

Il se leva et désigna l'autre chaise de la main. « Entrez, Marianne, je vous en prie. Il n'y a personne d'autre ici que Jess et moi, je vous en donne ma parole. J'ai eu un peu de mal à la persuader, mais elle a fini par admettre que ce n'était pas le moment de vous guérir de votre phobie des chiens... vous n'aurez donc même pas à affronter les mastiffs. »

Jess retourna sa mauvaise humeur contre moi. « C'est comme tu veux, mais franchement, ça ne serait peut-être pas idiot que tu aies un chien pour te garder. Je veux bien te prêter Bertie. C'était le chien de Lily jusqu'à ce qu'elle ne puisse plus s'en occuper. Il devrait s'habituer facilement à rester ici pour peu que tu le nourrisses... à condition que tu ne te mettes pas à gesticuler dans tous les sens. Si tu apprends à lui donner deux trois ordres, il interviendra immédiatement en cas de danger. » Son expression s'adoucit. « Réfléchis-y en tout cas. Je te jure qu'il sera plus efficace que des antidépresseurs. »

Peter esquissa un sourire sombre. « Franchement, ce que tu peux être chiante quand tu t'y mets.

– Je propose des solutions, c'est tout.

– Bien sûr que non. Tu balances des théories à la noix, comme toujours. Je propose que nous en revenions au plan A... » Il parlait sans desserrer les dents « ... qui était de suggérer à Marianne de nous dire s'il y a quoi que ce soit que nous puissions faire pour elle. » Il croisa mon regard et fit un effort louable pour effacer toute trace d'irritation du sien. « Vous ne voulez vraiment pas entrer ? Vous préférez peut-être que nous partions tous les deux... ? »

Je savais qu'il n'avait rien contre moi, mais son agacement suffit à déclencher une palpitation d'alarme dans ma cage thoracique. Je réagissais par une bouffée d'angoisse à toute manifestation d'impatience ou de déplaisir masculins. Les associations étaient trop nombreuses, et MacKenzie n'était pas seul en cause. Au cours de l'interrogatoire policier de Bagdad – à un moment où les questions se faisaient de plus en plus incisives –, je m'étais mise à trembler comme une feuille, au point que le conseiller américain avait réclamé une interruption et m'avait demandé si je préférais parler à une femme.

J'avais décliné la proposition avec une telle véhémence qu'un pli de perplexité lui avait barré le front. « Vous avez l'air tellement bouleversée, Connie. Je pensais que vous seriez plus à l'aise en présence d'une personne du même sexe que vous. »

J'avais tendu le bras vers un verre d'eau avant de me raviser : je ne voulais pas que tout le monde entende mes dents en heurter le bord. J'étais péniblement arrivée à arracher quelques mots à ma bouche déshydratée : « Je suis fatiguée. Si je dois tout recommencer avec quelqu'un d'autre, je vais manquer mon avion. Je veux rentrer chez mes parents, en Angleterre. »

Il n'était pas désagréable. En d'autres circonstances, je l'aurais même trouvé sympathique. « Je comprends bien, mais j'ai l'impression que ma présence vous bouleverse, et ça m'ennuie. Voulez-vous qu'une femme officier assiste à cette séance ? »

J'avais secoué la tête. Je redoutais la compassion d'une femme et, surtout, son intuition. Il était plus facile de mentir à des hommes. J'avais passé ma langue à l'intérieur de ma bouche et réussi à étirer mes lèvres pour esquisser un sourire convaincant. « Tout va bien. Je suis crevée, c'est tout. Ça a été une aventure terrifiante... On n'arrive plus à dormir quand on a peur. »

Il avait observé mon expression au moment où Dan m'avait prise par les épaules pour me réconforter. Le sourire était resté en place – de justesse –, mais je n'avais pu empêcher mes yeux de s'écarquiller. Après tout, peut-être l'intuition n'est-elle pas l'apanage des femmes, car le froncement de sourcils était réapparu immédiatement. « Cette affaire ne me plaît pas du tout, Connie. Vous êtes sûre de nous avoir tout dit ? »

Je ne pouvais rien faire d'autre que le regarder fixement. Tout mon corps se révoltait contre le contact du bras de Dan. Pour la première fois, j'eus du mal à respirer, mais c'était parce que je m'obligeais à retenir mon souffle – un blocage de vingt secondes – plus que sous l'effet de la panique. Celle-ci intervint plus tard. Il faut apparemment un certain temps pour que l'obus de la terreur explose. À la suite immédiate d'un traumatisme peut-être fonctionnons-nous sur pilote automatique. La véritable angoisse ne se manifeste qu'au moment où le corps a absolument besoin de repos et que l'esprit le lui refuse de crainte de se faire surprendre une nouvelle fois.

Dan répondit à ma place. « Laissez-la souffler, Chas. Elle vous a dit tout ce qu'elle savait. Les hommes qui l'ont fait sortir du taxi portaient des passe-montagnes. Ils lui ont bandé les yeux et l'ont cagoulée dès le début. Quand je l'ai retrouvée, ça faisait si longtemps qu'elle était dans le noir qu'elle n'arrivait pas à ouvrir les paupières... et c'était il y a moins de quatre heures. Vous devriez déjà être content qu'elle ait accepté de parler. Si ça n'avait tenu qu'à moi, je l'aurais fourrée dans le premier avion et vous auriez dû vous adresser à Londres pour avoir des infos.

– Je comprends bien.

– Je me le demande. Vous avez entendu le médecin. Il a conseillé de lui accorder vingt-quatre heures de récupération avant de l'interroger. Il aurait été plus raisonnable de laisser Londres faire le boulot. Vous auriez eu tous les renseignements que vous vouliez... évidemment, le délai en aurait réduit la valeur. Connie l'a admis, c'est pour cela qu'elle est ici.

– Je comprends *parfaitement*, Dan. Le problème, c'est que Connie ne nous a rien dit du tout. » Il reporta son attention sur moi. « Savez-vous s'il y a eu une vidéo ? Il semblerait que ce soit une habitude chez les preneurs d'otages... ils tiennent à leur minute de gloire, comme les Occidentaux. Vous rappelez-vous avoir entendu le bruit d'un caméscope ? »

Je réussis à bafouiller « non » et même à sourire en prononçant ce mot, mais j'avais le cœur qui s'emballait. L'idée était trop accablante pour que je puisse l'affronter. J'aurais sans doute pu conserver un semblant de dignité s'il n'y avait pas eu de trace de ce que j'avais accepté de faire. Il avait pris des gros plans – « *montre que ça te plaît, plume* ». Le corps de poupée de chiffon docile était donc surmonté d'un visage parfaitement identifiable, malgré les yeux fermés au ruban adhésif.

Qu'avait-il l'intention de faire de cette cassette ? À combien de gens allait-il la montrer ?

Reconnaissait-on Connie Burns ? Dan la verrait-il ? Mes parents ? Mes amis ? Mes collègues ? Toutes les autres révélations n'étaient rien face à la menace d'une diffusion dans les bazars de Bagdad ou, pis encore, sur Al-Jazira ou sur Internet. La vie vaut-elle d'être vécue quand vous avez dû supplier qu'on veuille bien vous la laisser ? Comment tenir debout quand on a perdu toute estime de soi ? Comment trouver le courage de sortir ?

« Selon vous, Connie, pourquoi vous a-t-on libérée aussi rapidement ? Dan affirme n'avoir participé à aucune négociation parce qu'il ne savait pas qui vous détenait. Nous non plus... et, apparemment, aucun groupe religieux ne sait rien. Alors, pourquoi vous a-t-on libérée ?

– Je ne sais pas.

– La durée moyenne de détention est de deux semaines. À l'issue de ce délai, en fonction des pressions exercées, les otages sont libérés ou décapités. Nous avons l'impression qu'en général, ils sont emmenés à Falloujah – ou dans une autre zone interdite – pourtant, tout donne à penser que vous êtes restée à Bagdad... avant d'être relâchée au bout de trois jours, sans la moindre intervention active. Cela ne correspond pas aux schémas habituels, Connie.

– Je suis désolée.

– Ce n'est pas un reproche, dit-il en soupirant. J'essaie de vous faire comprendre pourquoi nous avons besoin du maximum d'informations. Notre seule piste était votre chauffeur et il a disparu... Nous ne savons absolument pas à qui nous avons affaire. C'est peut-être l'apparition d'un nouveau schéma d'enlèvement... ou d'un nouveau groupe qui, par bonheur, n'a pas encore appris à tuer. » Il vit mes yeux s'agrandir encore lorsque Dan me pressa maladroitement l'épaule en signe de solidarité. « Vous avez envie que quelqu'un d'autre subisse la même chose que vous, Connie ? »

J'aurais été incapable de répondre, même si je l'avais voulu.

« Qu'est-ce que ça veut dire ? demanda Dan, furieux. Vous savez très bien que vous n'avez aucune chance de coincer ces salopards. Ils ont offert une prime de dix millions pour Zarkaoui... personne ne l'a balancé. Vous pouvez passer à vingt-cinq millions, ça n'y changera rien. Et vous vous figurez que Connie a des infos qui vous permettraient de mettre la main dessus ?

– En ce qui concerne Zarkaoui, certainement pas. Je suis prêt à admettre qu'on a enlevé Connie pour la vendre à quelqu'un d'autre, mais dans ce cas, pourquoi ce quelqu'un ne l'a-t-il pas achetée ? » Il soutint mon regard un instant, avant de se tourner vers Dan. « Vous savez comme moi que les femmes journalistes sont une proie rêvée. Tous leurs collègues les connaissent et les femmes en détresse font un sujet de choix. À elles deux, Connie et Adelina Bianca ont rempli plus de colonnes que tous les autres otages. » Il me jeta un nouveau coup d'œil. « Pourquoi Zarkaoui – ou n'importe quel terroriste – refuserait-il une telle publicité ? Franchement, toute cette histoire n'a aucun sens pour moi. »

Elle n'en avait pas pour Dan non plus, mais il défendit ma version des faits, comme il me l'avait promis. Mon seul atout était que nous nous connaissions depuis de longues années. J'avais fait sa connaissance en Afrique du Sud, quand j'étais entrée au *Cape Times*. J'étais secrétaire de rédaction; il était chroniqueur. Nous avions plus ou moins travaillé en binôme pendant un an, avant qu'il ne soit engagé par Reuters. Depuis, nous nous croisions régulièrement quand il venait couvrir une affaire « africaine ». Il venait de Johannesburg, mais sa résidence principale – d'après sa déclaration de revenus – était située dans le comté de Wexford, en Irlande du Sud, où il « vivait » avec sa femme irlandaise, Ailish, et leur fille Fionnula.

C'était une curieuse relation. Ses séjours en Irlande étaient encore plus rares que les missions occasionnelles qui nous permettaient de nous retrouver. Je lui avais demandé un jour pourquoi il avait épousé une Irlandaise, et il m'avait répondu qu'il s'était marié un peu précipitamment parce qu'elle était enceinte. « Elle faisait ses études à Londres et se voyait mal rentrer chez elle avec le gros ventre et sans la bague au doigt. Son père croit aux flammes de l'enfer. Il l'aurait fichue dehors.

– Pourquoi est-ce qu'elle ne s'est pas fait avorter ?

– Parce qu'Ailish croit aux flammes de l'enfer encore plus dur que son vieux.

– Ça ne l'a pas empêchée de coucher avec toi.

– Hmm... c'est que certains péchés sont moins graves que d'autres... avait-il précisé avec une grimace. Peut-être aussi que mon charme a joué. Finalement, tout s'est très bien arrangé. Fee est une gosse épatante. Ç'aurait été un crime de s'en débarrasser.

– Si c'est vraiment ce que tu penses, pourquoi est-ce que tu ne vas pas la voir plus souvent ? »

Il avait haussé les épaules. « Ça crée trop de problèmes. Les seuls moments où la famille se dispute, c'est quand je suis là. Ils sont enchantés de toucher le chèque mensuel, mais n'ont pas envie de m'avoir sur le dos.

– Ta femme vit chez ses parents ?

– Pas tout à fait. Trois maisons plus loin. C'est une tribu très soudée. Elle a trois frères qui habitent dans un rayon de trois kilomètres et qui se pointent en force à chacune de mes visites pour s'assurer que je n'ai pas l'intention de manquer à mes engagements. Chaque fois que j'y vais, je me fais un peu l'effet de Daniel descendant dans la fosse aux lions. »

J'avais trouvé cela très bizarre. Et un peu triste. « Tu couches encore avec Ailish ? »

Le coin de ses yeux s'était plissé. « Elle m'autorise à occuper la chambre d'amis, mais son hospitalité s'arrête là, à peu de chose près... sans compter qu'elle a l'amabilité de tenir son petit copain à distance quand je suis là.

– Tu es cinglé, avais-je dit, incrédule. Pourquoi est-ce que tu ne demandes pas le divorce ?

– Pour quoi faire ? Je n'ai personne d'autre à épouser... sauf toi... et tu ne veux pas de moi.

– Tu ne sais pas faire la cuisine.

– Toi non plus.

– Justement. On ferait un couple merdique. On mourrait de faim. » Je lui avais montré les dents. « Il n'y a pas un peu d'évasion fiscale là-dessous ? Tout le monde sait qu'en Irlande les écrivains et les artistes sont exonérés d'impôts.

– Seulement ceux qui font de la création... et il faut passer six mois de l'année dans le pays pour y avoir droit. Les journalistes sont exclus de cette disposition. »

Je doutais que ce détail le gêne. À une étape de sa carrière, il avait travaillé au service financier de

217

Reuters et prétendait avoir appris toutes les ficelles de la fraude fiscale. « Tu as l'intention d'aller t'installer là-bas pour écrire ton grand roman ?

– Ça m'a traversé l'esprit.

– Avec Ailish ? »

Dan avait secoué la tête. « Non. Je préférerais un cottage dans le Kerry, surplombant Dingle Bay. J'y ai emmené Fee la dernière fois que j'y suis allé, et j'ai trouvé ça magnifique. On s'est baladés sur la plage. » Il s'interrompit. « Le jour où je me jetterai à l'eau – *si* je me jette à l'eau un jour –, elle sera adulte. À ton avis, qu'est-ce qu'elle pensera de son père ? Est-ce qu'elle aura encore envie de se promener sur le sable avec moi ? »

Il ne s'était pas départi un instant de sa légèreté, mais ses paroles suggéraient autre chose. Une profonde affection pour sa fille qu'il aurait voulu voir payée de retour. J'avais été étonnée. Je pensais qu'il était comme moi ; il refusait obstinément de se mettre un fil à la patte, considérant qu'avec la vie de nomades que nous menions, c'était le seul moyen de rester sains d'esprit. Peut-être sa fille lui avait-elle donné des racines. Brusquement, je l'avais envié.

Et j'enviais Fee. Était-elle consciente des sentiments qu'elle inspirait à Dan ? Savait-elle qui il était ? Ce qu'il avait fait ? Ce qu'il avait écrit ? Comment il était considéré à l'extérieur du cadre étroit de sa famille ?

« Il faudrait qu'elle soit vraiment bizarre pour ne pas en avoir envie, avais-je remarqué. Les femmes sont curieuses de nature... ça vient de tous ces siècles où elles n'ont rien eu d'autre à faire qu'analyser le comportement masculin. Quant à savoir ce qu'elle pensera de toi... » Je m'étais interrompue. « J'espère que tu resteras toujours mystérieux à ses yeux, Dan. Comme ça, elle ne te lâchera jamais. »

Il fit une brève allusion à cette conversation pendant que nous attendions mon avion à l'aéroport de Bagdad. « Comment est-ce que je pourrai te joindre? Le seul numéro que j'ai est celui de ton portable... et tu ne l'as plus. Je commence à me rendre compte qu'en réalité je ne sais pas grand-chose sur toi, Connie. Laisse-moi au moins les coordonnées de tes parents. »

Je m'arrachai un sourire. « J'ai noté leur adresse et leur numéro de téléphone sur le bloc de ton appartement quand j'ai appelé chez moi, mentis-je, et puis tu les trouveras facilement dans les fichiers du personnel parmi les personnes à prévenir en cas d'urgence. » En fait, je n'avais pas mis à jour ces renseignements depuis que mes parents avaient quitté le Zimbabwe. La seule adresse qui figurait dans les fichiers était celle de Japera Farm, et j'aurais été surprise que le copain de Mugabe fasse suivre le courrier.

Dan hocha la tête. « D'accord. Tu es contente de la façon dont on a organisé les choses? Harry Smith viendra te chercher à Heathrow et restera avec toi pendant la conférence de presse. Ensuite, il demandera qu'on te fiche la paix... mais on va certainement te casser les pieds dès qu'Adelina sera libérée, en admettant qu'elle le soit, évidemment. » Il me prit la main. « Tu vas t'en sortir? »

J'essayai de dissimuler la répulsion que m'inspirait cet attouchement. « Mais oui.

– Ils vont te demander combien de temps a duré ta détention. C'est ça qui les intéressera. Pourquoi trois jours seulement? Sais-tu pour quelle raison on t'a libérée? Qui a mené les négociations? Est-ce qu'une rançon a été versée? » Il me serra la main pour me rassurer. « Tu ferais peut-être bien d'y réfléchir dans l'avion. Tu peux légitimement prétendre ignorer un certain nombre de choses, mais ils voudront savoir ce que tu as raconté à tes ravisseurs et si tu penses que ça a joué un rôle dans leur attitude à ton égard. »

À dix mètres de nous, une femme gifla un petit garçon sur l'arrière de la tête. Je ne savais pas ce qu'il avait fait, mais le coup me parut d'une violence hors de proportion avec un quelconque délit susceptible d'être commis par un gosse de deux ans. Je sentis ma gorge se serrer de tristesse – signe précurseur d'une crise de larmes –, mais j'avais perdu la faculté de pleurer et c'est les yeux secs que je regardai Dan, tout en glissant ma main hors de la sienne pour l'enfoncer dans la poche de la veste qu'on m'avait prêtée. En dessous, je portais toujours mes vêtements de « captivité », une jupe de coton et un chemisier que j'avais lavés avant que Dan me conduise au poste de police. J'avais accepté la veste que m'avait offerte une collègue, en prévision du climat londonien.

« Tu me demandes d'inventer quelque chose ? »

Il détourna le regard. « Je te conseille de mettre un peu d'ordre dans ta version, Connie, c'est tout. Tu as raconté aux flics que tu ne pouvais pas parler parce que tu avais du ruban adhésif sur la bouche... mais, dans la même phrase, tu as dit qu'on te donnait à boire régulièrement. Il fallait bien qu'on te retire le ruban adhésif pour cela, alors pourquoi est-ce que tu n'en as pas profité pour parler ?

– Parce que ça n'aurait servi à rien. S'ils avaient décidé de me tuer, ils l'auraient fait.

– Alors, oui, dit-il avec un frémissement d'impatience. Tu ferais mieux d'inventer quelque chose. Tu sais comment ça fonctionne. Au nombre de lignes. Alors donne-leur de quoi faire un bon papier. »

J'enfonçai mes mains dans mes poches. « Sinon quoi ?

– Sinon, ils feront des comparaisons avec Adelina, Connie. Ils chercheront des bleus. Ils demanderont à voir le rapport du médecin – état satisfaisant, légères contusions aux poignets, le tour de la bouche et les yeux un peu rouges à cause du ruban adhésif – et voudront savoir pourquoi tu t'en es aussi bien tirée. Qu'est-ce que tu vas leur dire ? »

Je me passai la langue sur les lèvres. « Que je n'en sais rien.

– Et quand ils te demanderont comment tu étais habillée – ce qu'ils feront certainement –, que répondras-tu ? »

Je serrai la veste plus étroitement autour de ma taille et de mes hanches. « Comme maintenant.

– Alors ne varie pas d'un iota de ce que nous avons dit à la police... que j'ai fait nettoyer tes vêtements parce que tu n'avais rien d'autre à te mettre. Je prendrai ça sur moi encore une fois, conclut-il d'un ton sinistre, bien que, franchement, ça me fasse passer pour le dernier des cons. »

Il s'était déjà pris un sacré savon de Chas parce qu'il m'avait permis de me laver et de nettoyer mes vêtements avant de me conduire au poste de police. C'était déjà assez grave d'avoir gardé le secret sur ma libération pendant trois heures ; comment avait-il pu me laisser détruire de précieux indices sans songer aux conséquences ? J'étais traumatisée, ce qui pouvait expliquer mon comportement. Mais Dan était impardonnable. Comment les autorités étaient-elles censées faire condamner des criminels si la police scientifique n'avait rien à se mettre sous la dent ?

Dan m'avait soutenue – il avait essuyé toutes les critiques sans broncher, sans dire qu'il avait tout fait pour m'en dissuader –, mais il avait du mal, à présent, à taire ses soupçons. « D'ailleurs, pourquoi est-ce que tu tenais tant à laver tes vêtements ?

– Ils étaient sales. »

Nous savions aussi bien l'un que l'autre que ce n'était pas vrai. Ils ne sentaient même pas mauvais, et c'était précisément pour cela que je les avais lavés. J'avais envisagé de raconter qu'on m'avait fait enfiler une combinaison orange, comme celle qu'Adelina portait sur sa vidéo, mais j'avais eu peur que cela n'entraîne un autre flot de questions. Pourquoi n'y avait-il pas de fibres orange sur ma peau ni dans mes cheveux ? Pourquoi se donner le mal de me déguiser en prisonnière s'il n'y avait pas eu de vidéo ? Je trouvais moins traumatisant d'être accusée de destruction de preuves que d'avouer que j'étais nue.

Peut-être Dan avait-il deviné la vérité, car il n'insista pas. Il m'expliqua ce qu'il avait l'intention de dire à la presse de Bagdad quand il annoncerait ma libération. Il insisterait sur ma volonté de coopérer avec la police, sur mon refus de trop en dire de crainte de mettre la vie d'Adelina en danger, sur mon « courage » et mon « professionnalisme » indéniables. Autrement dit, j'avais tout intérêt à suivre la « ligne officielle » à Londres pour éviter qu'à Bagdad, Reuters ne se laisse piéger et ne réponde à côté de la plaque.

Je jetais des regards furtifs à l'horloge située sur le mur du fond, me demandant dans combien de secondes, raisonnablement, je pourrais me diriger vers la porte d'embarquement. J'avais pour tout bagage une banane de toile (empruntée à Dan) qui contenait le talon de mon billet, ma carte d'embarquement et mon passeport provisoire (payé par Reuters), ainsi que vingt-cinq livres en précieux billets anglais de cinq, venant des coffres du bureau de Bagdad.

« Tu m'écoutes, Connie ? »

J'acquiesçai d'un mouvement de tête. Mais comme je n'avais aucune intention de faire mon numéro devant la presse britannique, cela n'avait aucune importance. En mon absence, la seule source d'informations serait la conférence de presse de Dan et, sans photographies, la couverture médiatique se limiterait à un encadré en page intérieure. On se demanderait probablement pourquoi et où je me cachais, mais la curiosité retomberait vite. Les sujets d'articles sans rebondissements ni clichés avaient une durée de vie très brève, dans les bureaux de rédaction.

J'avais pris la décision de filer à l'anglaise dès l'instant où j'avais appelé mes parents depuis l'appartement de Dan pour leur annoncer que j'étais saine et sauve. Ma mère m'avait répondu en swahili. Vraiment. Elle avait appris cette langue tout enfant avec Adia, sa nounou kenyane, et m'avait enseigné ce dont elle se souvenait. Elle avait parlé immédiatement, sans me laisser le temps de placer un mot. « *Jambo. Si tayari kuzungumza na mtuy mie.* » Bonjour. Je ne peux parler à personne pour le moment.

C'était un truc que nous avions mis au point quand la situation s'était gâtée, à la ferme. Mon père était alors persuadé que nous étions entourés d'espions et que notre téléphone était sur écoute. Le swahili n'est pas couramment parlé au Zimbabwe ; la langue officielle y est l'anglais et les langues locales le shona et le ndebele.

Ce jour-là, je devinai que ma mère croyait parler à mon père. Elle devait attendre un appel de lui et l'avertissait ainsi qu'elle n'était pas seule.

Je répondis : « *Jambo, mamangu. Mambo poa na mimi. Sama polepole !* » Bonjour, ma mère. Tout va bien pour moi. Fais attention à ce que tu dis !

Il y eut un bref instant de silence. « *Bwana asifiwe. Nakupenda, mtoto wangu.* » Dieu merci. Je t'aime, mon enfant. Je perçus un frémissement d'émotion dans sa voix, qu'elle réprima immédiatement. « *Sema fi kimombo.* » Tu peux parler anglais.

Au cours des semaines qui suivirent ma libération, c'est à ce moment-là que je fus le plus près de m'effondrer. Si elle avait été dans la même pièce que moi, je serais redevenue son « *mtoto* », son étreinte chaleureuse m'aurait dérobée à tous les regards et je lui aurais tout raconté. Mais quand je la retrouvai à Londres, c'était trop tard. J'inspirai profondément. « Qui est avec toi ?

– *Msimulizi.* » Un journaliste.

« Oh, mon Dieu ! Surtout, ne dis pas que c'est moi ! » J'entendais ma voix trembler. « Personne n'est au courant de ma libération... sauf Dan... Je suis chez lui. Il me faut un peu de temps pour... Tu comprends ?

– *Ni sawasawa.* » Ne t'en fais pas. Sa voix était si rassurante qu'à mon avis, elle devait sourire à la personne qui était avec elle. « *Nasikia vema.* » Je comprends parfaitement.

« Je prends l'avion ce soir. Je passe par Amman. Je devrais arriver à Londres demain matin de bonne heure. » Je jetai un coup d'œil vers la porte, me demandant si Dan pouvait m'entendre. « Ce journaliste, il est tout seul ? Ou bien ils te sont tous tombés dessus ? »

Un autre silence, qu'elle mit à profit pour élaborer une stratégie. « Oui, en effet, ce sera beaucoup plus facile en anglais. Je suis extrêmement touchée que vous appeliez du journal de Connie au Kenya. Nous avons eu des témoignages de sympathie du monde entier. Au moment où je vous parle, il y a des journalistes et des photographes dans la rue, en bas de chez nous... ils font beaucoup de battage autour de l'enlèvement de Connie. Nous tenons à les remercier tous pour leur soutien et leur assistance. »

Mon cœur se serra. « Ils vous rendent la vie infernale ?

– Oui.

– Comment est-ce que Papa supporte ça ? » Je me repris, comprenant immédiatement qu'elle ne pourrait pas répondre à cette question. « Ne t'en fais pas. Je m'en doute. » Depuis ce qui s'était passé à la ferme, mon père disjonctait à la moindre intrusion. Il détestait qu'on l'interroge sur le sujet, interprétant les questions comme un droit d'ingérence. Son humiliation ne regardait que lui. « Il est en rogne ?

– Oui. En fait, mon mari se trouve aujourd'hui à la Haute Commission du Zimbabwe. Le gouvernement britannique refuse de négocier avec les preneurs d'otage, mais il n'est pas exclu que Robert Mugabe soit prêt à intervenir. Connie a la double nationalité, vous savez. Andrew explore toutes les possibilités.

– Oh, *non !* » Mon père se serait coupé le bras plutôt que de demander l'aide de Mugabe. S'il y avait quelqu'un au monde qu'il haïssait, c'était ce dictateur, ce voleur de terres. « Je suis désolée. Quel merdier !

– *Haidhuru. Kwa kupenda kwako.* » Ça ne fait rien. Il fait ça parce qu'il t'aime. Un nouveau silence. « Mais peut-être serait-il préférable que vous parliez à Andrew ? Il pourra vous en dire davantage que moi. Voulez-vous me laisser un numéro pour qu'il vous rappelle dès son retour ? Un portable peut-être ?

– Non. On me l'a volé… et je ne sais absolument pas où je serai dans les prochaines heures. Peux-tu attendre mon arrivée à Londres ? » Je jetai un nouveau coup d'œil vers la porte. « Dan organise une conférence de presse à Heathrow… » Je m'interrompis, espérant qu'elle comprendrait ce que recouvrait cette pause.

« Ce sera très pénible pour vous ?

– Oui.

– Votre collègue est-il avec vous en ce moment ?

– Je ne sais pas. Peut-être. » J'hésitai un instant. « Reuters n'annoncera ma libération qu'au moment de la conférence de presse… Autrement dit, il faut que tu continues à faire comme si tu n'avais pas de nouvelles de moi. C'est très important, Maman. Je ne veux pas qu'on me filme à mon arrivée. Tu me promets de ne rien dire jusqu'à ce que je te donne le feu vert ?

– Bien sûr. Notre plus cher désir est que Connie rentre saine et sauve. »

J'aurais voulu lui dire que je ne pourrais pas aller chez eux tant qu'il y aurait des photographes dans la rue, mais je ne savais pas si Dan écoutait ni s'il avait des notions de swahili. Il ne me restait qu'à prier qu'elle saisisse à demi-mot. « Je commence à comprendre ce qu'a éprouvé Papa quand vous avez quitté la ferme. Il nous a dit ce qui était le plus dur pour lui, tu te rappelles ? » (« *En parler. Qu'est-ce que vous voulez que je dise ? Vous croyez qu'ils se sentiront mieux si j'avoue que j'ai eu peur ?* »)

Ma mère prit le temps de réfléchir avant de répéter : « *Nasikia vema.* » Je comprends parfaitement. « Vous préféreriez un entretien privé... dans un hôtel peut-être... *bial wasimulizi na maswala* (sans journalistes ni questions). C'est bien cela ? Je vous ai bien compris ?

– Oui.

– Mon mari attendra votre appel. Mais je suis certaine qu'il vous accordera toute l'aide qu'il peut. Notre fille a besoin du maximum de soutien. »

J'inspirai profondément pour empêcher ma voix de trembler. « Je vais tout à fait bien, tu sais... alors ne commence pas à t'imaginer des trucs... il ne m'est rien arrivé, sauf que j'ai eu les yeux bandés pendant trois jours. Embrasse Papa pour moi. À demain.

– *Tutaonana baadaye, mtoto wangu. Nakupenda.* » Nous nous reverrons bientôt, mon enfant. Je t'aime.

Il est plutôt accablant de prendre conscience à trente-six ans qu'on a plus d'empathie avec sa mère qu'avec l'homme auquel on donne son corps depuis quinze ans. Je me demandai comment les choses se seraient passées si j'avais eu Dan au bout du fil, dans les mêmes circonstances. Se serait-il montré aussi délicat et compréhensif que ma mère ? Ou aurait-il totalement manqué de tact, comme il s'apprêtait à le faire à cet instant même ?

« Je sais que ça ne va pas te plaire, Connie, mais deux ou trois larmes ne seraient pas de trop, me dit-il. Les manifestations de sympathie se sont multipliées au cours des trois derniers jours, mais ça va se tasser illico si tu refuses de jouer le jeu devant les caméras. Personne ne croira que tu as été détenue, bâillonnée et les yeux bandés pendant les trois derniers jours si tu n'as pas l'air un tout petit peu fragile. »

Je posai le combiné et reportai mon attention sur lui. « Ne t'en fais pas. Je ferai ce qu'il faut le moment venu. Je suis assez bonne comédienne. »

Il fronça les sourcils. « Ça veut dire quoi, ça ? »

Je haussai les épaules. « Avoue que je joue assez bien le rôle de maîtresse, Dan. Je n'exige rien. Je n'attends rien. Je ne vide pas ton portefeuille. Je n'interfère pas dans ta vie amoureuse pendant mes absences. Pas de souci. » Je lui souris. « Tu devrais avoir confiance et savoir que je jouerai bien la comédie. J'ai vu plus de malheureuses victimes que toi, dans ma vie. »

Il fit une tentative maladroite pour me prendre dans ses bras, mais je m'écartai d'un pas. « Tu veux me dire ce qui se passe ? demanda-t-il. J'ai fait tout ce que tu m'as demandé... et tu me traites comme de la merde. Alors quoi ? Il y a quelque chose que tu ne m'as pas dit ?

– Non.

– Dans ce cas, où est le problème ?

– Nulle part, répondis-je avec insouciance. Je suis un otage qui récupère. »

Il soupira. « Raconte, voyons. Tu sais bien que je t'écouterai. »

J'avais déjà eu droit à ce numéro, chez lui. Il ne m'avait pas lâchée d'une semelle, m'encourageant à exprimer mes peurs, m'annonçant qu'il allait demander à Londres de mettre en place un suivi psychologique, ressassant les sentiments de culpabilité qui l'avaient assailli quand il avait vu son ami mourir sous ses yeux. Même si j'avais eu envie de lui dire la vérité – ce qui n'était pas le cas –, son insistance pesante m'en aurait dissuadée. Que me serait-il resté une fois que Dan – une fois que *n'importe qui* – m'aurait arraché mes secrets jusqu'au dernier ?

« Il n'y a rien à raconter. J'ai eu atrocement peur sur le coup, mais j'ai eu plus de chance qu'Adelina. » Je réussis à esquisser un nouveau sourire. « Voilà pourquoi je vais avoir du mal à m'arracher quelques larmes de crocodile pour les caméras, Dan. Je suis en vie... je suis entière... il ne m'est pas arrivé grand-chose. Ce serait moche de prétendre le contraire, tu ne crois pas ?

– Oui, admit-il à regret. Tu as sans doute raison. »

Les choses en restèrent là, quinze ans d'intimité sporadique gisant sur le sol d'un aéroport ravagé par la guerre. Dan donna sa conférence de presse à Bagdad et j'escamotai la mienne en me glissant au milieu d'un groupe de touristes pour éviter Harry Smith. L'intérêt des médias retomba très vite. Au-delà de l'annonce de ma libération, les commentaires se limitèrent grosso modo à quelques soupçons d'imposture exprimés par les journaux irakiens. Ça m'était bien égal. Je découvris rapidement que j'aurais moins de mal à vivre avec moi-même si tout le monde était convaincu que j'avais eu de la chance... ou que j'étais une simulatrice.

Le problème était que je n'arrivais pas à vivre avec ceux qui croyaient à cette version. Quand les gens les plus proches de vous acceptent vos mensonges sans broncher, comment ne pas y voir une forme de trahison ?

Ne devraient-ils pas mieux vous connaître... ?

[...] Je n'avais jamais réalisé à quel point la confiance est fragile. Un seul individu peut-il vraiment détruire jusqu'à la moindre trace de confiance qui reste en vous ?

[...] Quand je rêve de vengeance, c'est toujours dans l'idée de faire expier ce que sont devenues mes relations affectives. Comment quelqu'un peut-il avoir le droit de me rendre méfiante à l'égard de gens que j'ai appréciés et aimés ? De les inciter à se méfier de moi ?

[...] Je peux essayer de trouver des explications, évidemment. Mais je *sais* que rien ne sera plus comme avant. Quoi qu'il advienne, je ne suis plus celle que j'étais...

12.

Peter ne fit aucun commentaire quand je finis par franchir le seuil de la cuisine, mais il reprit son siège avant que je m'asseye, pour l'écarter immédiatement, comme s'il comprenait que la moindre proximité avait le pouvoir de m'inquiéter. Je ne me rappelle pas dans le détail ce que je leur ai raconté, ce matin-là, mais je me souviens de leur avoir dit que je m'appelais Connie Burns et que j'avais été détenue pendant trois jours par un certain Keith MacKenzie sur lequel j'avais enquêté. J'expliquai que c'était un assassin en série qui avait menacé de me retrouver si je disais un seul mot sur ce qui m'était arrivé.

Peter, qui avait une consultation qu'il ne pouvait pas manquer, me conseilla de prévenir la police locale, mais je refusai : cela ne ferait que compliquer les choses puisqu'un inspecteur de Manchester travaillait déjà sur l'affaire. Jess aborda les choses sous un angle plus pratique. Elle accepta de rester avec moi jusqu'au déjeuner. À ce moment-là, Peter reviendrait discuter plus longuement. En attendant, les chiens patrouilleraient dans le jardin.

Un policier du Dorset me demanderait plus tard de quoi nous avions parlé, Jess et moi, pendant les cinq heures qu'elle avait passées en ma compagnie. Je répondrais que je ne m'en souvenais pas, parce que ce n'était sûrement pas important. Jess n'était pas du genre à poser des questions, et j'en avais déjà dit plus que je ne le voulais. Jess ne se souvenait certainement de rien, elle non plus...

En revanche, je me rappelle parfaitement la conversation que j'eus avec Peter, dans l'après-midi. Il n'hésitait pas à poser des questions, lui, surtout en l'absence de Jess. Il avait déjà comblé la majorité des lacunes de mon récit avec ce qu'il avait lu sur mon enlèvement, et tiré de l'observation de mon comportement un certain nombre de conclusions pertinentes.

Il avait remarqué tout de suite qu'il me terrorisait, m'expliqua-t-il, et aussi que je donnais l'impression de ne pas m'en rendre compte. C'était un recul involontaire, une rigidité physique qui me conduisait à maintenir une distance de sécurité, à croiser les bras dès que je le voyais, à ne pas m'asseoir tant qu'il était debout. Des réflexes inexistants à l'égard de Jess. Il m'arrivait même d'accepter qu'elle s'asseye à côté de moi, jamais, toutefois, suffisamment près pour que nos corps se frôlent par inadvertance. Selon Peter, cette femme immature qui avait du mal à exprimer ses sentiments était une compagne idéale, pour moi. J'aurais pu souhaiter une présence plus sensible et plus intuitive, mais la menace aurait été trop grande. « Autrement, vous seriez restée avec votre mère, fit-il remarquer. Elle vous aurait prise dans ses bras et vous aurait arraché la vérité à force de câlineries... c'est précisément ce que vous ne vouliez pas.

– Il m'arrive de penser que Jess est la personne la plus fine que je connaisse. Elle sait toujours à quel moment la curiosité n'est pas de mise.

– Peut-être, mais c'est encore presque une étrangère pour vous, Connie... et vous vous en fichez de ce que les étrangers pensent. Vous n'êtes pas la seule. L'image qu'on a de soi, c'est celle que se font les gens de notre entourage, pas ceux que nous croisons par hasard et que nous ne reverrons jamais. L'univers est très petit, pour la plupart d'entre nous. »

Je pensai qu'il se trompait. « Jusqu'au jour où votre vie est livrée en pâture au public sur les pages d'un journal.

– C'est ce qui vous inquiète ? »

Je ne répondis pas immédiatement. Ses questions me rappelaient Chas et Dan à Bagdad – « *Mais vous avez l'air perturbée, Connie* » – « *Parle-moi* » – et je compris pourquoi mon père se mettait en colère quand des gens bien intentionnés le bombardaient de questions tout aussi bien intentionnées. Il y a tant d'arrogance, dans la curiosité. Elle suggère que rien ne saurait surprendre l'auditeur. Mais comment Peter aurait-il réagi si j'avais laissé échapper le cri que je retenais dans ma tête depuis des semaines ? Comment Dan aurait-il réagi ?

Je me tassai sur ma chaise. « Je n'arrête pas de penser à tous les proverbes qui parlent de châtiment. Celui qui sème le vent... ceux qui vivent par le glaive... œil pour œil. Je me réveille au milieu de la nuit et ils sont là, à me tourner dans la tête. Après tout, c'était presque inévitable.

– Comment cela ?

– Parce que j'ai fait carrière en exploitant l'angoisse d'autrui. Il y a une femme de la Sierra Leone que je n'arrive pas à oublier. Toute sa famille a été massacrée par les rebelles, sous ses yeux. Au moment où j'ai fait sa connaissance, elle présentait de tels troubles mentaux qu'elle délirait, ce qui ne m'a pas empêchée de me servir d'elle pour faire un article. » Je m'interrompis. « Ce serait un juste retour des choses si je subissais le même sort.

– Je ne suis pas d'accord.

– Vous devriez. Pour finir, tout le monde obtient son dû. Ça vous arrivera aussi, Peter. Nous recevons tous la monnaie de notre pièce.

– Et la vôtre, c'est quoi ?

– La mort. La catastrophe. La misère d'autrui. Je suis correspondante de guerre, merde. » J'appuyai mes doigts sur mes orbites. « Dans le fond, la question n'est pas là. Ce serait pareil si je faisais un autre type de reportages. Le journalisme des "bonnes nouvelles" n'existe pas. Ça intéresse qui, le bonheur ? Les lecteurs crèvent de jalousie si on leur raconte que quelqu'un s'en sort mieux qu'eux. Par contre, quelqu'un qui est au pinacle et qui dégringole... L'homme de la rue adore ça. S'il ne peut pas y arriver, lui, pourquoi est-ce qu'un autre devrait réussir ?

– Quel cynisme !

– D'accord, je *suis* cynique. J'ai vu trop d'innocents mourir pour rien. Le moindre dictateur de pacotille sait que, pour prendre le contrôle d'un pays, la manière la plus rapide est d'attiser la haine et la peur... et comment voulez-vous qu'il y arrive sans la presse ? Les journalistes sont à vendre, comme tout le monde. »

234

Il me dévisagea un moment. « Vous connaissez évidemment votre métier mieux que moi, dit-il prudemment, mais j'ai l'impression que vous avez tendance à voir les choses en noir, en ce qui vous concerne. »

Sa suffisance me fit bouillir. « Vous feriez exactement pareil si une de vos vieilles patientes mourait et que sa famille vous tienne pour responsable. Imaginez que Madeleine se mette en tête de vous accuser d'avoir négligé Lily ? C'est *vous* qui seriez livré en pâture à la presse locale... divorce, liaisons, et *tutti quanti*... sous prétexte que vous ne vous consacriez pas pleinement à votre travail. »

Il avait beaucoup de mal à admettre que ma vie puisse être décortiquée de la sorte, et m'expliqua patiemment que, malgré tous les défauts de la presse – « de bas étage », pour reprendre son expression –, les journaux britanniques protégeaient toujours les victimes. Si l'on dénonçait les secrets d'alcôve minables des hommes politiques et des vedettes, ce n'était que justice. Ceux-ci se servaient de leur image publique pour promouvoir leur carrière et ne commençaient à protester que lorsqu'on leur en refusait le monopole.

« Vous n'entrez pas dans cette catégorie, Connie. La seule fois où vous auriez pu exploiter la publicité au profit de votre carrière, vous vous en êtes soigneusement abstenue. Pourquoi vos collègues vous démoliraient-ils ? »

J'étais consciente de ce qu'il cherchait à faire – abattre un à un les étais de la logique paranoïaque qui me poussait à me dissimuler sous un nom d'emprunt jusqu'à la fin de mes jours –, mais il était naïf et s'exprimait par clichés. « Parce que le public a le droit de savoir ce qu'a fait MacKenzie. »

Je soupirai. « Et je suis d'accord. Le public a effectivement le droit d'être informé. Si MacKenzie se met à massacrer des femmes ici, en Angleterre, ce sera ma faute.

— Mais non, voyons, protesta-t-il. D'après ce que vous avez dit ce matin, vous avez fait tout ce que vous pouviez pour attirer l'attention de la police sur lui. Si elle arrive à le coincer, ce sera grâce à vous.

— Et à ce moment-là, on parlera de moi dans tous les journaux, dis-je avec un sourire en coin. Quelle merde ! S'il est jugé, je serai obligée de témoigner.

— Votre nom ne sera pas cité, Connie. En Angleterre, on accorde automatiquement l'anonymat aux victimes de viol.

— Je n'ai jamais dit qu'il m'avait violée, fis-je sèchement. Je n'ai rien dit de ce qu'il m'a fait. »

Peter laissa passer un moment de silence avant de reprendre : « Ce matin, vous l'avez décrit comme un violeur. Vous l'avez traité de violeur et de tueur de femmes en série. »

Je ne me souvenais plus de ce que j'avais raconté. « De toute façon, ça n'y changera rien. On peut identifier les gens autrement que par leur nom. Si je devais écrire un article là-dessus, ça donnerait quelque chose comme ça. "Hier, au palais de justice d'Old Bailey, une correspondante de presse de trente-six ans a fait des révélations sensationnelles sur les détails de l'enlèvement dont elle a été victime à Bagdad. Revenant sur la version donnée au moment de sa libération – 'J'ai de la chance d'être en vie' –, elle a reconnu avoir subi trois jours durant des tortures et des actes de sadisme qui l'ont conduite à changer de nom et à se cacher. Profondément terrorisée, a-t-elle déclaré, et craignant encore pour sa vie, cette blonde jeune femme originaire du Zimbabwe a affirmé que son agresseur s'appelle Keith MacKenzie. Elle a fait le récit des soixante-douze heures qu'elle a passées dans une cave, les yeux bandés. Lorsque l'avocat de la défense lui a demandé si elle avait pu voir son agresseur..." »

Je m'interrompis brusquement.

« Alors ?

– Non... Je n'ai pas pu le voir. Ce qui fait que tout cela ne servira à rien, parce qu'il ne sera pas condamné. »

Peter posa son menton sur ses mains. « Par pure curiosité, combien d'autres versions de ce récit avez-vous préparées ? En avez-vous imaginé une seule qui ne révèle pas votre identité ? Ou mieux encore... qui vous présente sous un jour favorable ?

– Que diriez-vous de ça : " En exposant dans le détail les conséquences de cette expérience traumatisante, cette *séduisante* blonde de trente-six ans a expliqué qu'elle s'était réfugiée dans le sud-ouest de l'Angleterre. Elle a exprimé sa profonde gratitude à l'égard du généraliste local, âgé de quarante-cinq ans. "Sans son soutien inlassable, a-t-elle déclaré, je n'aurais pas eu le courage de témoigner." » Je lui fis un petit signe de l'index. « Donnez-moi votre meilleure photo. Que leur raconterez-vous, quand ils vous fourreront un micro sous le nez ?

– Comment sauront-ils que c'est moi ?

– Si j'habite encore ici, ils me demanderont mon adresse. Sinon, quelqu'un finira bien par la dénicher. Grâce à Madeleine, probablement. Pas besoin d'être Einstein pour faire le lien entre une journaliste blonde, l'accent du Zimbabwe et le généraliste du Sud-Ouest.

– Je ne pourrai pas dire grand-chose sans violer le secret professionnel... à part faire l'éloge de votre courage.

– Rasoir. Déjà fait. Mon patron de Bagdad a crié sur tous les toits que j'avais été d'une bravoure hors du commun, pour faire oublier qu'Adelina Bianca s'était montrée bien plus courageuse que moi. Ils ne vous ficheront pas la paix tant que vous ne leur aurez pas donné du neuf.

– Quel genre ?

– Peu importe. Ce qu'ils arriveront à vous faire dire. Comment, quand, où et pourquoi nous avons fait connaissance ? "Le docteur C. a été appelé auprès de la jeune femme terrifiée qui s'est effondrée au moment où elle s'est trouvée encerclée par une meute de chiens. Elle s'était enfermée dans sa voiture et refusait d'en sortir. ' Elle essayait de dominer sa peur en respirant dans un sac en papier ', a-t-il déclaré."

– Et ensuite ?

– Démarchage. Coups de fil. Photos. Ils prétendront que mon anonymat a volé en éclats parce qu'il suffit d'avoir un moteur de recherche pour trouver qui je suis sur Internet. Pourquoi ne pas accepter de poser pour les caméras au lieu de les obliger à prendre des clichés au téléobjectif ? Vingt-quatre heures plus tard, la télé arrivera en force et m'extorquera une conférence de presse. »

Il laissa un bref silence s'installer avant de demander : « C'est tout ? Il y a pis ?

– MacKenzie s'en tire à bon compte et je me fais traiter d'affabulatrice minable. On m'a déjà accusée d'avoir simulé mon enlèvement, vous savez. » Je me penchai en avant, les bras croisés autour du corps. « Il n'a pas laissé de marques, ce qui fait que je ne peux rien prouver... en plus, mes souvenirs sont un peu flous, maintenant. Quand on a les yeux bandés, on a plus de mal à enregistrer ce qui se passe. » Je le regardai. « En l'état actuel des choses, je suis incapable de fournir la moindre preuve. N'importe quel avocat, même pas très futé, n'aura aucun mal à me démolir. »

Peter sortit quelques pages agrafées d'une chemise posée sur la table devant lui. Il l'avait prise chez lui, au retour de sa consultation du matin, en même temps que des ouvrages de référence. Je me demandai s'il avait l'intention d'ouvrir un dossier à mon nom, mais il ne s'agissait que de quelques recherches, m'expliqua-t-il. « Je suis un généraliste de base, Connie. J'ai une petite expérience des troubles post-traumatiques à cause de Jess, mais il faut que je consulte deux ou trois bouquins si je veux pouvoir vous aider. »

Curieusement, cela me rassura. J'ai tendance à faire plus facilement confiance à ceux qui reconnaissent les limites de leur savoir – aveu qui, en l'occurrence, n'était pas dépourvu d'ironie au vu de l'obstination lassante avec laquelle Jess prétendait que la seule réponse de Peter était l'intervention chimique. En fait, j'avais l'impression que c'était elle et Dan qui se montraient les plus bornés. Dan restait convaincu que quelques semaines d'entretiens avec un psychologue compatissant étaient la panacée, alors que Jess se cramponnait à la méthode, plus brutale, consistant à faire front en solitaire, les séquelles étant réglées au moyen d'un sac en papier. Peut-être est-il dans la nature humaine d'imaginer que, si une solution est valable pour vous, elle l'est forcément pour les autres.

Peter poussa la liasse de feuilles vers moi. « Vous avez entendu parler du protocole d'Istanbul ? C'est une série de directives internationales d'enquête et de documentation sur la torture. Elles doivent permettre d'évaluer et de préparer les preuves avant un procès. J'ai trouvé ce texte sur le Net. Je vous en ai fait une copie.

– Je n'ai jamais prétendu avoir été torturée.

– Je voudrais tout de même que vous le lisiez. Peut-être cela réussira-t-il à vous convaincre qu'on vous prendra au sérieux. Ce protocole contient notamment une liste détaillée des conséquences psychologiques des mauvais traitements et des sévices. J'ai relevé les réactions les plus courantes sur la première page – vous en avez manifesté un certain nombre au cours du dernier quart d'heure –, mais vos crises de panique sont l'indice le plus évident que vous avez vécu quelque chose de vraiment très grave. »

Je m'avançai d'un centimètre pour déchiffrer ce qu'il avait écrit. *Flash-back. Cauchemars. Insomnie. Indifférence. Repli sur soi. Agoraphobie. Tendance à éviter les gens et les lieux. Anxiété profonde. Méfiance. Irritabilité. Sentiments de culpabilité. Perte d'appétit. Impossibilité de se rappeler certains éléments importants du traumatisme. Pensées de mort.*

« Jess en manifeste un certain nombre aussi, fis-je remarquer, et elle ne prétend pas avoir subi de sévices.

– Et alors ? La perte de sa famille a représenté un traumatisme majeur.

– Dans ce cas, n'importe quel traumatisme peut engendrer les mêmes symptômes. Ça ne prouvera pas la véracité de ma version des faits. Je peux être

240

plus sujette à la peur que la moyenne, et il aura suffi de me bander les yeux pendant trois jours pour déclencher chez moi des crises de panique.

– Pourquoi êtes-vous tellement convaincue que personne ne vous croira ?

– Parce que je n'ai rien voulu dire sur le coup.

– Ça n'a pas d'importance. Il faut souvent un certain temps pour qu'une victime puisse parler de ce qui lui est arrivé. Certains passages de ce document vous paraîtront peut-être pénibles – notamment ceux qui traitent d'incapacités physiques et de destruction de la personnalité de la victime –, mais plus vous en saurez sur les liens qu'on établit entre preuves et témoignage, plus vous aurez confiance. J'espère que vous finirez par comprendre qu'il n'y a pas de raison qu'on ne vous croie pas. » Il s'interrompit. « Prenez ça comme vous voudrez, mais je pense que vous êtes plus forte que la plupart des gens – plus forte mentalement, c'est sûr. Ce qui explique que vous ayez pu refouler tout cela aussi longtemps.

– Ce n'est pas de la force, fis-je sombrement. Je suis morte de trouille. Je pensais que si je n'en parlais pas, que si personne ne savait où j'étais, tout irait bien... Maintenant, je regrette d'avoir appelé Jess. Toute la matinée, j'ai sursauté chaque fois qu'une ombre passait. Vous savez ce qu'on dit : trois personnes peuvent garder un secret à condition que deux d'entre elles soient mortes.

– Et l'inspecteur de Manchester ?

– Il ne connaît que des bribes de l'histoire.

– Alors de quel secret parlons-nous ? Du lieu où vous vous cachez... ou de ce qui vous est arrivé ? »

Je ne répondis pas et c'est avec un froncement de sourcils inquiet que Peter me vit me tasser encore plus profondément sur ma chaise.

« Je suis certain que vous avez imaginé une centaine de raisons toutes meilleures les unes que les autres pour vous convaincre qu'il est préférable de garder les détails pour vous, poursuivit-il avec circonspection, mais, franchement, le risque qu'on ne vous croie pas est le moins convaincant. Je suppose que vous ne nous avez dit que la moitié de ce qui vous est arrivé... moins, peut-être... et pourtant, ni Jess ni moi n'avons douté un seul instant de votre parole. Pas plus que nous ne vous avons... » Il chercha un mot. « ... *condamnée.* Quoi que vous ayez fait, vous y avez été contrainte... la honte que vous éprouvez renforce simplement le droit de ce type à se rendre maître de votre vie. »

Simplement? Qu'y avait-il de simple dans la honte ? Combien de fois Peter s'était-il réveillé en pleine nuit, baigné de sueur et revivant chacune des humiliations subies ? Le pire était de ne pas en retrouver le souvenir précis et d'être incapable d'imaginer comment un tiers les verrait. Dans ma mémoire, mes capitulations étaient empressées et outrées, mes actions dégradantes et répugnantes, mon corps un objet de raillerie.

« Il m'a filmée. Je passe mon temps à vérifier sur le Net s'il n'a pas envoyé cette vidéo quelque part. S'il est arrêté... et si elle est encore entre ses mains... elle sera projetée au tribunal.

– Pas forcément.

– C'est la seule preuve de ce qu'il a fait. Ils la projetteront, c'est sûr. »

Peter était trop perspicace. « Attendez. Ce qui vous préoccupe le plus, c'est qu'elle contient la preuve de ce que *vous* avez fait, c'est ça ? » Il s'interrompit, attendant une réponse. « M'en voudrez-vous beaucoup si je vous dis que vous péchez par optimisme si vous vous figurez que personne d'autre ici n'a établi le lien entre l'arrivée parmi nous d'une Zimbabwéenne blonde et l'enlèvement récent d'une journaliste ? Vous avez fait la une des journaux un moment, et vous n'avez pas tellement changé par rapport à la photo qu'ils ont publiée. On a fait tout un foin à propos de vos parents, obligés de quitter leur ferme ; c'est un chapitre de votre histoire sur lequel vous avez été relativement franche. »

Je sentis la chair de poule me hérisser les bras. « Madeleine est au courant ?

– Ça n'a pas grande importance, je ne vois pas ce qu'elle pourrait en tirer. Vous savez, un petit village comme le nôtre est forcément curieux quand un visage nouveau apparaît, mais je ne crois pas qu'ailleurs, qui que ce soit s'y intéresse. La dernière fois que j'ai lu quelque chose à votre sujet, c'était au moment de la libération d'Adelina Bianca. »

Quelle naïveté ! J'imaginais très bien Madeleine lâcher mon nom dans tout Londres. Vous vous souvenez de Connie Burns ? La correspondante de Reuters qui a été prise en otage mais qui n'a jamais raconté ce qui s'était passé ? Figurez-vous qu'elle a loué la maison de ma mère dans le Dorset pour six mois. Elle va écrire un livre. Nous sommes d'*excellentes* amies.

« Sur ce point, on peut dire que vous avez réussi, Connie. Votre enlèvement n'a pas été... » Il employa le mot que j'avais utilisé un peu plus tôt. « ... assez "sensationnel" pour que quelqu'un se donne le mal d'essayer de vous retrouver. Vous pouvez être sûre qu'autrement, le harcèlement téléphonique aurait commencé depuis longtemps. » Il esquissa un geste rassurant de la main. « Vous comprenez ce que je veux dire ? Si quelqu'un était convaincu que vous avez quelque chose à raconter, on ne vous aurait pas lâchée comme ça. Alors c'est à vous de décider ce que vous voulez révéler, en admettant que vous vouliez révéler quelque chose. Personne ne vous y obligera. »

Je mourais d'envie de lui faire rentrer dans la gorge sa psychologie à la gomme. Je dois ça à mon père, cette incapacité à encaisser les avis condescendants. Le QI de Peter était-il plus élevé que le mien ? Était-il plus instruit que moi ? Plus cultivé ? Tellement convaincu de la supériorité de ses facultés qu'il me croyait incapable de trouver ça toute seule ? Je savais, *évidemment*, que personne d'autre que moi n'avait la mainmise sur mon histoire. Que croyait-il que j'avais fait, ces trois derniers mois, à part en interdire l'accès ?

Une chose me tracassait, malgré tout. MacKenzie restait maître de ma vie, m'avait-il rappelé, avec une douloureuse exactitude. Par le biais d'une vidéo qui plus est. J'aurais pu manifester un courage de lion s'il ne s'était agi que d'opposer ma parole à celle d'un violeur écossais inculte. J'aurais pu dire n'importe quoi. Que j'avais hurlé, négocié, refusé, lutté pour ma vie. J'aurais pu feindre d'avoir conservé un semblant de dignité. Qui croirait MacKenzie, sans images ?

Moi.

« Ils ont passé un clip de la vidéo d'Adelina à la télé l'autre jour, dis-je alors à Peter. Un gros plan de son visage – avec ses yeux au beurre noir – pour montrer aux téléspectateurs ce que risque de subir une Coréenne qui vient de se faire enlever. Je connais assez bien Adelina. Elle ne fait pas plus d'un mètre soixante – un peu la stature de Jess –, mais elle a l'air tellement... irréductible. Je ne sais pas comment elle fait...

– Vous vous trompez, répondit Peter catégoriquement. J'ai regardé ce clip, moi aussi, et ce que j'ai vu, c'est une femme terrorisée. Votre imagination vous fait croire n'importe quoi. Adelina était terrifiée et elle avait de bonnes raisons de l'être. Elle ne savait absolument pas ce qui allait lui arriver, et ça se lit sur sa figure. » Il se pencha en avant. « Voyons, Connie, pourquoi des preneurs d'otages autoriseraient-ils la diffusion d'une vidéo montrant une victime irréductible, comme vous dites ? Les images, c'est de la propagande, vous le savez bien, et les terroristes n'ont pas intérêt à montrer autre chose que la terreur qu'ils inspirent.

– Mais maintenant, elle en plaisante.

– Parce qu'elle le peut. Aucune de ses craintes ne s'est concrétisée. Et puis, un œil au beurre noir, c'est une forme de trophée. Ça prouve qu'elle en a bavé. » Il posa ses index l'un contre l'autre et les pointa dans ma direction. « Les choses auraient été bien plus faciles pour vous si vous aviez pu exhiber quelques bleus, non ? Vous auriez peut-être refusé d'en révéler l'origine – mais ils ne seraient pas passés inaperçus. La police aurait exigé d'en faire des photos, et cette pièce à conviction aurait été conservée jusqu'à ce que vous acceptiez de vous expliquer. »

Je croisai les bras, coinçant mes mains sous mes aisselles pour éviter de me jeter sur lui. Allait-il continuer longtemps à se gargariser d'évidences ? Il me croyait vraiment trop conne pour y avoir pensé toute seule ? Sa suffisance m'horripilait, mais je craignais que la moindre manifestation d'irascibilité ne soit accueillie par un arrogant « Je vous l'avais bien dit ». Les cris qui tourbillonnaient inlassablement dans ma tête n'avaient pas d'autre objet que de me répéter ce que j'aurais dû faire.

« Allez-y, dites-le, m'encouragea Peter.

– Quoi donc ?

– Ce que vous pensez.

– J'étais en train de me dire que le langage s'est vraiment déprécié. "Dommages collatéraux" pour la mort de civils, "choc et stupeur" pour un déluge de bombes, "coalition de volontaires", "frappe chirurgicale" – *tout ça*, c'est de la propagande. Ces expressions n'ont qu'un objectif : déformer la vérité. Savez-vous que, chaque fois que j'ai écrit "les combattants de la résistance irakienne", les secrétaires de rédaction ont corrigé en "insurgés" ? Ce sont des synonymes, ou presque, mais le mot de "résistance" a des connotations positives. Ça rappelle la résistance française, un lien que la coalition ne veut surtout pas qu'on établisse. » Je m'interrompis.

« Continuez.

– Les mots n'ont pas de sens tant que vous ne savez pas pourquoi on les emploie. Dans le contexte de la guerre, l'expression de "dommage collatéral" devrait recouvrir la mort accidentelle de membres de votre propre camp, mais, pour ça, l'armée américaine a inventé les termes de "tir ami" ou de "bavure". » Je soutins son regard un moment. « L'expression favorite de MacKenzie était "choc et stupeur". Il la trouvait "intimidante". Il adorait la juxtaposition de ces deux notions – la terreur et la paralysie. Pour lui, il était dans l'ordre des choses que les faibles courbent l'échine devant les forts.

– Et vous étiez là pour lui donner l'illusion de la force ?

– Ce n'était pas une illusion. C'était la réalité. J'étais sa plume du diable.

– Qu'est-ce que ça veut dire ?

– Ce que vous voulez. Que c'était ma faute... qu'on pouvait m'écraser... que je ne comptais pas. »

Peter laissa s'écouler un moment avant de repartir à la charge. « Vous étiez prisonnière. La réalité, c'est que vous étiez placée en position de faiblesse par un type incapable de se rendre maître de vous autrement. Il ne s'agit pas de minimiser vos réactions face à cette situation, mais admettez au moins qu'il agissait sous l'emprise d'un fantasme de domination.

– Ce n'était pas un fantasme. Il est incroyablement impressionnant, et il le sait. En Sierra Leone, tout le monde avait peur de lui.

– Sauf les autres soldats. Vous ne m'avez pas raconté qu'un groupe de paras l'avait obligé à verser une indemnité à la fameuse prostituée ? »

Je serrai mes mains plus étroitement encore sous mes bras. « Si... mais, bon, les soldats sont plus courageux que les journalistes. C'est sans doute plus facile, quand on connaît quelques rudiments des techniques de combat à mains nues. » J'inspirai profondément. « Écoutez, Peter, ça ne rime à rien. Que vous me croyiez ou non, je sais parfaitement où j'en suis et ce que j'ai à faire. J'apprécie votre aide et soyez sûr que je lirai ce protocole... » Je fis un signe de tête vers les papiers posés sur la table. « ... mais pour le moment... » Je stoppai net. La peur venait d'envoyer dans mon système sanguin une décharge d'adrénaline. « Et *merde* ! »

Rétrospectivement, je m'étonne encore de la réaction de Peter. J'aurais cru qu'il interviendrait, ne fût-ce que verbalement, pour m'exhorter au calme. Or il se contenta de croiser les mains sur la table et de me regarder tandis que je plongeais la tête dans un sac en papier que j'avais extirpé de ma poche, les yeux exorbités par mes efforts pour inspirer et expirer profondément. Enfin, quand ma respiration eut repris un rythme assez lent pour me permettre de reposer le sachet sur mes genoux, il regarda sa montre.

« Pas mal. Une minute trente-cinq. Ça dure combien de temps, d'habitude ? »

J'avais le visage en feu, les joues ruisselantes de sueur. « Qu'est-ce que ça peut vous faire ? haletai-je.

– Hmm. Eh bien, il reste encore les antidépresseurs. Si vous continuez à vous lamenter sur votre sort, je pourrais me résoudre à vous en prescrire.

– Jess avait raison, grondai-je en cherchant un paquet de mouchoirs dans ma poche. Vous êtes à peu près aussi efficace qu'un emplâtre sur une jambe de bois. »

Il sourit. « Ça fait longtemps que vous souffrez d'hémorragies nasales ? demanda-t-il pendant que j'inclinais la tête en arrière et appuyai le tampon de papier contre mes narines.

– Ça ne vous regarde pas.

– Vous voulez des glaçons ?

– Non.

– De quoi est-ce qu'il se servait pour vous asphyxier ? De sacs en plastique ? »

C'était exactement comme cela que j'aurais posé la question. Du même ton indifférent, sans insister. Je tombai dans le panneau parce que je ne m'y attendais pas. « Le plus souvent, il m'enfonçait la tête sous l'eau. »

De : connie.burns@uknet.com
Date : Sam. 14/08/04 10:03
A : alan.collins@manchester-police.co.uk
Objet : Complément d'informations

Cher Alan,

J'ai réfléchi à ce mail toute la nuit. Bien des raisons me
dissuadent de l'écrire ; une seule me pousse à le faire :
mes parents. Malgré tous les articles que j'ai pu écrire
au cours de ma carrière pour attirer l'attention sur la
tragédie que vivent les femmes et les enfants pris dans
la tourmente de la guerre, je crois sincèrement que j'en
aurais laissé mourir plusieurs milliers avant d'ouvrir la
bouche. C'est l'histoire du vieux Chinois et du rayon
mortel. La connaissez-vous ?

Un homme riche vous promet un million de livres si
vous appuyez sur le déclencheur d'une machine à rayon
mortel. L'inconvénient, c'est que, si vous le faites, à
l'autre bout de la planète, un vieux Chinois mourra ;
l'avantage, c'est que personne ne saura jamais que c'est
vous qui l'avez tué. Il n'y aura qu'un perdant, la victime.
Sa famille, en effet, en a plus qu'assez de s'occuper de
ce vieillard et prie pour qu'il meure. D'un autre côté,
quelle certitude avez-vous que la machine est capable
de tuer – et de tuer un inconnu à distance ? Vous n'avez
pour vous en convaincre que la parole de l'homme
riche.

Le choix se présente ainsi : vous vous persuadez que
toute cette histoire est du flan, vous pressez le bouton
et vous profitez en toute quiétude d'un million de livres ;
vous pressez le bouton mais vous demeurez incapable
de profiter du million de livres parce que vous pensez
avoir un meurtre sur la conscience ; ou encore vous

249

refusez d'appuyer sur le bouton et vous renoncez au million de livres. Que faites-vous?

Selon moi, la première solution est à rejeter parce qu'on ne peut pas avoir le beurre et l'argent du beurre. Vous serez à jamais taraudé par le doute – était-ce vraiment du flan? Et le riche sera pour toujours maître de votre âme. Le seul choix honnête est celui-ci : accepter de l'argent en échange d'un assassinat ou refuser.

J'ai cru, tout d'abord, adopter la première solution : accepter la récompense (ma vie) et me persuader que je n'étais pas responsable de la mort éventuelle d'autrui – mais j'ai échoué parce qu'en réalité, ce n'était pas cette option-là que j'avais prise, mais la deuxième : accepter la récompense en espérant être capable de vivre avec les conséquences de mon choix. Je découvre que je n'en suis pas capable non plus. Ce n'est pas que j'aie mauvaise conscience – ma conscience est plus ou moins éteinte depuis que j'ai investi toute mon énergie dans ma survie –, c'est parce que mes parents sont en jeu. Peut-être sommes-nous tous capables de tuer à distance. C'est comme ça qu'on fait la guerre, maintenant. Mais les choses sont différentes quand nous connaissons le visage des victimes.

Bien que les informations qui suivent ne vous apprennent probablement rien de nouveau – je suis à peu près convaincue que vous avez toujours su la vérité – je vous demande d'ajouter les faits suivants à ceux que je vous ai déjà indiqués :

1. J'ai été enlevée par Keith MacKenzie alias John Harwood alias Kenneth O'Connell. Il avait au moins trois complices – le chauffeur de la voiture et les hommes qui m'en ont fait sortir. Je peux décrire le chauffeur parce que j'ai vu son visage dans le

rétroviseur – le teint plutôt mat, pas de moustache, une trentaine d'années. Les deux autres portaient des cagoules. Je serais incapable de vous préciser leur nationalité, car le seul qui m'ait adressé la parole était le chauffeur (pour me confirmer dans un anglais teinté d'un fort accent qu'il me conduisait à l'aéroport). Cependant, d'après sa stature, je soupçonne qu'un des hommes cagoulés était MacKenzie.

2. Je me rappelle qu'on m'a fait respirer quelque chose (éther? chloroforme?). Quand j'ai repris connaissance, j'étais dans une cage. J'étais nue, bâillonnée, les yeux bandés et les mains ligotées dans le dos. Je ne sais absolument pas où j'étais, ni comment j'y suis arrivée. À partir de cet instant, je n'ai eu affaire qu'à MacKenzie, mais je ne l'ai jamais vu puisque j'avais les yeux bandés.

3. Tous les liens utilisés pour m'attacher étaient mous au toucher. J'ai vu depuis des photos d'autres otages à qui on avait fixé des compresses sur les yeux avec du sparadrap et je suppose que tous mes liens étaient faits de cette façon-là. Bien que j'aie essayé à maintes et maintes reprises de me détacher les mains, le médecin qui m'a examinée par la suite n'a relevé que de « légères contusions aux poignets – comparables à des « brûlures indiennes ».

4. À plusieurs reprises, la compresse que j'avais sur les yeux a été saturée d'eau et remplacée – sans doute pour éviter que le sparadrap ne perde son pouvoir adhésif – mais je n'ai aucun souvenir du moment ni de la manière dont on a procédé (sous sédatif?)

5. Je ne me rappelle pas non plus avoir été conduite dans le bâtiment bombardé où Dan Fry m'a trouvée le lundi matin. Dan a déclaré que je ne tenais pas sur

mes jambes et que j'étais « désorientée » mais, quand le médecin m'a examinée trois heures plus tard, les effets du produit qu'on m'avait administré s'étaient dissipés.

6. J'ai peut-être été détenue dans (ou près) d'un centre de maîtres-chiens. Quand j'ai reconnu MacKenzie, à l'Académie de Bagdad, il formait des maîtres-chiens. Pendant ma captivité, des chiens ont été conduits à plusieurs reprises dans la cave où j'étais. D'autre part, le seul bruit extérieur régulier était celui d'aboiements. *N.B.* : En Sierra Leone, il était de notoriété publique qu'un Rhodesian Ridgeback montait la garde autour de la maison de MacKenzie.

7. La supposition la plus cohérente que je puisse faire est que j'ai été détenue dans le sous-sol du lieu où MacKenzie/O'Connell résidait au moment de mon enlèvement ; ou dans la cave d'un bâtiment vacant qu'il a « habité » pendant la durée de mon séjour. Ma captivité a duré approximativement soixante-huit heures et je crois me rappeler qu'il est venu dans la cave en dix occasions distinctes. J'ai un peu de mal à isoler les différents épisodes, si bien que ce chiffre est peut-être plus élevé. Il n'est en aucun cas INFÉRIEUR.

8. Compte tenu du temps qu'il passait avec moi (que j'estime à quarante-cinq minutes au minimum par épisode), ses visites n'étaient pas distantes de plus de six heures, en admettant qu'elles aient eu lieu à intervalles réguliers au cours de ces soixante-huit heures. S'il n'est pas impossible que ce délai lui ait permis de faire des allers-retours, cela me paraît peu probable car les patrouilles/check-points de la coalition auraient relevé les déplacements réguliers de sa voiture. Je ne pense pas non plus qu'il aurait pris

le risque d'être remarqué en faisant le trajet après le couvre-feu. *N.B.* : Je n'ai entendu de véhicule partir et revenir qu'en *deux* occasions.

9. À aucun moment, je n'ai perçu d'autre présence dans le bâtiment. Les aboiements étaient tout à fait audibles, mais il n'y avait pas de bruits « humains » – conversations, radio, télévision, sonneries de téléphone portable, bruits de pas, frottement de meubles, etc. Chaque fois que j'ai entendu un véhicule, on m'a donné à manger peu après. Ce sont les seules fois où j'ai été nourrie pendant toute ma captivité. *N.B.* : En Sierra Leone, personne ne s'approchait de la résidence de MacKenzie parce qu'on le savait hostile aux visiteurs/employés. Il avait l'habitude de prendre ses repas dehors, généralement au Paddy's Bar.

10. MacKenzie m'a filmée pendant ma détention. Si le micro était branché, on devrait entendre sa voix lorsqu'il donnait des ordres aux chiens ou qu'il s'adressait à moi. À mon avis, cette vidéo était un « trophée » destinée à son usage personnel puisqu'elle n'a pas fait l'objet d'une quelconque diffusion, semble-t-il. Si j'ai raison, il l'aura peut-être sur lui si/ quand il sera arrêté.

11. Les seuls objets qui m'aient été restitués à ma libération étant les vêtements que je portais pour prendre l'avion, MacKenzie connaît certainement l'adresse et le numéro de téléphone de mes parents, car ils figuraient dans le carnet d'adresses de mon ordinateur et sur mon téléphone portable. S'il a noté ces coordonnées quelque part, on les retrouvera peut-être aussi si/quand il sera arrêté. *N.B.* : Je suis en mesure de fournir une liste précise du contenu de mes valise/sac à dos/sac à main, dans l'éventualité où il aurait conservé autre chose.

12. Ma chambre d'hôtel a été visitée régulièrement dans les journées qui ont précédé mon enlèvement. Je n'avais aucune preuve qu'il s'agissait de MacKenzie mais, après une de ces intrusions, mon ordinateur portable était ouvert et ma lettre à Alastair Surtees contenant des détails sur les meurtres de Sierra Leone était affichée à l'écran.

13. Je pense que les fouilles de ma chambre d'hôtel avaient pour objectif de me pousser à abandonner l'affaire et à quitter l'Irak (et peut-être à faciliter mon enlèvement). Ça a marché. Je pense que mon enlèvement avait pour objectif de me retirer toute envie de poursuivre cette enquête en Grande-Bretagne. Jusqu'à ce jour, ça a plutôt bien marché aussi.

14. Je suis incapable d'identifier visuellement mon ravisseur et de jurer qu'il s'agissait bien de MacKenzie, parce que je ne l'ai jamais vu. Il ne m'a pas donné son nom. Mais j'ai reconnu sa voix et il a employé certaines expressions qui faisaient allusion à un entretien que j'avais eu avec lui à Freetown. Notamment : « C'est ce qu'on appelle rendre la monnaie de sa pièce. » « Et maintenant, vous m'aimez, Miss Burns ? » « Je vous avais pourtant conseillé d'éviter de me contrarier. »

15. La défense n'aura aucun mal à contester tout que je pourrais déclarer devant un tribunal. Avant de me libérer, je ne sais plus exactement quand, il m'a fait sortir et m'a passée au jet sur une bâche en plastique pour effacer toute trace de ma détention/de mon contact avec lui et les chiens. Quand Dan Fry m'a trouvée, mes poignets avaient été détachés, le ruban adhésif qui me couvrait les yeux et la bouche changé (et la compresse retirée) et mes vêtements lavés. À part une légère rougeur due au ruban adhésif que Dan a arraché, je n'avais aucune marque visible qui aurait pu trahir que je venais d'être séquestrée pendant soixante-huit heures.

16. Je suis certaine que l'auteur des coups de téléphone anonymes qu'ont reçus mes parents est Keith MacKenzie et qu'il sait que c'est à cause de moi que sa photographie a été publiée. J'ai du mal à croire à une coïncidence en constatant qu'il « réapparaît » alors que Dan vient d'obtenir confirmation que cette photo est bien le portrait d'O'Connell. Ce qui veut dire que, si Surtees dit vrai en affirmant avoir donné congé à MacKenzie fin juillet, celui-ci est resté en relation avec des membres du personnel/élèves de l'Académie, des collègues de BG ou Surtees lui-même. Je soupçonne qu'il s'agit de Surtees, que celui-ci sait où se trouve MacKenzie ou comment le contacter.

17. Il est possible que MacKenzie ait téléphoné de l'étranger mais, craignant qu'il ne soit déjà rentré en Angleterre, j'ai convaincu mes parents de quitter leur appartement et d'en retirer soigneusement tout ce qui pourrait trahir l'adresse/l'endroit où je me trouve actuellement. Je m'inquiétais surtout pour ma mère, parce que MacKenzie l'aurait tuée s'il s'était introduit dans l'appartement pendant qu'elle s'y trouvait. Malheureusement, les coordonnées du bureau de mon père se trouvaient aussi dans mon ordinateur et dans mon téléphone mais, depuis que je l'ai averti qu'il pouvait être en danger, il a retiré de son bureau/ordinateur toutes les informations personnelles et rejoindra leur adresse temporaire en faisant de nombreux détours. Leur séjour chez moi a été repoussé jusqu'à nouvel ordre.

18. Mon père voulait prévenir le commissariat de son quartier, mais je lui ai fait promettre de ne pas le faire. On lui aurait demandé plus d'explications qu'il ne pouvait en donner. Il ne sait que ce que je lui ai dit – il m'a crue sur parole – et je n'ai pas la moindre intention d'aller à Londres parler aux policiers, pas plus que de révéler mon adresse. Ce mail contient tout ce que je suis en mesure de dire pour le moment, et je ne voudrais pas paraître « évasive et peu convaincante » en refusant de répondre à toutes les questions qu'on pourrait me poser.

Voilà, Alan. Je ne vous demande pas de garder le secret, parce que vous ne le pourrez pas. Votre devoir vous obligera à transmettre toutes les informations. C'est pourquoi, avant que j'accepte d'en dire plus, il faudra que je sois absolument sûre que : a) MacKenzie est en prison et b) mon témoignage est indispensable à sa condamnation.

Autrement, j'aurais révélé tous mes secrets pour rien.

Cordialement

Connie

P.-S. : Je suppose que vous ne serez pas au bureau avant lundi mais, quand vous aurez un moment, je ne refuserai pas quelques suggestions à propos de mes parents et de la police locale. Inutile de me conseiller un suivi psychologique parce que je ne le ferai pas, et, *je vous en prie*, ne perdez pas votre temps à essayer de trouver des phrases pleines de tact. Ça ne sert à rien. Je sais que vous êtes animé des meilleures intentions sans que vous ayez besoin de le préciser.

De :   BandM@freeuk.com
Date :   Sam. 14/08/04 12:33
À :   connie.burns@uknet.com
Objet : Ton désaxé

Chère C.,

Voici la nouvelle adresse de mon ordinateur. Ça a été une vraie galère de l'installer, alors j'espère que c'était vraiment indispensable. J'ai bien compris ce que tu disais à propos de ce type qui pourrait tenter de nous joindre en se faisant passer pour un de nos amis parce qu'il aurait trouvé leurs coordonnées dans ton ordinateur. Crois-moi, je ne suis pas crédule au point de répondre à des mails non sollicités, même s'ils prétendent venir du Zimbabwe. Néanmoins... comme c'est pour ta mère que tu te fais de la bile, j'ai accepté de t'écouter.

Maintenant que la fièvre est un peu retombée, j'aimerais bien avoir quelques explications supplémentaires. Nous nous trouvons dans une chambre exiguë d'un hôtel médiocre, et ça serait assez sympa d'avoir une vague idée du temps que ça va durer. La conception que ta mère se fait des bagages consiste à emporter tout ce que nous avons de plus chic et à laisser tout ce que nous avons de confortable, si bien que nous voilà sur notre trente et un un samedi matin, ce qui nous met de très mauvaise humeur. Il n'y aurait qu'une autre solution : rester en pyjama toute la journée. Mais si nous ne mettons pas le nez dehors, je crains que nous finissions par nous entre-égorger.

Ça ne va pas du tout, C. Nous avons fait ce que tu nous demandais sous la pression de ton chantage affectif mais, pour continuer, il nous faudra de meilleures raisons. Ta mère est inquiète et déprimée parce qu'elle ne comprend pas pourquoi tu as peur de ce type. Quant à moi, je ne sais pas quoi faire, pour la même raison. J'ai bien envie de passer outre et de prévenir les flics. Je suis évidemment coincé puisque je suis dans l'incapacité de leur donner son nom, ses antécédents et son signalement mais, ce je *peux* faire, c'est leur donner ton adresse, C., une décision que je suis sur le point de prendre, dans ton propre intérêt.

Je suis désolé de jouer les râleurs, mais tu nous en demandes un peu beaucoup. Tu es peut-être habituée, toi, à vivre comme une romanichelle, mais nous avons passé l'âge de trouver ça amusant. Tu l'as peut-être oublié, ta mère aura soixante-quatre ans à la fin du mois, autre explication de sa mauvaise humeur. Outre que nous avons dû remettre notre visite chez toi, la lumière de la salle de bains de l'hôtel est moins flatteuse que celle de la maison !

Je t'en prie, fais une entorse à tes habitudes, évite de laisser ce message dans ta boîte de réception pendant des jours. Tu ne te débarrasseras pas de moi comme ça. Si tu ne m'expliques pas le bien-fondé de tout ce cirque avant demain, je préviendrai la police. Ce n'est pas du chantage affectif, c'est une information.

J'en viens *tout de même* au chantage affectif. Si nous sommes obligés de rester encore longtemps dans cette chambre, tu auras le divorce de tes parents sur la conscience.

Je t'embrasse très fort, Papa.

De : alan.collins@manchester-police.co.uk
Date : Sam. 14/08/04 14:19
À : connie.burns@uknet.com
Objet : Complément d'informations

Chère Connie,

Je suis d'astreinte ce week-end ; j'ai donc reçu votre mail. Me permettrez-vous de citer mon père ? Quand je me faisais brutaliser à l'école, il me disait : « Le secret du bonheur, c'est la liberté ; le secret de la liberté, le courage. » Si je lui répondais que je n'avais pas de courage, il me répondait : « Bien sûr que si, fiston. Le courage, ce n'est pas de t'attaquer à quelqu'un de plus grand et de plus fort que toi – ça, c'est de la bêtise. Le courage, c'est d'être mort de trouille et de ne pas le montrer. » Mon père était mineur, et autodidacte. Il est mort d'emphysème quand j'avais 15 ans. Je vous parlerai de lui, un jour. Il ne sera jamais dans les bouquins d'histoire, mais c'était un chic type qui disait des choses sensées.

S'il vous parlait aujourd'hui, il vous dirait que c'est grâce à votre courage que vous êtes encore en vie, mais il vous dirait aussi que le revers de la médaille, quand on fait bonne figure, c'est qu'on est obligé d'assumer ses peurs seul. Or le cerveau a la fâcheuse habitude de déformer les faits.

Je suppose que vous avez imaginé un tas de raisons pour lesquelles MacKenzie a décidé de ne pas vous tuer – qui, toutes, minimisent votre rôle. En cas de sévices, les victimes se sous-estiment et exagèrent l'intelligence et le pouvoir de leur tortionnaire. Parmi les raisons que vous avez envisagées, il y avait sans doute celles-ci : il s'est dit que Surtees ferait inévitablement le lien... Il ne faisait pas confiance à ses complices... Vous l'avez accusé à tort. Après tout, ce n'est pas un assassin...

Foutaises, Connie. Un type qui est prêt à séquestrer et à brutaliser une femme est certainement capable de l'assassiner, et rien ne l'empêchait de respecter son *modus operandi* habituel, à savoir de vous défigurer (ou même de vous décapiter), de quitter l'Irak, de changer d'identité et de tout mettre sur le dos des terroristes.

J'aimerais vous convaincre de vous voir telle que vous étiez – une prisonnière impuissante – mais j'ai bien peur que vous ne réécriviez l'histoire pour vous présenter sous votre plus mauvais jour. Je me trompe peut-être, mais je crois deviner qu'il vous a obligée à faire certaines choses qui vous font honte, et que, maintenant, votre imagination prend un malin plaisir à exagérer votre complaisance à son égard. M'accuserez-vous de rabaisser votre expérience si je vous dis que ces sentiments sont partagés par toutes les femmes, tous les hommes et tous les enfants victimes de mauvais traitements, de viols ou d'agressions sexuelles ? Il est terriblement difficile de conserver un sentiment d'intégrité quand le but même des sévices a été d'asservir la victime et de s'assurer de sa docilité.

Comme, de toute évidence, MacKenzie a échoué sur ce point – autrement, vous ne m'auriez pas contacté et vous ne m'auriez pas transmis sa photo –, puis-je vous suggérer que, si vous êtes encore en vie, c'est parce que vous avez su gagner son respect ? Vos réactions, quelles qu'elles aient été, ont joué en votre faveur. Sans doute êtes-vous sûre, vous, que c'est parce que vous avez coopéré – les survivants ont tous cette conviction, et vous vous trompez, Connie. Il est certain que les deux femmes assassinées dont j'ai vu les cadavres en Sierra Leone ont commencé par coopérer. L'état de leurs chambres le révélerait à n'importe quel enquêteur de la police scientifique – depuis l'absence d'entraves jusqu'aux marques évidentes montrant que la relation sexuelle/le viol a eu lieu sur le lit de la victime. Elles ont cherché à l'apaiser, et n'ont réussi qu'à le provoquer.

Alors, pourquoi n'avez-vous pas subi le même sort ? Quelle erreur avez-vous évitée, et pas elles ? La seule supposition que je puisse faire est qu'il vous a considérée comme une personne, pas comme un objet. Peut-être avez-vous mieux caché votre peur qu'elles. Peut-être ne vous a-t-il jamais intégralement possédée. Qui sait ? Je vous supplie de ne pas en conclure que c'est parce que vous êtes blanche et que vous parlez la même langue que lui. Pour ce genre d'homme, toute femme sans défense est un moyen de satisfaire ses pulsions. Peut-être ne sait-il pas lui-même pourquoi il n'est pas allé jusqu'au bout.

Je vous demande aussi de ne pas croire que, parce que vous aviez les yeux bandés et qu'il n'a pas laissé de « marques » sur vous, il n'a jamais eu l'intention de vous tuer. Vous risqueriez d'en déduire que vous auriez pu/dû refuser certaines de ses exigences, et vous auriez tort, d'après les faits que vous m'avez rapportés. Si vous relisez mon rapport sur les meurtres de la Sierra Leone, vous constaterez qu'un certain nombre d'indices donnent à penser que l'assassin a passé du temps dans les chambres de ses victimes – moment où l'on a vu celles-ci pour la dernière fois, meubles déplacés, reliefs de repas, etc.

J'ai suggéré dans mon rapport que le tueur « jouait » avec ses victimes avant de se déchaîner dans une ultime agression parce qu'il prenait plaisir à observer leurs réactions. Il devait savourer ce va-et-vient entre espoir et terreur. Moins il laissait de marques sur elles, plus leur espoir de s'en tirer devait être grand. À mon avis, il n'a pas agi autrement avec vous, Connie, et, si vous êtes encore en vie, c'est parce que vous avez joué son « jeu » mieux qu'elles.

Soit dit en passant, une des raisons pour lesquelles j'ai tenu à faire venir un médecin légiste à Freetown était que les femmes que j'ai vues présentaient des hémorragies pétéchiales au niveau des yeux (de petites taches de sang sous la surface de la peau). Elles peuvent avoir été dues à la brutalité de l'agression, mais les pétéchies s'observent également dans les cas de suffocation – par exemple quand on utilise un sac en plastique pour obstruer les voies respiratoires de la victime – et je m'étais demandé si ce type de torture ne faisait pas partie du « jeu ». Il est très prisé des régimes totalitaires parce qu'il ne laisse pas de trace. Les fausses noyades y sont tout aussi populaires... mais elles ont tendance à « saturer » d'eau les bandeaux qui se trouvent sur les yeux de la victime.

Si cela peut vous rassurer, sachez que, dans tout ce que vous pouvez me dire, il n'y a rien que je n'aie déjà vu ou entendu. On relève des constantes déprimantes dans les méthodes qu'utilisent des hommes déficients pour renforcer leur estime de soi. La volonté d' « humilier » en est une. En ce qui vous concerne, je constate avec satisfaction que la tentative n'a pas réussi, bien que vous soyez (provisoirement, je l'espère) convaincue du contraire.

Pour finir, j'ai transmis le signalement et le portrait de MacKenzie à la Metropolitan Police, et j'ai demandé de renforcer la surveillance au voisinage de l'appartement de vos parents et du bureau de votre père. Je ne demande qu'à entreprendre la même démarche auprès de la police de votre comté, si vous acceptez de me dire où vous êtes. J'ai ajouté à la description de MacKenzie

qu'il était « extrêmement dangereux et peut-être armé » ;
je vous demande de bien vouloir réfléchir à cette réalité
avant de continuer à vous « débrouiller seule ». Je
comprends parfaitement que vous vous sentiez plus en
sécurité si personne ne connaît votre adresse, mais
vous n'en serez que plus isolée et plus vulnérable si
MacKenzie réussit à vous retrouver.

Cordialement, Alan

IP Alan Collins, Greater Manchester Police

De : connie.burns@uknet.com
Date : Dim. 15/08/04 02:09
A : BandM@freeuk.com
Objet : Correspondance avec l'IP Alan Collins
Pièces jointes : Alan.doc (356 Ko)

Cher Papa

Je suis absolument désolée de vous casser les pieds, à Maman et à toi, et je comprends que tu râles. J'ai beau m'évertuer à t'expliquer tout ça par écrit, je n'y arrive pas. Il est deux heures du mat, je suis complètement crevée, alors, le plus simple, c'est que je te transmette mes notes ainsi qu'un échange de mails entre un inspecteur de Manchester du nom d'Alan Collins et moi. Tu comprendras tout seul.

N.B. : Les conclusions que tire Alan, dans son dernier mail (d'hier), tapent dans le mille. Il faut croire que c'est un très bon policier.

Bises, C.

P.-S. : Je n'ai pas besoin de compassion, alors je t'en prie, garde-la pour toi. Je refuserai de reparler de ça si tu es larmoyant. Ne le prends pas mal, mais il ne sert à rien de pleurer sur le lait renversé.

13.

Rétrospectivement, je suis sûre que, si j'avais choisi de me taire, c'est surtout parce que je savais que j'aurais eu du mal à accepter le moindre secours. Je suis sans doute quelqu'un de très contrariant, mais je commençais à voir des rapports de force partout – un conseil, une suggestion n'étaient à mes yeux que des euphémismes signifiant « je sais mieux que toi » – et j'étais en proie à des accès de colère que je n'avais jamais connus auparavant. Pourtant, ma fureur ne se dirigeait jamais contre la cible adéquate, à savoir MacKenzie.

Je restais convaincue qu'il allait venir me chercher et cela me terrifiait. Pourtant, mes objets de soupçon et d'hostilité étaient Alan, Peter et mon père qui, chacun à leur manière, passèrent la semaine suivante à m'exhorter à assumer mes responsabilités. Celui qui m'exposa les faits le plus brutalement fut mon père, mais quand je l'accusai de se servir de moi pour exorciser ses propres démons, il se retira du combat, blessé. Je n'en fus que plus irritée, l'accusant de chercher à me culpabiliser.

Ma mère essaya de rétablir le lien en laissant des messages affectueux sur mon répondeur. Alan m'envoyait des mails bien argumentés et pleins de bon sens, que je laissais dans ma boîte de réception. Quant à Peter, il me bombarda de documentation jusqu'au jour où je fermai les portes à clé et refusai de répondre à ses coups de sonnette. À la fin de la semaine, j'étais dans un tel état de stress que j'envisageais sérieusement de jouer la fille de l'air une seconde fois. C'était ridicule, mais leur générosité et leur tendresse m'importunaient plus que le sadisme de MacKenzie. J'avais survécu à la brutalité, je ne savais pas comment survivre à la gentillesse.

Les premiers jours, Jess vint chez moi et resta plantée là, sans rien dire ou presque. Puis, après qu'elle eut trouvé porte close, ses visites cessèrent. Je laissai un message sur son répondeur pour lui expliquer que je l'avais prise pour Peter – c'étaient ses visites à lui et non les siennes que j'évitais. Elle ne me rappela pas et elle ne revint pas. C'était une des raisons pour lesquelles j'avais envie de partir. À quoi bon rester si la seule personne avec qui je me sentais bien ne s'intéressait plus à moi ? Même si c'était ma faute.

Elle me fit une peur bleue en faisant irruption dans ma chambre, le samedi suivant. Il était sept heures du soir, et, à ma connaissance, toutes les portes donnant sur l'extérieur étaient verrouillées. Je n'avais pas entendu la porte matelassée s'ouvrir ni se fermer, pas plus que ses pas dans l'escalier. J'étais donc loin de soupçonner qu'il pût y avoir quelqu'un dans la maison. Je tournais le dos à la porte et triais des vêtements sur le lit quand elle était entrée – je me retrouvai aussitôt accroupie et tremblante dans un angle de la pièce. Pendant la seconde qui s'était écoulée entre le moment où j'avais perçu sa présence et celui où je l'avais reconnue, j'avais cru voir MacKenzie.

« Tâche de ne pas tomber dans les pommes, lança-t-elle, je suis pas d'humeur à jouer les infirmières. Et si ç'avait été ce type ? Tu avais l'intention de te recroqueviller comme ça dans un coin en attendant qu'il te saute dessus une nouvelle fois ? »

Je me hissai péniblement sur mes pieds.

« Tu m'as fait peur.

– Parce que tu crois que ce salaud ne te fera pas peur ? » Son regard se posa sur la bouteille de vin vide abandonnée à côté de mon lit et ses yeux se plissèrent de désapprobation. « Si j'étais toi, je planquerais des armes un peu partout dans la maison et je garderais une batte de base-ball à portée de main vingt-quatre heures sur vingt-quatre. Ce n'est pas toi qui devrais te retrouver par terre, c'est lui... si possible avec le crâne en bouillie. »

D'un geste du menton, je désignai un couteau à découper, sur le lit. « J'ai toujours ça sur moi.

– Pourquoi tu ne t'en es pas servie ?

– Je t'ai reconnue.

– Tu parles. Tu t'es mise à ramper avant de savoir qui c'était... et tu n'as même pas pensé à attraper le couteau. » Elle s'approcha du lit et le ramassa. « C'est une arme à la gomme, de toute façon. Si tu t'approches suffisamment pour lui flanquer un coup, il te l'arrachera des mains. » Elle le posa en équilibre sur sa paume. « Il est trop léger. Tu n'aurais pas assez de poids à mettre derrière... en admettant que tu aies suffisamment de couilles pour l'enfoncer, ce qui m'étonnerait. Il te faut quelque chose de plus long et de plus lourd, que tu puisses balancer... » Elle me jeta un coup d'œil. « ... comme ça, même si tu es bourrée, tu auras une chance sur deux de le toucher. »

Je m'appuyai contre le mur.

« J'irai acheter une batte de base-ball lundi.

– J'espère que tu auras dessoûlé d'ici là. »

J'étais moins ivre qu'elle ne le croyait, car, dans le cas contraire, j'aurais peut-être réagi plus agressivement. Je n'avais jamais vu pareille donneuse de leçons. Selon elle, une seule goutte d'alcool était le début de la perdition. Elle ne savait pas qu'il fallait plusieurs bouteilles pour venir à bout d'un reporter de ma trempe – une vraie dure à cuire. Néanmoins, elle n'avait pas tout à fait tort. Je n'étais pas ivre morte, mais j'étais loin d'être à jeun. L'alcool était un tranquillisant plus facilement disponible que le Valium ou le Prozac. Je commandais par téléphone, payais par carte de crédit, et faisais livrer les caisses à ma porte. « Quelle puritaine tu fais, Jess, dis-je d'une voix lasse. Si on t'écoutait, on serait tous vieux avant l'âge. Franchement, on ne s'éclate pas beaucoup, dans ton monde.

– Et dans le tien ? » lança-t-elle avec mépris.

Je haussai les épaules. « Avant, oui, et, quand je suis d'humeur optimiste, j'essaie de me convaincre que ça recommencera un jour. Tu peux en dire autant, toi ? Tu crois qu'un jour, tu seras assez tolérante pour accepter les faiblesses des autres ? » Je plongeai mon regard dans ses yeux étranges. « Ça m'étonnerait. »

Mes piques glissèrent comme l'eau sur les plumes d'un canard. « Je t'aide, non ? demanda-t-elle avec impatience. J'ai aidé Lily. Qu'est-ce que tu veux de plus ? »

En effet. Son approbation ? Ses encouragements ? Sa compassion ? Tout ce que je refusais des autres, mais qui me semblait tellement désirable venant de Jess parce qu'elle ne me l'offrait pas. Il y a toujours cet abîme entre ce que nous désirons et ce que nous savons à notre portée.

« Rien, lui répondis-je. Ça va comme ça. »

Elle m'observa attentivement. « De quand date ton dernier repas ? Tu n'es pas sortie de la semaine et ton frigo était vide, la dernière fois que je suis venue t'apporter des œufs. »

Pour quelqu'un qui refusait de jouer les infirmières, elle se posait là. Je me demandai comment elle savait que je n'étais pas sortie. « Tu m'espionnes ou quoi ?

– Je vérifie simplement que tu es encore en vie. Ça fait si longtemps que ta voiture n'a pas bougé qu'il y a de la mousse sur les pneus, et tu passes tellement de temps à vérifier tes portes et tes fenêtres que n'importe qui peut te voir... Surtout la nuit, quand tu as toutes les lampes allumées. Il y a peut-être des moyens encore plus efficaces de dire : "Je suis ici, je suis seule, viens me chercher", mais là, comme ça, à froid, je n'en vois pas. »

Un peu tard, je lui posai la question qui tombait sous le sens. « Comment es-tu entrée puisque tout est fermé ? »

Elle sortit un porte-clés de sa poche et le brandit. « Le double de l'office. Lily avait peur de tomber et de se casser le col du fémur, alors elle le laissait toujours à un crochet, derrière le réservoir de mazout, dans la remise. » Mon expression provoqua un hochement de tête. « De toute façon, si elles n'avaient pas été là, je serais passée par les toilettes du bas. C'est la fenêtre la plus facile à crocheter de l'extérieur. Il suffit d'un machin de ce genre... » Elle laissa tomber le couteau sur le lit. « ... pour soulever le loqueteau. C'est à la portée du premier débile venu. »

Mon éclat de rire l'étonna, dans un premier temps, puis sa moralité intransigeante la persuada qu'il ne faisait que trahir mon état d'ébriété avancée. En fait, ce que je trouvais désopilant, c'était d'avoir perdu mon temps à vérifier les serrures toutes les deux heures. « C'est foutu, non ? Qu'est-ce que tu me proposes de faire ? Retourner ce couteau contre moi pour éviter cette peine à MacKenzie ? » Je levai une main dans un geste d'excuse. « Pardon. Je ne voulais pas.... un peu d'humour noir et pas du meilleur goût, je suis désolée.

– Tu pourrais commencer par te nourrir, dit-elle sévèrement. J'ai apporté des provisions. Ça te remettra la tête à l'endroit.

– Qui te dit que j'en ai envie ? demandai-je en m'affalant au pied du lit. Quand on est bourré, on n'a pas de crises d'angoisse.

– C'est sûr, grommela-t-elle, en me hissant sur mes pieds pour la seconde fois en l'espace de dix jours. Continue comme ça, et ce salaud ne fera qu'une bouchée de toi. » Elle me secoua avec colère. « Et puis, ça ne t'empêchera pas de souffrir. Tu retrouveras tes esprits à l'instant même où il te plongera la tête dans un seau... mais ce sera trop tard. Et cette fois, il ne jouera pas avec toi... il te tuera. »

Je relevai la juxtaposition d'idées avec intérêt. J'avais mentionné l'asphyxie par noyade à Peter, mais c'était Alan qui avait suggéré que MacKenzie « jouait » avec ses victimes. En admettant que le serment d'Hippocrate et le secret professionnel de la police aient encore un sens, Jess ne pouvait pas en savoir plus que ce que je leur en avais dit, à Peter et elle, dans la cuisine, dix jours auparavant : mon ravisseur était un Anglais, j'avais déniché une affaire à son sujet, on n'en avait pas parlé parce qu'il faisait déjà l'objet d'une enquête pour viols et assassinats en série, et il m'avait enlevée en guise d'avertissement, pour que je le laisse tranquille.

Peter s'était livré à quelques déductions à propos de ce qui avait pu m'arriver – « On ne donne pas un avertissement en servant du caviar et du champagne aux gens pendant trois jours » – et était revenu avec une copie du protocole d'Istanbul. Jess n'avait même pas évoqué le sujet et n'avait parlé que belettes et corneilles jusqu'au jour où je n'avais pas répondu à son coup de sonnette. Je voulais bien admettre que Peter ait pu lâcher l'histoire de la noyade par inadvertance, en bavardant avec elle – je m'y étais attendue, en fait – mais je ne voyais pas comment l'un ou l'autre aurait pu connaître la théorie d'Alan.

Je m'arrêtai sur le palier et, d'un geste d'épaule, fis tomber la main que Jess avait posée sur mon bras. « Qu'est-ce qui se passe au juste ? Tu as parlé à Alan Collins ? »

Elle ne prit même pas la peine de mentir. « Non. À ta mère seulement... mais j'ai lu les mails d'Alan. Elle me les a fait suivre ce matin... avec ceux que tu lui as écrits.

– Elle n'avait pas le droit de faire ça ! lançai-je, furieuse, et toi, tu n'aurais jamais dû les lire. Ils ne t'étaient pas adressés.

– Ouais, eh bien je les ai lus, dit-elle sans se démonter. Tu peux porter plainte si ça te fait plaisir. Mais tu sais, ta mère ne veut que ton bien.

– Comment est-ce qu'elle t'a trouvée ?

– Par les renseignements. Si j'ai bien compris, tu lui avais donné mon nom et tu lui avais dit que j'avais une ferme sur la route de Barton House. Ce n'était pas plus difficile que ça.

– Tu ne réponds jamais au téléphone, repris-je d'un air soupçonneux, et tu ne rappelles pas quand on laisse un message.

– Cette fois, je l'ai fait. Elle a insisté jusqu'à ce que je décroche. » Jess soutint mon regard. « J'ai d'abord cru que c'était toi, parce qu'elle s'est présentée sous le nom de Marianne. Vous avez un peu la même voix, mais elle a un accent plus prononcé.

– Elle est ici ?

– Non. C'est pour ça qu'elle m'a envoyé les mails. Pour que je comprenne pourquoi c'était à moi de le faire, et pas à elle. Elle a peur de conduire ce salopard jusqu'à ta porte.

– De faire quoi ?

– Venir te dire que tu es une vraie conne... te persuader d'arrêter de te plaindre. » Elle grimaça. « Je lui ai dit que l'éloquence n'était pas mon fort, mais elle n'a rien voulu savoir. Elle est du genre coriace, dis donc. Elle n'aurait pas hésité à me raconter toute ta vie si je n'avais pas précisé que j'avais l'intention de passer, de toute façon... » Jess s'interrompit brusquement. « Ta mère m'a donné toute une liste de trucs à te dire. Elle prétend que ça devrait t'intéresser.

– Laisse-moi deviner. Mon père est affreusement vexé, ma mère ne supporte plus ses sautes d'humeur et veut que je recommence à les appeler, ils détestent l'hôtel... Quoi d'autre ? Ah oui, j'oubliais, je suis leur seul enfant et je suis l'objet de tout leur amour et de tous leurs espoirs. »

Jess fouilla dans sa poche et en sortit un bout de papier. « Rien d'aussi cucul », répondit-elle en le dépliant. Elle fit courir son doigt jusqu'au bas de la page avant de résumer : « Ton père est retourné à l'appartement. Ta mère pense qu'il essaie de prouver je ne sais quoi à propos de démons. Il refuse d'en parler. Elle ne sait pas s'il a prévenu la police. Tout ce qu'il lui a dit, c'est que Japera a été une erreur qu'il n'a pas envie de reproduire. Il a obligé ta mère à changer d'hôtel et lui a interdit de l'appeler. Comme il lui a laissé son ordinateur portable, elle veut que tu lui envoies un mail ou que tu l'appelles. Elle m'a donné le numéro de son nouvel hôtel. » Elle leva les yeux. « C'est tout. D'après elle, tu comprendras les allusions aux démons et à Japera. »

J'arrachai la page des mains de Jess avec colère. « J'aurais mieux fait de continuer à me taire, j'en étais sûre. Tout allait bien tant que personne ne savait rien. Il est complètement cinglé, ou quoi ? »

Jess recula d'un pas. « D'après ce que j'ai compris, il est allé mettre des pièges... Tu ferais bien d'en faire autant, d'ailleurs.

– Il n'a pas la moindre chance de s'en tirer, murmurai-je dans un soupir de désespoir. Il aura soixante-cinq ans en novembre.

– Au moins, il essaie. »

Si elle n'avait rien d'autre à dire, la conversation serait brève. « J'ai essayé, Jess. J'ai prévenu Alan Collins. Et ça... » Je secouai le morceau de papier. « Ça, c'est le résultat. Mon père essaie de prouver qu'il n'est pas un lâche. Il a honte parce qu'il est persuadé d'avoir abandonné la ferme trop vite... alors il essaie de retrouver un peu de fierté en se conduisant comme un con. »

Elle haussa les épaules. « Il faut croire que c'est héréditaire. Tu peux me dire ce que tu fais, à part avoir honte et te conduire comme une conne ? À cette différence près que je n'ai pas encore trouvé où la fierté se niche, chez toi.

– Ce n'est pas avec des arguments comme ça que tu me feras faire ce que tu veux.

– Je m'en fous pas mal. Je ne suis pas responsable de toi. » Elle commença à dévaler l'escalier. « Je vais décrocher mon téléphone, alors si tu ne veux pas que ta mère prévienne les flics parce qu'elle n'arrive pas à me joindre, tu ferais mieux de l'appeler. »

Elle devait s'attendre à ce que je la supplie de rester, parce que, arrivée sur la dernière marche, elle se retourna vers moi. Constatant que je ne desserrais pas les dents, elle disparut de l'autre côté de la porte matelassée. Inutile d'ouvrir la bouche. Je savais qu'elle reviendrait.

Je décidai de parler d'abord à mon père ; ma mère me demanderait de le faire de toute façon. J'aurais préféré éviter toute discussion avec lui ce soir-là, parce que je savais bien que cela dégénérerait en concours de hurlements, mais je me sentais responsable de son retour à Londres. J'avais tellement peur que le numéro de ma ligne fixe apparaisse comme dernier appel enregistré que je commençai par composer le 141. Ce n'est qu'en entendant le message que je me rappelai que les numéros cachés étaient bloqués. J'essayai sur son portable, mais il ne répondait pas.

J'avais le choix – recomposer le numéro de l'appartement sans le 141 ou utiliser mon portable – mais j'étais trop effrayée pour adopter la première solution. Je n'allais pas jusqu'à imaginer que Mac-Kenzie se trouvait déjà à l'appartement, mais je craignais d'être la dernière à avoir appelé lorsqu'il arriverait. Au moins, si j'utilisais mon portable, il n'y aurait pas d'indicatif et rien ne lui révélerait que j'appelais du Dorset.

L'alternative était de reconstruire la pyramide de Jess dans la chambre du fond, que j'avais démolie après avoir fait installer l'ADSL, ou de grimper au grenier. C'était le plus simple, et je partis à la recherche de la tringle munie d'un crochet qui permettait de détacher le loquet de la trappe. Je la trouvai derrière la porte de la chambre voisine. En la soulevant, je me dis qu'elle ferait une arme idéale : de fabrication maison, elle était constituée de deux solides baguettes de bois repliables dont une extrémité s'achevait par le crochet et l'autre par une vis de cinq centimètres.

Jess ne l'aurait pas jugée assez lourde, mais la trouvaille m'incita à me demander ce qu'il y avait d'autre dans la maison : la hache, dans la remise à bois ; des râteaux, des bêches et des fourches dans la cabane à outils ; un marteau à l'office ; des bouteilles de vin vides que l'on pouvait transformer en matraques tranchantes comme des rasoirs. Je ne saurais dire pourquoi je n'y avais pas pensé avant. Jusque-là, mon intention avait été de me sauver par la première issue pour aller me cacher quelque part. Peter attribuait cette stratégie à la manipulation que MacKenzie avait exercée sur ma réaction « lutte ou fuite ». Autrement dit, j'avais été conditionnée à choisir la soumission plutôt que la révolte. Mais cela n'expliquait pas pourquoi, dans un de mes rêves récurrents, d'une réalité incroyable, je me voyais massacrer MacKenzie à coups de bâton. Mon désir de le tuer ne me quittait pas une seconde.

Peut-être faut-il aborder la peur étape par étape. Peut-être l'esprit doit-il guérir avant de pouvoir passer d'une réaction automatique à une autre. Peut-être avons-nous tous besoin d'essuyer le mépris d'une Jess Derbyshire pour nous rappeler qu'il est possible de se battre. Qui sait ? Quoi qu'il en soit, c'est avec une résolution nouvelle que je grimpai l'échelle conduisant au grenier.

Les combles couvraient toute la longueur de la maison. Je trouvai près de la trappe un interrupteur qui alluma une série d'ampoules suspendues aux poutres. La moitié des filaments avaient grillé, mais il en restait suffisamment pour dispenser ce qu'il fallait de clarté. Un chemin de planches avait été disposé sur les solives mais je dus tout de même contourner deux conduits de cheminée avant d'arriver en un point où je pouvais capter le réseau. Le grenier était poussiéreux, drapé de toiles d'araignée, et d'étranges frôlements, près des avant-toits, trahissaient la présence de chauves-souris et de rongeurs.

Je m'étais donné beaucoup de mal pour rien. Je n'obtins pas de réponse, ni à l'appartement, ni sur le portable de mon père. N'ayant pas très envie de laisser des messages, je pris le papier de Jess dans ma poche et composai le numéro du nouvel hôtel de ma mère. Quand je demandai la chambre de Marianne Burns, on m'apprit qu'elle était partie.

« Vous êtes sûr ? demandai-je étonnée. Elle était là ce matin, j'en suis certaine. On m'a dit d'appeler à ce numéro.

– Un instant. » Il y eut une seconde de silence. « En effet, je vous confirme que Mrs Marianne Burns a payé sa note à trois heures, cet après-midi.

– A-t-elle dit où elle allait... laissé un numéro où on peut la joindre ?

– Vous êtes ?

– Connie... Connie Burns. Sa fille.

– Je vais vérifier. » Une nouvelle pause. « Je suis navré, Miss Burns. Il n'y a ni message ni nouvelle adresse. Puis-je faire autre chose pour vous ?

– Non... enfin si, rectifiai-je immédiatement. Quelqu'un est-il venu la chercher ?

– Je ne saurais pas vous le dire.

– Comment puis-je le savoir ?

– Nous sommes un grand hôtel, Miss Burns. Il y a beaucoup d'allées et venues. Il nous est impossible de suivre les déplacements de nos clients.

– Pourriez-vous vérifier si elle a reçu un appel dans sa chambre ? Le cas échéant, peut-on savoir d'où il venait ? Son départ me surprend beaucoup.

– Je regrette, répéta l'employé d'un ton faussement désolé. Nous ne sommes pas autorisés à divulguer des informations privées concernant nos clients. Voulez-vous que je prenne note de votre appel, dans l'éventualité où votre mère reviendrait ? »

Je le remerciai et raccrochai. Je recomposai ensuite le numéro de l'appartement et celui du portable de mon père. Je laissai des messages laconiques sur les deux boîtes vocales : « S'il te plaît appelle-moi » ; et, pour faire bonne mesure, je lui envoyai un texto : *Où es-tu ? Que se passe-t-il ? Maman a quitté l'hôtel. Suis inquiète. C.* J'espérai qu'il penserait à appeler sur la ligne fixe mais, en descendant l'échelle, je posai mon portable à côté de l'ouverture de la trappe. Il y avait assez de réseau pour qu'il sonne, pourtant je n'étais pas sûre d'arriver avant qu'il se connecte sur la messagerie. Cela valait tout de même la peine d'essayer.

J'étais évidemment persuadée que, d'une manière ou d'une autre, MacKenzie était derrière tout cela – j'étais trop parano pour ne pas le penser – mais je ne comprenais pas comment il avait pu faire quitter son hôtel à ma mère. Il ne pouvait pas savoir où elle était si mon père ne le lui avait pas dit. Et j'avais assez confiance en Papa pour savoir qu'il se laisserait arracher les ongles plutôt que faire courir le moindre risque à ma mère. De toute façon, pourquoi MacKenzie chercherait-il à la trouver ? Pourquoi s'enquiquiner avec elle, alors que c'était moi qu'il voulait ? Cela n'avait aucun sens.

J'essayais de me convaincre que Maman jouait les rebelles, qu'elle était rentrée à la maison. Mais, dans ce cas, pourquoi ne répondaient-ils pas au téléphone ? Je restai sur le palier, hésitante, ne sachant que faire. Attendre deux ou trois heures, en supposant qu'ils étaient peut-être sortis manger ? Essayer de joindre Alan ? Appeler le commissariat du coin et demander qu'ils envoient quelqu'un à l'appartement ? Alan lui-même ne me prendrait pas au sérieux. Il fallait être cinglé pour signaler la disparition de ses parents après une demi-heure de recherches.

Malgré ma crainte que le portable sonne en mon absence, je descendis voir si ma mère m'avait envoyé un mail. Non. Aucun courrier depuis jeudi après-midi. J'écoutai le répondeur du téléphone fixe, craignant d'avoir manqué un appel, mais les seuls messages enregistrés étaient ceux dont j'avais déjà pris note. À tout hasard, imaginant qu'elle avait pu revenir à leur premier hôtel, j'appelai pour apprendre que Mr et Mrs Burns étaient partis la veille au matin. J'essayai même au bureau de mon père, tout en sachant que personne ne répondrait un samedi à huit heures du soir.

On dit que nos cerveaux sont capables de traiter cinquante mille pensées par jour. Je ne sais pas si c'est vrai, ni comment on peut comptabiliser des idées, mais ce que je sais, c'est qu'essayer de deviner ce qui se passe sans la moindre information engendre une angoisse insupportable. Vous avez beau vous répéter « Pas de nouvelles, bonnes nouvelles », votre cerveau imagine toujours le pire. Et finalement, votre instinct choisit ce que vous savez être vrai.

Le pire peut effectivement arriver.

[...] Il devait y avoir trois chiens. Je supposais qu'il s'agissait de bergers allemands, parce que c'était cette race que j'avais vue dans le bureau de l'Académie de Bagdad, où MacKenzie travaillait. Je sentais leur haleine sur le haut de mes cuisses quand ils m'entouraient. Ils avaient donc la taille de bergers allemands. En plusieurs occasions, il les a incités à me lécher, et j'ai entendu le caméscope fonctionner.

(c'est une chose que je ne peux pas aborder pour le moment)

[...] Tant de choses dépendaient de l'autorité que MacKenzie pouvait exercer sur eux. Tant de choses dépendaient de l'autorité qu'il *voulait* exercer sur eux. Je ne sais pas s'il était assez intelligent pour comprendre ce mécanisme psychologique, ni s'il avait appris cette technique auprès des tortionnaires et des assassins avec lesquels il avait travaillé, mais j'aurais fait n'importe quoi pour ne pas avoir à affronter ces chiens. C'est pour ça que j'avais fini par aimer la cage. J'y étais plus en sécurité que partout ailleurs...

14.

Dans les derniers jours de l'apartheid, j'avais écrit un article sur les ouvriers des mines d'or d'Afrique du Sud qui souffraient de silicose et d'emphysème. Les statistiques semblaient indiquer que les Noirs étaient plus nombreux à contracter ces maladies, parce que, travaillant dans les galeries les plus profondes, ils étaient plus exposés à la poussière de silice, après les explosions. Pourtant, j'avais eu beaucoup de mal à trouver des patients noirs en longue maladie, alors que j'avais pu interroger un certain nombre de Blancs âgés, souffrant des mêmes affections. Cela m'avait étonnée.

J'avais demandé à un médecin pourquoi les Blancs atteints de problèmes respiratoires semblaient jouir d'une espérance de vie supérieure. Je m'attendais à ce qu'il me réponde qu'ils étaient mieux soignés mais il m'avait expliqué cette inégalité en termes d'efforts : « Plus on exige de son corps, plus on a besoin d'oxygène. Si un Noir atteint d'emphysème pouvait se prélasser dans un fauteuil à longueur de journée et se faire servir comme un prince par des domestiques, il vivrait aussi longtemps qu'un Blanc. Quand on a du mal à respirer, le simple fait de devoir se lever pour se faire à manger suffit à vous tuer. »

Je pensai à ce médecin tout en m'échinant à rassembler des armes. Il aurait dû ajouter qu'avoir du mal à manger vous tue tout aussi sûrement, parce que le moteur tombe un jour ou l'autre en panne de carburant. En allant chercher la hache, je m'effondrai sous le double poids de l'angoisse incontrôlable qui m'étreignait la poitrine et des douze kilos que j'avais perdus en trois mois. Je m'écroulai sur un tas de bûches, dans la réserve de bois. Il y avait de quoi rire. Comment pouvais-je imaginer me débarrasser de MacKenzie à coups de hache, alors que j'avais à peine suffisamment d'énergie pour la rapporter jusqu'à la maison ?

L'étang où Jess avait trouvé Lily se trouvait devant moi, au milieu de la pelouse, à cinquante mètres de distance. Je l'observai quelques minutes, simplement pour concentrer mes pensées sur un point précis, et, parce qu'il était moins inquiétant de penser à Lily qu'à MacKenzie, je me posai de nouvelles questions. Qu'est-ce qui avait bien pu la faire sortir par une nuit d'hiver glaciale ? Peter disait que les errances de l'Alzheimer ne répondaient à aucune logique – elle pouvait avoir agi sous l'effet d'un souvenir, ou pour aller nourrir des poissons morts depuis longtemps – puis elle avait glissé et n'avait pas réussi à se relever. Cela aurait pu arriver n'importe où.

Pour une fois, Jess était de son avis. « Si Madeleine avait été dans les parages, j'aurais pu imaginer qu'elle l'ait poussée – tous ses problèmes auraient été réglés d'un coup – mais elle n'était pas là. » Elle avait haussé les épaules. « Il y a eu des poissons dans la mare, mais je ne me rappelle pas que Lily les ait jamais nourris. Elle voulait peut-être simplement vérifier s'ils étaient toujours là. »

Assise dans la réserve de bois à essayer de récupérer, je me dis que Lily était peut-être sortie chercher des bûches pour la cheminée. Malgré ce que disait Peter à propos de la logique, ç'aurait été une occupation normale pour un soir de grand froid, et la vue de l'étang l'avait peut-être distraite, puis attirée de ce côté. Je ne comprenais toujours pas pourquoi elle ne s'était pas installée à la cuisine. L'Aga dispensait plus de chaleur que les cheminées, et fonctionnait tout seul, pourvu qu'il y ait du mazout dans la citerne. Pourquoi l'instinct de survie n'avait-il pas triomphé du snobisme et de la démence ?

Je me demandai même si quelque souvenir enfoui l'avait poussée à aller chercher de l'eau au puits qui se trouvait au-dessous de moi. Il était démonté et hors d'usage depuis longtemps, recouvert par les planches de bois sur lesquelles les bûches étaient empilées. Je n'en connaissais l'existence que parce que Jess m'en avait parlé. Avant que la maison ne soit raccordée au réseau, c'était sa grand-mère qui était chargée d'aller tirer de l'eau et de la faire chauffer pour les bains de la famille. La sénilité de Lily avait-elle pu la transporter cinquante ans en arrière et l'inciter à aller puiser de l'eau pour son bain ?

Le destin a une curieuse façon de nous pousser en avant. À cet instant, j'étais à deux doigts d'élucider l'énigme de Lily ; mais l'idée d'un bain chaud me rappela que je n'avais pas vérifié le niveau du mazout depuis mon arrivée. Le moment semblait bien choisi, puisque la porte se trouvait juste derrière moi. Je me demandais peut-être aussi si Jess

283

avait rangé les clés de l'office au crochet, derrière la citerne. Posant la hache en équilibre contre le montant de la porte, je soulevai le loquet et ouvris le battant tout grand.

Au loin, le soleil s'inclinait sur l'horizon; il faisait encore assez jour pour que je distingue la cuve, au fond de la remise, mais plus suffisamment pour que j'arrive à lire la jauge. En tâtonnant à la recherche d'un interrupteur, je délogeai une liasse de papiers pelure punaisée sur un montant de bois. Ils tombèrent en s'éparpillant. Quand, une fois l'interrupteur trouvé, je pus les ramasser, je m'aperçus que c'étaient des reçus du fournisseur de mazout. Je ne voyais pas quel intérêt ils pouvaient présenter car l'un d'eux était daté de 1995 mais, comme la punaise avait disparu, je les fourrai dans ma poche pour ne pas les laisser traîner par terre.

M'étant assurée que la cuve était encore plus qu'à moitié pleine puis que les clés n'avaient pas été raccrochées derrière la citerne, j'éteignis l'ampoule. Sans doute mes yeux avaient-ils du mal à se réadapter, ou bien la nuit était-elle tombée pendant les quelques minutes que j'avais passées dans la remise. Quoi qu'il en soit, je me rendis compte que je n'y voyais presque rien. Aucune lampe ne brillait dans la maison car il faisait encore jour quand j'étais sortie, et le jardin était plongé dans des ténèbres impénétrables.

Les mains tremblantes, je repris la hache et me dirigeai vers le sentier. À cet instant précis, le plafonnier de la cuisine s'alluma et je vis la silhouette de Jess passer devant la fenêtre. Mon soulagement fut immédiat, mais je distinguai alors dans le halo de lumière l'éclat des robes claires de ses chiens. Ils étaient entre la maison et moi. Ne sachant où aller, je reculai et cherchai le loquet à tâtons.

Les mastiffs peuvent être d'une incroyable rapidité. Ils me rejoignirent bien avant que j'aie pu ouvrir la porte. Je ne sais pas si j'aurais été capable de me servir de la hache en cas d'attaque – je n'aurais probablement pas eu le temps –, mais, à tout hasard, je l'élevai à hauteur d'épaule. Face à une menace parfaitement visible, mon cerveau me persuada de manifester un peu de courage pour la première fois depuis des semaines.

« Couchés ! grondai-je. TOUT DE SUITE ! Ou je vous fais sauter la cervelle, bande de saloperies. »

Le regard – c'est la clé. Peut-être lurent-ils dans le mien que je ne plaisantais pas car, à ma grande surprise, ils se laissèrent tomber à plat ventre devant moi. Jess prétendrait plus tard qu'elle les avait dressés à réagir ainsi, mais leur obéissance fut tellement immédiate que je laissai retomber ma hache. Je ne sais combien de temps je serais restée ainsi, immobile, si l'un d'eux n'avait commencé à ramper vers moi.

J'envisageai un instant d'appeler Jess, mais je craignais d'exciter les chiens ; je préférai m'asseoir pour être à leur niveau. C'était du pur instinct ; la logique me disait que j'aurais plus d'autorité debout, mais je me rappelle avoir pensé que j'aurais l'air moins terrorisée si j'étais solidement installée par terre, adossée contre la porte de l'appentis.

C'est là que Jess me trouva dix minutes plus tard, grelottante, les jambes en tailleur, trois gros museaux sur les genoux et deux mâles appuyés contre mes épaules. Je ne sais plus ce que j'avais bien pu leur raconter. Je me rappelle une longue

285

conversation décousue ponctuée de caresses. La séance avait duré assez longtemps pour que je devienne une spécialiste des mastiffs. Je sais maintenant que ces animaux ont une fâcheuse tendance à baver, qu'ils ont des flatuosités, qu'ils ronflent, respirent bruyamment, et que, pour un oui ou pour un non, les mâles roulent sur le dos, exhibant leurs énormes testicules.

Je regardai Jess approcher avec une lampe de poche. « Ça va ? demanda-t-elle.

– MacKenzie s'y connaît en chiens, lui dis-je. Si moi, j'arrive à faire ça, ils lui mangeront dans la main en moins de temps qu'il n'en faut pour le dire.

– Ils t'ont immobilisée, non ? Essaie de te lever.

– Ils sont trop lourds.

– Justement. – Elle claqua dans les doigts et leur fit signe de se ranger derrière elle. – Ils auraient aboyé si tu avais fait mine de bouger, et je t'aurais retrouvée bien plus vite. Qu'est-ce que tu fous là ? »

Je désignai d'un signe de tête la hache restée par terre, là où je l'avais laissée tomber. « Je cherchais des armes. »

Elle se pencha pour la ramasser. « J'avais oublié que Lily avait ça. Je t'ai apporté deux ou trois bricoles de la ferme. Il y a deux battes de base-ball qui étaient à mon frère et une canne plombée. Je te prêterais bien un fusil, mais tu te tirerais probablement dessus sans faire exprès. » Elle observa ma posture figée. « Tu rentres ?

– Et les chiens ? »

Jess haussa les épaules. « C'est comme tu veux. On peut les laisser ici ou les prendre à l'intérieur avec nous. Mais laisse-moi te dire ceci : si tu avais eu Bertie avec toi, tout à l'heure, je n'aurais jamais pu arriver jusqu'à ta chambre sans qu'il m'entende.

– Ce que je veux savoir, c'est ce qu'ils feront si je bouge.

– Tu ne le sauras pas tant que tu n'auras pas essayé.

– Tu peux les enfermer dans l'entrée ?

– Non. » Elle tourna les talons mais, avant cela, un sourire avait fait étinceler ses dents. « Si tu es capable de rester assise avec leurs têtes sur les genoux, tu devrais arriver à passer devant eux. »

La thérapie la plus radicale des phobies est l'« immersion ». Elle consiste à mettre le sujet en présence de ce qui provoque sa peur, jusqu'à ce que celle-ci s'estompe. C'est une forme de familiarisation. Plus vous vous exposez à l'objet de vos craintes, moins il vous angoisse. Ça ne marche pas pour tout le monde, et ça ne marcherait certainement pas pour moi si je me retrouvais enfermée dans une cave avec des bergers allemands. Mais en face des mastiffs, je réussis à me détendre un peu. Il est difficile d'avoir vraiment peur d'une bête qui remue la queue chaque fois que vous lui caressez la tête. « C'est Bertie, celui-là ? »

Jess jeta un coup d'œil en biais depuis l'Aga où elle faisait frire du bacon. « Non, c'est Brandy. Il y a deux femelles – Brandy et Soda – et trois mâles – Whisky, Ginger et Bertie. J'avais demandé à Lily d'appeler Bertie "Jack Daniels", mais elle n'a pas voulu. Bertie est celui qui a le menton sur tes pieds.

– Ils ne se battent jamais ?

– C'est arrivé aux chiennes, une fois... elles ont eu une telle trouille qu'elles n'ont plus recommencé.

– Qu'est-ce que tu as fait ?

– Attendu qu'elles arrêtent. J'aurais pu prendre un coup de dents si je m'étais interposée.

– Tu as eu peur ?

– Plutôt, oui. Je ne connais rien de plus impressionnant qu'une bagarre de chiens. À cause du bruit – on a vraiment l'impression qu'ils s'étripent – mais en fait, c'est surtout du cinéma. Ils espèrent intimider leur adversaire avant de s'être fait mal pour de bon. » Elle cassa des œufs dans la poêle. « Les chiens de MacKenzie se battaient ?

– Oui.

– C'était quelle race ?

– Je ne les ai jamais vus. Des bergers allemands, je crois.

– Comment est-ce qu'il les incitait à se battre ? » Devant mon silence, elle me jeta un nouveau coup d'œil. « Dans le mail que tu as envoyé à Alan Collins, tu disais qu'à ton avis c'étaient des chiens policiers. Mais les chiens policiers ne se battent pas. Tu imagines les dégâts s'ils se prenaient à la gorge au milieu d'une émeute ? Ils sont sélectionnés pour leur caractère, et ceux qui sont agressifs sont immédiatement éjectés. Ils sont capables de maîtriser un homme, mais ils ne le tueront pas.

– Il leur jetait des trucs... il disait que c'était de la bouffe... mais c'était vivant puisque ça couinait.

– Le salopard, murmura-t-elle, écœurée. C'étaient sans doute d'autres chiens... des petits, qui essayaient de riposter. Une fois, j'ai vu un Jack Russell acculé contre un mur se lancer sur un Rottweiler. » Elle disposa les œufs sur deux assiettes avec le bacon et des tomates. « Il a lâché les chiens contre toi ?

– Non.

– Mais tu as cru qu'il allait le faire ?

– Oui. »

Elle me tendit une assiette. « J'aurais eu la trouille, moi aussi. » Ce fut tout ce qu'elle dit avant de me rejoindre à table et de se plonger dans le silence, selon son habitude quand elle mangeait.

Pour le rompre, je lui parlai de l'échec de toutes mes tentatives pour joindre mes parents.

« Le téléphone n'a pas sonné pendant que j'étais dehors ?

– Non. J'ai aperçu ton portable en montant voir si tu étais au grenier. S'ils t'appellent là-dessus, tu auras du mal à l'entendre d'en bas.

– Je sais. Est-ce que ma mère t'a dit qu'elle avait l'intention de quitter son hôtel ?

– Je ne crois pas, non. De toute façon, j'ai tout noté sur le papier. »

Je fouillai dans ma poche pour chercher le billet qu'elle m'avait donné, et en sortis la liasse de reçus. « C'est tellement bizarre... et ça lui ressemble si peu. Elle a horreur de manquer des appels. Et puis, je ne comprends pas pourquoi elle t'a mêlée à tout ça. Elle aurait très bien pu laisser un message ici. » Je sortis le billet de la liasse, mais il ne contenait rien de plus que ce que Jess m'avait déjà dit.

« Elle dit que tu ne les écoutes pas.

– Je les écoute toujours. Je ne réponds pas forcément.

– Tes parents font peut-être pareil. Pour te donner une leçon.

– Ce n'est pas leur genre. »

Jess me répondit sans ménagement. « Alors préviens les flics. Si tu sens qu'il y a quelque chose qui cloche, c'est sans doute vrai. Parle à ce type, cet Alan. Il saura quoi faire.

– Il va me trouver ridicule. » Je regardai ma montre. « Ça fait à peine une heure et demie que j'ai appelé Papa. Il y a de bonnes chances que Maman en ait eu marre et soit rentrée à la maison. Ils ont dû sortir manger parce que le frigo était vide.

– Alors, pourquoi est-ce que tu t'inquiètes ?

– Parce que... » Je m'interrompis. « Je vais réessayer sur le portable. » Je me levai et sortis de ma poche le reste des feuillets. « Je les ai fait tomber quand j'étais dans la remise. Ça doit être des reçus, pour le mazout. Tu sais s'ils étaient classés par date ? »

Jess retourna la pile pour examiner la fiche du dessus. « Ce sont les bons de livraison. Le chauffeur de Burton les laisse pour montrer qu'il est venu, et, quand la facture arrive, on vérifie si le montant réclamé correspond à la quantité mentionnée sur le bon de livraison. Lily ne prenait pas la peine de les ranger, ils doivent remonter à plusieurs années. »

Je me penchai au-dessus de son épaule par curiosité, pour voir la signature de Lily. « Pourquoi est-ce qu'ils ne sont pas signés ?

– Ça lui cassait les pieds. Je ne le fais pas non plus. Le chauffeur les met au crochet, et il se tire. » Elle observa mon expression avec amusement. « Les gens du Dorset sont plutôt honnêtes. Il leur arrive peut-être de braconner un peu, mais ils n'essaient pas d'arnaquer les fournisseurs de mazout. S'ils le faisaient, ils finiraient pas se retrouver sur la liste noire, et ils seraient bien avancés.

– Et si c'est le fournisseur qui roule le client ?

– C'est à ça que sert la jauge. Si tu ne vérifies pas, tant pis pour toi.

– À ce compte-là, c'est tant pis pour toutes les victimes de vol. Il ne nous reste qu'à vivre derrière des barrières de sécurité avec tout un tas de verrous à nos portes.

– Exactement. Ou à massacrer le salaud qui s'introduit chez nous. » Elle me dévisagea un instant. « Dans la vie, qui cherche trouve... C'est pareil pour les victimes.

– Tu dis ça pour moi ? »

Elle haussa les épaules. « Pas forcément... ça dépend combien de temps tu comptes laisser ce cinglé t'empoisonner la vie. »

La laissant trier les bons par date, j'essayai d'imaginer d'autres circonstances qui auraient pu nous rapprocher. À supposer qu'elle ait accepté de m'adresser la parole si nous nous étions rencontrées en société – je ne voyais pas comment cela aurait pu arriver, sinon lors d'une interview –, sa raideur et son intransigeance m'auraient immédiatement poussée vers la sortie. Pourtant, plus je la connaissais, mieux je comprenais qu'elle ne cherchait pas à censurer les autres, mais à les aider à s'assumer.

Elle le faisait maladroitement, avec des phrases sèches, heurtées, qui succédaient souvent à un silence prolongé, mais, si ses avis pouvaient être d'une brutalité blessante, ils étaient toujours dénués de malveillance. Tout le contraire de Madeleine, me dis-je, en arrivant en haut de l'escalier, où s'étalait sa photo. Elle avait laissé un message sur mon répondeur, deux jours plus tôt. Il regorgeait d'exclamations outrancières et dégoulinait d'insinuations et de dépit. Je n'avais pas pris la peine de lui répondre.

« Marianne... Ici Madeleine Harrison-Wright. Cela fait des *siècles* que je veux vous appeler. Peter

m'a grondée parce que je n'ai pas été gentille... »
Petit rire espiègle. « Il m'a reproché d'avoir trahi
les secrets de Jess. Je suis *absolument* navrée. Il
n'est pas toujours facile de savoir comment agir
pour le mieux. » Une pause. « On peut reprocher
beaucoup de choses à Maman, bien sûr... ce n'est
pas bien de jouer avec les sentiments des gens... de
faire semblant de les adorer et de leur montrer un
instant plus tard à quel point ils vous assomment.
Cela finit toujours par créer des problèmes. Mais
tout de même... j'en ai dit plus que je n'aurais dû.
Me pardonnerez-vous ? Peter se propose d'organiser un dîner à l'occasion de mon passage, la
semaine prochaine. Y serez-vous ? » Sa voix se perdit dans un nouveau petit rire. « Je crois que j'ai
été coupée... Je suis tellement nulle, avec ces
machines. Rappelez-moi si ce que je vous ai dit ne
tient pas debout. Mon numéro est le... »

Il me semblait qu'au contraire, cela se tenait parfaitement. Traduit grossièrement, cela voulait dire :
« Peter et moi sommes tellement intimes que : *a*) il
me parle de ses patients ; *b*) il se permet de me passer un savon quand il ne me trouve pas gentille ;
c) il m'a répété tout ce que vous lui avez dit ; et *d*)
il organise un dîner en mon honneur, mais n'a pas
l'intention de vous inviter. Tout en feignant de
m'excuser de mon indiscrétion, je vous confirme ce
que j'ai dit quand nous nous sommes vues. Jess
souffre de graves problèmes. *P.-S.* : Je sais parfaitement me servir de ces appareils, mais je trouve que
jouer les bécasses me donne un charme fou.

Cela me conduisit à me poser de nouvelles questions sur le rôle de Peter. Madeleine et lui étaient-
ils véritablement aussi proches qu'elle le laissait
entendre ? Le cas échéant, était-il infidèle à Jess ?

D'ailleurs, quelles étaient leurs relations ? Compte tenu de son double adultère, j'étais prête à admettre que Peter était un coureur de jupons patenté, mais j'avais plus de mal à le croire capable de tromper Jess avec sa pire ennemie.

Peut-être mon cerveau fonctionnait-il mieux le ventre plein. Toujours est-il que, contemplant la photo de Madeleine, je songeai que toute sa beauté venait du talent de Jess. Le cadrage. La lumière. L'art avec lequel elle avait su capter la douceur du visage de Madeleine. Il s'en fallait de si peu que le soleil ait disparu derrière un nuage, que le menton de Madeleine ait été enfoui dans son col, et la photo devenait sinistre – une silhouette en manteau noir, méconnaissable, contre un océan en fureur.

« C'était pour faire plaisir à Lily, c'est tout... »

Mais pourquoi une mère aurait-elle besoin d'un portrait flatteur de sa fille ? N'était-elle pas à son avantage sur les autres photos ? Était-ce la seule que Lily possédait ? Je n'y comprenais rien. Et je ne comprenais pas non plus pourquoi Madeleine l'avait laissé à Barton House. À sa place, je l'aurais emporté. J'avais demandé un jour à Jess si Madeleine avait le négatif, mais non, il était dans une boîte, à la ferme.

« C'est le seul tirage ?

– Oui.

– Pourquoi est-ce que Madeleine ne l'a pas chez elle ?

– À ton avis ?

– Parce que c'est toi qui l'as faite ? »

Elle ne nia pas, se contentant d'ajouter : « Lily refusait d'avoir des trucs de Nathaniel aux murs. Ça a dû jouer un rôle, aussi.

15.

« Ça a l'air d'aller mieux, dit Jess quand je revins à la cuisine. Tu les as eus ?

– Je n'ai même pas essayé. J'ai reçu un texto. » Je posai le portable sur la table devant elle pour qu'elle puisse le lire. *Tout va bien. Maman avec moi. Ne t'en fais pas. Appelle bientôt. Papa.* « Je ne sais pas trop si c'est moi qui dois les appeler ou vice versa, mais, au moins, tout va bien.

Tant mieux. Tu as d'autres bons de livraison, dans ta poche ?

– Non. Pourquoi ?

– J'ai essayé de les classer... mais il en manque un. » Elle tourna la pile vers moi. « Le dernier date de novembre 2003, il devrait y en avoir un pour 2004. Lily n'est partie en maison de retraite qu'en janvier. Pourtant, la citerne était pleine quand j'ai mis l'Aga en marche, à ton arrivée.

– Elle a dû rester dans l'appentis... ou alors je l'ai fait tomber en rentrant. »

Elle secoua la tête en signe de dénégation. « Je viens de vérifier. Il n'y a rien. C'est bizarre. »

Je remarquai l'absence des chiens et supposai qu'elle les avait mis dehors. « C'est sans doute le fournisseur qui l'a... ou bien Madeleine... ou le notaire de Lily. À qui les factures sont-elles envoyées ?

– Je n'en sais rien. » Elle fronça les sourcils. « Au notaire, sans doute – la maison appartient toujours à Lily, c'est donc lui qui est responsable. Mais pour qu'il ait le bon de livraison, il faudrait qu'il ait été sur place quand le fournisseur est passé.

– Peut-être qu'il y était, qu'est-ce que tu en sais ?

– C'est possible, bien sûr, mais tu ne crois pas qu'il les aurait toutes emportées, à ce moment-là ? » Elle désigna la pile. « Il a pris les autres documents. J'étais là. Il voulait tous les papiers de Lily... les relevés de banque... les reçus... les factures de travaux... et il fallait faire vite, avant que Madeleine ne se pointe pour détruire les preuves. »

Je me rassis. « Quelles preuves ?

– Tout ce qui aurait pu montrer que c'est une vraie garce qui ne s'intéresse qu'au fric de Lily. Les vieux carnets de chèques, notamment. » Elle posa sur moi son regard un peu fixe. « Je ne m'explique pas non plus que la valve de la cuve à mazout ait été fermée. J'aurais dû y réfléchir, sur le moment, mais je me suis dit que l'agence immobilière avait dû insister sur ce point. Comme quand on loue une voiture : on vous la donne avec un réservoir plein, pour éviter toute contestation. » Elle se tut.

« Qu'est-ce que ça a de bizarre ? Ça me paraît plutôt raisonnable.

– Mais ça ne sert à rien. La valve n'est là qu'en cas d'accident, elle ne sert pas à contrôler le flux de mazout qui va vers l'Aga. Pour ça, il y a un régulateur, à côté du brûleur. » Elle s'interrompit.

« Est-ce que tu as lu les instructions que l'agence t'a données ? Est-ce qu'elles disaient que la valve était fermée ?

– Je ne sais plus, mais c'est facile à vérifier. » Je fis un signe de tête en direction du tiroir, à sa droite. « Elles sont là-dedans... une enveloppe brune. J'ai dû sauter ce qui concernait l'Aga, puisque tu t'en étais déjà occupée. »

Elle sortit les pages agrafées et les feuilleta rapidement. « Voilà, c'est là. "Aga. Emplacement... Fonctions... Livres de cuisine... Entretien..." Une chose est sûre : Madeleine n'a pas écrit ce papier. C'est trop bien fait. » Elle fit glisser son doigt quelques lignes plus bas. « "Mise en service". » Elle lut en silence puis reprit : « Ces instructions sont inutilisables – elles sont pompées d'un manuel récent, or Lily a acheté son Aga d'occasion, il y a une trentaine d'années. En tout cas, il n'est pas précisé qu'il faut commencer par ouvrir la valve, ce qui serait le cas si le type de l'agence l'avait fermée. »

Je ne comprenais pas où elle voulait en venir. « Ce sont sans doute des instructions standard pour les locations équipées d'un Aga. Si j'avais réclamé, ils auraient envoyé quelqu'un régler le problème, et ils auraient corrigé leur papier. Tu disais que Madeleine ne savait pas l'allumer, elle ne leur a sûrement jamais dit qu'il y avait une astuce.

– Mais qui a bien pu fermer la valve ? s'obstina-t-elle. Ce n'est pas le notaire – il n'a pas mis le nez dehors – et pas le type de l'agence non plus, autrement il l'aurait mentionné là-dessus. »

Je haussai les épaules. « Il a pu oublier.

– Ou alors il n'en savait rien. » Elle reposa les yeux sur la pile de bons. « À mon avis, elle a été fermée fin novembre. Je te fiche mon billet que la dernière livraison date de ce moment-là. C'est pour ça que la citerne était pleine. Lily n'a pas consommé de mazout parce que l'Aga ne fonctionnait pas.

– Mais dans ce cas, elle n'aurait pas eu d'eau chaude... et elle n'aurait pas pu se faire à manger.

– Exactement. »

Je la dévisageai. « Qu'est-ce que tu veux dire ? Qu'elle l'a fermée elle-même ? Pourquoi est-ce qu'elle aurait fait une chose pareille ?

– Elle ne l'a pas fait, dit Jess lentement. Elle ne savait sûrement même pas qu'il y avait une valve... elle ne connaissait pas grand-chose au fonctionnement de ces machins-là. De toute façon, j'ai vu que la molette était grippée quand je l'ai tournée, et elle avait de l'arthrose aux poignets... »

Elle s'abîma dans un silence songeur.

« Elle a dû s'inquiéter de l'état de ses finances et demander au livreur de le faire.

– Pas une fois la cuve remplie. Ou alors elle était complètement à côté de ses pompes. De toute façon, elle aurait dû payer la facture. À ce compte-là, elle aurait mieux fait de laisser la citerne à sec... de ne pas appeler le fournisseur... de laisser l'Aga s'éteindre tout seul. »

Jess se passa les mains dans les cheveux et tira brutalement sur sa frange. « Ça ne peut être que Madeleine. Personne d'autre n'a pu faire ça. Merde alors ! Quelle salope. Elle espérait sûrement que Lily mourrait d'hypothermie. »

Je ne répondis pas.

« Pas étonnant qu'elle ait décliné aussi vite – Peter n'a jamais compris, tu sais... » Son froncement de sourcils se fit encore plus féroce. « Ça expliquerait qu'elle soit allée se réchauffer chez les autres. Elle voulait sans doute prendre un bain. Il paraît qu'elle faisait sa toilette. »

Cette hypothèse répondait à une logique dévoyée, tout en posant plus de questions qu'elle n'apportait de réponses. « Pourquoi n'a-t-elle prévenu personne ?

– Qui voulais-tu qu'elle prévienne ?

– Peter ? Toi ?

– J'avais cessé de venir et je lui avais demandé de ne plus m'appeler. Elle a essayé une ou deux fois, mais j'ai effacé les messages sans même les écouter.

– Pourquoi ? »

Elle secoua la tête, refusant de répondre. « Elle n'aurait jamais prévenu Peter, poursuivit-elle. Elle n'avait qu'une trouille, c'est qu'il aille dire à Madeleine qu'elle ne s'en sortait plus toute seule. Lily était persuadée qu'elle allait se retrouver à l'hospice, bardée de couches-culottes et ficelée à un fauteuil. Elle avait une collection de coupures de journaux à propos de vieilles personnes abandonnées par leurs familles dans des maisons de retraite où elles étaient maltraitées. Affreux.

– C'est pour ça que tu l'as persuadée de modifier sa procuration ?

– Je n'y suis pour rien. Elle a décidé ça toute seule le jour où Madeleine lui a dit de se grouiller de mourir, que ça arrangerait tout le monde.

– C'était quand ?

– En août. Et elle n'est plus venue la voir avant que Lily ne soit hospitalisée... elle espérait sans doute que ça irait plus vite si elle ne s'occupait pas d'elle.

– Mais tu disais que la valve avait sans doute été fermée en novembre, remarquai-je doucement.

– Madeleine n'avait pas besoin de voir Lily pour le faire. Il suffisait qu'elle aille à la remise.

– Elle risquait d'être vue ! Tout de même, tu l'accuses d'avoir cherché à assassiner sa mère.

– Elle en est capable. »

J'en doutais, mais je m'abstins de le dire.

« Supposons que Peter ait été là... Supposons que *toi*, tu aies été là ? Supposons que quelqu'un l'ait aperçue au village ?

– Ça dépend de l'heure. À minuit, la garde montée pourrait traverser Winterbourne Barton, aucun de ces abrutis... » Elle tourna la tête en direction du village. « ... ne broncherait. Soit ils sont sourds, soit ils ronflent. » Elle croisa les bras sur la table et se pencha en avant. « C'est le seul moment où Madeleine aurait pu faire un truc comme ça sans que ça se sache. Il n'y avait que moi qui mettais les pieds à la cuisine. Elle recevait tous les autres au salon. Même Peter. »

L'expérience m'avait appris qu'il ne servait à rien de répéter les questions : Jess ne répondait que si elle en avait envie. La seule méthode efficace pour l'obliger à réagir était de critiquer Lily. « Ça n'explique pas pourquoi Lily ne s'en est pas occupée elle-même. Peter dit qu'elle ne s'en sortait pas si mal, quand elle vivait seule ici. Dans ce cas, pourquoi n'a-t-elle pas cherché un dépanneur dans les pages jaunes ? Un inconnu ne l'aurait pas fait interner. »

Jess contempla la table. « Elle allait beaucoup plus mal que Peter ne le croyait. Pour lui, tout allait bien tant qu'elle était habillée et lavée, capable de lui ouvrir la porte et de lui sortir deux ou trois anecdotes amusantes sans trop radoter. Elle était assez douée pour les chichis... elle avait oublié tout le reste... mais pas ça.

300

– Et sa toilette ? C'est toi qui t'en occupais ? »

Son regard sombre se posa sur moi un instant. « Je n'avais pas l'intention de faire ça éternellement, mais tant qu'elle était... » Elle esquissa un petit geste de résignation. « Elle avait peur de la maison de retraite... elle m'avait fait promettre de lui éviter ça le plus longtemps possible.

– Pas marrant.

– Ce n'était pas si terrible. Quand Lily a commencé à devenir sénile, j'ai appris sur ma famille beaucoup de choses que je n'aurais pas sues autrement. » Ses yeux s'éclairèrent soudain. « Tu sais qu'elle était jalouse de nous ? Pendant des années, je n'avais entendu parler que de notre vile extraction – des créatures tout droit sorties de la fange primitive, sans même un cerveau à nous partager – et voilà qu'elle trouvait injuste que des trolls atteints de syphilis congénitale possèdent la terre. »

Je souris. « Qu'est-ce qu'elle t'a dit qui t'a fichue en pétard ?

– Rien.

– Si, forcément. Autrement, tu ne l'aurais pas laissée tomber. Tu es trop gentille pour ça. »

Je crus un instant qu'elle allait tout déballer, mais quelque chose la retint. La mention de sa gentillesse, sans doute.

« Elle me prenait trop de temps, c'est tout. Je me suis dit que, si je la laissais se dépatouiller un peu, Peter prendrait conscience de la situation et mettrait en place un système de soins correct. » Elle émit un rire creux. « Pas de bol ! Il comptait sur moi pour le prévenir si elle dégringolait la pente... et, ensuite, il s'est tiré au Canada pendant un mois. »

Je haussai les épaules. « Tu ne peux pas le lui reprocher. Tu commences par aider Lily à dissimuler son état, puis tu voudrais la démasquer. Tu aurais au moins pu prévenir Peter que tu ne passais plus la voir. Il n'est pas devin. Comment pouvait-il savoir que Lily n'avait plus d'ange gardien ? Comment qui que ce soit pouvait le savoir ? »

Son visage prit une expression butée.

« Tu es dans la même situation qu'elle. Je suis censée envoyer une circulaire si je décide de ne plus venir te voir ? Qui est-ce que ça regarde, à part toi et moi ?

– Je ne suis pas malade. Je peux demander de l'aide si j'en ai besoin.

– Lily aussi. Elle n'était pas complètement azimutée.

– Alors pourquoi est-ce qu'elle ne l'a pas fait ?

– Elle l'a fait, s'entêta Jess. Elle s'est traînée jusqu'au village... et personne n'a levé le petit doigt. »

J'avais déjà entendu ça. Toutes les conversations sur Lily aboutissaient à l'indifférence coupable de Winterbourne Barton. Il m'arrivait d'y voir une bonne excuse de Jess. Accuser les autres habitants lui évitait d'avoir à reconnaître son rôle dans le déclin précipité de Lily. Mais, dans le fond, j'estimais que personne n'avait vraiment de reproche à se faire. Aucune loi n'imposait à Jess de s'occuper *ad vitam æternam* d'une vieille enquiquineuse, et aucune loi n'imposait à son médecin ni à ses voisins de prévoir leur brouille subite.

Il était moins aisé d'absoudre Madeleine parce qu'elle était la fille de Lily, mais pouvait-on lui demander de deviner, de Londres, ce qui se passait alors que, sur place, personne ne se doutait de rien? Je voulais bien admettre ce que Jess me disait d'elle – qu'elle était cupide, vindicative, venimeuse, égoïste – mais je n'étais pas prête à lui attribuer une intelligence surnaturelle. « Comment Madeleine aurait-elle pu savoir qu'elle pouvait éteindre l'Aga impunément? Comment savait-elle que vous vous étiez disputées, Lily et toi? Tu crois que Lily le lui avait dit?

– On ne s'est pas disputées. J'ai cessé de passer la voir.

– D'accord. Et tu penses qu'elle lui aurait dit *ça*? »

Je vis au froncement de sourcils de Jess qu'elle avait compris où je voulais en venir. Elle pouvait difficilement accuser Madeleine de tentative de meurtre si celle-ci n'en savait pas plus que les autres. Elle n'éluda pas la question. « Non, répondit-elle catégoriquement. Madeleine aurait voulu savoir pourquoi. »

Je revins alors à la question à laquelle elle avait refusé de répondre. « Alors qu'est-ce que Lily t'a dit pour que tu te mettes en boule comme ça? Est-ce que c'était tellement horrible qu'elle ne pouvait pas le répéter à sa fille? » Je vis ses lèvres se pincer en une ligne étroite. « Allons, Jess. Tu te décarcasses pour une peau de vache pendant douze ans... et tu la laisses tomber comme une vieille chaussette au moment où elle a vraiment besoin de toi... et ensuite, alors que tu ne l'as plus sur le dos, tu prends sa défense. Tu trouves ça logique, toi? Pas moi. »

Son silence obstiné finit par avoir raison de ma patience. « Oh, et puis merde, fis-je avec lassitude. Qu'est-ce que ça peut bien faire? J'ai d'autres chats à fouetter. » Je me levai et allai chercher la hache et la canne plombée de son grand-père derrière la porte. « Tu veux bien m'aider à planquer ces trucs ? Ou bien tu es vexée et tu te tires ? »

À en croire son regard rebelle, c'était effectivement ce qu'elle avait l'intention de faire, et mon exaspération monta d'un cran. Elle était comme une enfant gâtée qui fait des caprices pour obtenir ce qu'elle veut, et je n'avais plus envie de jouer à ce petit jeu-là. « Écoute-moi bien, Jess. Il n'y a qu'une personne qui aurait pu fermer la valve, c'est *toi*. Qui d'autre savait où elle était ou quelles conséquences ça aurait pour Lily ? Qui – *à part toi* – savait que tu ne venais plus la voir ? »

Avec un drôle de petit soupir, elle tira la pile de fiches vers elle et commença à les déchirer.

J'esquissai un geste qui manquait un peu de conviction. « Tu ne devrais pas faire ça.

– Et pourquoi ? À qui veux-tu les montrer ? À la police ? À Peter ? À Madeleine ? » Elle ramassa les fragments et les déposa dans l'évier. « Tu me passes ton briquet ?

– Non. »

Elle haussa les épaules avec indifférence avant de sortir une pochette d'allumettes de la poche arrière de son pantalon. « Ce n'est pas ce que tu crois, dit-elle en mettant le feu aux minces feuillets.

– Ça me paraît pourtant très clair. »

Elle tendit le bras pour me repousser. Je n'avais pas la moindre intention de l'arrêter. Je ne voyais pas l'intérêt de me battre pour une preuve dont le double figurait certainement dans les dossiers du fournisseur, et me demandai pourquoi Jess n'y avait pas pensé. Elle dut lire dans mes pensées.

« Si tu ne dis rien, personne n'ira vérifier, dit-elle. Et si tu le fais, je répondrai que la valve était ouverte et que le niveau avait baissé d'une bonne quinzaine de centimètres... ce qui aurait dû être le cas. Personne ne te croira. Tu étais un vrai zombie, après ta crise d'angoisse. Peter me soutiendra. »

Aucune de nous ne prononça un seul mot pendant que le papier se réduisait en cendres noirâtres au fond de l'évier. Elle ouvrit alors le robinet et fit partir les résidus dans la bonde. Tout cela n'avait aucun sens à mes yeux. Il suffisait de trente secondes de réflexion pour comprendre qu'elle n'aurait jamais parlé de la valve si elle n'avait pas été surprise de la trouver fermée. Toute cette affaire était franchement bizarre.

« J'imagine que tu as peur de moi, maintenant, dit-elle brusquement.

– Tu ressembles assez à MacKenzie, c'est sûr. Il prenait un malin plaisir à me prévenir que personne ne me croirait... mais ses menaces étaient bien plus convaincantes que les tiennes, Jess. »

Elle eut l'air mal à l'aise. « Je ne te menace pas.

– Tu viens de dire que tu m'accuserais d'avoir agi comme un zombie... et que tu demanderais à Peter de te soutenir. Ça ne s'appelle pas des menaces, ça ? » Je repris la canne et la hache et me dirigeai vers le couloir. « N'oublie pas de fermer à clé en partant. »

Je m'assis au bureau de la pièce du fond, tendant l'oreille pour entendre démarrer sa Land Rover, mais elle ne sortit jamais de l'allée. J'en profitai pour envoyer un mail à mes parents.

Texto reçu. Appelez sur le fixe quand vous pourrez. Je ne veux pas utiliser le mien sans le 141 et c'est la galère de monter au grenier pour me servir du portable. Trop de rats et de chauves-souris. Bises, C.

J'avais pris l'habitude depuis des jours de guetter les sons insolites. J'entendis une ou deux fois les pattes des chiens de Jess sur le gravier. Le bruit d'un moteur dans la vallée. Une demi-heure plus tard, je perçus les pas de Jess qui traversait le vestibule. Ils étaient plus hésitants que d'habitude. « Ce n'est pas ce que tu crois », dit-elle depuis le seuil, comme si trente minutes de réflexion n'avaient fait que l'enfermer dans un cercle de déni perpétuel.

Je tournai ma chaise vers elle. « Alors, c'est quoi ? »

Elle entra et regarda par-dessus mon épaule, cherchant à voir ce que j'avais tapé sur l'écran de mon ordinateur.

Comment les Derbyshire ont-ils fini par avoir plus de terres que les Wright ?

Comment ont-ils pu les payer ?

J'observai le visage de Jess pendant qu'elle lisait ces questions. « Tu disais tout à l'heure que Lily était jalouse de vous, lui rappelai-je. Est-ce que c'est la manière dont ta famille a acquis la ferme qu'elle avait du mal à digérer ? »

Elle réfléchit un moment. « À supposer que je te le dise... c'est de l'histoire ancienne... Lily est bien là où elle est... À quoi bon réveiller le chat qui dort, ça risquerait de blesser des gens. Tu veux bien laisser tomber ? »

– Non. Mais je pourrais accepter de garder ça pour moi. »

Elle soupira. « Franchement, ça ne te regarde pas. Ça ne regarde personne d'autre que Lily et moi.

– Il doit bien y avoir quelqu'un d'autre en jeu, fis-je remarquer, sinon tu n'aurais pas brûlé ces bons de livraison. J'imagine mal que tu l'aies fait pour protéger Madeleine. Peut-être pour protéger Peter... » Je levai un sourcil interrogateur. « ... Sauf que Peter n'aurait pas fermé la valve. Il ne reste que Nathaniel. Je parie que c'est en novembre que tu l'as menacé de lui tirer dessus. »

Elle capitula d'un coup, tira une autre chaise et se pencha en avant pour mieux voir l'écran. « C'est ma faute. J'aurais dû me douter qu'il allait faire une connerie. Je lui ai donné des munitions contre Madeleine, et je me demande s'il n'a pas décidé de commencer par s'en prendre à Lily. Il devait trouver ça drôle.

– Vraiment tordant, dis-je aigrement. Il aurait pu la tuer.

– Les gens ne meurent pas parce que leur Aga est en panne pendant quelques heures. Je suppose qu'il voulait la mettre en colère, et c'était le meilleur moyen d'y parvenir. Il savait où était la remise. Tout ce qu'il avait à faire, c'était laisser sa voiture à la grille et traverser la pelouse discrètement. Lily détestait que les choses ne fonctionnent pas. » Elle fit la grimace. « J'aurais dû le prévenir qu'elle n'allait pas bien, il n'aurait pas fait ça.

– Madeleine le lui aura certainement dit.

– Ça m'étonnerait. Ils ne s'adressent plus la parole.

– Qui t'a dit ça ? Nathaniel ?

– Oui, mais c'est vrai.

– Oh, je t'en prie ! dis-je furieuse. Ce type est nul. Il change de camp pour un oui ou pour un non, brandit sa quéquette devant toutes les femmes qui sont prêtes à l'admirer et s'imagine qu'ensuite il peut reprendre là où il s'était arrêté. Tu crois qu'il raconte à Madeleine où il va, quand il vient te voir ? Bien sûr que non. Tu parles d'un faux cul. »

Jess se frotta la tête d'un air désespéré. « Tu es pire que Peter. Je ne suis pas complètement idiote, tu sais. Si tu te souviens bien, c'est *moi* qui t'ai dit que Nathaniel est nul. Je ne l'apprécie pas. Je ne l'ai jamais apprécié. J'ai simplement... été *amoureuse* de lui un moment.

– Alors pourquoi est-ce que tu cherches à le protéger ? »

Décidément, Jess n'était que soupirs, ce soir-là. « Mais non. J'essaie simplement d'éviter que toute cette affaire ne dégénère. Ma vie n'appartient à personne. Est-ce qu'il ne t'est jamais arrivé d'avoir envie d'enterrer un secret si profondément que personne ne le découvrira jamais ? »

Elle savait bien que si.

16.

Soudain, un des chiens jappa. Nous nous regardâmes, interdites. Il ne recommença pas, et Jess se détendit. « Ils jouent, c'est tout. S'il y avait quelqu'un, ils se seraient mis à aboyer à l'unisson. »

Je ne partageais pas sa confiance. Les poils de ma nuque étaient raides comme du crin. « La porte de derrière est bien fermée ?

– Mais oui. »

Je jetai un coup d'œil vers la fenêtre à guillotine, mais, dehors, l'obscurité était totale. Si la lune s'était levée, les nuages la voilaient, et je me rappelai que Jess avait été éclairée comme une actrice sur scène quand je l'avais aperçue dans la cuisine. À présent, nous étions toutes les deux parfaitement visibles de l'extérieur. « Nous ne devrions peut-être pas rester ici, dis-je nerveusement. C'est la seule pièce qui n'ait pas deux issues.

– Si tu es inquiète, appelle les flics, répondit Jess d'un ton raisonnable, mais ils ne seront pas là avant vingt minutes... et il vaudrait mieux ne pas crier au loup pour rien. Ça fait un sacré bout de chemin. Ils n'apprécieront pas de se déranger inutilement. Les chiens nous protégeront. »

Je me baissai pour ramasser la canne et la hache qui gisaient par terre. « À tout hasard, dis-je en lui tendant la canne. Je prends la hache.

– Je préférerais le contraire, dit-elle en souriant. Je n'ai pas tellement envie de me retrouver dans un espace réduit avec ce machin-là et toi. Tu vas te la faire tomber sur la tête – ou sur la mienne – dès que tu essaieras de la soulever. Si tu as des biceps, préviens-moi, je n'ai pas remarqué. Là, comme ça. » Elle procéda à l'échange et posa la hache sur la chaise à côté d'elle. « Tiens la canne par le bout qui n'est pas lesté et vise les jambes. Si tu as de la chance, tu lui péteras les rotules. Si tu n'as pas de chance, ça sera les miennes. »

Je devais avoir l'air franchement inquiète, parce qu'elle chercha à détourner mon attention en me montrant l'écran. « Tu voulais savoir pourquoi nous avons fini par avoir plus de terres que les Wright ? Tu préfères quelle version ? Celle de ma grand-mère ou celle de Lily ? »

Elle cherchait vraiment à me distraire, parce qu'elle n'était pas du genre à se répandre en confidences. Je fis un effort pour réagir, mais mes oreilles restaient à l'affût de bruits suspects. « Elles sont très différentes ?

– Le jour et la nuit. Selon ma grand-mère, mon arrière-grand-père a acheté les terres au moment où le père de Lily a vendu la vallée pour payer les droits de succession. Tout ce qui se trouvait de ce côté-ci de la route est allé à un certain Haversham, et tout ce qui était de notre côté, à nous. Joseph Derbyshire a pris un crédit et arrondi notre propriété de vingt-cinq à sept cent cinquante hectares.

– Et la version de Lily ? »

Elle hésita. « Son père a offert la terre à Joseph en échange de... » Elle chercha une expression pertinente. « ... services rendus. »

Je la regardai avec étonnement. « C'est un sacré cadeau, dis donc. La terre valait combien dans les années 1950 ?

– Je n'en sais rien. Les actes de propriété sont conservés avec ceux de la maison, mais ils ne mentionnent aucune valeur et rien n'indique que Joseph a dû prendre un emprunt pour les payer. Le cas échéant, il aura remboursé ses dettes avant que mon père hérite de la propriété. » Elle se tut.

« Quel genre de services ? »

Lily fit la grimace. « Lily a parlé de renonciation. Elle a dit que Joseph avait signé une lettre, s'engageant à garder le silence... mais il n'y a aucune copie d'un papier de ce genre avec les actes notariés. »

Mon étonnement grandissait. « Ça ressemble à du chantage.

– Je sais.

– C'est ça, les munitions que tu as données à Nathaniel ? »

Elle fit non de la tête. « Je n'ai pas la moindre envie que Madeleine sache ça. Elle me traînerait en justice, si elle l'apprenait. »

J'ignorais tout de ce que la législation britannique prévoyait pour des biens extorqués sous la contrainte cinquante ans plus tôt, mais je voyais mal Madeleine faire appel aux tribunaux. « Je suis sûre que tu n'as pas à t'en faire, lui dis-je. Dans quatre-vingt-dix pour cent des cas, possession vaut droit... et si tu peux prouver qu'au moins deux générations de Derbyshire ont cultivé ces terres en toute bonne foi... » Ma voix se perdit devant son expression lugubre. « Ton père était au courant ?

– Forcément. La première chose que ma grand-mère m'a demandée, après l'enterrement, c'est si Papa m'avait raconté l'histoire de la ferme. » Elle se frotta les yeux avec la jointure de ses doigts. « Quand j'ai répondu que non, elle m'a sorti l'histoire du prêt... et je ne me suis jamais posé de questions, jusqu'au jour où Lily a commencé à me confier ses secrets de famille.

– Elle te prenait pour ta grand-mère ?

– Exactement. Certains jours, elle reprenait des conversations qu'elles avaient eues après la mort de mes parents... d'autres fois, elle remontait d'un demi-siècle en arrière, à l'époque où ma grand-mère était domestique chez eux. » Elle fit un geste circulaire de la main comme pour décrire un cycle interminable. « Il m'a fallu des siècles pour comprendre qu'un merci se référait aux années 1990 et un ordre aux années 1950. Elle me disait tout le temps que Frank avait été tellement gentil avec elle... et que Jenny avait été une épouse adorable pour lui. Qu'ils n'avaient jamais abusé... alors qu'elle avait été tellement odieuse, au début. Son plus grand regret était de n'avoir jamais reconnu Papa tant que c'était possible. » Elle se réfugia dans un de ses silences coutumiers.

« Comment ça, reconnu ? soufflai-je.

– Comme son frère. » Cette fois, elle poussa un soupir à n'en plus finir. « Si Lily disait vrai, le père de mon père était aussi le sien : William Wright... et non le mari de grand-mère, Jack Derbyshire, qui est mort peu après la guerre. Autrement dit, Lily est ma tante... Madeleine, ma cousine germaine... et moi, je suis une Wright. » Son regard se fit soudain très sombre. « Il n'y a plus de Derbyshire, sauf de nom. J'en ai *vraiment* voulu à Lily de m'avoir raconté ça. »

Je ne savais pas quoi dire, parce que je me demandais ce qui était le pire à ses yeux – être une Wright ou ne pas être une Derbyshire.

« Tu n'es pas forcée de la croire. D'un côté la parole d'une vieille gâteuse, de l'autre celle d'une femme saine d'esprit ; tu devrais plutôt faire confiance à ce que t'a dit ta grand-mère il y a douze ans. Pourquoi t'aurait-elle menti ? Est-ce que ça n'était pas le moment ou jamais de te révéler que tu n'étais pas seule – que tu avais encore une famille ?

– Lily a dû lui demander de s'abstenir. Je l'ai entendue répéter : "Ne dites rien à la petite, je m'en chargerai, elle est trop à plat pour le moment."

– Mais Lily n'a rien fait… en tout cas aussi longtemps qu'elle avait sa tête.

– C'est vrai.

– De deux choses l'une : ou bien il n'y avait rien à dire, ou bien elle n'a jamais eu l'intention de reconnaître quoi que ce soit.

– Je pense qu'elle a changé d'avis après la mort de ma grand-mère. Au moment où j'ai fait *ça*. » Elle tourna son poignet droit vers moi d'un air gêné. « J'étais venue ici la prévenir que Grand-Mère était morte et elle m'a répondu des trucs horribles… que c'était une bonne façon de partir… que Grand-Mère avait bien profité de la vie… que ce n'était pas la fin du monde. Je me suis mise à hurler, ce qui a déclenché une crise de panique. » Elle secoua la tête. « J'étais folle de rage contre Lily… j'étais folle de rage contre ma *famille*… je me suis dit… à quoi bon ? Malgré tout, pour moi, c'était quand même la fin de ce monde de merde.

– Tu étais sérieuse ?

– À propos de mon suicide ? Non, pas vraiment. Je souffrais horriblement, tout le monde était mort…

313

j'avais envie que les autres souffrent un peu, eux aussi... mais le geste en lui-même... » Elle haussa les épaules. « C'était plus un cri qu'autre chose.

– Tu as recommencé ?

– Non, jamais. Chat échaudé craint l'eau froide. Ça a fait tellement d'histoires. C'est ce qui m'a le plus cassé les pieds. »

Je la comprenais mieux qu'elle ne pouvait le croire. « Comment est-ce que Lily a réagi ?

– Elle a appelé Peter et lui a demandé d'être discret. Elle voulait qu'il fasse les points de suture lui-même, mais il a refusé – il pouvait avoir des ennuis avec le conseil de l'ordre s'il ne me faisait pas examiner. Je me suis retrouvée à l'hosto avec des psychiatres et des psychothérapeutes spécialisés dans le travail de deuil. » Elle se frotta de nouveau les yeux. « Atroce. Lily a été la seule à garder deux sous de bon sens. Elle les a convaincus de me laisser sortir en se portant garante de moi. Puis elle n'en a plus jamais parlé.

– Tu es allée habiter chez elle ?

– Non.

– Dans ce cas, comment est-ce qu'elle a pu se porter garante de toi ?

– Elle m'a fait jurer que je ne ferais pas de bêtises si elle me laissait seule à la ferme, et elle m'a offert un chiot. Un mastiff. » Ses yeux s'illuminèrent à cette pensée. « Une thérapie bien plus efficace que celles des médecins.

– Enfin, tout de même, Jess, ça aurait dû la faire changer d'avis ! C'est franchement incroyable. Qu'est-ce qui l'empêchait de t'ouvrir les bras, de te dire : tu n'es pas seule, je suis ta tante ?

– Elle n'était pas démonstrative, tu l'oublies. Et puis il y a eu toutes ces embrouilles, avec

314

Nathaniel. » Elle haussa les épaules. « Ce n'était jamais le bon moment, à ses yeux. »

Je ne pouvais m'empêcher de me demander si Lily avait véritablement eu l'intention de reconnaître un jour ses liens de parenté avec Jess, malgré le faible qu'elle éprouvait manifestement pour elle. Peut-être se sentait-elle plus proche de sa nièce que de sa fille, plus en harmonie avec l'introversion silencieuse de Jess qu'avec le tempérament flamboyant de Madeleine. À tort ou à raison, j'imaginais Lily comme une femme indépendante mais assez peu sociable, qui n'aimait sincèrement que son jardin et ses chiens. En cela, elle n'était pas très différente de Jess. Elle était capable de se donner en spectacle au bénéfice de ses visiteurs, mais il s'agissait bien de spectacle ; en son for intérieur, elle devait compter les secondes qui la séparaient du départ des intrus.

« Dans ce cas, quelles munitions as-tu données à Nathaniel, si ça n'avait rien à avoir avec ta famille ? demandai-je avec curiosité.

– Je lui ai appris que Lily avait donné une procuration définitive à son notaire.

– J'avais cru comprendre que c'étaient des munitions *contre* Madeleine. Là, tu jouais dans son camp... tu lui donnais l'occasion de venir ici convaincre Lily de l'annuler. »

Jess tordit sa bouche en une moue ironique. « J'espérais presque qu'elle le ferait. L'argent était la seule chose qui pouvait la persuader de se bouger le cul... mais, en fait, je pensais que Nathaniel ne lui dirait rien. J'essayais simplement de lui donner un petit avantage avant que ça pète pour de bon. Madeleine feignait l'entente conjugale tant qu'elle croyait la maison à portée de main, pour elle... à l'heure qu'il est, elle doit lui jeter des casseroles à la tête.

– Je n'y comprends rien. Un avantage pour quoi ?

– Divorce... propriété de leur appartement... garde du gamin. S'il s'était dépêché un peu, il aurait pu persuader Madeleine de céder sur tous les points – y compris son fils – *avant* qu'elle ne découvre qu'elle s'était fait avoir. Elle avait déjà admis le principe à condition que Nathaniel n'émette aucune prétention sur Barton House ni sur l'argent de Lily. » Elle sourit devant mon expression de dégoût lorsqu'elle évoqua le petit garçon. « Elle se sert d'Hugo comme d'une monnaie d'échange, parce qu'elle sait que Nathaniel ne partira pas sans lui. Je ne plaisantais pas, à propos des casseroles, tu sais.

– Mais... » J'étais complètement perdue. « Tu veux dire qu'il voudrait divorcer et pas elle ?

– Pas exactement. Elle n'hésitera pas une seconde à divorcer une fois qu'elle aura mis la main sur la maison, mais pas avant. Autrement, ils seraient obligés de vendre l'appartement et de partager, et ça, elle ne veut pas en entendre parler.

– Pourquoi ?

– Parce qu'avec sa moitié, elle n'aurait pas de quoi acheter ailleurs que dans un trou pourri comme Neasden. Actuellement, ils habitent Pimlico. Elle préfère encore vivre avec quelqu'un qu'elle déteste que de dégringoler de l'échelle sociale. Lily ne lui verse plus un sou, maintenant. Au moins, avec le salaire de Nathaniel... » Jess s'interrompit brutalement. Au-dehors, cinq aboiements rauques déchiraient le silence. « Bien, dit-elle calmement en soulevant la hache à deux mains. Nous avons de la visite. Qu'est-ce que tu veux faire ? Aller voir ou prévenir la police ? »

Je lui jetai un regard horrifié. Pensait-elle que nous avions le choix ?

« À toi de décider, poursuivit-elle avec une lueur dangereuse dans le regard tandis que les chiens ne cessaient pas d'aboyer. Tu veux flanquer une branlée à ce salopard... ou qu'il continue à prendre les femmes pour des proies faciles ? »

J'avais envie de lui dire que nous pouvions faire les deux – appeler les flics et foutre une branlée à ce salopard. J'avais envie de lui dire que ce n'était peut-être pas MacKenzie. J'avais envie de lui dire que j'étais morte de peur. Mais elle était déjà à l'autre bout de la pièce alors que j'examinais encore les différentes options, et je pouvais difficilement la laisser affronter seule ce qui nous attendait dehors. Je ramassai donc la canne et la suivis. Que pouvais-je faire d'autre ?

Il est facile de raisonner après coup mais, sur le moment, on agit sous l'effet d'une puissante décharge d'adrénaline. J'avais une confiance tellement aveugle en Jess et ses mastiffs que je ne songeai pas un instant que notre réaction était complètement irresponsable. Malgré tout ce qu'elle m'avait dit – sur ses crises de panique, sur l'épisode du poignet lacéré – et malgré l'inquiétude manifeste qu'elle avait exprimée le jour où je lui avais téléphoné depuis la cuisine, je n'avais jamais imaginé que Jess puisse perdre les pédales. Ça, c'était *mon* rôle. C'était Connie Burns qui se recroquevillait dans un coin, pas Jess Derbyshire.

En fait, il n'y avait rien à craindre. Ce n'était pas MacKenzie que les mastiffs encerclaient, mais

Peter. Après lui avoir passé un savon mémorable pour la peur qu'il nous avait faite – pourquoi est-ce qu'il n'avait pas téléphoné avant de venir ? – Jess rappela ses chiens. « J'aurais pu te balancer ça sur la tête, lui dit-elle, furieuse, en lui brandissant la hache sous le nez.

La lumière qui se répandait à flots par la fenêtre de la cuisine et par la porte grande ouverte révélait un Peter tout aussi furieux qu'elle.

« J'aurais téléphoné si j'avais su que tu avais l'intention de lâcher tes fauves contre moi, rétorqua-t-il. Qu'est-ce qui leur a pris ? C'est la première fois qu'ils aboient en me voyant. Ils sont terrifiants, je t'assure.

– Ils sont faits pour, répliqua-t-elle d'un ton cinglant. C'est aussi la première fois que tu t'approches d'eux en douce, comme ça. Qu'est-ce que tu veux, d'ailleurs ? Il est presque sept heures. »

Il inspira profondément plusieurs fois pour se calmer. « Je suis allé à Weymouth pour le boulot et je rentrais chez moi. Je ne t'ai pas trouvée à la ferme. J'ai vu de la lumière chez Connie, alors je me suis dit que tu devais y être.

– Tu lui aurais foutu une trouille d'enfer, si je n'avais pas été là.

– Ta Land Rover est dans l'allée. Tu étais forcément là. » Il se tourna vers moi. « Je suis désolé, Connie. Tu préfères que je parte ? »

Je fis non de la tête.

Il se détendit suffisamment pour esquisser un sourire. « Pour être franc, je ne refuserais pas un double whisky, histoire de me remettre de mes émotions. Quelle bande de brutes, quand même. »

Je posai la main sur le bras de Jess pour prévenir une nouvelle tirade.

« Rentrons. Je ne crois pas avoir de whisky, mais j'ai de la bière et du vin. Tu as dîné ? »

Si j'avais pris le temps de réfléchir, je me serais rappelé qu'il est facile de se laisser bercer par un faux sentiment de sécurité. La peur a d'étranges effets sur le corps humain. Elle vous maintient à un niveau de concentration maximal tant que le danger est en face de vous, avant de vous plonger dans une insouciance béate. J'ai été la première, me semble-t-il, à éclater de rire devant la moue réprobatrice de Jess quand je lui proposai un verre de vin. Quelques minutes plus tard, elle aussi était suffisamment détendue pour sourire. En fait, nous étions tous trois au bord de l'hystérie.

Peter sombra dans l'hilarité quand je lui exposai notre plan. « Voyons, si j'ai bien compris. Tu avais l'intention de m'exploser les rotules pendant que Jess me fracassait le crâne à coups de hache ? Ou l'inverse ? Je suis un peu perdu. À quel moment est-ce que mes roubignolles étaient censées entrer en jeu ? »

Je m'étranglai dans mon vin. « On te les aurait coupées en morceaux en même temps que ta quéquette. »

Le fou rire le reprit. « Avec quoi ? La *hache* ? » Il adressa un regard pétillant à Jess. « Qu'est-ce que tu crois que j'ai entre les jambes ? Un chêne ? »

Décidément, le courant passait entre eux, une petite étincelle qui crépitait comme une décharge électrique. Je n'avais jamais vu Jess aussi près de glousser. « Un sapin de Noël plutôt, répliqua-t-elle. Les boules sont purement décoratives. »

Peter lui adressa un large sourire. « Tu ne peux pas couper les bites des mecs en rondelles, Jess. Ça ne se fait pas, tu sais. »

319

Je ris bêtement dans mon verre, enchantée de tenir la chandelle. Je ne savais pas jusqu'à quel point les avances de Peter avaient été fructueuses – ils pouvaient en être restés aux taquineries ou avoir baisé jusqu'à plus soif, je n'en avais pas la moindre idée –, mais c'était agréable d'être avec eux, parce que je ne me sentais pas exclue. Ça me rappelait mes relations avec Dan – faciles, affectueuses et ouvertes aux autres. Je me demandais si nous pourrions un jour retrouver cette proximité, si la méfiance dont j'avais fait preuve à son égard ne l'avait pas définitivement enterrée.

« À quoi tu penses, Connie ? » demanda Peter.

Je relevai les yeux, soudain consciente que les plaisanteries avaient cessé. « Je pensais à un de mes amis. Tu lui ressembles un peu... le même genre d'humour. » J'aurais dû m'arrêter là. Mais je ne sais pourquoi, je me sentis obligée de jouer les conseillères. « Tu es vraiment idiote, Jess. Si Peter te fait rire, tu devrais le clouer sur ton plancher sans perdre un instant. »

Le silence tomba.

« Bien, bien, nous en sommes donc aux marteaux, lança alors Peter d'un ton badin. Y a-t-il une forme de sévices que vous soyez prêtes à m'épargner ? »

Jess repoussa sa chaise. « Il faut que j'aille m'occuper des chiens, lança-t-elle d'un ton bourru. Je vais passer par-devant. J'ai de quoi manger pour eux dans la Land Rover. »

J'adressai à Peter une grimace confuse en la voyant disparaître précipitamment dans le couloir. « Désolée. Visiblement, j'ai gaffé. Qu'est-ce que j'ai dit de si terrible ?

– Ne t'en fais pas. Elle est terrifiée à l'idée de s'attacher à quelqu'un. Dans son esprit, toutes les relations qu'elle pourrait nouer conduisent à la mort ou à l'échec. » Il remplit son verre. « Ce n'est pas tellement surprenant, vu ce qui lui est arrivé. Même Lily est morte pour elle, maintenant.

– Je n'aurais pas dû mettre les pieds dans le plat comme ça.

– Ça n'aurait rien changé. Elle est persuadée qu'elle porte la poisse. Tous ceux qui se prennent d'affection pour elle meurent... c'est aussi simple que ça.

– Nathaniel n'est pas mort. »

Peter me jeta un regard narquois. « C'est vrai, mais il ne l'aimait pas. Sinon, il ne l'aurait pas plaquée pour Madeleine. »

Je soutins son regard. « J'imagine que c'est la version de Jess, pas la tienne ? »

Il acquiesça. « Elle n'aurait qu'à claquer des doigts pour que Nathaniel arrive ventre à terre – il est revenu plaider sa cause je ne sais combien de fois –, mais elle ne s'en rend pas compte, ou alors c'est qu'elle s'en fiche vraiment.

– L'indifférence lui convient mieux, murmurai-je. Je crois que je n'ai jamais rencontré quelqu'un qui se dérobe avec une telle facilité. Ça se comprend, si elle a peur de s'attacher. J'ai cru qu'elle essayait d'avoir barre sur moi mais, après tout, c'est peut-être elle qui se protège, par crainte de se laisser engloutir. Est-ce que c'est pour ça qu'elle ne cherche pas à donner une meilleure image d'elle-même ? Parce qu'il vaut mieux ne pas être aimée que de devoir livrer un peu d'elle-même ? »

Peter eut l'air amusé. « Peut-être, mais c'est son caractère aussi. Elle n'est pas facile... elle ne l'a jamais été. Lily était pareille. Il faut prendre la peine de percer la cuirasse pour atteindre l'être humain qui se trouve dessous ; peu de gens sont prêts à le faire. »

Je me demandais s'il savait que Lily prétendait être sa tante. « Ça doit être une question de gènes, alors », lançai-je.

Son amusement se mua en surprise, mais il ne chercha pas à feindre l'ignorance. « Bon sang ! Tu es une drôlement bonne journaliste ou alors tu l'as convaincue que tu ne le répéterais pas. Reste-t-il une chose qu'elle ne t'ait pas dite ?

– Pas mal, je pense, mais si tu me dresses la liste de ce qu'il y a à savoir, je pourrai te dire si je le sais ou non. »

Il rit. « Ça ne marche pas. Le serment d'Hippocrate, tu te rappelles ? »

J'eus envie de le provoquer un peu sur ce point, mais je redoutais que Jess m'entende. Je tendis l'oreille, à l'affût des pas annonçant son retour. Le silence était absolu. « Sauf que, manifestement, tu t'en sers comme ça t'arrange, lui fis-je remarquer. J'ai reçu un message de Madeleine. Il paraît que tu lui as passé un savon parce qu'elle parle à tort et à travers de la tentative de suicide de Jess. Tu peux l'écouter, si tu veux. Je ne l'ai pas effacé. »

Il secoua la tête. « Non merci. J'en ai suffisamment sur mon répondeur à moi. » Il joua avec son verre. « C'est vrai. Je lui ai répété ce que tu m'avais dit. Je suis désolé que ça t'embête, mais je voulais qu'elle sache que j'étais vraiment furieux.

– Non, ça m'est égal. Je suis plutôt curieuse, en fait. Le message donne à penser que c'est toi qui as raconté à Madeleine ce qui est arrivé à Jess... et je dois dire que je t'ai trouvé franchement mal à l'aise la première fois que j'en ai parlé, dans ta cuisine.

Tu as essayé de me convaincre que c'était Lily qui avait bavardé mais je ne crois pas que ce soit vrai, si ?

– Non. » Il prit une gorgée de vin. « C'était moi. Je m'étais dit que, si Madeleine comprenait à quel point Jess était malheureuse, elle arrêterait de draguer Nathaniel. » Il s'interrompit. « Je n'ai pas été très malin. »

Je ne répondis pas. J'attendais le bruit des pas de Jess. Au fond de mon esprit, je me demandais pourquoi il n'y avait pas un son dehors. Je me souviens d'un silence de plus en plus oppressant. Nous aurions dû au moins entendre le gravier crisser et la portière de la Land Rover s'ouvrir.

« Elle s'est empressée d'aller tout raconter à Nathaniel, poursuivit Peter. Il était à Londres quand c'est arrivé, alors Madeleine a pu présenter l'affaire à sa guise... et lui servir une version grossie du récit qu'elle t'a fait, en lui dépeignant Jess comme une schizophrène paranoïaque. Nathaniel a pris ses jambes à son cou. »

Le silence persistant me préoccupait de plus en plus. « On devrait entendre quelque chose, tu ne crois pas ? demandai-je en me tournant vers la fenêtre. Qu'est-ce que Jess peut bien fabriquer ?

– Elle cherche sûrement les chiens.

– Mais alors pourquoi est-ce qu'elle ne les appelle pas ? Tu ne crois pas... » Je m'interrompis, hésitant à traduire mes pensées en paroles.

Peter était peut-être un peu soucieux, lui aussi. « Je vais aller voir, dit-il en se levant. Mais je t'en prie, ne t'inquiète pas comme ça. Impossible d'échapper à ces bêtes-là. Il sourit. « Tu peux me croire. J'ai encore des bleus. »

17.

Combien de temps attend-on, en pareilles circonstances ? Très longtemps, en ce qui me concerne. Je me dis que Peter et Jess devaient avoir une petite conversation à cœur ouvert, et qu'il valait mieux que je les laisse tranquilles. Mais je restai scotchée à la vitre, à observer les chiens de Jess qui patrouillaient dans le jardin. À un moment, deux d'entre eux me repérèrent à la fenêtre et s'avancèrent tranquillement, frétillant de la queue, dans l'attente d'une friandise. Quelqu'un aurait-il pu passer malgré leur présence ? La logique me répondait que non, ce qui n'empêchait pas mes poils de se hérisser. MacKenzie était peut-être une brute épaisse, mais il s'y connaissait en chiens.

Je me rappelle avoir essayé d'allumer une cigarette, mais mes mains tremblaient tellement que je fus incapable d'en approcher la flamme. Sachant avec quelle facilité je paniquais, Peter m'aurait-il abandonnée pour Jess sans me prévenir que tout allait bien ? J'aurais quand même dû entendre quelque chose. Sa technique de drague faisait la part belle aux taquineries et il était incapable de parler à Jess plus de quelques minutes sans éclater de rire.

Je décidai finalement de prévenir la police. Il y avait de bonnes chances que les flics surprennent Jess et Peter en flagrant délit sur le canapé, mais ça m'était bien égal. J'étais prête à payer toutes les amendes du monde pour leur avoir fait perdre leur temps, si cela m'évitait d'aller toute seule jusqu'au bout du couloir.

Woody Allen a dit un jour : « Mon seul regret dans la vie, c'est de ne pas être quelqu'un d'autre. » C'est drôle à condition de ne pas le penser vraiment. Franchement, j'aurais préféré être n'importe qui d'autre que Connie Burns quand je décrochai le téléphone de la cuisine pour découvrir qu'il n'y avait pas de tonalité. Je compris immédiatement. La ligne avait été coupée depuis le moment où j'avais envoyé un mail à mes parents. Espérant un miracle, je sortis mon portable de ma poche et le brandis au-dessus de ma tête ; évidemment, l'icône du réseau refusa obstinément d'apparaître.

La panique vint par vagues, et ma première impulsion fut de faire exactement ce que j'avais fait la fois précédente : m'enfermer dans la cuisine, éteindre toutes les lampes et me recroqueviller loin de la fenêtre, là où on ne pouvait pas me voir. J'étais incapable d'affronter MacKenzie seule. Il m'avait dépouillée de toute velléité de lutte à l'instant où il s'était enfoncé dans ma bouche en me donnant l'ordre de sourire pour la caméra. Je ne pouvais pas revivre ça. Son odeur et son goût m'inspiraient toutes les nuits des cauchemars dont je m'éveillais en sursaut. Qu'il tue qui il voulait, pourvu que ce ne soit pas moi.

Je ne prétendrai pas que ce fut le courage, pas plus qu'un accès soudain d'héroïsme, qui me poussa à sortir. Ce fut plutôt le souvenir de mon message à Alan Collins à propos du vieux Chinois, de rayons mortels et des difficultés de vivre en se sentant éternellement coupable. Mes problèmes seraient décuplés si j'étais condamnée à vivre avec le sang de Jess et de Peter sur la conscience. J'avais eu tout d'abord l'intention de courir aussi vite que possible jusqu'à la première butte pour composer le 999 sur mon portable. Mais dès que j'ouvris la porte de derrière, les chiens m'accueillirent. J'eus l'intuition que prendre mes jambes à mon cou n'était pas la chose à faire. Leurs aboiements avertiraient MacKenzie, ou alors ils me feraient tomber.

Je me dirigeai donc lentement vers l'appentis, espérant qu'ils finiraient par se désintéresser de moi et que je pourrais couper par la pelouse pour rejoindre la grand-route. Je me faisais des illusions. Chacun de mes pas était répété, démultiplié, reproduit par cinq ombres ondulantes. Pour d'aussi grosses bêtes, ils étaient étonnamment discrets. Le silence n'était rompu que par le frôlement de leurs pattes dans l'herbe. Je ne les entendais même pas respirer, mais peut-être mon souffle faisait-il du bruit pour six.

Je m'arrêtai au bout de vingt mètres. Il était impossible que MacKenzie soit dans la maison. Il n'aurait pas pu passer devant les chiens. Ou alors, il était entré avant l'arrivée de Jess. Mais, dans ce cas, pourquoi avoir attendu ? Et pourquoi avoir coupé la ligne de téléphone après que j'avais envoyé mon mail à mes parents ? J'avais été seule toute la journée et encore pendant une bonne heure, entre les deux visites de Jess. Il aurait pu faire ce qu'il voulait et repartir. Pourquoi entraîner d'autres gens dans cette affaire ? C'était ridicule.

Il me restait un petit pas à franchir pour arriver à la conviction que j'étais en train de faire exactement ce qu'il voulait – me mettre à sa merci en sortant de la maison. La peur et la logique ne font pas bon ménage. Je repartis précipitamment en direction de la cuisine. C'est alors que j'aperçus MacKenzie, devant moi.

Il était assis à mon bureau, la nuque calée sur ses mains jointes, les yeux fixés sur l'écran de mon ordinateur. Il éclata soudain de rire et fit pivoter la chaise pour s'adresser à quelqu'un, derrière lui. Avec un atroce sentiment d'inéluctabilité, j'entrevis le visage de Peter avant que MacKenzie n'achève son demi-tour, le dissimulant à ma vue.

Le policier qui, plus tard, me demanderait de quoi nous avions bien pu parler, Jess et moi, pendant les cinq heures que nous avions passées seules, suggérerait que j'aurais peut-être agi différemment si MacKenzie avait traité Jess avec autant de respect qu'il en avait témoigné à Peter.

« Ce sont sans doute les mauvais traitements que cet individu a infligés à Miss Derbyshire qui vous ont conduite à l'affronter ? Est-ce de la voir en détresse qui vous a incitée à rentrer dans la maison ? »

Je me revois secouer la tête en signe de dénégation. « Jess n'était pas visible de l'extérieur. Je ne l'ai aperçue qu'en arrivant dans le hall.

– Mais vous vous êtes doutée qu'elle était en mauvaise posture ?

– Oui. J'ai bien vu que Peter avait peur – ce qui voulait presque obligatoirement dire que Jess aussi. » Je ne voyais pas où il voulait en venir. « Vous n'auriez pas peur, vous, si quelqu'un faisait irruption chez vous ? Je savais qu'il la tuerait... il aimait faire souffrir les femmes.

327

– Mais *vous*, Ms Burns, vous n'avez pas eu peur ?

– Bien sûr que si. J'étais terrifiée.

– Dans ce cas, pourquoi n'avez-vous pas suivi votre plan initial... » Il jeta un coup d'œil à ses notes. « ... courir jusqu'à la butte la plus proche et utiliser votre portable ? N'aurait-ce pas été plus raisonnable que de vous jeter dans la gueule du loup ?

– Si, bien sûr, mais... » Je secouai la tête. « Je ne comprends pas. Qu'est-ce que vous voulez que je vous dise ? Que j'ai été idiote ? Je suis parfaitement d'accord. Je me suis conduite comme une bécasse. J'ai agi d'abord, réfléchi ensuite.

– Vous avez tout de même réfléchi assez longtemps pour vous munir d'une hache, fit-il remarquer doucement.

– Et alors ? Je n'allais quand même pas l'attaquer à mains nues. »

Je me glissai dans le couloir, pieds nus, et entrouvris la porte capitonnée juste assez pour me glisser de l'autre côté. Elle se referma silencieusement derrière moi. MacKenzie avait augmenté le volume sonore de mon ordinateur et j'entendais ma voix qui sortait des haut-parleurs. Je sus immédiatement ce qu'il regardait. J'aurais reconnu mes supplications entre mille, même si les seuls mots que j'arrivais à identifier étaient : « Non, je vous en prie... non, je vous en prie... non, je vous en prie... », répétés à l'infini.

Le son fut coupé subitement. « C'est toi, Connie ? dit-il avec son accent écossais familier. Je t'attendais, plume. Alors, tu te pointes, ou quoi ? »

Comment savait-il que j'étais là ? Je n'avais pas fait le moindre bruit. Je ne faisais pas le moindre bruit.

« Tu sais ce qui va se passer si tu n'obéis pas, menaça-t-il avec un grognement amusé. Il va falloir que je me débrouille avec ta copine. Elle n'est pas terrible, mais sa bouche devrait faire l'affaire. »

Toute ma chair se crispa en réaction à sa voix et ce fut au prix d'un effort de volonté considérable que je m'approchai de la porte ouverte. Sa façon de parler me révulsait. Des voyelles estropiées et des coups de glotte qui faisaient voler en éclats le mythe du pittoresque parler de Glasgow. Aucun mot imprimé ne saurait transmettre la laideur de son accent, ni l'effet qu'il exerçait sur moi. Je l'associais à son odeur et à son goût, et la nausée me monta aux lèvres immédiatement.

Il était toujours assis à mon bureau et Peter se trouvait là où je l'avais vu de dehors, sur la chaise où Jess avait pris place un peu plus tôt. Il était habillé, ses yeux n'étaient pas bandés, mais il avait du ruban adhésif sur la bouche, les mains et les pieds attachés. MacKenzie avait légèrement tourné la chaise vers le bureau pour que Peter puisse voir les images qui vacillaient sur l'écran de l'ordinateur et, au-delà de celles-ci, Jess, dans l'angle le plus éloigné de la porte.

J'avais à peine regardé Peter, toute mon attention étant concentrée sur MacKenzie, mais j'avais eu le temps de lire la panique dans son regard avant de repérer Jess du coin de l'œil. Elle était nue, les yeux bandés, bâillonnée, debout en équilibre sur un tabouret. Mon cœur se serra ; je savais à quel point c'était terrifiant. Quand on n'y voit rien, et qu'on ne peut remuer ni mains ni pieds, le seul repère qui reste est le mur qui se trouve derrière vous. Si vous perdez le contact avec lui, vous tombez. La concentration de chaque instant que cela exige est insupportable.

329

J'ignore si MacKenzie cherchait, par cette mise en scène, à m'effrayer pour s'assurer de ma docilité ou s'il avait cédé à la tentation de s'offrir encore une fois le spectacle dégradant d'une femme humiliée. Quoi qu'il en soit, la fragilité de Jess me bouleversa. Dépouillé de la chemise d'homme et du jean qui le dissimulaient habituellement, son corps paraissait trop chétif et trop enfantin pour résister au genre de sévices que MacKenzie affectionnait. Je pris conscience de la présence d'un objet sur le tapis, devant elle. Je ne le voyais pas distinctement, parce que je ne voulais pas perdre MacKenzie des yeux fût-ce une seconde, mais son contour dentelé me rappela les pièges que mon père fabriquait.

Il plantait des clous dans des bouts de planche, qu'il disposait un peu partout autour de la ferme, là où il repérait des traces de voleurs de bétail ou de braconniers. Sa méthode favorite était d'enterrer le socle de bois dans la terre sèche et de laisser les clous dépasser d'un centimètre au-dessus de la surface. Il arrivait que ses victimes soient des véhicules vétustes que nous retrouvions abandonnés, les pneus éclatés, mais le résultat le plus fréquent était des traces de pas sanglantes dans la poussière. Un clou dans le pied ne tue pas mais c'est un outil de dissuasion efficace.

D'où venait-il ? Était-ce Papa qui l'avait fait ?

Je tournai ma langue à l'intérieur de ma bouche. « Comment m'avez-vous trouvée ?

— Le monde est plus petit que tu ne crois. » Il remarqua la hache que je serrais sur ma poitrine. « Tu as vraiment l'intention de te servir de ce truc, plume ? »

Papa utilisait toujours des clous de cinq centimètres... Jess se tuera si elle tombe dessus... « Ne m'appelez pas comme ça. »

MacKenzie sourit. « Réponds à la question, *plume*. Tu as l'intention de te servir de ça ?

– Oui. »

Son sourire s'élargit. « Et quand je te l'aurai arrachée des mains et que je m'en serai servi contre Gollum, là... » Il fit un signe de tête en direction de Jess. « ... tu feras quoi ?

– Je vous tuerai. »

Mon expression lui montra sans doute que je ne plaisantais pas, parce qu'il ne bougea pas. « J'ai persuadé ton père de me dire où tu étais. Il ne voulait pas, mais je lui ai donné le choix... toi, ou ta mère. Il a préféré ta mère. » Il y avait une lueur d'humour dans ses yeux pâles. « Qu'est-ce que tu en dis ? » Il prononçait « père » presque comme « peur » – un son mou, grinçant.

Mes mains se serrèrent autour de la hache. « Je suis flattée, répondis-je, la bouche sèche. Mon père me fait confiance. Il sait que je suis capable de m'en tirer.

– Si je veux.

– Où est-il ? Que lui avez-vous fait ?

– Je lui ai appris deux ou trois réalités de la vie. Ça m'a fait de la peine. Ça me fait toujours de la peine de voir des vieux se battre.

– Vous ne vous en seriez pas pris à lui s'il avait eu les mains libres. Vous n'êtes même pas capable de vous en prendre à une femme si elle n'est pas ligotée, bâillonnée, les yeux bandés. »

MacKenzie haussa les épaules avec indifférence et sortit le portable de mon père de sa poche, le tournant vers moi pour que je le voie bien. « Tu le reconnais ? Ça te rappelle quelque chose ? "Tout va bien. Maman est avec moi. Ne t'en fais pas. Appelle bientôt. Papa." J'étais encore sur la route quand ton

331

texto est arrivé. Je me suis dit que j'allais te tranquilliser en répondant. » Il me dévisagea, attendant une réaction. « Je voulais t'en envoyer un autre, mais je n'avais plus de réseau. Quelle idée, Connie, d'aller t'installer dans une zone qui n'est pas couverte ! »

J'essayai à nouveau de sécréter un peu de salive. « Comment croyez-vous que j'ai envoyé le texto ? Ça dépend du serveur.

– Ah oui ? Alors pourquoi il n'a pas de réseau, lui ? » Il désigna de la tête le portable de Peter, posé sur le bureau. Ses yeux se plissèrent de curiosité. « Tu ne serais pas venue me chercher si tu avais pu prévenir les flics. J'ai raison, plume ?

– Oui. »

Ma réponse ne lui plut pas, mais, curieusement, c'était la vérité qui le dérangeait. Il aurait sans doute préféré que je fanfaronne, que je bluffe, sachant que, dans ma situation, personne n'admet aussi aisément ne pouvoir compter sur aucun secours. Je ne saurais même pas dire pourquoi je lui ai répondu oui ; en fait, j'avais prévu de lui faire croire que la police était en route.

Il jeta un regard soupçonneux dans le vestibule, derrière moi. « Tu as intérêt à ne pas mentir.

– Je ne mens pas, dis-je avec toute la sincérité dont j'étais capable. Comment aurais-je pu la prévenir sans réseau ? Le fixe ne marche pas. Vous êtes bien placé pour le savoir. »

La réaction fut infime – une manipulation nerveuse du portable de mon père pour vérifier l'absence de réseau – mais j'eus l'impression qu'il me concédait un point. La crainte de ne pas maîtriser la situation aussi bien qu'il l'avait cru. Le problème était que j'ignorais comment exploiter cet avantage, car je ne savais pas depuis combien de temps il était dans la maison ni ce qu'il savait. De toute façon, ses doutes s'évanouiraient quand il constaterait que les renforts n'arrivaient pas.

« Ils savent tout sur vous, repris-je. Votre mère a fait une déposition. »

Il me regarda fixement. « Tu mens. »

Y avait-il un frémissement de doute dans sa voix ?

« Vous n'avez qu'à consulter les messages reçus dans ma boîte à lettres, vous y trouverez un document joint au dernier mail de l'inspecteur principal Alan Collins. » J'entendais le frottement de ma langue contre mon palais desséché. « J'avais retenu son nom. Il était sur l'enveloppe que vous m'aviez demandé de poster. »

Le détail lui rappela manifestement quelque chose, car une brève lueur traversa son regard.

« J'ai dit à Alan Collins qu'elle s'appelait Mary MacKenzie et qu'elle avait sans doute été... ou était toujours... prostituée. Il a transmis l'information à Glasgow et ils n'ont eu aucun mal à la dénicher. »

Je ne m'avançais pas trop. S'il niait, s'il répondait que sa mère n'était pas prostituée ou ne s'appelait pas Mary MacKenzie, je pourrais dire que mes informations étaient fausses et que la police l'avait trouvée autrement. Il ne nia rien. C'était la hache qui l'intéressait. « Ne me prends pas pour un con, Connie. Tu te figures que je vais te tourner le dos ? De toute façon, peu importe. Ça fait des années que ma salope de mère est morte pour moi. Dis-moi ce qu'il y a dans sa déposition. »

Oh mon Dieu ! De si petits pas, et chacun exigeant d'être analysé et exploité au quart de tour si je ne voulais pas que MacKenzie se doute de quelque chose. Il ne faut certainement pas longtemps pour se rappeler le contenu d'une déposition. Heureusement, je m'étais posé un certain nombre de questions sur sa mère, j'avais surfé sur le Net en quête d'informations sur les sadiques et les violeurs. J'avais même envisagé d'essayer de la retrouver moi-même, en engageant un détective privé ou en allant à Glasgow consulter les archives du journal local. J'étais convaincue qu'un homme aussi violent avait eu maille à partir avec la justice avant même de quitter sa ville natale, et que sa mère était pour quelque chose dans la haine que lui inspiraient les femmes.

Je fis une tentative passable de haussement d'épaules. « Elle se reproche ce que vous êtes devenu... elle dit que c'est parce qu'elle faisait le trottoir que vous avez dérapé. Vous aviez du mal à l'école et vous avez commencé à sécher... elle parle aussi de vols et de bagarres d'ivrognes. » La réaction fut suffisante pour m'inciter à essayer autre chose, que j'avais trouvé sur un site web – le terme que les putes de Glasgow utilisent pour désigner leur métier. « Elle dit qu'elle avait plus peur de vous que d'aller au taf.

– Conneries, grinça-t-il avec colère.

– Je n'en sais rien, moi, mais c'est ce qu'elle dit. Depuis 1991, il y a eu à Glasgow sept assassinats de prostituées. On n'a pas trouvé le coupable, et elle pense que c'est vous. C'est ce qu'elle a dit à la police de Strathclyde. Tout figure dans sa déposition. »

Il ne savait pas s'il devait me croire ou non. Comment une fille du Zimbabwe pouvait-elle savoir que la police de Strathclyde était l'instance supérieure des services de Glasgow ou que des enquêtes restaient ouvertes sur la mort de sept prostituées ? Les meurtres avaient bien eu lieu, mais on les attribuait à plusieurs individus. MacKenzie le savait-il ?

Il jeta un regard nerveux en direction de l'écran. Je ne quittai pas son visage des yeux mais, à l'extrême limite de mon champ de vision, je remarquai que Peter essayait désespérément de se débarrasser de ses liens. Je savais par expérience que c'était peine perdue, ce qui ne m'empêchait pas d'espérer un miracle.

« C'est votre mère qui a fourni la photo », dis-je.

Je craignis d'être allée trop loin. Mary MacKenzie pouvait-elle avoir un portrait récent de son fils ? Apparemment oui, car il ne mit pas ma parole en doute. Je ne savais pas très bien où cela allait me conduire mais, visiblement, ce genre d'informations accentuait son malaise. En fait, j'espérais arriver à le persuader qu'il ne servait à rien de s'en prendre à Jess, Peter et moi, puisque c'était essentiellement sa mère qui avait parlé à la police.

« Votre photo a été communiquée à toutes les forces de police du Royaume-Uni, avec un mandat d'arrêt, à cause des assassinats de Glasgow. Une fois que vous serez en garde à vue, Alan Collins et Bill Fraser auront tout le temps de vous poser quelques questions sur les meurtres de Freetown et de Bagdad. Vous relevez de la juridiction britannique depuis que vous avez mis les pieds dans le pays... autrement dit, on peut vous interroger sur des crimes commis n'importe où dans le monde. » Prudemment, je resserrai mes mains autour de la hache. J'avais les paumes tellement moites qu'elle avait tendance à glisser. « Vous trouverez tout ça dans le mail d'Alan. »

Si j'arrivais effectivement à le décider à me tourner le dos, je pourrais certainement le frapper. Mais je ne me faisais guère d'illusions : je n'arriverais certainement pas à le blesser gravement. Je risquais au contraire de le manquer et d'enfoncer ma hache dans l'ordinateur. Au moins, cela mettrait fin à l'atroce litanie de mes supplications, suivies par une obéissance muette, qui remplissaient l'écran, derrière lui. Les images, dont beaucoup en gros plan, étaient pires que tout ce que j'avais pu imaginer.

Je dus m'y reprendre à deux fois pour arriver à parler. « Ils ont dressé votre profil psychologique. Il paraît que, si vous m'avez filmée, vous avez aussi dû filmer les femmes que vous avez assassinées. Ils disent que vous collectionnez des trophées... vous conservez des preuves accablantes parce que vous avez absolument besoin de vous rappeler... »

Je m'arrêtai net. MacKenzie avait lancé le poing en avant pour pointer une lame de couteau devant le visage de Peter. « Ne bouge pas, gronda-t-il. Je vais lui crever les yeux à ce mec. Je n'en ai rien à battre... mais peut-être que toi, si. » De son autre main, il tâtonna derrière lui à la recherche du bouton d'éjection du CD-Rom. « Tu parles trop, Connie, dit-il en jetant un coup d'œil circulaire avant de retirer le disque du tiroir ouvert. Toutes les bonnes femmes parlent trop. Ça me prend la tête. Je t'aimais mieux quand tu fermais ta gueule. »

Il fit jouer la pointe de son couteau entre les yeux terrifiés de Peter tout en glissant le DVD dans sa poche. « Et ce profil, qu'est-ce qu'il dit d'autre ? »

Et merde ! Je ne savais plus quoi faire. Foncer ou reculer ? Que savait-il exactement des profils psychologiques ? Quelle tactique avait les meilleures chances de le pousser à bout ? L'apaisement ou la brutalité ? Je puisai quelques faits dans les recherches que j'avais effectuées. « Que vous êtes un tueur organisé... un désaxé assoiffé de vengeance... que vous en voulez aux femmes parce que

336

vous êtes incapable de nouer de vraies relations... que vous choisissez soigneusement vos victimes et que vous préparez vos crimes, pour éviter de vous faire prendre. » Je ne quittais pas la lame des yeux. « Que vous êtes issu d'un milieu socio-économique situé à l'extrémité inférieure de l'échelle... Certainement pas marié... peut-être atteint de psychose paranoïaque... parfaitement indifférent à l'hygiène personnelle... »

Je me tus parce que son agressivité s'était évanouie d'un coup.

Il abaissa son couteau et me jaugea d'un regard critique. « Tu n'as plus que la peau sur les os, plume, remarqua-t-il gentiment. Qu'est-ce qui t'est arrivé ?

– Je ne peux plus manger. Je me sens mal dès que je mets quelque chose en bouche.

– Tu penses à moi, c'est ça ?

– Tout le temps.

– Continue », m'encouragea-t-il, en posant le couteau sur le bureau pour tendre le bras vers un sac de toile. Il était posé par terre, sous le bureau, et je ne l'avais pas encore remarqué. Je le vis écarter le rabat pour y ranger le portable de mon père et le DVD, et reconnus avec horreur mon propre sac.

« La nuit, je me réveille en hurlant parce que j'ai peur que vous soyez dans ma chambre, poursuivis-je d'une voix monocorde. Le jour, j'ai des crises de panique dès que je vois un chien ou que je sens une odeur qui me fait penser à vous. » Dans le sac, je distinguai une paire de jumelles miniatures qui, j'en étais sûre, appartenaient à mon père. « Sur les vingt-quatre heures que dure une journée, il n'y a pas une minute où je ne pense pas à Keith MacKenzie. »

Je laissai le silence retomber, parce que je ne savais pas ce qu'il mijotait. D'un côté, j'avais l'impression qu'il se préparait à partir ; de l'autre, je restais profondément méfiante. Il était obligé de passer devant moi pour sortir, mais je n'étais pas idiote au point de baisser ma hache pour lui dégager la voie. Je n'avais pas non plus l'intention de me séparer de Jess et Peter. Ils étaient évidemment incapables de m'aider, mais leur seule présence me donnait une assurance que je n'aurais jamais eue si j'avais dû affronter MacKenzie sans eux.

Jess m'inquiétait. Elle commençait à fatiguer. Du coin de l'œil, je la voyais rejeter la tête en arrière pour maintenir ses épaules en contact avec le mur. Peter avait atrocement peur pour elle. Il redoublait d'efforts pour se libérer les mains, et je percevais son désespoir chaque fois que son regard passait d'elle à moi.

Cela n'avait pas échappé à MacKenzie, qui pointa le menton vers le piège. « Sympa, ce truc, tu ne trouves pas ? Je suppose que ça m'était destiné, plume. Si ta copine n'a pas de bol, les clous s'enfonceront dans son ventre. C'est de blessures à l'abdomen que les soldats meurent le plus souvent, tu peux me croire, je l'ai vu. La merde des intestins infecte le sang. » Il haussa les épaules avec indifférence. « À toi de voir. Tu peux entrer et déplacer le piège... ou tu peux la laisser tomber. Je veux bien passer un marché avec toi. Dès que tu auras franchi le seuil, je m'en irai. »

Peter hocha la tête énergiquement, me suppliant d'accepter. Je me passai laborieusement la langue sur les lèvres pour arriver à émettre un son. « JESS ! criai-je. *Écoute*-moi ! Il *faut* que tu te concentres. Je ne *peux pas* entrer. Tu *comprends* ? » Sa tête s'inclina d'un millimètre en avant. Je poursuivis plus calmement : « Tant pis si tu es crevée, tant pis si tu as mal, reste debout. Au moins, tu es sur tes jambes, tu n'es pas accroupie dans un coin. *Compris?* » Nouvelle inclinaison de la tête.

Je ne sais plus à quel moment je pris conscience que j'avais moins peur que je ne l'aurais cru. J'en manifestais les signes physiques, bien sûr, la bouche sèche et les mains moites, mais c'était plus par crainte de me faire surprendre que parce que j'avais peur de MacKenzie lui-même. À tort ou à raison, j'avais l'impression que c'était lui qui était isolé, à présent, et moi qui avais la situation en main.

Il était plus petit que dans mon souvenir et bien plus minable, mal rasé, vêtu d'une chemise qui avait l'air d'avoir été portée pendant des jours. Je la sentais à dix mètres. Elle puait la crasse et la sueur et provoqua ma seule vraie défaillance, lorsque la nausée du souvenir me brûla l'arrière-gorge. Mais, dans l'ensemble, je me demandais comment ce minus avait pu exercer pareille emprise sur mon imagination.

Le policier qui m'a interrogée, plus tard, m'a demandé pourquoi je n'avais pas accepté la proposition de MacKenzie. « Parce que je savais qu'il ne partirait pas, ai-je répondu.

— Le docteur Coleman en est moins sûr que vous.

— Peter avait peur pour Jess – il avait envie de le croire. Tout ce que je voyais, c'est que nous serions tous beaucoup plus vulnérables si j'obéissais à Mac-Kenzie. Tant que j'étais libre et que je lui barrais la sortie, c'était lui qui était à l'intérieur du piège... si j'étais entrée, la dynamique aurait été inversée.

— Vous n'aviez pas peur que Miss Derbyshire tombe ?

— Si... mais j'avais l'impression qu'elle pouvait encore tenir le coup. De toute façon, j'aurais eu du mal à déplacer le piège. Il aurait fallu que je le regarde – ce qui m'aurait obligée à quitter MacKenzie des yeux – et il m'aurait sauté dessus. Franchement, la seule solution était de rester où j'étais.

– Même quand il a menacé le docteur Coleman ?

– Oui. Vous comprendrez peut-être mieux si vous essayez de voir ça comme une partie d'échecs. Tant que je contrôlais la porte donnant sur le hall, les mouvements de MacKenzie étaient limités. »

Le policier me dévisagea avec curiosité. Il s'était présenté sous le nom d'inspecteur principal Bagley et s'en tenait au conventionnel Miss Burns, bien que je l'aie prié de m'appeler Connie. Il était roux et râblé, pas beaucoup plus âgé que moi. Sans se départir de la plus parfaite courtoisie, il avait peine à cacher la méfiance que je lui inspirais. « Avez-vous eu autant de sang-froid du début à la fin ?

– J'ai essayé. Ça n'a pas toujours été facile... mais je ne voyais pas comment nous pourrions nous en sortir si je ne gardais pas une longueur d'avance sur lui. »

Bagley acquiesça de la tête. « Est-ce vous et Miss Derbyshire qui avez fabriqué le piège, Miss Burns ? Devait-il vous assurer, lui aussi, une longueur d'avance ?

– Non.

– Selon le docteur Coleman, MacKenzie a affirmé que cet engin lui était destiné. Êtes-vous sûre que vous n'aviez pas imaginé un stratagème qui s'est retourné contre vous ?

– Sûre et certaine, répondis-je avec honnêteté. Peter a mal compris ce que disait MacKenzie, je le crains. Il a un accent très prononcé. Ce que j'ai compris, moi, c'est que le piège m'était destiné, à moi.

– Ce serait donc MacKenzie qui l'aurait fabriqué ? Comme les cinq autres que nous avons trouvés ?

– Il faut croire. »

Bagley consulta ses notes. « Toujours selon le docteur Coleman, vous auriez annoncé à MacKenzie que vous aviez l'intention de le tuer.

– Seulement quand il m'a demandé ce que je ferais s'il utilisait la hache contre Jess. Je n'avais défini aucune stratégie en entrant dans le hall, à part essayer de le convaincre que la police n'allait pas tarder.

– Ce n'est pas l'impression qu'a eue le docteur Coleman, Miss Burns. Il prétend que vous saviez parfaitement ce que vous faisiez dès l'instant où vous êtes apparue sur le seuil. Il affirme aussi que MacKenzie a éprouvé le même sentiment. »

Je haussai les épaules. « Et selon lui, je faisais *quoi* ?

– Vous vouliez vous venger.

– C'est ce que Peter a pensé ?

– En tout cas, il est sûr que MacKenzie l'a pensé. Il prétend qu'il avait peur de vous.

– Excellent », dis-je sans émotion.

Être habillée changeait pas mal de choses. Même un petit haut de coton léger et un sarong faisaient l'effet d'une cuirasse par comparaison avec la nudité honteuse. Quand je pris la décision de rester dans l'embrasure de la porte, je m'essuyai une paume après l'autre sur le côté de ma jupe tout en équilibrant la hache dans l'autre, puis j'en coinçai l'ourlet dans ma culotte pour avoir une plus grande liberté de mouvement.

Avoir les yeux ouverts changeait tout. Pour la première fois, je compris à quel point la peur avait déformé l'image que je me faisais de mon adversaire. Malgré toute la violence dont je savais MacKenzie capable, je voyais un homme de petite taille, à peine plus grand que moi. De plus, il était incapable de dissimuler ce qui se passait dans sa tête. Il jetait des regards furtifs dans tous les sens, vérifiant à maintes et maintes reprises que rien ne lui échappait; à présent, chaque fois qu'il me regardait, c'était avec un certain doute.

Étais-je encore prête à reconnaître son autorité ? Quels sentiments me liaient aux autres individus présents dans la pièce ? La haine que lui-même m'inspirait était-elle plus forte que mon amitié pour eux ? Quel était le degré de ma peur ? De la compassion que j'éprouvais pour Jess ?

« Elle ne va pas pouvoir rester debout comme ça toute la nuit, me dit-il. Toi non plus. Tu ferais mieux de faire ce que je te dis, Connie.

– Non. »

Il releva son couteau vers le visage de Peter. « Tu as envie que je découpe le docteur en rondelles ?

– Non.

– Alors, entre.

– Non. »

Il posa la pointe de la lame sous l'œil droit de Peter. « Un geste et il est aveugle. C'est ce que tu veux, plume ? » Peter se recroquevilla contre le dossier de sa chaise. « Regarde-le, lança MacKenzie avec dégoût. Il a encore plus la trouille que toi l'autre fois.

– Alors détachez-le. Vous verrez s'il a aussi peur quand il a les mains libres.

– Tu aimerais bien, hein ?

– Bien sûr, admis-je sans broncher. Vous devriez pouvoir en venir à bout facilement si vous avez été dans le SAS. Le seul hic, c'est que vous n'y étiez pas, je me trompe ? »

Il ne mordit pas à l'hameçon, mais je n'y comptais pas vraiment. Il contempla Peter avec mépris. « Ton père a plus de couilles que cette lopette. »

Il avait déjà utilisé cette tactique avec moi, comme, j'en suis sûre, avec toutes ses victimes. Plus une personne se sent rabaissée, plus il lui est difficile de conserver un sentiment de dignité. Je décidai d'employer le même stratagème. « Qu'est-ce que tu crois que je vais faire, si tu te sers de ce couteau ? demandai-je du ton le plus arrogant que je pus trouver. Tu n'es quand même pas con au point de penser que je vais de nouveau te sucer la bite. Ou bien si ? On a fait passer un test de QI à ta mère. Retardée mentale. »

Mes insultes le laissaient froid. Il agita la pointe de la lame entre les yeux de Peter. « Tu feras ce que je te dirai de faire, Connie, comme la dernière fois. »

La terreur de Peter était tellement aiguë que je la sentais. Elle était palpable dans l'atmosphère. Quant à moi, je restais d'un calme olympien. Je me rappelle avoir pensé : tu n'as pas commencé à subir ce que j'ai subi, Peter, ni ce que Jess subit en ce moment. J'étais furieuse contre lui, parce que sa peur alimentait l'assurance de MacKenzie.

Je parvins à produire suffisamment de salive pour projeter une gouttelette de crachat par terre. « Voilà ce que je pense de toi, espèce de petit branleur, grommelai-je en direction de MacKenzie. Essaie de me toucher et tu es mort. Tu ferais mieux d'écouter les petites voix que tu as dans la tête, qui te disent que les femmes sont des créatures terrifiantes. Tu n'oses pas t'en approcher quand elles ont les mains libres. »

Là encore, ça ne lui fit ni chaud ni froid.

« Tu sais comment les putes de Freetown t'appelaient ? dis-je avec un petit rire. "La folle du zoo". Tu détestais tellement les femmes qu'elles étaient sûres que tu étais gay... on racontait que tu tringlais des chiens parce que tu ne pouvais pas te payer de jolis petits mecs. À ton avis, pourquoi est-ce que les Européens t'évitaient comme la peste ? La première chose qu'on nous disait, quand on arrivait à Freetown, c'était "Surtout ne serre pas la main à Harwood, tu risquerais de choper la chtouille de son Ridgeback." »

Cette fois, j'avais retenu son attention.

« J'ai expliqué aux flics que tu ne pouvais bander qu'en présence de chiens, poursuivis-je, cherchant n'importe quoi pour le faire sortir de ses gonds. Rien de ce que j'ai pu faire n'a suffi à t'exciter. Regarde-toi là, maintenant. Peter te fait bien plus d'effet que Jess ou moi. Pour que tu y arrives avec des femmes, il faut qu'elles soient ligotées et à ta merci. Elles te rappellent ta mère... soufflant et suant sous les mecs qu'elle ramenait à la maison. »

Il ne répondit pas et se contenta de me regarder fixement.

« Tu es obligé de leur bander les yeux pour qu'elles ne voient pas la taille de ta queue, continuai-je, et tu les obliges à te sucer pour que, surtout, tu n'aies pas à entrer en contact avec leurs parties intimes. Les seins et les vagins te foutent une trouille d'enfer. Un cul, d'accord, mais un vagin, ça, c'est trop pour toi. » À en croire le vacillement momentané de son regard, j'avais touché dans le mille. « Tu trouveras tout ça dans ton profil. Ils appellent ça le "trac", parce que tu n'es pas capable de maintenir une érection...

– Ta gueule ! siffla-t-il, avec un geste convulsif de la main qui tourna la pointe du couteau vers moi. Tu me prends la tête. »

Je déglutis péniblement, cherchant à sécréter encore une goutte de salive. « Tu n'es qu'un minable. Ce que tu as en guise de pénis n'en mérite même pas le nom – ta mère le raconte à tout le monde. À cause d'elle, tu es la risée de Glasgow. »

Ses yeux pâles lancèrent un éclair de haine, et il se leva d'un bond, chargeant comme un taureau. Je n'attendais que ça. À l'instant même où il bondit, je fis volte-face et courus vers la porte matelassée. En passant, je balançai la hache sous l'escalier, sachant que je n'arriverais pas à m'en servir et j'attrapai le bouton en laiton des deux mains. Pendant un moment atroce, mes paumes moites glissèrent autour du métal et ce fut le désespoir qui me fit hurler en crispant les doigts autour de la poignée, que je tournai de toutes mes forces.

18.

L'inspecteur Bagley refuserait de croire que je n'aie pas conservé de souvenirs plus précis de la suite. La vérité est que je ne m'en souviens pas dans le détail. Je n'ai gardé en mémoire qu'une confusion de bruits et de corps, et la vague conscience, je ne sais plus à quel moment, d'un torrent de sang sur les dalles.

J'essayai d'expliquer à Bagley que, si j'avais su qu'il suffisait de crier pour pousser des mastiffs à attaquer un étranger, je les aurais pris avec moi d'emblée au lieu de les laisser dans le couloir menant à la cuisine. Pourquoi affronter MacKenzie seule si j'avais pu lui jeter à la gorge une meute de molosses ? *Parce que j'étais persuadée qu'il saurait les utiliser contre moi bien plus facilement que l'inverse.* En fait, tout ce que j'avais espéré en les laissant derrière la porte matelassée verte était qu'ils provoquent un certain trouble quand je les lâcherais dans le hall.

Je n'avais pas eu le temps de faire des projets précis. Je cherchais, me semble-t-il, à obtenir un instant de répit qui nous permettrait de nous échapper. Ou bien j'espérais que Jess pourrait ordonner elle-même à ses chiens d'acculer Mac-Kenzie dans un coin. C'était de l'improvisation pure et simple, dictée par ma certitude de ne pas arriver à m'en sortir avec une arme. Hache ou canne, MacKenzie n'aurait eu aucun mal à me l'arracher des mains.

« Mais alors pourquoi êtes-vous restée dans le hall ? demanda Bagley. Pourquoi avez-vous repris la hache qui était sous l'escalier ?

– Je ne sais pas. Il y avait un tel vacarme que je n'ai pas compris ce qui se passait. C'est bizarre. Les chiens n'ont pas bronché pendant tout le temps qu'ils étaient dans le couloir... mais dès que j'ai ouvert la porte, ils sont devenus comme fous... ils se sont jetés sur MacKenzie. Pourquoi lui ? Pourquoi pas moi ? Une heure ne s'était pas écoulée depuis qu'ils m'avaient coincée contre la porte de la remise.

– Il était devant eux.

– Mais comment a-t-il pu les éviter quand il est arrivé ?

– Êtes-vous sûre qu'il ne s'est pas introduit dans la maison avant le retour de Miss Derbyshire ?

– Oui. J'ai envoyé un mail à mes parents et la ligne téléphonique n'a été coupée qu'après... la seule fenêtre que vous avez trouvée déverrouillée est celle du bureau. Pourtant, je me souviens parfaitement d'avoir vérifié le loquet pendant que Jess et moi y étions, un peu plus tôt ; à ce moment-là, elle était fermée, j'en mettrais ma main au feu.

– Il a dû entrer par là. Il a éraflé la peinture en débloquant le loquet avec son cran d'arrêt... il a laissé des traces de boue et d'herbe sur le tapis. C'est aussi la fenêtre par laquelle passe le câble téléphonique. Toute l'opération – couper les fils et

347

forcer la serrure – n'a pas dû lui prendre plus de quelques minutes. L'explication la plus probable, selon nous, est qu'il vous a observées un bon moment de l'extérieur du jardin et qu'il a profité de l'arrivée du docteur Coleman pour s'introduire sur place. Pendant que les chiens étaient occupés, il a eu largement le temps de faire le tour. Il aura certainement vu que cette fenêtre était la plus commode s'il vous a espionnées à la jumelle, Miss Derbyshire et vous. »

Je fis la grimace. « Autrement dit, nous lui avons facilité les choses. »

Bagley secoua la tête. « S'il était décidé à entrer, il aurait trouvé un autre moyen. » Il revint à ce qui s'était passé au moment où j'avais lâché les chiens dans le hall. « Le docteur Coleman dit que vous n'avez pas arrêté de hurler. Il a cru que vous étiez blessée.

– Je ne me rappelle pas.

– Faites un effort, Miss Burns, murmura-t-il d'un ton patient. D'après ce que vous avez expliqué au docteur Coleman, vous avez cru que les mastiffs se battaient à cause d'un chat. Mais il n'y a pas de chat, à Barton House. »

Je me rappelle m'être figée sur place. Les grondements et les grognements féroces instillaient de l'eau glacée dans mes veines et je restai immobile, paralysée de peur, pendant ce qui me parut une éternité. L'écho de ces sons gutturaux était amplifié par le sol de pierre et par la hauteur du plafond de la cage d'escalier. Je réagissais comme je l'avais fait dans la cave de Bagdad – par une immobilité convulsive.

Si j'ai crié, je n'en étais pas consciente, et je ne suis pas sûre que les souvenirs de Peter soient plus

348

précis que les miens. La seule chose qu'il vit vraiment, ce fut MacKenzie qui se levait d'un bond pour se jeter sur moi. Le reste n'était que le fruit de son imagination. Il réussit ainsi à convaincre la police que j'avais donné des ordres aux chiens – d'abord celui d'attaquer, puis celui de reculer –, mais comme je m'entêtai à le rappeler à Bagley, je n'aurais pas pu hurler et commander en même temps. De toute façon, Jess ne m'avait jamais dit quels mots ses chiens connaissaient.

« J'ai du mal à l'admettre, Miss Burns. Vous êtes une femme pleine de ressources. Vous ignoriez tout de Mrs MacKenzie, ce qui ne vous a pas empêchée de faire un exposé parfaitement plausible de ce qu'elle aurait pu déclarer. Idem pour le profil psychologique inexistant.

– Tout était très vague. Je n'ai fait que répéter des généralités tirées d'études de cas trouvées sur Internet. » Je m'interrompis. « Je savais déjà pas mal de choses sur lui... ce que Peter a tendance à oublier. MacKenzie m'avait révélé plus de choses qu'il ne le pensait, à Bagdad.

– Vous allez sans doute découvrir que le docteur Coleman éprouve la plus vive admiration pour vos talents d'investigation, murmura Bagley avec un petit sourire. Selon lui, vous aviez compris comment maîtriser les chiens de Miss Derbyshire une demi-heure seulement après les avoir vus pour la première fois.

– J'ai la phobie des chiens, protestai-je. Ce soir, c'est la première fois que j'ai été capable de m'approcher d'eux à moins de dix mètres. Je suis sûre que le docteur Coleman vous l'a dit.

– Bien sûr, mais vous n'êtes ni sourde ni aveugle, Miss Burns.

– Ce qui veut dire ?

– Vous avez passé trois mois à observer et à écouter les ordres que leur donne Miss Derbyshire. Vous n'en avez rien tiré ? »

J'aurais pu être flattée de la description faite par Peter de mon ascendant sur les psychopathes et sur les mastiffs, si elle ne m'avait valu un interrogatoire serré sur mes motifs. On m'avait fait savoir en termes clairs qu'en vertu de la loi britannique, un propriétaire ou un occupant a le droit de défendre sa propriété et sa personne contre les intrus. Du point de vue de la loi, « sa personne » incluait les membres de sa famille et les amis qui se trouvaient sous son toit et dont il estimait la vie en danger.

Néanmoins, le degré de force employé contre l'intrus devait être « raisonnable ». La préméditation, de quelque nature qu'elle fût – mise en place de pièges, châtiment infligé à un homme hors d'état de nuire ou poursuite à des fins de vengeance –, était un délit. Autrement dit, on pouvait faire appel à une meute de mastiffs pour neutraliser un intrus, mais pas pour l'égorger ; des pièges de fortune disposés aux environs d'une maison dans l'intention d'estropier et de blesser étaient illégaux ; tout comme l'utilisation d'une hache contre un adversaire déjà à terre.

Le plus grand point d'interrogation de Bagley concernait les raisons qui m'avaient poussée à retourner dans la maison, alors que la meilleure solution était évidemment de m'en tenir à mon plan initial, à savoir de courir jusqu'à un lieu où j'aurais suffisamment de réseau pour téléphoner à la police. L'odeur suspecte de la « vengeance » flottait autour de moi. Je savais que Peter était en vie puisque je l'avais vu, et rien ne révélait que Jess se trouvait dans la pièce, encore moins qu'elle était en fâcheuse posture. De fait, au moment où j'avais fait demi-tour, rien ne pouvait me faire penser que l'un ou l'autre était menacé, puisque je n'avais pas remarqué le ruban adhésif sur la bouche de Peter (de mon propre aveu).

« C'est une loi ridicule, dis-je, profondément indignée. Au Zimbabwe, on nous apprenait que le domicile d'un Anglais est son royaume. »

La touche coloniale n'impressionna guère l'inspecteur. « C'est exact, m'assura-t-il, et il est en droit de le défendre, à condition de ne pas faire usage d'une violence disproportionnée.

– Autant conseiller aux cambrioleurs de se cogner la tête contre un mur chaque fois qu'ils se font prendre, rétorquai-je avec colère. Comme ça, ils sont sûrs de ne pas repartir les mains vides. Ils n'emporteront peut-être pas la chaîne stéréo, mais ils pourront réclamer des indemnités pour emploi disproportionné de la force.

– Je vois que vous lisez le journal.

– Je suis journaliste.

– Hmm. Eh bien, Miss Burns, j'aurais tendance à vous donner raison, mais c'*est* la loi... et je suis obligé de la faire appliquer. Pourquoi avez-vous repris la hache ?

– Parce que j'ai vu du sang par terre. »

Beaucoup de sang. On se serait cru en zone de guerre. La créature blessée balançait des litres de sang sur les dalles. Je n'ai pas imaginé un instant que cela pouvait être MacKenzie. Le destin n'a jamais de ces complaisances. J'ai su d'emblée que c'était un des chiens de Jess et que le cran d'arrêt de MacKenzie avait touché une artère. Je ne sais pas ce que j'avais en tête en ramassant la hache. Peut-être voulais-je me venger. Je me rappelle avoir pensé que c'était vraiment injuste.

« Vous parlez comme si j'étais une spécialiste du comportement canin, dis-je à Bagley, ce qui est loin d'être le cas. J'ai passé des années à éviter les chiens. Dans tous les pays où j'ai vécu, la rage est endémique. C'est un monde différent. On apprend à faire attention aux animaux, dans les pays chauds. La chaleur les rend fous, autant que les gens.

– Vous disiez que vous avez vu du sang, me rappela-t-il patiemment.

– J'ai eu peur qu'ils ne réagissent comme les requins – qu'ils ne se déchaînent en sentant l'odeur. »

Il me jeta un regard dubitatif. « Vous voulez dire qu'ils auraient pu dévorer MacKenzie ?

– Le déchiqueter, rectifiai-je, comme les chiens de chasse avec les renards.

– Alors vous avez ramassé la hache pour le protéger ?

– Et me protéger, moi. Tout cela ne se passait qu'à quelques mètres de moi.

– Vous saviez que c'était un mastiff qui était en train de mourir ?

– Oui. J'avais vu Bertie s'effondrer. »

Il consulta ses notes. « Vous rappelez-vous ce que vous avez fait ensuite ?

– Pas vraiment. Je n'avais qu'une idée en tête, mettre fin à ce carnage.

– Vous aviez donc l'intention d'utiliser la hache contre les mastiffs ?

– Je n'avais pas de plan. Tout ce que je savais, c'était qu'il fallait que je fasse quelque chose. »

Il soutint mon regard un moment, puis reporta son attention sur ses notes. « D'après le docteur Coleman, vous avez crié "salaud" puis vous avez ordonné aux chiens de se placer derrière vous et vous avez abattu la hache sur la main droite de MacKenzie... celle qui tenait le couteau. Le docteur Coleman a eu l'impression que vous vouliez défendre les chiens et éviter qu'il les agresse encore... que vous ne cherchiez pas à défendre MacKenzie. »

Je haussai les épaules. « Je ne sais pas quoi vous dire, si ce n'est que Peter m'attribue un sang-froid que je n'avais certainement pas. Il est vrai que j'ai donné un coup de hache sur la main de MacKenzie, mais ça a été un pur hasard. Je pourrais répéter ce geste mille fois, le résultat serait chaque fois différent. Je ne suis même pas capable de me servir d'un marteau... alors comment pouvez-vous penser que j'aie atteint ce que je visais avec une hache ? »

Peut-être m'aurait-il crue plus facilement si j'avais avoué qu'en fait, c'était la tête de MacKenzie que je visais et que je l'avais manquée d'un mètre, mais c'eût été jouer contre mon camp de façon spectaculaire, puisque je m'évertuais à le convaincre qu'une violence excessive n'avait jamais été à mon programme. Ni à celui de Jess. Ni de mon père.

« Et où se trouvaient les chiens lorsque cela s'est produit, Miss Burns ?

— Ils tournicotaient autour de MacKenzie. C'est un miracle que je n'en aie touché aucun.

— En effet, fit-il avec une ironie pesante. Peut-être la main de MacKenzie dépassait-elle fort opportunément de la meute. » Il n'attendait visiblement pas de réponse, car il poursuivit : « J'ai du

353

mal à comprendre que quelqu'un qui a la phobie des chiens ait pu avoir le courage de s'interposer dans une bagarre entre des mastiffs adultes. À première vue, leur poids total dépasse les trois cents kilos... et, de votre propre aveu, vous les croyiez hors d'eux. Ce que vous avez fait était remarquablement courageux ou complètement idiot.

– Complètement idiot, confirmai-je. À peu près aussi idiot que de revenir dans la maison... mais, quand on a peur, on ne réfléchit plus correctement. »

Nouvelle ironie. « C'est sans doute vrai pour la plupart des gens. » Ses lèvres esquissèrent un petit sourire. « Dites-moi pourquoi les chiens se sont décidés à reculer.

– Je n'en sais rien. Peut-être que le bruit de la hache sur la pierre les a surpris. Il n'y a que la partie supérieure de la lame qui ait touché MacKenzie... la partie du bas a fendu une des dalles. »

Il consulta ses notes. « Et c'est à ce moment-là que vous avez décidé de le ligoter.

– Oui.

– Malgré sa blessure.

– Oui.

– En utilisant son propre ruban adhésif... ce qui vous a obligée à retourner dans le bureau.

– Oui.

– Et vous n'avez pas pensé à délivrer le docteur Coleman et Miss Derbyshire ?

– Je n'ai pas eu le temps. J'avais peur de laisser MacKenzie seul, ne fût-ce que durant les quelques secondes qu'il m'a fallu pour entrer et sortir du bureau.

– Pourquoi ?

– Parce que j'étais sûre qu'il était simplement sonné. Il avait les yeux ouverts... il gémissait. Il m'a traitée de salope quand j'ai éloigné son couteau d'un coup de pied. » Avec lassitude, je me massai les tempes du bout des doigts. « J'ai bien pensé à lui flanquer un coup sur la tête pour l'assommer mais, pour tout vous dire, je ne savais pas s'il fallait frapper fort ou pas. J'ai eu peur de le tuer sans faire exprès.

– Hmm... Le docteur Coleman mentionne des gémissements. Selon lui, ils ont cessé quand vous êtes revenue dans le hall avec le ruban adhésif. Aviez-vous décidé de le bâillonner, Miss Burns ?

– Peter vous a dit qu'il était bâillonné ? »

Il secoua la tête.

Je décidai d'interpréter ce geste comme une dénégation claire et nette. « Il a tourné de l'œil quand je lui ai attaché les mains ensemble. Si j'avais su que je lui avais brisé les doigts, j'aurais peut-être fait un peu plus attention... mais, à ce moment-là, je ne savais même pas que je l'avais touché. Je pensais qu'un coup de hache aurait tranché les phalanges... au lieu de les écraser. Pas vous ?

– Ça dépend du moment où la hache a été aiguisée pour la dernière fois.

– Maintenant je le sais. Je ne le savais pas à ce moment-là.

– Vous ne vous êtes pas rendu compte qu'il ne pouvait plus bouger ? Il s'était fait agresser par une meute de chiens avant de se prendre un coup de hache. »

Il me fallut quelques secondes pour mettre de l'ordre dans mes pensées. « Non, ça n'avait rien d'évident. J'admets qu'il avait l'air amoché parce qu'il était couvert du sang de Bertie, mais je l'avais vu se battre, en Sierra Leone, et je peux vous dire qu'il était capable d'encaisser. J'aurais été folle de prendre un risque pareil. »

L'inspecteur eut l'air sceptique. « Il me semble que la réaction normale aurait été de le faire examiner par un médecin le plus vite possible... d'autant plus que vous en aviez un à portée de main...

– C'est exactement ce que j'ai fait, dis-je doucement, et Peter a reconnu que j'avais bien fait de commencer par l'attacher. Le sang qu'il avait sur lui n'était pas le sien. Il avait les doigts cassés et quelques hématomes aux bras, là où les chiens l'avaient pincé à travers sa chemise, mais il n'avait aucune plaie ouverte.

– Miss Derbyshire vous avait-elle expliqué que ses chiens sont dressés à intimider et à immobiliser, mais pas à mordre ?

– Non. Tout ce qu'elle m'a dit, c'est qu'il ne fallait pas avoir peur d'eux, mais elle ne m'a jamais précisé pourquoi. » Je lui adressai mon sourire le plus ingénu. « Autrement, j'aurais su que MacKenzie ne risquait rien.

– Mais vous saviez que MacKenzie avait un cran d'arrêt, vous saviez donc que les chiens, eux, risquaient quelque chose. Et vous saviez aussi, probablement, que Miss Derbyshire serait profondément atteinte par la mort d'un de ses mastiffs.

– Pas vraiment, répondis-je d'un air contrit. Je ne suis pas une femme à chiens, vous savez. »

Son scepticisme monta d'un cran. « Pourquoi avez-vous libéré Miss Derbyshire avant le docteur Coleman ?

– Parce que c'était la plus vulnérable. Elle risquait de tomber sur les clous si elle flanchait.

– Dans ce cas, pourquoi n'avez-vous pas libéré le docteur Coleman tout de suite après ? » Il consulta de nouveau ses notes. « Il prétend que vous êtes sortie de la pièce avec Miss Derbyshire et que vous avez mis plusieurs minutes avant de revenir... vous venez pourtant de me dire que vous avez fait examiner MacKenzie par le docteur Coleman le plus rapidement possible. C'est un peu contradictoire, non ? »

Je soupirai. « Seulement si vous acceptez l'estimation de Peter sur la durée de notre absence... Franchement, je crois qu'il l'a beaucoup exagérée. Vous disiez tout à l'heure que, selon lui, il s'est écoulé une demi-heure entre le moment où il a quitté la cuisine et celui où je suis arrivée à la porte du bureau. À mon avis, il s'agirait plutôt d'un quart d'heure. Quant au combat de chiens, il n'a certainement pas duré les cinq minutes dont parle Peter. Plutôt soixante secondes. En cinq minutes, MacKenzie aurait eu le temps de les tuer tous.

– Le docteur Coleman a l'habitude des urgences, Miss Burns. C'est son métier. Pourquoi ses estimations seraient-elles moins précises que les vôtres ?

– Parce que j'ai plus d'expérience que lui de situations angoissantes. En zone de guerre, on apprend vite qu'on a tendance à exagérer... dix minutes sous un tir de mortier durent dix heures... et une centaine de personnes armées de machettes ont l'air cinq fois plus nombreuses. » Je reposai les coudes sur la table. « J'ai laissé Peter en plan le temps d'accompagner Jess à l'étage – une minute au maximum. Elle était bouleversée et ne savait pas ce que MacKenzie avait fait de ses vêtements. Alors je lui ai proposé de lui prêter quelque chose le temps que nous les retrouvions. Puis je suis redescendue et j'ai délivré Peter. »

L'inspecteur acquiesça d'un signe de tête comme si cette version lui paraissait recevable. « Il s'agit des vêtements qui ont été jetés par la fenêtre du bureau ?

– Oui. Jess pense que MacKenzie a fait ça pour embrouiller les chiens. Ça les aura empêchés de repérer son odeur à lui.

– Vous auriez dû les laisser sur place, pour que la police puisse les examiner, Miss Burns.

– C'était impossible. Jess n'avait rien d'autre à se mettre. Tous mes vêtements étaient trop grands, et elle ne pouvait pas rester pieds nus.

Nouveau signe de tête. « Miss Derbyshire se trouvait-elle dans le hall au moment où le docteur Coleman a examiné Mr MacKenzie ?

– Non. Elle était encore à l'étage.

– Et les chiens ? Où étaient-ils ?

– Avec Jess. Elle voulait vérifier qu'ils ne s'étaient pas pris de coups de couteau.

– À part... » Il vérifia ses notes. « ... Bertie. Il était déjà mort ?

– Oui.

– Qui a établi qu'il était mort, Miss Burns ? Vous ? Ou bien Miss Derbyshire ? »

En raison du doute que j'avais jeté sur l'aptitude de Peter à estimer le temps, je soupçonnai un piège. « Il suffisait de le regarder, répondis-je catégoriquement. Ou de le *sentir*. Ses sphincters s'étaient relâchés et le contenu de son rectum s'était répandu par terre. Je suis sûre qu'en d'autres circonstances, Jess lui aurait pris le pouls, mais elle était plus inquiète pour les autres. Ils étaient couverts de sang, eux aussi.

– Qu'avez-vous fait pendant que le docteur Coleman examinait MacKenzie ?

– Regardé. »

Je passai sous silence qu'une fois débarrassé de son bâillon, Peter avait disjoncté. Il avait juré

358

comme un charretier pendant une bonne minute. Il ne savait pas à qui reprocher sa propre nullité. À MacKenzie, parce qu'il l'avait humilié ? À moi, parce que j'avais tenu bon ? À Jess, parce qu'elle avait subi le plus gros des sévices ? À lui-même, parce qu'il avait été terrifié ? Son accablement ne connut plus de bornes lorsqu'il découvrit Bertie, comme si la pauvre bête avait été sacrifiée sur l'autel de sa propre lâcheté. Bien sûr, sa « nullité » était purement imaginaire – comme la mienne l'avait été. En effet, ni Jess ni moi n'appréhendions les choses sous cet angle.

Mais le résultat de cette orgie de mea-culpa fut qu'il se mit à nous peindre, Jess et moi, sous un jour éclatant. J'étais la dame de fer qui avait pris les choses en main – Peter alla jusqu'à utiliser le terme de « vengeance » après avoir décrit ce qu'il avait vu sur le DVD, affirmant que tout ce que j'avais infligé à MacKenzie était parfaitement « raisonnable ». Jess était la martyre qui, malgré l'épuisement, les menaces et la mort d'un de ses chiens, avait su conserver un calme remarquable.

Bagley ne pouvait qu'en retirer l'image de deux femmes solides et déterminées qui, pour des raisons différentes, avaient désiré la mort de MacKenzie. Une impression confirmée par la découverte d'armes dissimulées un peu partout dans la maison, en particulier les battes de base-ball de Jess et mes couteaux à découper. Je dois reconnaître, à sa décharge, que Peter essaya de rattraper le coup dès qu'il comprit les dégâts qu'il avait causés. Mais c'était trop tard. Si nous étions, Jess et moi, agoraphobes et sujettes à des crises de panique, demanda Bagley, pourquoi n'en avions-nous pas manifesté le moindre symptôme ce soir-là ?

« Vous avez *regardé*, répéta-t-il alors. Si j'ai bien compris, le docteur Coleman vous a demandé d'appeler la police et une ambulance. Pourquoi ne l'avez-vous pas fait ?

– La ligne avait été coupée.

– Mais vous saviez que votre portable fonctionnait au grenier.

– Je n'avais pas envie de laisser Peter seul avec MacKenzie. » Je pris mon front dans mes mains et regardai la table. « Écoutez, ce que je vais vous dire n'est pas très gentil, mais c'est *vrai*. Peter a été paralysé de peur de bout en bout. Je ne le lui ai pas reproché – je ne le lui reproche pas –, mais je peux vous assurer que MacKenzie serait arrivé à se libérer si je n'étais pas restée.

– Comment ? »

Je laissai retomber mes mains sur mes genoux. « Sans doute en faisant semblant d'être plus gravement blessé qu'il ne l'était. Quand il s'est rendu compte qu'il avait les doigts cassés, Peter a été contrarié que je lui aie attaché les mains dans le dos. Il voulait que je profite de ce que MacKenzie était encore inconscient pour les lui rattacher devant.

– Vous avez refusé. Pourquoi ?

– Parce que je n'étais pas aussi sûre que Peter qu'il était *vraiment* inconscient.

– Vous croyez qu'un médecin pourrait se tromper ? »

Je haussai les épaules. « Il n'est pas très difficile de simuler. De toute façon, je n'étais pas prête à courir ce risque. Je voyais mal Peter voler à mon secours si MacKenzie m'attrapait à la gorge. À mon avis, il y aurait eu beaucoup de gesticulations et pas beaucoup d'action. Il a fait un foin d'enfer parce qu'il avait du sang de Bertie sur son pantalon. »

Ce n'était pas une description très indulgente, mais elle parut coïncider avec l'impression de l'inspecteur. « J'admets que le docteur Coleman semble avoir trouvé l'expérience plus... » Il chercha l'expression appropriée. « ... *perturbante* que Miss Derbyshire et vous.

– Vous connaissez mal les femmes, sans doute, remarquai-je simplement. Si ça peut vous rassurer, je veux bien fondre en larmes et piquer une crise d'hystérie. C'est ce que vous attendez de moi ? Rien de plus facile... presque aussi facile que, pour MacKenzie, de faire semblant d'être inconscient. »

Une lueur d'humour pétilla dans ses yeux. « Je préférerais que vous me disiez pour quelle raison vous avez persuadé le docteur Coleman de reprendre sa voiture et d'appeler les urgences depuis son domicile. Je dois avouer que ça m'intrigue.

– Ça ne s'est pas passé comme ça, objectai-je. C'est Peter qui a eu cette idée... je l'ai trouvée raisonnable, c'est tout. »

L'inspecteur relut ses notes. « Le docteur Coleman inverse les rôles, Miss Burns. Je cite : "Quand j'ai dit à Connie que la première chose à faire était de prévenir la police et une ambulance, elle m'a rappelé que MacKenzie avait coupé la ligne téléphonique. Elle m'a dit que la seule solution était que je rentre chez moi et que j'appelle de là. J'ai accepté."

– Franchement, je ne crois pas que les choses se soient passées comme ça ... mais est-ce que c'est vraiment important ? »

Il fronça les sourcils. « Bien sûr que oui. Il y avait cinq portables en état de marche dans la maison, le vôtre, celui du docteur Coleman et celui de

Miss Derbyshire... plus celui de MacKenzie et celui de votre père. Nous savons qu'il suffit de monter au grenier pour avoir le réseau, alors pourquoi ne pas avoir envoyé le docteur Coleman là-haut ? Pourquoi lui avoir dit de rentrer chez lui ? »

Je secouai la tête. « Je ne me rappelle pas avoir fait ça... mais, en admettant que ce soit le cas, est-ce que ça me condamne ? Peter savait parfaitement qu'on pouvait appeler du grenier. Il aurait pu y penser aussi bien que moi. Ce n'était pas une situation ordinaire... nous n'étions pas assis autour d'une table à discuter de la meilleure méthode à suivre, vous savez. On tremblait comme des feuilles... tout ce dont je me souviens, c'est d'avoir sauté sur la première idée venue.

– En fait, le docteur Coleman a eu l'air très étonné d'apprendre qu'on pouvait se servir d'un portable dans Barton House.

– Alors, c'est un faux jeton, lançai-je, furieuse. Il avait entendu parler de la pyramide que Jess avait construite dans la pièce du fond pour que je puisse me servir de mon ordinateur, à mon arrivée dans la maison. Vous n'avez qu'à demander à ma propriétaire. C'est Peter qui lui en a parlé, quand je lui ai demandé l'autorisation d'installer l'ADSL. »

L'inspecteur joignit les mains devant sa bouche et m'observa d'un air pensif pendant quelques secondes. « Il s'en souvient maintenant, admit-il, mais il l'avait oublié sur le moment. Et vous ne le lui avez pas rappelé.

– Dans ce cas, je vous prie de m'excuser. Une absence de blonde, probablement, fis-je, sarcastique. Quant à Peter, il a dû souffrir d'une absence – de senior, en ce qui le concerne. Ce sont des choses qui arrivent. Tout s'est passé si vite. Dès qu'il a pris la décision de partir, il s'est précipité vers la porte. » Je croisai les mains sur la table. « Si seulement vous compreniez à quel point nous étions déboussolés... mais peut-être aucun psychopathe ne vous a-t-il jamais séquestré. »

Il ne mordit pas à cet hameçon-là non plus. « Et ensuite ? À quel moment Miss Derbyshire vous a-t-elle rejointe dans le hall ?

– Presque immédiatement. Elle a entendu la voiture de Peter sur le gravier et elle est descendue voir ce qui se passait.

– Avec les chiens ?

– Non. Elle les avait laissés dans la chambre... elle ne voulait pas qu'ils se mettent à renifler Bertie.

– Qu'avait-elle sur le dos ?

– Ma robe de chambre. Elle était trop longue pour elle et traînait par terre. Elle s'est accroupie pour caresser Bertie, et... » Je soupirai. « Elle en a mis partout.

– Et aux pieds ?

– Rien. Toutes mes chaussures étaient trop grandes pour elle. C'est pour ça qu'elle m'a demandé de lui chercher ses bottes.

– Vous n'aviez pas de chaussures non plus.

– Non. Je les avais retirées juste avant d'entrer dans le hall. Je craignais que MacKenzie m'entende. »

Bagley hocha la tête. « Qu'est-ce qui vous a poussée à chercher les vêtements de Miss Derbyshire sous la fenêtre du bureau ?

– Ils n'étaient pas à l'intérieur. MacKenzie avait gardé la petite culotte de Jess – il l'avait fourrée dans le sac –, mais il n'y avait pas trace de ses autres vêtements. Jess m'a dit que, juste après avoir dû monter sur le tabouret, elle avait entendu la fenêtre s'ouvrir et se refermer... alors j'ai relevé le châssis et je les ai aperçus tout de suite.

– Et vous êtes passée par la cuisine pour aller les chercher.

– Vous le savez. Vous avez relevé mes empreintes pleines de sang.

– Hmm. Et pendant que vous faisiez l'aller-retour, Miss Derbyshire est restée seule avec Mr MacKenzie ?

– Oui, fis-je d'un ton las. Nous sommes déjà revenus sur ce point. J'ai couru – vous pouvez mesurer mes pas – et quand je suis revenue, tout était comme avant, sauf que Jess était assise dans le fauteuil, sous l'escalier. Si vous y pulvérisez du Luminol, je suis sûre que vous obtiendrez une réaction à cause des taches de sang qu'il y avait sur ma robe de chambre.

– Vous feriez un excellent détective, Miss Burns.

– J'ai couvert un certain nombre de procès depuis que je suis journaliste. Si vous saviez tout ce qu'on peut apprendre en écoutant les témoignages de la police. Vous devriez essayer, un jour. »

Je n'arrivais pas à lui arracher autre chose que des manifestations de scepticisme poli, sauf quand il était question de la disparition de MacKenzie. Sur ce point, il était beaucoup plus que sceptique. Une fois de plus, il me demanda de retracer la chronologie des événements.

« Vous disiez que MacKenzie était allongé sur le côté et que vous avez pu voir le ruban adhésif en place.

– Oui.

– Vous avez tendu ses vêtements à Miss Derbyshire et lui avez suggéré de prendre un bain. Elle avait du sang de Bertie partout et en était visibisiblement retournée, c'est bien cela ? Elle est montée, et, peu de temps après, vous avez entendu l'eau couler.

– C'est exact.

– Vous étiez gênée, vous aussi, par le sang du chien. Vous avez donc décidé d'aller vous laver à l'évier de la cuisine avant d'enfiler une jupe et un T-shirt qui se trouvaient à l'office, avec le linge à repasser. Et pour éviter que le sang ne coagule sur vos vêtements sales, vous les avez mis à tremper dans l'évier dans une solution de chlore – ils étaient en coton et pouvaient être passés à la Javel.

– Oui.

– Vous pensiez que ça allait marcher ?

– Pas vraiment, mais ça valait le coup d'essayer. Je n'ai pas une garde-robe très fournie, et, après tout, ce n'était que du sang de *chien*. Les médecins légistes me donneront raison. Je suis sûre d'avoir lu quelque part qu'on peut encore faire une analyse d'ADN une fois qu'un vêtement a été lavé.

– À cette différence près que vous ne vous êtes pas contentée de lessive, Miss Burns. Vous les avez passés au chlore... et toute la littérature précise que l'eau de Javel *détruit* l'ADN.

– Ah bon ? murmurai-je. Je ne savais pas.

– Pourquoi Miss Derbyshire a-t-elle fait la même chose de son côté ? Pourquoi a-t-elle fait tremper votre robe de chambre dans une solution de chlore ? Est-ce vous qui lui avez demandé de le faire ? Lui avez-vous apporté l'eau de Javel dans la salle de bains, après avoir fini votre propre lessive à la cuisine ? »

Je posai mon menton sur mes mains jointes. « La réponse est "non" aux deux dernières questions. Quant à la première, je vous dirai : "Toutes les femmes font ça." Toutes les femmes du monde ont les mêmes problèmes de sang sur leurs vêtements. Vous devriez voir les Africaines passer des heures au bord des cours d'eau, à taper leur linge avec des pierres pour en faire partir les taches. Nous sommes toutes programmées de la même façon... quelle que soit notre culture. Vous êtes marié ? Posez la question à votre femme.

– Avez-vous monté l'eau de Javel, Miss Burns ? » répéta-t-il.

– Je vous ai déjà dit que non. Il y avait un flacon de Domestos à côté du lavabo de la salle de bains. Écoutez... » Je m'interrompis, me demandant s'il fallait vraiment poursuivre sur ce terrain. « Vous comprenez sans doute à quel point ces questions sont grotesques. » *Bordel !* Je n'en pouvais plus. « L'absence de Peter n'a pas duré plus de vingt minutes... la police et l'ambulance sont arrivées juste après son retour. Comment Jess et moi aurions-nous pu tuer MacKenzie et nous débarrasser du corps en aussi peu de temps ?

– C'est effectivement impossible.

– Alors pourquoi laisser entendre que nous avons été complices dans je ne sais quel tour de passe-passe ? Jess vous a-t-elle donné une autre version des faits ?

– Non. Son récit coïncide parfaitement avec le vôtre. MacKenzie était encore ligoté quand elle est montée prendre un bain, elle n'a appris qu'il s'était échappé qu'en entendant le docteur Coleman hurler dans le hall. »

19.

Pauvre Peter. Cette nuit-là, il avait découvert la panique sous toutes ses formes. La première idée qui lui traversa l'esprit quand il trouva la porte d'entrée grande ouverte et MacKenzie envolé était qu'il allait se faire agresser une nouvelle fois. La deuxième, que Jess et moi étions mortes. Et la troisième – déraisonnable si l'on songe que les deux premières suggéraient que MacKenzie rôdait dans le coin, hache à la main – fut de hurler nos noms de toute la force de ses poumons.

Sa voix, que j'entendis de la cuisine, était aiguë et heurtée. « Connie ! Jess ! Où êtes-vous ? Tout va bien ? »

Je lui répondis que j'étais à la cuisine mais, constatant que, manifestement, il ne m'entendait pas, je m'essuyai les mains et m'engageai dans le couloir. Peter affirmerait plus tard que je m'étais conduite « avec un calme incroyable ». J'étais effectivement si détendue que, quand je lui conseillai de se « ressaisir », il en conclut curieusement que Jess et moi avions transporté MacKenzie ailleurs.

« Ce n'était pas le cas ?

– Bien sûr que non. Peter m'avait dit de ne pas le bouger avant l'arrivée de l'ambulance. De toute façon, comment aurions-nous pu le déplacer sans lui détacher les pieds ? Nous n'aurions jamais pu le porter.

– À deux, je pense que si.

– Pour le mettre où ? demandai-je non sans logique. Vous avez fouillé la maison de fond en comble trois fois, et il n'est pas ici. En plus, vous avez suivi toutes nos traces de pas.

– Celles que nous avons pu trouver. Le sang sèche plus vite que vous ne pensez, Miss Burns. Nous avons repéré vos traces à l'aller, quand vous avez traversé la cuisine pour aller chercher les vêtements de Miss Derbyshire, mais rien ne prouve que vous ayez suivi le même trajet au retour.

– Sauf qu'il a bien fallu que je le fasse puisqu'elle les portait à l'arrivée de la première voiture de police. »

Je crois que mon sang-froid l'exaspérait autant que Peter. Ils avaient l'un comme l'autre le sentiment que les circonstances se prêtaient mieux aux torsions de mains et aux actes de contrition qu'aux analyses pragmatiques.

Peter perdit complètement la tête après m'avoir demandé où était MacKenzie. Il alla jusqu'à nous accuser, Jess et moi, d'« avoir fait quelque chose d'horrible ». Selon lui, MacKenzie n'aurait jamais pu se libérer sans notre aide.

« Il avait raison, Miss Burns ?

– Non.

– Dans ce cas, comment s'est-il libéré ?

– Je n'en sais rien. À première vue, je dirais qu'il a dû se servir du couteau suisse de Jess. Elle dit qu'il le lui avait pris. S'il l'avait mis dans la poche de son pantalon, il n'est pas exclu qu'il ait pu bouger suffisamment les bras pour l'en retirer.

– Pas facile de déplier une lame avec des doigts cassés.

– Il avait d'excellentes raisons de serrer les dents, dis-je flegmatiquement. Il était sur le point de se faire arrêter. »

Bagley me dévisagea un moment. « Pourquoi n'avez-vous pas été aussi inquiète que le docteur Coleman en constatant la disparition de MacKenzie ? Il pouvait être n'importe où... en haut, avec Miss Derbyshire, par exemple.

– Jess est arrivée sur le palier presque au moment où j'entrais dans le hall... et la voix de Peter était tellement aiguë que je ne comprenais pas la moitié de ce qu'il disait. Je ne suis même pas sûre d'avoir pris conscience que MacKenzie avait vraiment disparu avant que Peter ne commence à se calmer... et alors nous avons entendu les sirènes. Tout s'est passé extrêmement vite.

– Vous êtes très observatrice, Miss Burns. Vous avez quand même dû remarquer qu'il n'y avait plus personne par terre.

– Je regardais Peter. »

Bagley était dubitatif. « En voyant à quel point le docteur Coleman était terrifié, votre première intuition aurait dû être de vérifier si MacKenzie était là. »

Je haussai les épaules. « Tout serait bien plus facile si Peter ne vous avait pas tracé une image de moi aussi exagérément élogieuse. Vous avez l'air de penser que je comprends immédiatement ce qui se passe, dans n'importe quelle situation. Eh bien, vous vous trompez. J'ai peut-être aperçu Bertie du coin de l'œil – une *forme* – et je l'ai pris pour Mac-Kenzie... mais je n'en garde aucun souvenir. » Je sortis une cigarette de ma poche et l'allumai avec soulagement. « Par pure curiosité, pourquoi est-ce que vous ne cuisinez pas Peter ? Il y a plus de chances que ce soit lui qui ait délivré MacKenzie que Jess ou moi.

– Qu'est-ce qui vous fait dire cela ?

– Il se faisait du souci pour les mains de Mac-Kenzie. Il aurait pu décider de desserrer un peu le ruban adhésif, quand il est revenu.

– Cela m'étonnerait. »

J'absorbai autant de nicotine que je pus avant de rejeter la fumée en direction de Bagley. « C'est de la solidarité masculine, inspecteur ? Vous préférez toujours croire un homme plutôt qu'une femme ? »

Il ne releva pas. « Miss Derbyshire a entendu la voiture du docteur Coleman qui revenait. Selon elle, il ne s'est écoulé que quelques secondes entre son retour et ses premiers cris. Je n'ai pas exclu qu'il ait pu agir comme vous le suggérez, mais cela me paraît peu probable. Il n'avait pas de couteau sur lui lorsque nous l'avons fouillé. Il en aurait eu besoin pour couper le ruban adhésif.

– MacKenzie le lui a peut-être pris.

– Vous avez eu l'impression que le docteur Coleman s'était battu ?

– Non... mais, s'il avait eu deux sous de bon sens, il aurait lâché le couteau et pris ses jambes à son cou jusqu'à la porte d'entrée avant de se faire découper en rondelles.

– En laissant MacKenzie récupérer son sac et s'éclipser par la fenêtre du bureau ? C'est comme ça que vous voyez les choses ?

– Pourquoi pas ? Vous pensez bien que nous avons pu le faire, Jess et moi...

– Ce que nous pensons, c'est qu'il est sorti par la porte d'entrée... d'après les empreintes prélevées sur le sol, il était pieds nus. » L'ombre d'un sourire éclaira son visage. « Nous avons beaucoup de pieds nus, Miss Burns. On s'y perd un peu.

– Tous de tailles différentes... avec des empreintes d'orteils différentes.

– Les empreintes ne marquent pas bien sur la pierre. Et vous avez tous pas mal patiné dans le sang. Il n'est pas facile de savoir qui est allé où et quand.

– Ce n'est vrai que dans le hall. Vous avez trouvé des empreintes de MacKenzie ailleurs ? »

Il n'avait pas l'intention de répondre à cette question. « Une solution que nous envisageons est qu'il soit arrivé à retirer ses chaussures pour se débarrasser du ruban adhésif qu'il avait autour des chevilles. Vous nous avez dit que vous aviez enroulé le ruban autour du bas de ses pantalons. Vous rappelez-vous combien de tours vous avez faits et s'il portait des chaussettes ? »

Je fouillai dans ma mémoire. « Pas vraiment. À peu près quatre, peut-être. J'ai continué jusqu'à ce que je trouve que c'était suffisamment serré. Je ne me rappelle pas avoir vu de chaussettes.

– Quel genre de pantalon portait-il ?

– Un jean.

– Vous rappelez-vous avoir vu le docteur Coleman défaire sa ceinture pour qu'il puisse mieux respirer ? »

Je fis signe que oui.

« Autrement dit, MacKenzie n'avait qu'à se débarrasser de son pantalon pour se libérer ? »

Je pris immédiatement la mouche. « Vous n'allez tout de même pas me le reprocher. Ça serait la

371

meilleure ! dis-je indignée. Ce n'est pas moi qui ai déboutonné ce foutu pantalon. Reprochez-le à Peter. Il aurait pu y penser aussi bien que moi.

– Je ne vous fais aucun reproche, Miss Burns. Je vous explique simplement ce qui a pu se passer. Lui aviez-vous attaché les mains de la même façon ? Le ruban adhésif était-il collé aux poignets de sa chemise ou à sa peau ? »

J'avais très envie de choisir la première réponse, mais cela n'aurait pas été vrai. « À sa peau. Il avait les manches retroussées. »

Peter lui avait manifestement dit la même chose, car il fit un signe d'acquiescement. « Les choses étaient plus faciles, une fois ses pieds détachés, évidemment. Vous rappelez-vous ce qu'est devenu son cran d'arrêt ?

– J'avais donné un coup de pied dedans pour l'écarter de lui. Si je me souviens bien, il a glissé sous l'escalier.

– Nous ne l'avons pas retrouvé. »

Je haussai les épaules, soupçonnant un nouveau piège. Peut-être, selon la logique tordue de Bagley, les victimes étaient-elles censées rassembler les pièces à conviction et les aligner pour inspection à l'arrivée de la police.

« Un cran d'arrêt aurait été plus facile à manipuler que le couteau suisse de Miss Derbyshire... quoi qu'il en soit, il semble les avoir emportés tous les deux. Nous n'avons pas non plus retrouvé le couteau suisse. »

J'inhalai la fumée à pleins poumons. « Pourquoi ne m'avez-vous pas dit ça tout de suite ? Pourquoi m'accuser de meurtre alors que vous savez parfaitement qu'il s'est libéré ?

– Personne ne vous accuse de meurtre, Miss Burns.

– Ça en avait pourtant tout l'air. La seule différence entre une brute de Mugabe et vous, c'est qu'il me reste mes ongles. »

Sa patience était à bout. « L'interrogatoire des témoins fait partie de toute enquête criminelle, et la police n'a pas pour habitude d'en exempter les femmes. J'admets que l'expérience puisse être pénible... cependant, si j'en crois vos opinions, je suis surpris que vous ne vous sentiez pas à la hauteur. »

Je grimaçai un sourire. « Bien vu ! »

Il inspira, manifestement irrité. « Avez-vous, vous ou Miss Derbyshire, transporté le sac de toile de MacKenzie du bureau dans le hall, Miss Burns ?

– *Mon* sac, rectifiai-je. Il me l'avait volé à Bagdad.

– L'avez-vous déplacé, oui ou non ?

– Oui. Je l'ai passé à Jess quand je suis allée chercher ses vêtements, pour qu'elle y jette un coup d'œil. Il avait mis sa petite culotte dans la poche intérieure, et je me suis dit qu'il avait pu prendre son soutien-gorge aussi. Il était assez pervers pour ça.

– Vous rappelez-vous ce qu'elle en a fait ?

– Il me semble qu'elle l'a laissé sur la chaise.

– En avez-vous sorti quelque chose, elle ou vous ?

– Je ne peux pas répondre pour Jess, mais en ce qui me concerne, c'est non. » J'écrasai ma cigarette. « J'aurais dû. Il y avait les jumelles et le portable de mon père dedans. Pourquoi me demandez-vous ça ?

– J'essaie simplement d'élucider quelques détails. » Il remarqua mon froncement de sourcils. « Les techniciens de la police scientifique ont relevé vos empreintes sur le sol du bureau, mais aucune ne correspondait à celles qui ont été trouvées près de la porte d'entrée. Nous nous sommes demandé pourquoi, puisque le docteur Coleman et vous prétendez que le sac se trouvait à côté de la table du bureau. »

Il ne laissait vraiment rien au hasard, me dis-je. « Avez-vous retrouvé le sac ? Pourquoi pensez-vous que nous aurions pu en retirer quelque chose ?

– Je l'espérais, Miss Burns, je l'espérais. Si vous aviez gardé un objet appartenant à MacKenzie, nous aurions eu de meilleures chances de trouver de quoi procéder à une analyse d'ADN.

– Ah, je vois !

– Nous avons des empreintes de pieds et des empreintes digitales, mais c'est tout. Il aurait pu y avoir des traces de salive sur le portable de votre père ou un cil sur les jumelles. Évidemment, la source la plus intéressante aurait été vos vêtements, puisque vous avez été en contact avec lui pour le ligoter. Si les chiens de Miss Derbyshire l'avaient fait saigner ou si la hache lui avait entaillé la peau... » Il haussa les épaules.

« Et les vêtements de Jess ou Peter ? »

Il secoua la tête d'un air désolé. « Si vous n'aviez pas touché à ceux de Miss Derbyshire, nous aurions peut-être pu trouver un ou deux poils, mais il y a eu un tel remue-ménage... quant au docteur Coleman, s'il en a eu des traces, il les aura perdues en rentrant chez lui.

– Mais pourquoi avez-vous besoin d'ADN, si vous avez ses empreintes digitales ? Nous sommes parfaitement capables de l'identifier, Peter et moi. »

Bagley esquissa un sourire sinistre. « Encore faudrait-il qu'il soit reconnaissable quand nous le retrouverons, Miss Burns. »

L'arrivée de la police et de l'ambulance déclencha un véritable tohu-bohu. Je me souviens du bruit terrifiant des sirènes qui hurlaient dans l'allée, et de la confusion générale, quand Peter essaya d'expliquer que le « patient » avait disparu. Nous avions tous des priorités différentes. La mienne était de savoir ce qu'étaient devenus mes parents, celle de Jess de s'occuper de ses chiens, et celle de la police de se faire une image un peu plus claire de la situation.

Pour commencer, les policiers voulaient savoir à qui était le sang répandu par terre et pourquoi nous avions pataugé dedans à qui mieux mieux. Ils se refusaient à admettre qu'un tel flot d'hémoglobine pouvait venir du seul Bertie. J'en aurais fait autant si j'avais découvert la scène avec un regard neuf. Les chiens en avaient mis partout, après l'agression, puis Peter, Jess et moi avions barbouillé le reste sur les dalles au cours de nos allées et venues. Le spectacle avait tout de la boucherie, et la police le considéra comme tel avant que les analyses ne prouvent le contraire.

Nous apprîmes plus tard que Bertie avait succombé à une hémorragie massive due à une rupture de la carotide au moment où MacKenzie lui avait enfoncé son cran d'arrêt dans la gorge. Jess était profondément affligée de penser qu'il n'était pas mort sur le coup, que son cœur avait continué à pomper le sang restant jusqu'à épuisement. Quant à moi, je regrettais de n'avoir pas fendu le crâne de MacKenzie. Dans le grand ordre de l'univers, la contribution de Bertie à la vie, à la liberté et au bonheur surpassait tellement celle de MacKenzie que je n'aurais pas hésité un instant si on m'avait demandé de choisir lequel méritait de vivre et lequel de mourir.

Peter occupait le devant de la scène, nous reléguant, à notre grand mécontentement, au second plan, Jess et moi. Alors qu'il était invité à se présenter dans la salle à manger poussiéreuse pour faire un premier exposé des faits, on nous donna instruction d'attendre à la cuisine sous l'œil vigilant d'une auxiliaire féminine de la police. À ce moment-là, plusieurs autres voitures de police étaient arrivées, des patrouilles fouillaient la maison et le jardin à la recherche de MacKenzie. Je posais à maintes et maintes reprises la question de mes parents, mais personne ne voulait m'entendre. « Chaque chose en son temps », me répondait-on. Finalement, Jess menaça de balancer son poing dans la figure de la policière s'ils ne se bougeaient pas. Instruction fut alors donnée de prévenir la Metropolitan Police.

L'inspecteur Bagley se demandait pourquoi je ne m'étais pas servie de mon portable pour essayer de joindre mes parents moi-même. Si j'étais vraiment dévorée d'inquiétude, allégua-t-il, j'aurais dû filer au grenier dès que Peter était sorti de la maison. « Vous auriez pu appeler Alan Collins, me fit-il remarquer. Il était au courant de l'affaire et était déjà en relations avec la Met. »

Je comprenais son dilemme. Un besoin obsessionnel de se laver était une piètre excuse quand la vie de parents chéris était en jeu. De plus, nous n'étions évidemment pas d'accord sur le temps que nous avions passé seules avec MacKenzie, Jess et moi – l'inspecteur penchait pour quarante minutes (estimation de Peter), moi pour vingt. Nous coupâmes la poire en deux à trente, lorsque les fichiers de la police montrèrent qu'il s'était écoulé à peine plus de vingt-trois minutes entre le moment où Peter avait composé le 999 et l'arrivée de la première voiture de police, ce qui laissait sept minutes à Peter pour faire le trajet de Barton House à chez lui. Mais, même en réduisant l'estimation à une demi-heure, l'inspecteur avait peine à croire que j'aie rendu compte de l'intégralité de mes faits et gestes.

« Vous avez dû faire une sacrée lessive, Miss Burns, et je ne comprends toujours pas pourquoi vous n'avez pensé à vos parents qu'à notre arrivée. Vous admettez avoir vu les jumelles de votre père dans le sac. Elles auraient dû vous pousser à l'appeler, non ? »

Ses soupçons se renforcèrent quand il se rendit compte que je lui avais caché que l'inspecteur principal Alan Collins, de la Greater Manchester Police, avait un dossier sur MacKenzie. Il n'avait découvert l'existence d'Alan que lorsque celui-ci était entré de lui-même en contact avec la police du Dorset, le dimanche à midi, après avoir appris par la Met que mon père avait été admis aux urgences à trois heures du matin, victime d'une agression brutale. Ne disposant d'aucun détail sur les événements de Barton House, la Met s'était contentée d'informer Alan que l'on soupçonnait Keith MacKenzie d'être l'auteur des faits et que c'était la police du Dorset qui lui avait demandé d'aller voir ce qui se passait chez mes parents.

Convaincu que MacKenzie allait filer chez moi, mais incapable de me prévenir parce qu'il n'avait ni mon adresse ni mon numéro de téléphone, il avait appelé le quartier général de la police du Dorset, à Winfrith.

Ce qu'il leur révéla de mes démêlés avec Mac-Kenzie persuada Bagley que je ne m'étais pas contentée de pratiquer la rétention d'informations ; j'en avais fait mon sport favori.

« Pourquoi ne m'avez-vous pas dit que vous n'aviez pas dénoncé cet homme aux autorités irakiennes, Miss Burns ? Que c'est seulement au cours des quinze derniers jours que vous avez commencé à distiller quelques informations sur votre captivité ? »

Je faillis lui répondre : « Vous ne m'avez pas posé la question », mais décidai que la désinvolture n'était pas de mise. « Je n'ai pas eu le temps. J'ai essayé de boucher quelques trous, mais l'essentiel de vos questions portaient sur ce qui s'était passé ici. » Je le regardai droit dans les yeux. « J'aurais sans doute pu insister pour vous parler de Bagdad, mais cela n'aurait fait que renforcer vos soupçons, vous ne croyez pas ? »

Il soutint mon regard, mais un froncement de sourcils perplexe lui plissait le front. « Je ne vous comprends pas, murmura-t-il. D'après ce que le docteur Coleman nous a dit avoir vu sur la vidéo, cet homme vous a infligé les sévices les plus effroyables... Alan Collins prétend que vous aviez tellement peur de lui que vous avez refusé de révéler son identité et que vous vous êtes cachée... Selon Miss Derbyshire, vous n'avez rien mangé et vous n'avez pas mis le nez dehors depuis une semaine... Or aujourd'hui que vos parents sont à l'hôpital... que MacKenzie court toujours... vous êtes là, assise devant moi, d'un calme olympien.

– C'est une question ? »

Il sourit malgré lui. « Oui. Pourquoi êtes-vous aussi calme ?

– Je ne suis pas sûre qu'un homme puisse comprendre.

– Essayez toujours.

– Primo, mes parents ne sont pas morts », expliquai-je.

La façon dont ils s'étaient retrouvés tous les deux dans l'appartement, prisonniers de MacKenzie, n'était plus un mystère. Mon père avait fait exactement ce que Jess avait prévu, c'est-à-dire cherché à attirer MacKenzie dans un piège dont il était lui-même l'appât. Ce qui lui vaudrait plus tard le même cours de droit qu'à moi sur l'autodéfense et la vengeance mais, comme Papa avait vraiment passé un sale quart d'heure, aucune charge ne fut retenue contre lui, malgré quelques points d'interrogation à propos de l'achat de planches et de clous, le vendredi matin.

Il n'avait pas été très loquace sur les détails de son plan – affirmant simplement qu'il avait eu l'intention d'enfermer MacKenzie et d'appeler la police – et avait nié avoir connaissance, et encore plus, être responsable des pièges bricolés retrouvés dans Barton House. Nous en avions évidemment fait autant, Jess et moi, ce qui faisait porter le chapeau à MacKenzie. J'avouai à Alan, en confidence, que c'était mon père qui les avait fabriqués et que MacKenzie les avait apportés à Barton House. Mais la loi étant ce qu'elle était, nous n'allions certainement pas le reconnaître officiellement.

Dans un premier temps, mon père s'était refusé à donner raison aux inspecteurs de la Met qui lui faisaient remarquer que son idée d'embuscade était irréfléchie et naïve, mais, sous la pression de ma mère, il finit par faire amende honorable. Peut-être fallait-il remercier le ciel qu'il ne pût acquiescer qu'en hochant la tête parce que, s'il avait pu parler, ils en auraient entendu des vertes et des pas mûres. Le seul point qu'il admit de bon gré était que, s'il était entré dans l'appartement flanqué d'un agent de police, MacKenzie aurait eu plus de mal à le maîtriser.

Personne ne savait exactement depuis combien de temps MacKenzie s'y trouvait – plusieurs heures, à en croire la fouille approfondie à laquelle il s'était livré –, mais mon père n'était pas conscient du danger quand il était rentré chez lui, le vendredi soir. Son dernier souvenir était de s'être arrêté pour prendre le courrier ; il s'était réveillé au salon, ligoté et impuissant. Il est encore moins bavard à ce sujet qu'à propos des brutes de Mugabe, mais son état était éloquent : lors de son admission à l'hôpital, soixante heures plus tard, il avait cinq côtes cassées, la mâchoire démise et tant d'hématomes que sa peau était uniformément violette.

Selon ma mère, il n'avait pas parlé. Il se serait certainement laissé rosser à mort par MacKenzie si elle n'avait pas décidé de revenir à l'appartement, le samedi après-midi. « Je sentais bien qu'il y avait quelque chose qui clochait, dit-elle. J'ai essayé de l'appeler à l'appartement, puis sur son portable, mais je suis tombée sur la messagerie dans les deux cas. Alors je t'ai appelée, et rebelote. » Elle sourit d'un air contrit. « Je t'aurais tuée, ce matin-là, Connie. J'étais morte d'inquiétude.

– Je suis désolée. »

Elle me serra la main. « À quelque chose malheur est bon. Si tu avais répondu... ou si Jess avait transmis mon message un peu plus vite... tu m'aurais persuadée de rester à l'hôtel. Et où serait ton père, aujourd'hui ? »

Six pieds sous terre, pensai-je. Il y a une limite à la résistance physique, et la frustration de Mac-Kenzie aurait fini par le tuer. C'est un chic type, mon père – et un costaud –, mais il a eu de la chance que ses côtes cassées ne lui perforent pas le poumon. Je demandai à ma mère pourquoi elle n'avait pas prévenu la police, au lieu de courir elle-même à son secours. Elle me répondit qu'elle aurait eu à donner trop d'explications.

« Tu as eu droit au cours sur l'autodéfense, toi aussi ? » lui demandai-je.

Elle hocha la tête, la prunelle pétillante. « J'ai fondu en larmes et j'ai reconnu que j'avais agi sottement... Il faut dire que je suis moins tête de lard que ton père et toi. »

En fait, tout en ayant la vague intuition que Papa était en danger, elle avait d'abord cherché une explication rationnelle au mutisme obstiné des téléphones. Comme moi, elle s'était dit qu'il avait dû sortir manger ou refusait de répondre parce qu'il lui avait demandé de ne pas l'appeler.

« J'avais peur qu'il m'arrache la tête parce que je m'occupais de ce qui ne me regardait pas, reconnut-elle, mais, franchement, je ne pouvais pas le laisser continuer comme ça. Tu aurais dû savoir qu'il allait faire une bêtise, quand tu as refusé de lui parler. La volonté de faire ses preuves est sans limites chez un homme comme lui, Connie... Chez toi aussi. Si seulement tu comprenais que c'est une forme d'esclavage que de se préoccuper de l'opinion d'autrui. »

Sa seule mesure de précaution – un peu simpliste, comme l'avenir le montra – fut de demander

381

au chauffeur de taxi de l'attendre devant l'immeuble, le temps qu'elle cherche de quoi payer. Il ne partirait évidemment pas sans son argent, ce qui voulait dire que, si elle ne revenait pas avec son portefeuille, il serait forcé de venir frapper à la porte. « J'ai été aussi bête que ton père, dit-elle. J'aurais dû penser que le chauffeur se ficherait pas mal de savoir qui le payait pourvu qu'il récupère son argent. »

MacKenzie avait dû la repérer par la fenêtre parce qu'il attendait derrière la porte d'entrée quand Maman l'ouvrit. Il la laissa franchir le seuil avec sa valise, claqua la porte, lui sauta dessus, la bâillonna et lui ligota les mains avec du ruban adhésif sans lui laisser le temps d'arriver jusqu'au salon. Quand il entendit le chauffeur de taxi faire du tapage à la porte, il la poussa calmement hors de vue, prit son portefeuille dans son sac et paya. « Il n'est pas complètement idiot, reconnut-elle à contrecœur. La plupart des gens auraient paniqué.

– Et toi, tu as paniqué ? demandai-je.

– Quand j'ai vu ton père, oui. Il était dans un état épouvantable – le visage complètement tuméfié et déformé –, le corps roulé en boule pour se protéger. Il s'est mis à pleurer quand MacKenzie m'a jetée sur le tapis, à côté de lui. » Elle hocha la tête. « C'est le seul moment où je me suis dit que je n'aurais pas dû revenir. Pauvre chou. Il était ravagé. Il avait fait tout ce qu'il pouvait pour me protéger... et je venais me jeter dans la gueule du loup. »

Elle n'eut aucun scrupule à négocier mon adresse contre leurs vies. « C'était la seule chose à faire, m'expliqua-t-elle. Tant qu'il y a de la vie, il y a de l'espoir, et je savais que tu te ferais du souci si tu n'arrivais pas à me joindre à l'hôtel. J'ai prié pour que tu appelles ton ami, ce policier de Manchester. Ton père n'était pas content... mais... » Elle me serra la main de nouveau. « ... j'étais sûre que tu comprendrais. »

Je comprenais. Je comprends. Quels que soient les cauchemars qui me hantent encore, ils auraient été mille fois pires si j'avais eu la mort de mes parents sur la conscience. Ma mère pense que le « mécontentement » de mon père n'était dû qu'à l'inquiétude que je lui inspirais, mais ses préoccupations étaient plus immédiates. La naïveté de sa femme le consternait : comment pouvait-elle s'imaginer qu'un homme comme MacKenzie respecterait sa promesse si elle lui donnait l'information qu'il voulait ?

Il essaya de l'en dissuader, mais sa mâchoire déboîtée avait ankylosé les muscles de son visage, rendant son élocution difficile. Pour le réduire définitivement au silence, MacKenzie le musela en lui enveloppant toute la tête de ruban adhésif. Ce qui, paradoxalement, eut pour effet bénéfique de lui immobiliser la mâchoire et d'atténuer la douleur, lui permettant de mieux supporter les douze heures suivantes. Mais ma mère n'en fut que plus angoissée, ce qui la rendit plus docile encore.

« Tu n'avais pas peur que MacKenzie vous tue de toute façon ? lui demandai-je.

– Bien sûr que si... mais que voulais-tu que je fasse ? Il menaçait d'étrangler ton père sous mes yeux si je refusais. Te trahir, c'était conserver au moins une vague lueur d'espoir... Il n'y en avait aucune, si je trahissais Brian. » Le doute lui plissa le front. « Tu comprends, ma chérie, n'est-ce pas ? C'était comme une partie de cartes... et tu étais mon seul atout. J'étais bien obligée de t'utiliser. »

Que lui répondre ? *Évidemment... ? Ne t'en fais pas pour ça... ? J'aurais fait la même chose... ?* Ce n'étaient que des formules conciliantes qui ne signifiaient rien, si elle n'y croyait pas. « Dieu merci, tu as eu confiance en moi, dis-je clairement. Papa n'aurait jamais fait ça. Il me considère encore comme une gamine à nattes qui pousse des hurlements chaque fois qu'elle trouve une araignée dans la douche.

– Parce qu'il t'aime.

– Je sais. » Nous échangeâmes un sourire. « Il a été très courageux, Maman. Il doit être drôlement content de lui, non ? »

Son sourire remonta jusqu'à ses yeux. « Vous vous ressemblez tellement, tous les deux. Vous êtes convaincus que la seule façon de gagner est de ne jamais manifester la moindre faiblesse. Tu aurais dû jouer au bridge avec Geraldine Summers. Je n'ai jamais connu personne qui gagne autant de parties en n'ayant strictement rien dans son jeu.

– Elle bluffait ? C'est ce que tu as fait avec Mac-Kenzie ?

– Je n'ai rien pu faire du tout avant qu'il m'ait débarrassée de mon bâillon pour que je lui donne le mot de passe de l'ordinateur de ton père. Il avait commencé par fouiller ma valise. Je lui ai dit qu'il ne trouverait pas ton adresse dans l'ordinateur, mais je lui ai conseillé de lire le mail que tu avais envoyé à Alan Collins. J'espérais qu'il comprendrait que ça ne servirait à rien de nous tuer.

– Qu'est-ce qu'il a dit ?

– Que tu avais eu raison d'établir un parallèle avec l'histoire du vieux Chinois. Il n'était intéressant de tuer que si on en retirait un profit. Il n'a pas été très loquace – je ne crois pas qu'il ait prononcé plus de vingt phrases après mon arrivée. Mais quand je lui ai demandé quel profit il retirait, lui, en tuant, il s'est agité. C'est à ce moment-là qu'il a menacé d'étrangler ton père si je ne lui donnais pas le renseignement qu'il voulait... et il a dit que le profit qu'il en retirerait serait le spectacle que nous lui offririons. » Elle secoua la tête. « Je suis sûre que c'était vrai... Je suis sûre que c'est pour ça qu'il tue. »

Je sentis mes bras se couvrir de chair de poule. « Dans ce cas, pourquoi n'est-il pas allé jusqu'au bout ?

– Ton adresse était ma carte maîtresse, ma chérie. Et si j'avais menti ? Il ne pouvait vérifier qu'en te téléphonant – ce qui t'aurait alertée –, je l'ai donc persuadé de m'emmener, par mesure de sécurité. C'était ma seule arme... et cela nous permettait de rester vigilants quelques heures de plus, à ton père et à moi. J'ai su que j'avais remporté la partie quand il a sorti les clés de la voiture et m'a demandé où elle était garée. » Ce souvenir la fit rire. « Pauvre Brian ! Je ne sais pas ce qui l'a le plus offusqué... que je m'écrase devant cette brute ou que je lui confie les clés de sa précieuse BMW.

– Tu le sais très bien, dis-je sévèrement. Il était malade d'inquiétude pour toi. »

Mon père ne parle jamais des heures qu'il passa couché par terre dans le salon, sinon pour reconnaître que le pire moment fut celui où je lui laissai un message alors qu'il ne pouvait pas répondre. Je sais qu'il imaginait le pire – n'est-ce pas ce que nous faisons tous quand la situation nous échappe ? Il dut attendre que la police fasse irruption dans l'appartement, à l'aube, pour que l'on se mette à la recherche de ma mère. Elle ne s'étend pas davantage sur ces mêmes heures dont elle passa plusieurs dans le coffre de la BMW, mais quand on la retrouva, elle souffrait de crampes si douloureuses qu'il fallut lui administrer de la morphine avant qu'elle puisse redresser son dos et étirer ses jambes.

« C'est n'est qu'au moment où les enchères commencent que tu sais vraiment quelles cartes tu as en main, poursuivit-elle. Cette ordure a dû me détacher pour que j'aille jusqu'à la voiture ; j'ai accepté de ne pas chercher à m'enfuir ni à attirer l'attention à condition que nous laissions ton père en vie dans l'appartement. S'il avait pu me fourrer dans le coffre immédiatement, je suis sûre s'il serait retourné liquider Papa, mais... » Un nouveau rire. « Je n'ai jamais été aussi heureuse que nous soyons garés dans la rue. Impossible de maltraiter une femme devant tout Kentish Town. »

Elle n'avait pas grand-chose d'autre à raconter. Elle se rappelait que MacKenzie avait fourré le portable et les jumelles de mon père, ainsi que leurs deux portefeuilles, dans un sac à dos de toile qu'il avait balancé sur le siège arrière de la BMW. Ensuite, il lui ligota de nouveau les mains et les pieds. Il la ferait monter dans le coffre, lui dit-il, dès qu'ils ne seraient plus en zone habitée. Et il lui conseilla de la boucler jusque-là si elle ne voulait pas qu'il la ficelle si serré qu'elle étoufferait. Après avoir passé la station-service Fleet, sur la M3, il quitta l'autoroute et fit le transfert sur une petite route de campagne.

Selon toute vraisemblance, il reprit l'autoroute, parce que ma mère se rappelait un bruit continu de circulation, mais, comme j'en avais fait l'expérience dans la cave, elle perdit rapidement toute notion du temps. Elle se souvenait d'un autre arrêt d'une dizaine de minutes, probablement au moment où il m'avait envoyé le texto. Leur dernier contact eut lieu cinq minutes après qu'il eut arrêté le moteur pour de bon. Cela faisait si longtemps qu'elle était dans le noir que, lorsque le coffre s'ouvrit brusquement, elle fut obligée de fermer les yeux pour ne pas être éblouie par la lumière du jour.

« Il s'est excusé, dit-elle. C'était tout à fait bizarre.

– De t'avoir enfermée ?

– Non. De ce qu'il allait me faire. Si l'adresse était bonne, a-t-il dit, il reviendrait mettre le feu à la voiture, avec moi dedans. » Elle émit un petit rire sourd. « Je suppose qu'il voulait me paniquer mais, tu sais, j'étais tellement épuisée que je me suis endormie... quand je me suis réveillée, l'alarme faisait un raffut d'enfer et un policier jovial venait de forcer le coffre avec un pied-de-biche.

Elle mentait. Il était impossible qu'elle ait dormi, compte tenu des crampes dont elle souffrait quand on la retrouva, tout comme il était impossible que mon père ait pu passer, comme il le prétendit, une « nuit à peu près correcte ».

De : Dan@Fry.ishma.iq
Date : Dim. 22/08/04 17:18
À : connie.burns@uknet.com
Objet : MacKenzie

Bien sûr que je suis furieux que tu ne m'en aies pas parlé tout de suite. Je ne suis pas de pierre, Connie. Qu'est-ce que tu croyais que j'allais faire ? Invoquer ton contrat et t'obliger à écrire ce qui t'était arrivé avec tous les détails salaces ? L'écrire moi-même ? Te vendre au plus offrant ? Je croyais que nous nous faisions confiance, C. Je croyais que nous nous aimions... mais peut-être que j'étais le seul. Merde alors ! Je ne suis pas un lâcheur ! Est-ce que tu peux me citer une seule fois où je t'ai laissée tomber ?

Pardon, je me suis un peu calmé. J'ai écrit ce premier paragraphe il y a trois heures, juste après avoir lu ton mail. J'ai eu le temps de réfléchir, depuis. J'ai été injuste, je l'admets. Mais j'ai décidé de ne pas effacer ce paragraphe parce que je veux que tu saches que, vraiment, tu m'as fait de la peine. Je n'aurais pas agi autrement si tu m'avais dit la vérité... mais peut-être que j'aurais essayé de mieux te protéger. À lire entre les lignes, je me demande si ce n'est pas ça que tu redoutais. Ce n'est pas par hasard, j'en suis sûr, si la seule personne à qui tu aies cru pouvoir faire confiance au cours de ces derniers mois était une femme.

Les infos ne donnent pas beaucoup de détails. Tout le monde cite le nom de MacKenzie et le décrit comme un individu extrêmement dangereux, recherché dans le cadre d'une enquête pour enlèvement et assassinat en Grande-Bretagne, en Sierra Leone et à Bagdad. Mais en

388

ce qui te concerne, c'est silence radio. Est-ce à ta demande? Ou est-ce la police qui l'exige parce qu'elle n'a pas fini de t'interroger?

Ce serait sympa de me répondre le plus vite possible. Je suis déjà bombardé de questions à propos de mon article sur le Baycombe Group – qui citait MacKenzie/O'Connell dans le cadre d'une affaire de faux passeport. Quelles informations puis-je donner? Veux-tu qu'on sache que MacKenzie t'a séquestrée dans cette cave? Ou as-tu réclamé l'anonymat en vertu de la législation britannique sur le viol?

Grrrr. Quelle brute j'ai été, franchement! Quand je pense que je t'ai conseillé de verser quelques larmes de crocodile et de faire vibrer la corde de la compassion. Je suis vraiment désolé, C. Accepteras-tu de me revoir si je viens en Angleterre? Ou suis-je définitivement grillé? J'ai des congés à prendre.

Je t'embrasse, Dan.

P.-S. : Désolé de jouer les journalistes, mais as-tu des infos récentes sur MacKenzie? L'a-t-on repéré quelque part ou pense-t-on qu'il a quitté le pays?

20.

« Et la seconde raison, c'est quoi ? » me demanda l'inspecteur Bagley après m'avoir rappelé que, selon moi, un homme ne pouvait pas comprendre pourquoi j'étais aussi calme. « Vous avez dit "Primo, mes parents ne sont pas morts". Et ensuite ?

– Jess et Peter ? suggérai-je. Je ne serais certainement pas aussi calme s'il leur était arrivé quelque chose.

– Évidemment. Et pourquoi un homme aurait-il du mal à le comprendre ?

– Ce n'est pas de ça que je parlais. C'est ce que j'ai pensé de MacKenzie qui me paraît plus difficile à comprendre pour un homme. D'abord, je n'arrivais pas à me faire à l'idée qu'il était aussi *petit*. Je l'avais si longtemps imaginé comme un être monstrueux que je n'en revenais pas de le voir tel qu'il était : un sale petit avorton. Ça ne veut pas dire qu'il n'était pas effrayant... mais, pour la première fois, je pouvais relativiser, et ça m'a fait un bien fou.

– Ce n'était ? répéta-t-il. Il n'était ? Je pouvais ? Est-il mort, Miss Burns ? »

Il n'arrêtait pas de revenir à la charge. « Je ne vois pas pourquoi, dis-je. J'en serais ravie, c'est sûr... Je pourrais même aller jusqu'à prier pour qu'il le soit... mais il était en vie, la dernière fois que je l'ai vu. Maintenant, si des fractures des doigts peuvent être mortelles... mais je ne l'aurais pas cru.

– En admettant qu'il n'ait pas souffert d'autres lésions. »

Je haussai les épaules. « Peter n'a rien relevé d'autre.

– Vous êtes restées seules avec MacKenzie pendant une demi-heure, Miss Derbyshire et vous. Ça laisse largement le temps d'amocher quelqu'un.

– Alors, où est-il ? Pourquoi ne l'avez-vous pas trouvé ?

– Je ne sais pas, Miss Burns. Et je voudrais bien le savoir. »

Je manifestai mon irritation. « Et si je vous retournai la question ? Que pensez-vous d'une brigade de police qui laisse un type prendre le large aussi facilement que ça ? Il ne pouvait pas avoir quitté les lieux longtemps avant votre arrivée... et vous avez mis *deux* heures à vous décider à fouiller la vallée. À ce moment-là, il pouvait être loin... à bord d'un ferry en partance de Weymouth... dans le train pour l'aéroport de Southampton. Vous avez contrôlé tous ces endroits ? »

Il fit un signe de tête impatient, comme si la question ne méritait pas de réponse. « Nous nous intéressons davantage à la BMW de votre père, Miss Burns. Un moyen de transport idéal. Elle était garée dans la vallée, à moins d'un kilomètre – il aurait pu quitter la région avant qu'on remarque son absence. Pourtant, il n'y est pas retourné. Ça me paraît bizarre.

– À moi aussi. »

Bagley détestait que je lui donne raison. Il avait l'impression que je me moquais de lui. « Vous avez peut-être une explication à me proposer, murmura-t-il, sarcastique. Vous semblez en avoir pour tout le reste.

– Il a dû s'égarer, dis-je. Ça m'arrive tout le temps... et je ne me promène que de jour. La vallée est grande. Si vous perdez vos repères, si vous vous engagez sur le mauvais sentier, vous vous retrouvez sur le chemin des crêtes au lieu de rejoindre le village. Je suppose que vous avez vérifié les maisons vides de Winterbourne Barton ? Il pourrait s'être planqué dans une villa de vacanciers, à regarder leur télé en mangeant leurs provisions. Ou alors il est parti dans l'autre sens, et il est tombé de la falaise... »

De toute évidence, nous lui inspirions, Jess et moi, une profonde méfiance. Il avait conscience que nous n'avions pas pu faire disparaître MacKenzie en une demi-heure, mais notre attitude le déconcertait. J'étais trop désinvolte, Jess trop laconique. Selon Peter, qui l'avait appris d'un ami policier, elle ne se montrait pas plus communicative avec la police qu'elle ne l'était d'ordinaire.

Que s'est-il passé quand vous avez quitté la cuisine, Miss Derbyshire ? Je me suis fait agresser. *Pouvez-vous être plus explicite ?* Non. *Saviez-vous qui était votre agresseur ?* Je m'en suis doutée. *Qui vous a retiré vos vêtements ?* Lui. *Avez-vous eu peur qu'il vous viole ?* Oui. *Malgré la présence du docteur Coleman et de Miss Burns dans la maison ?* Oui. *MacKenzie vous a-t-il parlé ?* Non. *Alors pourquoi avez-vous pensé qu'il allait vous violer ?* Il m'avait retiré mes vêtements. *Pouvez-vous être*

392

plus explicite ? Non. Avez-vous été bouleversée par la mort de votre chien ? Oui. Aviez-vous envie de venger Bertie ? Oui. Aviez-vous envie de vous venger ? Oui. L'avez-vous fait ? Non. Pourquoi ? Je n'ai pas eu le temps. Mais vous l'auriez fait si la police n'était pas arrivée ? Oui.

Notre plus grande faute était, semble-t-il, de ne pas avoir l'air suffisamment terrifiées. MacKenzie en liberté, nous aurions dû réclamer une protection policière vingt-quatre heures sur vingt-quatre ou notre transfert en lieu sûr, mais nous ne l'avions fait ni l'une ni l'autre. Jess avait refusé de quitter la ferme parce qu'elle ne pouvait pas compter sur Harry et les filles pour s'en occuper seuls. Quant à moi, avec les patrouilles qui écumaient la vallée, j'estimais ma sécurité assurée.

Nous vécûmes quelques journées singulières. Sans avoir jamais été arrêtées ni accusées de quoi que ce soit, nous étions traitées, Jess et moi, comme des suspectes dans une affaire d'homicide. On me demanda à plusieurs reprises si je souhaitais consulter un avocat, mais je déclinai l'offre, alléguant que je n'avais rien à cacher. Je crois que Jess en fit autant. L'avantage fut que la police tint la presse à distance pendant que les enquêteurs passaient au peigne fin tous les coins et recoins de Winterbourne Valley. Elle accepta, d'autre part, de ne pas divulguer nos noms – pas plus que ceux de Peter et de mes parents –, car nous avions invoqué notre droit à l'anonymat en raison de la nature des crimes commis contre nous.

Je fus autorisée à rendre une brève visite à ma mère au Centre hospitalier régional du Dorset avant qu'elle ne soit transférée à Londres, auprès de mon père, et je pus parler à Papa au téléphone. À cause de sa mâchoire abîmée, j'assurai l'essentiel de la conversation, mais il émit quelques grognements qui pouvaient passer pour des rires. J'eus l'impression qu'il était content quand je lui proposai qu'il vienne me voir avec Maman dès que l'agitation serait retombée. Il arriva à prononcer quelques phrases à peu près intelligibles : « Est-ce qu'on a gagné ? Les démons sont morts ?

– Morts et enterrés, répondis-je.

– Parfait. »

Par bonheur, cette petite conversation n'avait pas eu de témoin, car elle aurait certainement été mal interprétée. Comme l'aurait été ma discussion avec Jess, après que la police eut enfin reconnu que nous n'étions pour rien dans la disparition de MacKenzie. Nous devions, nous dit-on, nous attendre à une nouvelle convocation quand MacKenzie serait arrêté, s'il l'était un jour, mais, en fait, on nous donna le feu vert pour recommencer à vivre comme d'habitude.

Je n'avais pas vu Jess et je ne lui avais pas parlé depuis le dimanche matin à l'aube. On ne nous avait pas interdit de communiquer, mais la présence constante de policiers à Barton House nous avait coupé toute envie de le faire. La ligne téléphonique avait été vite réparée, pour la commodité de la police plus que pour la mienne. On m'autorisa donc à faire fonctionner mon ordinateur – je devais prévenir mon patron, à Bagdad, avais-je expliqué, avant que le nom de MacKenzie n'apparaisse sur les sites d'infos en ligne.

Pendant trois jours, la chambre du fond et la cuisine furent les seules pièces que je pus utiliser. La salle de bains fut mise sous scellés pendant quarante-huit heures, la police scientifique tenant à démonter le coude de la canalisation pour l'envoyer au labo. Ils en firent autant à l'office. Je demandai à Bagley ce qu'ils pensaient trouver puisqu'il y avait eu de l'eau de Javel dans les deux tuyaux ; il me répondit que c'était une procédure de routine. Je lui fis remarquer que ma routine personnelle m'imposait de prendre des bains et de laver mes vêtements ; de mauvaise grâce, il fit réinstaller la plomberie le lundi après-midi.

Le mercredi soir, moins d'une demi-heure après le départ de Bagley, je vis la Land Rover de Jess remonter l'allée. Je me rappelle m'être demandé comment elle avait su qu'il venait de partir, et ne fus pas loin de la soupçonner d'avoir campé dans son champ du haut avec des jumelles. S'il y avait une chose que je savais à propos de Jess, c'est que sa patience était inépuisable. Il lui avait fallu cent heures de tournage pour immortaliser les cabrioles de belettes sur une bande vidéo de quinze minutes.

« J'espère que vous comprenez la nécessité de ce que nous avons fait, Ms Burns », avait dit Bagley en partant. Il m'avait tendu la main en signe de paix.

Je l'avais serrée brièvement. « Pas vraiment. C'est une obligation professionnelle ? Les policiers se font couper en morceaux s'ils n'exécutent pas les gestes requis ?

– On peut voir les choses comme ça.

– Bien, bien. Peter me dit qu'il n'a été interrogé que deux fois... une fois pour donner sa version des faits... la seconde pour confirmer ou réfuter ce que Jess et moi avions dit. Cela ne me paraît pas très équitable dans la mesure où nous avons tous été témoins du même crime.

– Personne ne conteste les faits qui ont précédé le départ du docteur Coleman. Ce qui nous intéresse, c'est comment MacKenzie a pu se libérer et s'évanouir dans la nature. »

Je haussai les épaules. « Il a peut-être mis à profit son entraînement dans le SAS.

– Je croyais que, selon vous, c'était un mensonge.

– En effet, admis-je, mais je peux me tromper. »

Il avait marqué un moment de silence avant de lâcher un petit rire brusque. « Eh bien, voilà qui est nouveau.

– Quoi donc ?

– Miss Burns admet qu'elle a pu se tromper. » Il m'avait dévisagée quelques instants. « J'espère que vous savez ce que vous faites, Miss Derbyshire et vous. »

J'avais senti une petite palpitation familière voltiger autour de mon cœur. « Comment cela ?

– En refusant de bouger d'ici, avait-il dit avec un certain étonnement. Je ne crois pas que vous soyez de force, ni l'une ni l'autre, à affronter MacKenzie une nouvelle fois... »

La mine renfrognée de Jess, tandis qu'elle posait lourdement un sac en plastique rebondi sur la table, avait pour moi quelque chose d'incroyablement rassurant. « Ce sale con, je ne peux pas le voir, dit-elle.

– Qui donc ?

– Bagley. Tu sais ce qu'il m'a balancé, en partant ? "Vous avez fait de l'obstruction systématique, Miss Derbyshire..." » Elle tordit sa bouche dans un sourire sarcastique à la Bagley. « "Mais le docteur Coleman prétend que vos talents de communication sont très réduits. Je vous accorderai donc le bénéfice du doute." Quel branleur ! Je lui ai dit d'aller se faire foutre.

– À Peter ?

– Non, à Bagley. » Une étincelle amusée pétilla dans ses yeux. « Peter, je lui bats froid. Dieu sait ce qu'il leur a raconté, mais de toute évidence, il ne nous a pas loupées. Bagley a l'air de nous prendre pour un couple de harpies. Est-ce qu'il t'a demandé quelles étaient tes tendances sexuelles ?

– Non.

– J'imagine que je dois ça aux débiles du village, dit-elle sans animosité. Il m'a demandé si, selon moi, c'était encore pire pour une lesbienne de se faire arracher ses vêtements par un psychopathe. Tu vois un peu le genre...

– Qu'est-ce que tu as répondu ?

– Je l'ai envoyé chier. » Elle commença à vider le sac. « Je t'ai apporté des provisions. Est-ce que tu as mangé correctement au moins ?

– Essentiellement des sandwichs. La police en commandait des wagons.

– Champagne, annonça-t-elle en brandissant une bouteille de Heidsieck. Je ne sais pas s'il est bon... et puis, du saumon fumé et des œufs de caille. Ce n'est pas le genre de trucs que j'achète d'habitude, mais je me suis dit que ça te plairait. Le reste vient de la ferme. » Elle me tendit la bouteille. « J'ai pensé que ça méritait bien une petite fête. »

Je ne pus m'empêcher de jeter un regard inquiet par-dessus mon épaule en direction de l'allée. Qu'en penserait Bagley ?

Jess lut dans mon esprit. « Il faut boire à la mémoire de Bertie, dit-elle en sortant des verres du placard, et à la santé de tes parents, aussi. Je ne vois pas pourquoi nous devrions les oublier sous prétexte que Bagley est givré. Vas-y, à toi l'honneur. Sans toi, nous serions tous morts. »

Je ne voyais pas les choses sous cet angle. « C'est moi qui vous ai tous mis en danger, lui rappelai-je.

397

Si je n'étais pas venue ici, rien ne serait jamais arrivé.

– Arrête ton char, lança-t-elle avec mépris. À ce compte-là, tu peux aussi bien reprocher à ton père d'être rentré à Londres... à Peter de s'être pointé au mauvais moment... et à moi d'être sortie de la cuisine. Tu devrais être au septième ciel.

– Continue comme ça et c'est ce qui va se passer, dis-je d'un ton plus joyeux, en défaisant le fil de fer du goulot. C'est plutôt perturbant de te voir m'inonder de compliments et d'alcool, Jess. » Je sortis le bouchon et versai de la mousse dans un des verres. « Tu m'accompagnes ? »

Elle l'inspecta comme si c'était une potion diabolique. « Pourquoi pas ? Je pourrai toujours rentrer à pied.

– Quand est-ce que tu as bu du champagne pour la dernière fois ? demandai-je, craignant qu'une gorgée ne suffise à la faire rouler sous la table.

– Il y a douze ans... pour l'anniversaire de ma mère. » Elle trinqua avec moi. « À Bertie, dit-elle. Un bon copain. Je l'ai enterré dans le champ du haut, sous une petite croix de bois sur laquelle j'ai écrit "Pour sa bravoure et sa vaillance". Figure-toi que ce salaud de Bagley a demandé à ses gars de le déterrer pour voir si MacKenzie n'était pas dessous. Tu *imagines* ça ? Il prétend que c'est une procédure normale.

– À Bertie, répétai-je. Et que Bagley aille au diable. Qu'est-ce que tu lui as dit ? »

Elle trempa les lèvres dans son verre d'un geste prudent et parut étonnée ; elle devait s'attendre à tomber raide morte. « Je l'ai traité de violeur de sépulture. Peter était là et il a fait une vie d'enfer à Bagley... il lui a demandé je ne sais combien de fois

comment nous aurions pu sortir le corps de Mac-
Kenzie de Barton House sans que personne nous
voie. Je crois que, jusque-là, il ne s'était pas rendu
compte du merdier dans lequel il nous avait four-
rées. Tu te rends compte qu'il leur a raconté notre
fameuse conversation, tu sais, quand on a parlé de
couper la bite de MacKenzie ? Je crois qu'on m'a
posé plus de questions sur la castration que sur tout
autre sujet. »

Je la regardai pensivement au-dessus de mon
verre. « Avec moi, les leitmotive étaient manipulation et maîtrise de soi. Peter a prétendu que je
savais parfaitement ce que je faisais... au point
d'avoir donné des ordres à tes chiens. »

Pour la première fois, Jess prit sa défense. « Dans
sa bouche, c'était un compliment, tu sais. Ça s'est
retourné contre toi, c'est sûr, mais l'intention était
bonne.

– Qu'est-ce qu'ils lui ont raconté sur ce que *nous*
disions ? »

Elle me jeta un regard amusé. « Que les hommes
sont nuls.

– Ça, ça ne vient pas de moi. J'ai pu le penser,
mais je ne l'ai pas dit. »

Elle acquiesça de la tête. « Peter citait Bagley qui
me citait. J'ai dit quelque chose comme : "en cas de
crise, les hommes ne sont bons à rien", et Bagley l'a
exploité à fond. Est-ce que tu as accusé Peter
d'avoir délivré MacKenzie ?

– Non, pas exactement. J'ai demandé à Bagley
pourquoi on ne le cuisinait pas, lui, alors qu'il avait
eu les mêmes possibilités de le faire que toi et moi.

– Ça a été présenté comme une accusation en
bonne et due forme. Selon Bagley, tu t'es donné un
mal de chien pour mouiller Peter ; il a fallu mon

témoignage à propos de l'horaire pour le mettre hors de cause. »

J'avalai une gorgée de champagne. « Peter est fâché ? »

Jess haussa les épaules. « Je n'en sais rien. De toute façon, il est un peu bizarre, en ce moment. » Elle changea de sujet. « Madeleine l'a appelé pour lui annoncer son arrivée demain. Elle a parlé à quelqu'un du village qui lui a dit que MacKenzie s'en était pris à toi parce que tu le connaissais d'avant. Elle veut absolument parler au responsable de l'enquête.

– Pourquoi ? »

Nouveau haussement d'épaules. « Elle pense peut-être qu'il y a du fric à faire.

– Comment ça ?

– Un bon scoop, ça peut rapporter gros. » Elle frotta son pouce et son index l'un contre l'autre. « On reparle de toi aux infos – ou, du moins, on pourrait le faire si ton identité était révélée. Elle vendra ton histoire sans hésiter si Bagley la lui donne. Elle a essayé de soutirer à Peter tout ce qu'elle pouvait au téléphone. Qui était MacKenzie ? Où est-ce que tu l'avais rencontré ? Elle lui a dit qu'elle avait lu qu'il était recherché pour enlèvement en Irak... pas besoin d'être très malin pour faire le lien.

– Et Peter ? Qu'est-ce qu'il a dit ?

– Qu'on lui avait demandé de se taire pour ne pas violer le secret de l'instruction. » Elle prit son verre et l'examina attentivement. « Il dit que Bagley va certainement transmettre tous les détails à Madeleine... ne serait-ce que pour lui arracher les informations dont elle pourrait disposer.

– Quel genre ?

400

– N'importe quoi. Madeleine a vécu ici plus de vingt ans, ne l'oublie pas. Je suis sûre qu'on va lui demander si elle n'a pas une vague idée de l'endroit où MacKenzie pourrait se cacher. C'est tout ce qui intéresse Bagley. »

Peut-être, après quatre jours d'abstinence, le champagne me faisait-il autant d'effet qu'à Jess au bout de douze ans. Car ma première réaction fut d'éclater de rire. « Si tu savais à quel point ça me ferait chier que Madeleine fourre son nez là-dedans ! On risquerait de nous prendre pour des *amies* ! »

Le visage de Jess se fendit du plus large sourire que je lui aie jamais vu. « Elle a dit à Peter qu'elle venait avant tout pour faire un état des lieux. Tu veux te servir de ma carte maîtresse ? »

Je croyais entendre ma mère. Le bridge était-il une métaphore de la vie ? « Laquelle ? Tu en as tellement... Votre parenté... Lily... Peter... Nathaniel... Qu'est-ce qui compte le plus pour elle ? »

Jess tapa du pied sur le sol dallé. « Barton House, dit-elle. Lily a modifié son testament au moment où elle a donné procuration à son notaire. Elle lui a laissé toute latitude de vendre ses biens pour payer la maison de retraite mais si, à sa mort, Barton House lui appartient encore, c'est moi qui dois hériter de la maison. »

Je la regardai avec étonnement. « Et Madeleine, qu'est-ce qu'elle aura ?

– L'argent qui restera une fois toutes les factures payées.

– Tu ne m'as pas dit qu'il n'y avait plus rien ?

– Si... mais il en resterait si le notaire vendait la maison et investissait le capital. Barton House doit valoir quelque chose comme un million et demi de

401

livres, et l'argent de la vente reviendra à Madeleine, pas à moi.

– Alors ça ! » J'avalai une lampée d'alcool pour huiler mes neurones. « Dans ce cas, pourquoi bloque-t-elle la vente ?

– Parce qu'elle ne sait pas que le testament a été révisé. Aucune de nous n'était censée le savoir. Lily ne me l'a confié que parce qu'elle m'a prise pour Grand-Mère. Elle a confié que Madeleine perdrait ou gagnerait en fonction de son degré de cupidité... et que si la maison me revenait, eh bien, tant mieux. » Jess tira sur sa frange. « Je t'avais bien dit que c'était un drôle de souk, murmura-t-elle d'un air contrit. J'ai essayé de convaincre Lily de changer d'avis, mais c'était trop tard. Cinq minutes après, elle ne savait même plus de quoi je parlais.

– Tu es sûre qu'elle ne t'a pas raconté de salades ? Il s'agit peut-être d'un testament imaginaire... d'une modification qu'elle aurait voulu faire, mais n'a jamais faite.

– Je ne crois pas. J'ai appelé le notaire pour lui dire que, si c'était vrai, je ne voulais pas être mêlée à ça, mais au lieu de nier – ce qu'il aurait parfaitement pu faire –, il m'a conseillé d'en parler à Lily.

– Tu lui as dit qu'elle était gaga ? »

Elle soupira. « Non. J'ai eu peur qu'il ne prenne les choses en main et que le testament ne soit gravé dans la pierre. Je me suis dit que, si je ne bougeais pas, Lily aurait peut-être quelques instants de lucidité et que Madeleine rentrerait dans ses bonnes grâces. J'ai même écrit à cette conne pour lui dire que j'étais brouillée avec sa mère... Elle n'a pas réagi. Je crois même que ça l'a encouragée à négliger encore plus la pauvre vieille. Tout ce qu'elle voulait, c'était sa mort, tu sais. »

Jugeait-elle vraiment nécessaire de m'en convaincre ? Il en aurait fallu beaucoup pour me faire douter de la parole de Jess sur quelque sujet que ce soit. J'avais affronté le danger à ses côtés, ce n'était pas pour me méfier d'elle à la première occasion. « Pourquoi est-ce que tu ne veux pas de cette maison ? demandai-je avec curiosité. Elle vaut une brique ou deux. Tu pourrais la vendre et acheter encore des terres. »

Nouveau signe de dénégation. « Ce serait trop pour moi. De toute façon, Madeleine contesterait le testament, c'est sûr... tu imagines un peu, l'enfer ? Je préfère me faire pendre que d'accepter une analyse d'ADN pour prouver nos liens familiaux. Je ne veux même pas que ça se sache.

– Tu l'as dit à Peter ? »

Elle secoua la tête. « Je n'en ai parlé à personne.

– Même pas à Nathaniel ? »

Elle avala une nouvelle gorgée de champagne, mais je n'aurais su dire si son expression de dégoût concernait la boisson ou le mari de Madeleine. « Non, mais j'ai l'impression qu'il se doute de quelque chose. Quand je lui ai parlé de la procuration, il m'a demandé à plusieurs reprises si le testament avait été modifié, lui aussi. J'ai dit que je n'en savais rien... » Elle s'interrompit, agacée. « Cette nuit-là, il m'a vraiment cassé les pieds... Je lui devais une seconde chance parce qu'il m'avait soutenue au moment de la mort de ma famille et gna-gna-gna. J'ai cru rêver ! »

Je faillis lui demander de quelle nuit en particulier elle parlait. Nathaniel Harrison m'aurait cassé les pieds n'importe quand. Mais j'y renonçai : « C'était avant ou après ta lettre à Madeleine ?

– Après.

403

– Dans ce cas, je parie que c'est elle qui était derrière... ou alors, ce qui est encore plus probable, elle est venue avec lui. Ils ont pu essayer de tirer les vers du nez à Lily et, comme ils n'arrivaient à rien avec elle, Nathaniel s'est chargé de toi. Tu crois sur parole tout ce qu'il te dit, Jess, mais – *sérieusement* –, comment un type peut-il laisser une vieille dame geler à mort simplement parce qu'il s'est énervé contre elle ? Il aurait au moins pu avoir des remords le lendemain, et t'appeler, ou appeler Peter, pour savoir comment elle allait.

– Je sais, admit-elle, et je ne cherche pas à le défendre, mais, s'il a parlé à Madeleine de la procuration, pourquoi est-ce qu'elle n'a rien fait ?

– Qui te dit qu'elle n'a rien fait ? Peut-être que Nathaniel et elle ont cherché à convaincre Lily de changer d'avis en lui faisant une peur bleue. Si tu veux forcer une vieille dame à agir comme tu veux, lui supprimer le chauffage n'est pas un mauvais début. » Je m'interrompis. « J'y ai beaucoup réfléchi, ces derniers jours, Jess, et plus j'y pense, plus je suis persuadée que Madeleine sait qu'il existe un lien entre elle et toi. Elle se donne trop de mal pour dénigrer ta famille. Quand vous n'êtes pas des domestiques syphilitiques, vous êtes des tenanciers affligés d'un patrimoine génétique défectueux.

– Elle tient tout ça de Lily.

– Comme le reste, dis-je lentement. Lily a pu se sentir un peu seule, après la mort de son mari, avoir envie de se rapprocher de son frère... elle aura commis l'erreur de penser que sa fille serait sur la même longueur d'onde qu'elle. C'est peut-être la raison de l'allocation qu'elle lui a versée... une compensation pour la consoler d'être apparentée à la lie de la société. »

Jess me jeta un regard furieux.

« C'est comme ça que Madeleine te voit. Lily aussi, si tu es honnête.

– Je sais. » Son regard s'abîma dans un sombre corridor de temps. « Elle a traité mon père comme de la merde jusqu'à la mort de Robert et, ensuite, elle était tout le temps après lui. Fais ci... fais ça... et il courait. Je me rappelle très bien lui avoir dit que c'était gênant pour nous. C'est la seule fois où il s'est mis en colère contre moi.

– Qu'est-ce qu'il t'a dit ? »

Ses yeux s'étrécirent à ce souvenir. « Que ce genre de remarque était digne de Madeleine, pas de moi. Mon Dieu ! Tu crois qu'il a dû supporter ça ? Les cris et les hurlements de Madeleine lui reprochant d'être "gênant" ? Pauvre Papa. Il n'aura pas su quoi faire. Lui qui évitait la moindre dispute.

– Il savait que Lily t'avait demandé de faire le portrait de Madeleine ? »

Elle acquiesça d'un signe de tête. « Il a insisté pour que j'accepte. Ce serait gentil, voilà ce qu'il a dit. Lily était passée à la ferme, un jour, et avait vu un ou deux de mes trucs. Elle a demandé si j'accepterais de prendre Madeleine en photo avant qu'elle ne parte à Londres. Elle voulait un portrait – le genre de choses que font les studios... » La voix de Jess se chargea de dédain. « J'ai dit oui, à condition qu'il y ait la mer en arrière-plan. » Elle s'abîma dans un silence pensif.

« Et... ? »

Jess haussa les épaules. « Madeleine a passé le plus clair de son temps à faire la tête ou à minauder – tous les autres négatifs sont de la merde –, mais celui-là est bien sorti. C'est bizarre. Au début, j'avais fait des efforts pour être à peu près sympa, puis j'ai fini par lui lâcher ce que je pensais d'elle et, alors, elle s'est retournée pour m'adresser ce sourire.

– Elle a peut-être vu dans tes insultes la preuve que tu ignorais votre parenté. Il y avait de quoi la faire sourire, tu ne crois pas ? » Je levai un sourcil interrogateur. « Ton amabilité devait la rendre malade d'inquiétude... Surtout si ça ne te ressemblait pas. »

La grimace de Jess fut féroce. « Dans ce cas, elle est encore plus conne que je ne le pensais. Elle s'imagine que je suis prête à admettre qu'une garce stupide est ma cousine ? »

Je dissimulai un sourire. « Alors, arrête de râler. Avance. Lâche-la.

– C'est ce que tu ferais, toi ?

– Non.

– Qu'est-ce que tu ferais ?

– Je lui ferais ravaler les ragots malveillants qu'elle a répandus sur ma famille et sur moi, puis je lui dirais d'aller se faire foutre. » J'inclinai mon verre dans sa direction. « Personnellement, je ne vois pas ce que ça peut faire, que tu sois une Wright ou une Derbyshire – pour moi, tu es *Jess*, un être unique –, mais si le nom des Derbyshire a de l'importance pour toi, bats-toi.

– Et comment ? demanda-t-elle. À l'instant même où j'admettrai que je suis une Wright, les Derbyshire cesseront d'exister. »

J'étais incapable de comprendre sa vision des choses, je ne sais pas s'il faut le regretter ou s'en féliciter. Son tourment ne m'inspirait certainement pas toute la sympathie voulue, mais il faut dire que je n'ai jamais considéré les étiquettes comme une indication sérieuse du contenu. « Pour être pédante,

Jess, je te dirai qu'ils ont cessé d'exister à la naissance de ton père. Le dernier membre de la famille a été ton arrière-grand-père, un maître chanteur alcoolique qui a sauté sur l'occasion d'arrondir ses terres. C'est sans doute la seule chose vraiment efficace qu'un Derbyshire ait jamais faite, mais je te garantis que la ferme serait en friche aujourd'hui si ton père n'avait pas été partie prenante du marché. »

Elle contempla ses mains avec mauvaise humeur. « Madeleine elle-même ne m'a jamais dit des choses aussi atroces.

— Sauf que les Wright ne valent pas mieux, poursuivis-je. Le seul qui ait eu un peu de tripes, c'est le vieux type qui a acheté la maison et la vallée, mais ses descendants n'étaient qu'une bande de bons à rien — paresseux... intéressés... suffisants. Par un coup de bol, sans doute parce que les gènes de ta grand-mère étaient costauds, ton père n'a pas hérité de ces traits — toi non plus —, mais Madeleine en a à la pelle.

— Et après ? Ça ne suffit pas à faire de moi une Derbyshire.

— Mais c'est un chouette nom, Jess. Ta grand-mère, ton père et ta mère s'en sont contentés... ton frère et ta sœur aussi, sans doute. Je ne comprends pas pourquoi tu hésites tant à te battre pour lui. »

Elle se frotta la tête, confuse. « C'est comme ça. Voilà pourquoi je ne veux pas que cette affaire transpire.

— Si ça reste entre Madeleine et toi, il n'y a aucun risque. »

Sa maussaderie s'accrut encore. « Qu'est-ce que tu me conseilles ? De la faire chanter ?

— Pourquoi pas ? Ça a bien marché pour les Derbyshire, la dernière fois. »

21.

L'hypocrisie de Madeleine était vraiment admirable. Elle fit son apparition le lendemain matin à onze heures, un sourire inquiet aux lèvres. Elle venait, me dit-elle, de passer chez Peter qui l'avait informée des horribles événements du week-end précédent. Elle était fraîche et pimpante dans sa robe chemisier de coton blanc. Je songeai qu'elle incarnait à merveille un des adages préférés de ma mère : il ne faut pas se fier aux apparences.

« J'étais loin d'imaginer qu'il pouvait s'agir de vous et de Barton House avant d'avoir bavardé avec Peter, poursuivit-elle avec une sincérité convaincante. Les journaux ont parlé du Dorset, sans autre précision. Mon Dieu, comme vous avez dû avoir peur, Connie. Cet homme a l'air d'être d'une violence terrifiante. »

Elle usait de mon prénom avec une aisance désinvolte, alors que, quelques jours plus tôt encore, elle m'avait laissé un message dans lequel elle m'appelait Marianne. J'ouvris grand la porte et l'invitai à entrer. « C'est tellement gentil d'être venue. » Après tout, elle n'avait pas le monopole de l'hypocrisie.

Elle jetait des regards furtifs autour d'elle, cherchant des indices du drame, et elle en trouva sur-le-champ. Malgré les efforts d'une société de nettoyage convoquée par la police, prolongés par les miens et ceux de Jess, les traces de sang sur les dalles descellées et sur le papier peint vieillot avaient refusé de disparaître. Elles ressemblaient à des taches de boue plus qu'à de l'hémoglobine fraîchement répandue, mais il ne fallait pas des prodiges d'imagination pour en deviner la véritable nature.

Madeleine se couvrit la bouche de ses mains et poussa un petit cri. « Oh mon Dieu ! glapit-elle. Que s'est-il passé ? »

C'était une réaction puérile – le genre d'exclamations chères aux actrices de seconde catégorie –, mais elle était suffisamment authentique pour me convaincre que Peter ne lui avait pas dit grand-chose. Peut-être même rien du tout. Jess en était convaincue : lorsqu'il aurait à choisir son camp, c'est le nôtre que Peter rejoindrait. Je l'étais moins. L'expérience m'avait appris que, lorsque Madeleine entrait en scène, il avait une fâcheuse tendance à la logorrhée.

Je la conduisis vers la porte matelassée verte. « Peter ne vous a pas raconté ? demandai-je avec étonnement. Voilà qui me surprend.

– C'est du sang ? demanda-t-elle, ses talons picotant les dalles derrière moi. Quelqu'un est mort ? »

Je secouai la tête en signe de dénégation, poussai la porte et m'effaçai pour la laisser passer. « Rien d'aussi tragique. Les chiens de Jess se sont battus et l'un d'eux a été blessé. C'est moins grave que ça n'en a l'air. » Je la pilotai le long du couloir. « Voulez-vous un café ? demandai-je en tirant une chaise pour elle. Ou avez-vous déjà fait le plein de caféine chez Peter ? »

Elle m'ignora et fit un signe de main frénétique en direction du hall. « Ça ne peut pas rester comme ça, protesta-t-elle. Et les prochains locataires ? Que vont-ils penser ? »

Je reculai vers le plan de travail. « Il paraît qu'il suffit de poncer les dalles pour qu'elles soient comme neuves, la rassurai-je en allumant ostensiblement une cigarette. Je le ferai faire avant de partir.

– Et les murs ?

– Pareil. »

Elle jeta un coup d'œil soupçonneux autour d'elle et je me demandai si elle avait remarqué le faible bourdonnement en provenance de l'office, ou les boucles de tissu adhésif fixées à chaque extrémité de la tringle de l'Aga. « Pourquoi les chiens se sont-ils battus ? »

Je haussai les épaules. « Je ne sais pas. Pourquoi les chiens se battent-ils ? Je ne suis pas spécialiste. Au sujet du papier peint, voulez-vous que je reste dans les mêmes tons, ou le notaire de votre mère préférera-t-il autre chose ?

– Je ne... » Elle s'interrompit brutalement. « Ça s'est passé pendant que cet individu était ici ?

– Peter ne vous l'a pas dit ? »

Elle se pelotonna sur sa chaise, posant son sac par terre à côté d'elle. « Pas en détail. Il a sans doute voulu m'épargner le pire.

– Ah bon, pourquoi ?

– Pour ne pas m'inquiéter, je suppose.

– Je vois. »

Les réponses courtes la déstabilisaient. Dans son univers, on jouait le jeu, on s'empressait de colporter la moindre bribe de ragot. Elle se força à sourire. « Peter est tellement adorable. Il s'est montré aussi discret que possible de crainte de m'alarmer mais, pour être franche, je préférerais savoir en détail ce qui s'est passé. C'est ma maison, après tout.

– Oh, flûte, murmurai-je en tapotant ma cendre dans l'évier, ce qui lui arracha aussitôt une grimace. J'ai donné de fausses informations à la police. Je leur ai dit que la maison appartenait à votre mère. J'ai bien l'impression que Peter en a fait autant. Il leur a même fourni les coordonnées du notaire... celui qui a la procuration. »

Elle réussit à maintenir son sourire en place. De justesse. « C'est une maison de famille.

– Oui, c'est ce que vous m'avez dit, la dernière fois. »

Elle ouvrit la bouche comme pour lancer « Et alors quoi ? », mais se ravisa. « Les journaux ont dit que cet individu – ce MacKenzie – avait retenu trois personnes prisonnières et réussi à s'enfuir avant l'arrivée de la police. Jess faisait-elle partie de ces trois personnes ? Vous disiez que ses chiens étaient ici.

– J'ai dit qu'ils s'étaient battus, rectifiai-je aimablement.

– Pendant que MacKenzie était ici ?

– Les mastiffs de Jess sont trop bons gardiens pour cela. »

Son impatience prit le dessus. « Mais alors *qui* était là ? Vous devez bien comprendre que je me pose des questions en apprenant qu'un individu a pu s'introduire aussi facilement ici, alors qu'il y avait trois personnes sur place. Quelqu'un l'a-t-il fait entrer ? Que voulait-il ? Cherchait-il quelque chose dans la maison ?

« – Pourquoi ne pas demander au notaire de votre mère ? suggérai-je. Je suis sûre qu'il pourra vous tranquilliser. Ou à la police. Je peux vous donner le nom de l'inspecteur qui s'occupe de l'enquête.

– Je le connais déjà, lança-t-elle. J'ai demandé à le voir cet après-midi.

– Dans ce cas, il n'y a aucun problème, fis-je remarquer d'un ton posé. Il vous dira tout ce qu'il est en mesure de vous dire. »

Elle me dévisagea un moment, semblant douter que cela vaille la peine d'insister, puis, avec un haussement d'épaules, elle ramassa son sac. « À voir vos réactions, à tous, on pourrait croire qu'on a volé les joyaux de la Couronne.

– Voilà au moins un point sur lequel je peux vous rassurer tout de suite, dis-je avec un petit rire. MacKenzie n'a rien trouvé qu'il ait jugé digne d'être volé... Les toiles de votre mari sont toujours là. »

Elle me jeta un regard hostile. « Peut-être s'intéressait-il aux objets et aux meubles anciens de ma mère. Il ne pouvait pas savoir qu'elle était partie.

– Ça a été la première idée de l'inspecteur Bagley, reconnus-je. C'est la raison pour laquelle il m'a demandé de dresser la liste de tout ce qui m'avait paru bizarre depuis que j'ai pris cette location. Je lui ai cité deux ou trois petites choses... bien qu'à mon avis, elles n'aient rien à voir avec les événements de samedi. »

Madeleine se figea. À peine, mais assez pour que cela ne m'échappe pas. « Quel genre de choses ? »

J'envoyai un rond de fumée vers le plafond. « L'eau avait été coupée. »

C'était une hypothèse, de la même veine que celles que j'avais faites au sujet de la mère de

412

MacKenzie, mais, comme je l'avais dit à Jess la veille au soir, pourquoi se contenter de fermer l'Aga ? Pourquoi pas l'eau ? J'étais hantée par l'image de Lily évanouie à côté de la mare. Que faisait-elle dehors à onze heures du soir ? Se serait-elle rappelé qu'il y avait un puits sous les bûches de la remise à bois ? Et pourquoi allait-elle chez les autres se brosser les dents et prendre une tasse de thé ?

« Je n'y suis pour rien, dit Madeleine brusquement, fouillant dans son sac pour éviter d'avoir à me regarder. C'est probablement l'agence. Le robinet d'arrêt est sous l'évier. Il suffisait de le rouvrir.

– Je n'ai pas dit que l'eau était coupée quand je suis arrivée, précisai-je. Les robinets de la cuisine fonctionnaient parfaitement. C'est à l'étage qu'il y avait un problème. Il y avait tellement d'air dans les canalisations qu'elles se sont toutes mises à cogner. J'ai eu une peur bleue.

– C'est une vieille maison, expliqua-t-elle prudemment. Maman se plaignait toujours de la tuyauterie.

– J'étais tellement embêtée que j'ai fait venir un plombier. La première chose qu'il a faite a été de vérifier le robinet d'arrêt. Selon lui, l'air pénètre dans le circuit quand, l'alimentation générale étant coupée, on s'obstine à ouvrir les robinets sans comprendre pourquoi l'eau ne coule pas. Il m'a dit que cela ne peut se produire que si la maison est occupée... C'était donc du temps de votre mère puisque la maison est restée vide après son départ jusqu'à ce que je la loue. »

Elle sortit un mouchoir de son sac et se tapota le bout du nez. « Je n'y connais rien en plomberie. Tout ce que je sais, c'est que Maman disait que les canalisations faisaient beaucoup de bruit. »

Je comptais bien sur son ignorance de la plomberie. Et de toutes les autres installations techniques. Je devais toutes mes « petits choses bizarres » à l'amabilité de Jess. « Cuisine aussi Madeleine à propos de l'électricité, m'avait-elle conseillé. La nuit où j'ai trouvé Lily, la maison était plongée dans le noir et je n'ai pas réussi à allumer l'éclairage extérieur. C'est essentiellement pour ça que je l'ai ramenée à la ferme. Je n'avais pas envie de perdre du temps à chercher quel fusible avait sauté. Tout marchait correctement, le lendemain, et ça m'est sorti de la tête. »

« Un autre détail a retenu mon attention, repris-je. Plusieurs fusibles avaient été retirés du tableau électrique. Si Jess n'avait pas été là, j'aurais passé ma première nuit dans le noir. Aucune des lampes des chambres à coucher ne marchait. Il a fallu qu'elle aille vérifier le compteur pour trouver ce qui clochait. Ils étaient posés sur le boîtier... dès qu'elle les a remis en place, les lumières se sont rallumées. »

Madeleine jouait avec son mouchoir.

« Vous savez qui aurait pu faire ça ? La police s'est demandé si un électricien avait fait des travaux dans la maison. Le cas échéant, comment est-il entré ? Les inspecteurs tiennent beaucoup à mettre la main sur ceux qui ont pu pénétrer dans la maison au cours des six ou neuf derniers mois. Ils se demandent si votre mère aurait fait entrer quelqu'un... mais pourquoi l'aurait-il laissée dans le noir ? »

Elle secoua la tête.

« Mais ce qu'il y a de *vraiment* bizarre, dis-je en tendant le bras vers l'évier pour ouvrir le robinet et noyer mon mégot, c'est que la valve de la citerne de mazout était fermée, alors que la jauge était au niveau maximum. C'est incompréhensible. La dernière livraison de Burton a eu lieu fin novembre... et votre mère n'a été admise en maison de retraite qu'au cours de la troisième semaine de janvier. Autrement dit, elle n'a eu ni eau chaude ni aucun moyen de faire la cuisine pendant les deux derniers mois de sa présence ici. » Je m'interrompis. « Comment cela a-t-il pu arriver sans que vous le sachiez ? Vous n'êtes pas venue la voir, pendant tout ce temps ? »

Madeleine retrouva enfin sa voix. « Je n'ai pas pu, rétorqua-t-elle sèchement, comme si on lui avait déjà fait ce reproche. Mon fils a été malade, et il a fallu que j'aide Nathaniel à préparer une exposition. De toute façon, Peter passait régulièrement. J'étais persuadée qu'il me préviendrait s'il y avait le moindre problème.

– Vous saviez pourtant que Jess ne le ferait pas, dis-je d'un ton neutre. Elle vous avait déjà écrit qu'elle renonçait à s'occuper de Lily.

– Je ne m'en souviens pas.

– Je suis certaine que si, dis-je, sortant de ma poche une copie de la lettre de Jess. Voulez-vous y jeter un coup d'œil pour vous rafraîchir la mémoire ? Non ? Dans ce cas, je vais m'en charger. » Je choisis un passage. « "Quoi qu'il ait pu se passer entre vous, maintenant, ta mère a besoin de toi, Madeleine. Je t'en prie, il faut que tu t'occupes d'elle. Pour un certain nombre de raisons, je ne peux plus passer la voir, et, franchement, il est dans ton intérêt de venir et de prendre certaines dispositions la concernant. Elle ne peut pas rester seule à Barton House sans personne pour l'aider. Elle a l'esprit plus confus que Peter ne le croit. Si tu le

415

laisses, lui ou quelqu'un d'autre, juger de ses facultés mentales, tu pourrais avoir à le regretter." » Je levai les yeux. « Ce qui était exact, n'est-ce pas ? »

Elle renonça aux dénégations pour passer aux protestations. « Pourquoi aurais-je dû la croire alors que le médecin traitant de Maman prétendait le contraire ? Si vous connaissiez mieux Jess, vous sauriez que semer la zizanie fait partie de ses passe-temps favoris... surtout entre ma mère et moi. Je n'avais aucune raison de prendre ses propos plus au sérieux que ceux de Peter. »

Je manifestai ma surprise. « Mais vous êtes venus, Nathaniel et vous, dès que vous avez reçu cette lettre... ce qui veut dire que vous l'avez crue. »

Il y eut une seconde d'hésitation. « Ce n'est pas exact. »

Je fis comme si je n'avais pas entendu. « Vous avez envoyé Nathaniel demander à Jess ce qu'elle entendait par "regretter" pendant que vous restiez ici pour essayer d'extorquer la même information à votre mère. Elle vous l'a dit ? Ou avez-vous dû attendre que Nathaniel revienne avec la mauvaise nouvelle de la procuration ? »

Elle pinça les lèvres. « Je ne comprends rien à ce que vous racontez. Je n'ai été informée de cette histoire de notaire qu'au moment où Maman est partie en maison de retraite.

– Tant mieux, dis-je d'un ton conciliant, parce que, quand j'ai expliqué à Bagley que certaines installations ne fonctionnaient pas, il a évoqué la possibilité qu'on ait cherché à terroriser Lily. Il s'est demandé si MacKenzie était dans le coup. » Je m'interrompis. « Je lui ai rétorqué que ce n'était pas possible : MacKenzie se trouvait en Irak entre novembre et janvier. Mais, comme l'a dit Bagley, si ce n'était pas MacKenzie, qui était-ce ? Qui aurait l'idée de priver une vieille dame qui n'a plus toute sa tête d'eau, de lumière, de chauffage et de repas chauds ? »

J'aurais dû prévoir sa réponse – Jess l'avait prévue, elle. Pour être honnête, je n'avais pas encore pris la mesure de sa bêtise. La vieille histoire de l'araignée prise dans sa toile aurait pu être écrite pour elle. Ce qu'ils avaient fait, Nathaniel et elle, lui occupait tellement l'esprit qu'elle oublia la réaction qui s'imposait.

« Tout était parfaitement en ordre dans cette maison, me dit-elle, quand je l'ai préparée pour la donner en location. »

L'intelligence aurait voulu qu'après avoir manifesté une incrédulité médusée – « *terroriser* Maman ? » –, elle invoque l'Alzheimer de Lily : « Ça ne peut être que Maman qui a fait ça. Vous savez comment sont les vieilles personnes. Toujours à se soucier du coût de la vie. » Au lieu de quoi, elle me servit sa « coupable » de prédilection. Sa stupidité aurait été risible si elle n'avait été sinistre. C'est tout juste si je n'entendais pas son cerveau ronronner pendant qu'elle me serinait la « version » mise au point avec Nathaniel.

« Il n'y a qu'une personne, à Winterbourne Barton, qui soit suffisamment dérangée pour faire une chose pareille, dit-elle en me regardant droit dans les yeux. J'ai essayé de vous mettre en garde, mais vous avez refusé de m'écouter. »

Son empressement à accuser Jess était écœurant. Elle avait l'air toute contente, comme si je lui avais enfin posé une question dont elle connaissait la réponse. « Jess ? suggérai-je.

– Mais bien sûr. Je vous ai dit qu'elle était prête à tout pour attirer l'attention de ma mère. Elle n'arrêtait pas de provoquer des pannes pour que Maman soit obligée de la faire venir. Son truc préféré était d'éteindre l'Aga parce qu'elle était la seule à savoir le rallumer. » Elle se pencha en avant. « Ce n'est pas sa faute – d'après un ami psychiatre, elle est sans doute atteinte du syndrome de Münchhausen par procuration –, mais je n'aurais jamais pensé qu'elle irait jusqu'à couper l'eau et l'électricité. »

J'esquissai un sourire dubitatif. « Mais, dans ce cas, pourquoi n'est-elle pas allée jusqu'au bout ?

– Comment cela ?

– En en tirant les bénéfices. Les gens qui sont atteints de ce syndrome cherchent à attirer l'attention. Ils ont besoin d'un public. Ils rendent les autres malades pour pouvoir jouer les protecteurs.

– C'est exactement ce qu'elle a fait. Elle voulait que Maman lui soit reconnaissante. »

Je secouai la tête. « Non. Ce n'est pas la *victime* qui sert de public dans ce cas – les victimes sont le plus souvent des bébés ou de très jeunes enfants, incapables de s'exprimer. Ce que recherchent les gens atteints de ce syndrome, c'est la sympathie, l'admiration de leurs voisins et du corps médical. »

L'agacement durcit son regard. « Je ne suis pas spécialiste. Je ne fais que vous répéter ce qu'un psychiatre m'a dit.

– Un psychiatre qui n'a jamais vu Jess. Il ignore qu'elle cherche si peu à attirer l'attention que presque personne, à Winterbourne Barton, ne la connaît.

– Vous ne la connaissez pas non plus, lança-t-elle sèchement. Elle voulait attirer l'attention de

Maman, c'est tout – une attention *sans partage* –, et elle l'a laissée en plan dès que son Alzheimer s'est aggravé. Elle aimait bien venir lui tenir compagnie, mais n'avait pas envie de jouer les infirmières. Voilà la vraie teneur de cette lettre... » Elle tendit le menton vers la feuille de papier. « Elle s'est dérobée à ses responsabilités dès que la situation est devenue vraiment pénible.

– Qu'y a-t-il de mal à cela ? Lily n'était pas de sa famille. »

Son hésitation ne dura qu'une fraction de seconde. « Dans ce cas, elle n'avait pas à insister pour qu'on hospitalise Maman. Pourquoi cette hâte ? Jess avait certainement quelque chose à cacher.

– Peter m'a dit que c'étaient les services sociaux qui avaient pris cette décision, pour la sécurité de votre mère. La mesure était provisoire, le temps d'arriver à vous joindre, vous et son notaire. Jess n'y était pour rien... Elle a juste donné votre numéro de téléphone et le nom du notaire.

– Une fois encore, c'est la version de Jess. Qui vous dit qu'elle est exacte ? Vous devriez vous demander pourquoi il fallait réduire Maman au silence aussi rapidement... et pourquoi Jess s'est tellement empressée d'accuser les autres de l'avoir négligée. Si ce n'est pas une façon d'attirer l'attention, je voudrais bien savoir ce que c'est. »

Quand on répète inlassablement une contre-vérité, les gens finissent par y croire – les tyrans et les conseillers en communication le savent bien. De tous les mensonges de Madeleine, le plus pernicieux était son utilisation du mot « Maman ». Elle s'en servait pour donner l'illusion d'un amour filial innocent qui n'existait pas, et j'avais été surprise de constater le nombre de gens qui trouvaient cela absolument charmant. La plupart de ceux qui accusaient Jess d'être folle parce qu'elle accrochait des portraits de ses parents morts aux murs ne s'interrogeaient jamais sur la tendresse et l'étroitesse réelles des relations que Madeleine entretenait avec Lily.

« Mais Lily *était* négligée, Madeleine. À ma connaissance, elle a passé sept semaines ici dans les conditions les plus effroyables, avant que Jess ne la découvre à moitié morte au bord de l'étang. Peter était parti... les autres médecins de son cabinet ne s'en sont pas préoccupés... les voisins s'en fichaient... et vous êtes restée à distance. » Je sortis une nouvelle cigarette et la fis rouler entre mes doigts. « C'est du moins ce que vous avez *prétendu*.

– Que voulez-vous dire ?

– Simplement que j'ai du mal à croire que vous n'ayez pas suivi la situation du coin de l'œil. » Je coinçai ma cigarette entre mes lèvres et l'allumai. « Vous deviez être très proches, Lily et vous, non ? Vous n'arrêtez pas de l'appeler "Maman". La seule autre femme d'âge mûr que je connaisse qui parle comme vous téléphone à sa mère tous les jours et passe la voir au moins une fois par semaine. »

L'expression de « femme d'âge mûr » lui plissa les yeux en deux vilaines fentes, mais elle ne releva pas. « Je l'appelais régulièrement, bien sûr. Elle me disait que tout allait bien. Je me rends compte maintenant que ce n'était pas vrai, mais comment vouliez-vous que je le sache, sur le moment ? »

J'esquissai un sourire sceptique. « Ça doit être très dur pour vous. Je serais dans tous mes états si j'apprenais que ma mère n'a pas voulu me confier ses problèmes. Je peux comprendre que la vôtre n'ait pas eu envie de demander de l'aide à des étrangers... encore qu'elle ait peut-être essayé de le faire, puisqu'elle est allée au village. Mais sa *fille* ? Vous ne croyez pas qu'elle aurait dû foncer sur le téléphone en constatant qu'il n'y avait pas d'eau ?

– Vous devriez poser la question à Jess. Quand il y avait des problèmes, c'était toujours elle que Maman appelait en premier. Pourquoi n'a-t-elle rien fait ?

– Et en second ?

Madeleine fronça les sourcils. « Je ne comprends pas.

– Qui votre mère appelait-elle quand Jess n'était pas disponible ? Vous ?

– J'étais trop loin.

– Autrement dit, Jess s'y collait à tous les coups. Ça a duré combien de temps ? Douze ans ? Et avant ça, si j'ai bien compris, c'était son père ? Est-ce qu'ils ont été rémunérés un jour, l'un ou l'autre ?

– Il n'était pas question de cela. Ils le faisaient pour rendre service.

– Pourquoi ? Parce qu'ils étaient très attachés à Lily ?

– Je ne sais pas vraiment. J'ai toujours trouvé ça un peu triste... comme s'ils n'arrivaient pas à surmonter la barrière de classe. Ils se croyaient peut-être obligés de marcher sur les traces de la grand-mère, de travailler comme domestiques pour la grande maison. »

Je m'étranglai de rire. « Avez-vous déjà mis les pieds à Barton Farm, Madeleine ? La maison est un peu moins grande que celle-ci, mais elle est bien mieux entretenue. À vue de nez, compte tenu des terres que Jess possède, je dirais que sa propriété vaut deux ou trois fois plus que celle de votre mère. Si elle la vendait un jour, elle serait millionnaire. Pourquoi diable aurait-elle envie de jouer les domestiques d'une famille de nobliaux sans le sou ? »

Elle esquissa un vague sourire. « Parce que vous supposez qu'elle est propriétaire de ses terres.

– Je ne suppose rien du tout. Je le sais. Et vous aussi, certainement. » Je tirai pensivement sur ma cigarette. « Pourquoi tenez-vous à ce que tout le monde la prenne pour une tenancière ? poursuivis-je avec curiosité. Vous n'arrivez pas à digérer que sa famille ait su s'enrichir par son travail, alors que la vôtre dilapidait son patrimoine ? »

Le piège faillit fonctionner. « Ils n'auraient rien du tout si... » Elle referma la bouche subitement.

Cherchant à la pousser à bout, je tapotai ma cendre dans l'évier. « Vous avez de la chance qu'elle soit aussi discrète. Si Winterbourne Barton savait que c'est la femme la plus riche de la vallée, vous ne feriez pas le poids. Ils feraient la queue pour lui lécher les bottes. »

Si un regard pouvait tuer, je serais morte sur le coup. « Comment le pourraient-ils ? lança-t-elle d'une voix hargneuse. Il faudrait encore que vous leur laissiez la place. Tout le monde sait que vous êtes sa dernière conquête. »

Mes yeux larmoyèrent tandis que je m'étouffais dans ma fumée. « Parce que vous croyez qu'il y a quelque chose entre nous ? Je n'aurais peut-être pas été contre, mais Peter m'a coiffée au poteau. Je crois vraiment qu'elle préfère les hommes aux femmes. Je n'aurais pas dit non si elle ne s'envoyait pas en l'air toutes les nuits avec Peter. Manifestement, elle préfère les bites aux chattes.

– Vous êtes répugnante.

– Vraiment ? murmurai-je avec étonnement. Parce que je vous dis qu'elle aime les hommes ? Nathaniel ne vous a certainement pas caché que c'est un bon coup. J'imagine qu'ils ne s'ennuyaient pas avant que vous n'entriez en scène. Il n'arrête pas de rôder par ici dans l'espoir de ressusciter le bon vieux temps. Il était là, la nuit où Jess a trouvé Lily. »

Une étincelle traversa fugitivement son regard. Avait-elle peur ? Elle détourna les yeux avant que j'aie pu me faire une opinion. « Vous délirez, ma parole.

– Mais alors, qui a remis les installations en route avant l'arrivée du notaire et des services sociaux ? »

C'était comme si j'avais appuyé sur le bouton « marche ». Tant que je lui posais des questions auxquelles elle s'attendait, elle me servait des réponses toutes prêtes. « Jess, évidemment, fit-elle avec assurance. Elle était la seule à savoir que Maman avait eu un malaise. Elle aura essayé d'effacer toutes les traces compromettantes. Rien ne l'empêchait d'appeler une ambulance ou de remettre Maman au lit elle-même et de faire venir un médecin... au lieu de quoi, elle l'a trimbalée jusqu'à la ferme et a attendu le matin pour prévenir les services sociaux. Pourquoi aurait-elle agi comme ça, sinon pour avoir le temps de remettre les choses en ordre à Barton House ?

– Il faisait trop froid pour attendre l'ambulance, alors Jess a ramené Lily à la ferme et a appelé le cabinet médical dès son arrivée. Un remplaçant est venu une heure plus tard. À ce moment-là, votre mère avait déjà été lavée, nourrie, réchauffée et dormait à poings fermés, alors il a conseillé à Jess de la laisser tranquille jusqu'au lendemain matin. Je pensais que vous le saviez.

– Mais pourquoi est-elle allée à la ferme ? Pourquoi ne pas rester ici ?

– Parce qu'il aurait fallu porter votre mère sur cinquante mètres pour arriver à la porte de derrière, et qu'elle n'y voyait rien parce que l'éclairage extérieur ne marchait pas, expliquai-je patiemment. Elle a préféré rapprocher sa Land Rover en passant sur la pelouse et y installer Lily. Elle avait prévu de la conduire à l'hôpital mais, dans la chaleur de la voiture, enveloppée dans la couverture des chiens, votre mère a repris connaissance et a réclamé à manger. » Je dévisageai Madeleine avec curiosité. « J'étais là depuis moins d'une semaine quand Peter m'a raconté tout ça. Il ne vous l'a pas dit ? Je croyais que vous étiez d'excellents amis.

– Bien sûr que si, lança-t-elle sèchement, mais c'est la version de Jess qu'il répète. En fait, il n'en sait rien. Il n'était pas là. »

Je haussai les épaules. « Très bien. Alors, que vous a dit le remplaçant, dans les messages qu'il a laissés sur votre répondeur ? Et les services sociaux ? Vous ont-ils donné d'autres explications ?

– Je n'ai pas fait très attention. Le seul message vraiment important était celui du notaire de Maman, m'apprenant qu'elle avait été admise en maison de retraite... et j'y ai répondu dès mon retour de vacances.

– Vous n'avez donc pas eu le message que Jess vous a laissé à minuit et demi, pour vous dire que votre mère était à la ferme ? Le remplaçant était à ses côtés. Elle vous disait que vous aviez douze heures pour vous manifester avant que le cabinet médical n'avertisse les services sociaux. » Je croisai les bras et l'observai attentivement. « Elle vous a laissé toutes les chances possibles et imaginables, Madeleine, mais vous n'en avez pas profité.

– Comment aurais-je pu le faire ? Je n'étais pas là.

– Nathaniel était là, lui.

– Mais non. Il n'était pas à l'appartement, lui non plus. Il avait emmené notre fils chez ses parents, au pays de Galles. Il y va tous les ans. Demandez à mes beaux-parents, si vous ne me croyez pas.

– Ne me dites pas que vous ne savez pas comment écouter vos messages à distance... j'ajouterai que le pays de Galles n'est pas plus éloigné du Dorset que Londres. À première vue, c'est vous qui avez mis toutes les installations hors d'usage et Nathaniel qui est venu tout remettre en marche avant l'arrivée des services sociaux le lendemain matin.

– Ridicule, siffla-t-elle, furieuse, entre ses dents serrées.

– Personne d'autre n'avait la moindre raison de rendre la vie impossible à Lily.

– Si, *Jess*.

– Je ne vois pas pourquoi. Et la police sera certainement de mon avis. Jess ne vous aurait jamais écrit si elle maltraitait votre mère. Elle aurait craint, au contraire, que vous ne l'appreniez.

– Et quelle raison aurais-je eu, *moi*, de le faire ?

– Je ne sais pas très bien, répondis-je franchement. J'ai d'abord pensé que vous vouliez la forcer à reprendre sa procuration... mais aujourd'hui, j'ai plutôt tendance à y voir de la cruauté pure et simple. Vous l'avez punie parce qu'elle n'avait plus les capacités mentales de faire ce que vous vouliez... et vous avez découvert que cela vous procurait du plaisir. C'est aussi simple que ça. Ce mobile est celui de tous les sadiques du monde. »

Elle se leva brusquement. « Rien ne m'oblige à écouter ce genre de propos.

– Vous feriez tout de même mieux de le faire, suggérai-je aimablement, parce que, autrement, c'est de la bouche de l'inspecteur Bagley que vous les entendrez. Pour le moment, je ne lui ai pas dit grand-chose, mais seulement parce que votre mère n'est pas morte. Autrement, nous ne serions pas en train de bavarder tranquillement ici... Vous seriez au poste de police avec une accusation d'homicide sur le dos. Si vous décidez de partir maintenant, à votre guise. Mais vous aurez à répondre à d'autres questions.

– Personne ne vous croira.

– À votre place, j'en serais moins sûre. Il suffit d'instiller le doute. » Je jetai mon mégot encore allumé dans l'évier. « Votre principal problème, c'est l'Aga. Les bulletins de livraison de Burton prouvent qu'il a été coupé pendant des mois. Si Jess était coupable, elle l'aurait rallumé... puisqu'elle est la seule à savoir le faire. »

Madeleine tremblait de colère réprimée. « C'est elle qui est derrière tout ça, hein ? Elle m'a toujours détestée... elle a toujours raconté des mensonges sur moi...

– Ah bon ? Il me semblait que c'était *votre* spécialité. » Je comptai sur mes doigts. « Lesbienne... prédatrice... désaxée... obsessionnelle... servile... malade mentale... Et encore : elle n'est qu'une tenancière... elle a une grand-mère syphilitique...

elle déteste les hommes... elle couche avec ses chiens. J'oublie quelque chose ? Ah oui. Votre grand-père avait un faible pour les amours ancillaires et violait les malheureuses qui entraient à son service, dont la grand-mère de Jess. »

Elle prit un air abasourdi. « Je porterai plainte pour diffamation si vous répétez des choses pareilles.

– Les histoires de viol ? Parce que ce n'est pas vrai ? Est-ce qu'il n'a pas donné sept cent cinquante hectares de terre en guise de dédommagement, à la naissance de son fils ? Ce n'était pas cher payé... la terre ne lui coûtait rien et il aurait été perdu de réputation si la grand-mère de Jess avait prévenu la police.

– Ce n'est qu'un tissu de mensonges, siffla-t-elle. Personne n'a su qui était le père. Mrs Derbyshire était une traînée... elle couchait avec n'importe qui. »

Je haussai les épaules. « C'est facile à prouver avec un test d'ADN. Il suffit de faire une comparaison entre celui de Jess et celui de votre mère.

– Je n'autoriserai jamais une chose pareille.

– Personne ne vous le demandera. Lily a délégué ce droit à son notaire. » Je lui adressai un grand sourire. « Ça fera un article du tonnerre. "L'ADN parle : des squelettes s'agitent dans le placard des Wright", "La maltraitance saute une génération : l'épouse de l'artiste raté essaie de réduire sa mère au silence". "Prête à tout pour vivre aux crochets de sa mère, elle cherche à justifier son sadisme par des considérations de classe"... »

Jess avait prévu qu'elle deviendrait agressive si je poussais la provocation assez loin – j'aurais donc dû m'y attendre. Elle réussit pourtant à me surprendre. J'en conclus que, décidément, je faisais preuve d'une naïveté coupable s'agissant de la violence que certains individus sont prêts à employer. J'aurais dû être plus avisée – j'en ai vu suffisamment en Afrique et au Proche-Orient – mais mon expérience de la guerre est différente. J'ai toujours été spectatrice, jamais actrice.

MacKenzie aurait dû m'enseigner les dangers de la présomption. Il l'avait fait, en ce qui le concernait. Mais je n'avais jamais imaginé qu'un psychopathe violeur et tortionnaire pût avoir quoi que ce soit de commun avec une blonde éthérée en talons aiguilles. J'aurais dû écouter Jess. Dès le premier jour, elle m'avait brossé le portrait de Madeleine : une manipulatrice narcissique aux émotions superficielles, qui attendait une gratification immédiate, se montrait tyrannique quand elle ne l'obtenait pas et n'éprouvait aucun remords devant les conséquences, même fatales, de son comportement.

Existe-t-il meilleure définition d'un psychopathe ? Je n'en connais pas.

22.

Je m'attendais à une gifle, pas à cette volée d'ongles écarlates et pointus. J'eus à peine le temps de prendre conscience de l'attaque que je me retrouvai par terre, cherchant désespérément à me protéger la tête de ses coups de pied. Tout se passa très vite, et très bruyamment. Je me rappelle qu'elle hurla « Salope » en m'attrapant par les cheveux et me fit tourner sur moi-même pour me griffer le visage, mais je m'étais roulée en boule et le plus gros de sa colère s'abattit sur mes bras et mon dos.

Elle n'était pas assez solide pour tenir longtemps. Les coups de pied faiblirent, et la bouche prit le relais. Comment avais-je le culot de l'interroger ? Est-ce que je savais qui elle était ? Pour qui est-ce que je me prenais ? Cela me donna un aperçu intéressant de son caractère. À aucun moment, elle ne pensa aux conséquences de ses actes, pas un instant, elle ne se demanda si je ne l'avais pas délibérément provoquée. Elle voyait rouge, tout simplement, et disjonctait.

Je ne prétends pas qu'elle ne me fit pas mal – elle avait des chaussures de cuir à bout pointu –, mais c'était de la petite bière, comparé à Bagdad. Son équilibre était précaire, elle visait mal, et était incapable de frapper vraiment fort. Je la laissai faire, sachant que, comme l'alcool, la colère délie les langues, et parce que mon apathie lui faisait croire qu'elle n'avait rien à craindre.

« Le plus beau jour de ma vie est celui où les Derbyshire sont morts... Il ne restait que l'avorton... Quand je pense qu'elle a failli se tuer... Ma mère aurait dû la laisser saigner à mort... Je le lui ai dit... vous savez ce qu'elle m'a répondu ? Sois *gentille*... tu lui *dois* bien ça... tu as *Nathaniel*. Putain, qu'est-ce que j'ai pu la détester ! Incapable de la boucler... il a fallu qu'elle raconte tout à son frère... qu'elle s'excuse... elle voulait que je l'appelle *oncle*. Je lui ai dit que je préférerais crever, que jamais je n'accepterais ça ! Être de la même famille que le bâtard d'une souillon... Lui, ça l'a fait *rire*, il m'a dit qu'il partageait mes sentiments. Et il a eu le culot de supplier ma mère de garder le secret... pour le bien de *ses* enfants ! »

Elle fit une allusion détournée aux mauvais traitements qu'ils avaient infligés à Lily, Nathaniel et elle. « J'ai dit à Nathaniel que personne ne l'aiderait... cette salope, personne n'allait jamais la voir. Peter lui-même ne s'inquiétait pas... Le troll le préviendrait si la situation s'aggravait, voilà ce qu'il disait. C'est *elle* qu'il faut poursuivre pour négligence... c'est elle qui s'est tirée et m'a laissée me débrouiller... comme si c'était *moi* la bonniche... »

Je l'aurais laissée s'enferrer si elle n'avait pas eu l'idée d'enfoncer son talon dans ma hanche. Cette fois, c'en était trop. Pendant qu'elle jacassait sur sa condition supérieure, j'avais réussi à me dégager, puis à me relever sans qu'elle y prenne garde. Elle ne s'attendait pas à la charge de bélier qui la coinça contre la rambarde de l'Aga.

Je crois qu'elle ne remarqua même pas que je lui glissai le poignet droit dans une boucle de tissu que je serrai étroitement, mais elle se débattit, j'en suis certaine, quand je lui attrapai le poignet gauche et le tirai dans l'autre sens. « Vous êtes vraiment une sale bête, fis-je, dégoûtée, avant de lever les yeux vers la webcam installée sur un placard, à côté de l'évier. Tu as tout ? »

Jess ouvrit toute grande la porte de l'office et le bruit du ventilateur de son disque dur résonna dans la cuisine. « La caméra du hall n'a pas marché, dit-elle en entrant, mais les trois d'ici ont fonctionné impec. Ça va ? C'était plutôt impressionnant à l'écran, mais comme tu n'as pas hurlé... » Elle s'interrompit pour regarder Madeleine. « Ça doit être la première fois qu'elle s'en prend à quelqu'un de sa taille... Jusqu'à présent, elle avait plutôt donné dans les gosses et les vieilles dames fragiles. »

Je me frottai doucement l'épaule à l'endroit où un bleu était en train d'apparaître. « Le même genre que MacKenzie, alors. Je me demande ce qu'ils ont d'autre en commun.

— L'arrogance, répondit Jess, en examinant l'autre femme avec curiosité, comme si elle la voyait pour la première fois. J'aurais dû m'en douter : Papa avait tenu à garder le secret. Il disait toujours que, si l'un de nous pétait plus haut que son cul, il nous renierait. Je pensais que c'était une question de milieu, un reste de mentalité ouvrière. Mais maintenant... » Elle pointa le menton vers Madeleine. « ... je pense qu'il était terrifié à l'idée que nous devenions comme elle. »

Comme Madeleine ignorait tout des compétences de Jess en audiovisuel, il fallut, pour la convaincre que nous avions des preuves, transporter le disque dur et l'écran de Jess dans la cuisine, lui projeter la scène filmée par trois caméras situées à des angles différents et lui montrer combien il était facile de transférer les images sur un disque. Elle poursuivit un moment ses diatribes, nous accusant de chantage et de séquestration – deux délits incontestables –, puis, quand j'allai chercher un paquet d'enveloppes dans le bureau pour y noter les adresses des habitants de Winterbourne Barton, elle se calma.

« Vous pourrez toujours essayer de persuader les voisins que c'était une blague ou une pièce de théâtre, lui dis-je, mais, de toute façon, vous n'y apparaissez pas sous votre meilleur jour, vous ne trouvez pas ? » Je jetai un regard pensif vers l'écran muet. « Je me demande ce que vos élégants amis de Londres en penseront. »

Madeleine cessa d'essayer de dégager ses poignets et inspira profondément. « Que voulez-vous ?

– Moi ? Personnellement ? J'aimerais que vous soyez mise en examen pour tentative de meurtre sur la personne de votre mère et pour agression sur la mienne, mais... » Je fis un geste en direction de Jess. « ... Votre cousine a encore moins envie que son père d'admettre qu'elle est de la même famille que vous... et elle n'aura pas le choix, si la police s'en mêle. Le plus simple serait que vous donniez instruction au notaire de Lily de mettre cette maison en vente. Vous n'aurez plus aucune raison de venir à Winterbourne Barton et Jess pourra garder le secret. »

Elle émit un rire furieux. « C'est une plaisanterie ?

– Pas du tout. »

Je rédigeai une autre enveloppe. Elle recommença à tirer sur la bande de tissu. « Je porterai plainte.

– Ça m'étonnerait. Vous êtes la femme la plus bête que je connaisse, mais tout de même...

– Allez-y, cracha-t-elle. Faites autant de copies que vous voulez. Comme ça, tout le monde saura que vous avez essayé de me faire chanter. Vous croyez qu'un film prouve quelque chose ? Je dirai que vous m'avez séquestrée, et que j'ai agi sous la contrainte.

– Les caméras tournent toujours, dis-je doucement. Tous les mots que vous prononcez sont enregistrés.

– Les vôtres aussi, siffla-t-elle. Vous prétendrez que ce n'est pas du chantage ?

– Non. Nous allons vous accorder une heure pour vous décider. Vous pourrez même consulter Nathaniel par téléphone, en branchant le haut-parleur – mais si, ensuite, vous n'appelez pas le notaire de votre mère... et s'il ne garantit pas à Jess que la maison sera mise en vente dès la fin de mon bail... » Je posai la main sur les enveloppes. « ... elles se retrouveront dans toutes les boîtes à lettres du village demain matin. Celle de Bagley comprise.

– Et si je refuse ? Vous avez l'intention de me garder ici éternellement ? À votre avis, qu'est-ce que Nathaniel va faire, quand je lui dirai que vous m'avez ligotée ?

– Il vous donnera quelques bons conseils, j'espère. Nous vous libérerons dans une heure, quelle que soit votre décision. Vous pourrez aller à votre rendez-vous avec Bagley et dire sur nous tout ce que

433

vous voudrez. Vous pourrez en faire autant au village. Vous aurez douze heures pour convaincre la terre entière que nous vous avons obligée à vous compromettre. Mais, ensuite, nous irons mettre notre version des faits dans les boîtes aux lettres.

– Vous êtes cinglées, dit-elle, incrédule. La police ne vous laissera pas faire.

– Dans ce cas, prenez le risque, conseillai-je. Vous n'avez rien à perdre. »

Nous ne prononçâmes plus un mot avant que Jess ait branché dans la prise de la cuisine le téléphone à haut-parleur qui se trouvait dans le bureau. La tonalité vibra dans l'amplificateur. « Il est à l'appartement ? demanda-t-elle à Madeleine. Très bien. » Elle composa une série de chiffres qu'elle avait notés sur une page de carnet. « Dès qu'il aura décroché, ce sera à toi de jouer. »

Madeleine perdit les cinq premières minutes à bafouiller à toute vitesse et à plein volume : nous la séquestrions, Jess et moi, nous l'avions obligée à dire et à faire des choses pour avoir un moyen de pression sur elle, nous voulions l'obliger à vendre la maison. Si ses propos avaient un sens pour elle et pour nous, ils n'en avaient aucun pour Nathaniel. Il arrivait à peine à placer un mot et, le cas échéant, la voix stridente de Madeleine couvrait la sienne, lui intimant l'ordre de l'écouter.

Je trouvai la réaction de Jess intéressante. Elle resta assise, impassible, les yeux fixés sur l'écran, apparemment indifférente à la discussion jusqu'au moment où Madeleine traita Nathaniel de débile.

Avec un sifflement d'exaspération, elle s'empara du combiné et parla. « C'est Jess. Écoute, voilà ce qui se passe... » En quelques phrases, elle lui exposa succinctement la situation, puis rebrancha le haut-parleur. « Maintenant, tu peux parler à Madeleine. Vous avez cinquante minutes. »

Il marqua un instant d'hésitation. « Tu écoutes, Jess ? Et ta copine aussi ?

— Oui.

— Tu enregistres ?

— On filme.

— Bordel !

— Ne sois pas... intervint Madeleine.

— Toi, tais-toi ! lui ordonna-t-il. Si tu continues à t'enfoncer comme ça, tu vas vraiment être dans la merde. » Une nouvelle pause. « D'accord, Jess, dis-moi si j'ai bien compris. Tu as une vidéo sur laquelle on voit Madeleine en train de tabasser ta copine tout en avouant plus ou moins qu'elle a maltraité sa mère. Pour prix de ton silence, tu veux qu'elle vende Barton House. C'est ça ?

— Oui.

— Et si elle refuse, tu la libéreras pour qu'elle aille raconter ce qu'elle veut à qui elle veut, puis tu enverras des copies du DVD à tous ceux que ça intéresse.

— Exactement. »

Madeleine fit une nouvelle tentative. « Elles ne pourront pas...

— *La ferme !* » Un silence prolongé. « Est-ce que je pourrais parler à ton amie ? Connie ? Qu'est-ce que vous voulez au juste ?

— Exactement ce que vous a expliqué Jess. Madeleine peut accepter la vente ou bien il faudra qu'elle s'explique sur le contenu du DVD. À elle de choisir. Quelle que soit sa décision, elle ne pourra pas rester à Winterbourne Barton. Elle a donné trop de détails sur la manière dont vous avez terrorisé Lily, vous et elle.

435

– Elle ment, cria Madeleine. J'ai à peine dit...

– *Merde !* hurla Nathaniel dans la ligne, manifestement en proie à une colère sincère. Tu vas la boucler, oui ou non ? Ne t'imagine pas que tu vas m'entraîner là-dedans. Il n'y a qu'un monstre dans cette famille... et tout le monde sait qui c'est.

– Ne t'avise pas...

– Si tu dis encore un seul mot, Madeleine, je raccroche. Tu comprends ? » Il laissa passer quelques secondes. « Bon, reprit-il plus calmement. Je veux savoir ce que tu as entre les mains, Jess.

– Je n'ai pas le temps de tout te passer, lui dit-elle. J'ai sélectionné les sept minutes les plus importantes. Au début, tu vas entendre la voix de Connie qui dit : "Vous savez, ce qui m'étonne vraiment", puis... »

Nathaniel la coupa. « Comment est-ce que tu as pu faire ça ?

– Je savais que tu me le demanderais.

– Et comment être sûr que ce n'est pas un montage ?

– Je n'aurais pas eu le temps. De toute façon, il y a une horloge sur les trois caméras. Pour le DVD, je ferai un écran partagé pour qu'on voie l'action synchronisée. » Elle désigna l'angle inférieur droit de l'écran. « Je montre à Madeleine les chiffres à affichage numérique pour qu'elle puisse te dire s'il y a des blancs. » Elle cliqua sur sa souris. « Ça passe. »

Sur l'écran, nous reprîmes notre petit numéro, Madeleine et moi, mais plus je voyais cet extrait, moins je le trouvais convaincant. Madeleine l'emportait haut la main en photogénie. Même folle de rage, elle restait élégante et jolie, et on avait peine à croire que ses chaussures Jasper

Conran puissent infliger le moindre dommage. Quant à moi, j'étais tout bonnement ridicule. Pourquoi me laisser bourrer de coups de pied sans réagir ?

Je ne sais pas si Jess prit conscience de mon désarroi, mais, à la fin de l'extrait, ce fut elle qui reprit la parole. « Les images sont éloquentes, et elles ne sont pas flatteuses pour ta femme, Nathaniel. Elle cogne avec un plaisir trop manifeste. Si je fais passer la bagarre au ralenti, ce que je ferai pour le DVD, ça apparaîtra avec encore plus d'évidence. Impossible de ne pas s'interroger sur ce qu'elle a fait subir à Lily. Tu m'as bien dit qu'elle s'en était déjà prise à votre gosse.

– N'importe quoi ! » hurla Madeleine.

Jess lui jeta un rapide coup d'œil puis se pencha sur le micro du téléphone. « Nathaniel ? Est-ce que, oui ou non, tu m'as dit que tu ne pouvais pas la laisser seule avec Hugo... qu'à cause de ça tu ne veux pas qu'il l'accompagne dans le Dorset ? Vrai ou faux ? »

Nous l'entendîmes inspirer par le nez. « Vrai.

– *Menteur !* explosa Madeleine. Comment peux-tu... »

Nathaniel l'interrompit à nouveau. « Je n'ai été pour rien dans tout ça, Jess. Il faut que tu me croies. Mon seul rôle a été de transmettre à Madeleine ce que tu m'as dit à propos de la procuration, et de l'appeler quand j'ai eu ton message à propos des services sociaux.

– Connie pense que tu es descendu ici la nuit où j'ai trouvé Lily.

– Non. La dernière fois que je suis venu, c'est quand je t'ai parlé, en novembre. Hugo et moi n'avons pas vu Madeleine pendant la plus grande

437

partie de décembre et de janvier. Nous pensions qu'elle s'occupait de Lily – c'est ce qu'elle m'avait dit –, qu'elle jouait les filles dévouées dans l'espoir de faire annuler la procuration. Si je m'étais douté... » Il s'interrompit brutalement. « Lily aurait dû mourir d'hypothermie cette nuit-là, Jess. Madeleine a été furieuse que tu te pointes. »

Il y eut un bref instant de silence.

Jess s'ébroua. « Elle était ici ? Elle surveillait ce qui se passait ?

– Oui. Tout le temps.

– Elle habitait la maison ?

– Oui. Elle ne pouvait pas abandonner Lily complètement. Quelqu'un aurait pu venir à l'improviste. Ça aurait fait un sacré foin, si on avait trouvé Lily en train de boire à la mare. Madeleine ouvrait et fermait l'eau à sa guise... tantôt Lily avait de l'eau... tantôt non... pareil avec l'électricité.

– Il ment, dit Madeleine. Ce ne sont que des mensonges.

– Elle faisait prendre des bains froids à Lily puis elle l'enfermait dans sa chambre dans le noir. Le seul appareil qu'elle ne pouvait pas ouvrir et fermer à volonté, c'était l'Aga, alors, de temps en temps, elle allait passer la nuit à l'hôtel pour prendre un bain et un repas correct. Ces soirs-là, Lily sortait et allait chercher de l'aide au village. »

Tout cela se tenait avec une logique atroce. « Comment se fait-il que personne n'ait jamais aperçu Madeleine ? demandai-je.

– Elle avait l'intention de ne se montrer que si quelqu'un frappait à la porte. Elle aurait raconté qu'elle arrivait et qu'elle avait trouvé Lily à la dernière extrémité. Personne n'est jamais venu. » Il émit un rire creux. « Elle en était sûre. Elle disait que, si sa mère mourait, son corps resterait dans la maison pendant des semaines avant que Jess s'en inquiète. »

Je regardai la tête penchée de Jess. « Pourquoi n'est-elle pas intervenue quand Jess a trouvé Lily dehors ?

– Elle a eu peur. Elle avait rangé sa voiture dans le garage, à l'arrière, pour que personne ne la voie... ce qu'elle ne faisait jamais d'habitude. En plus, la maison était plongée dans le noir ; elle aurait été bien en peine d'expliquer pourquoi elle n'avait pas allumé les lampes, à son arrivée. » Il s'interrompit. « Tu sais, Jess, tu l'as tirée d'un mauvais pas en emmenant Lily à la ferme. Si tu étais restée, si tu avais appelé une ambulance sur place, Madeleine aurait été piégée dans la maison. »

Devant le mutisme de Jess, Nathaniel poursuivit. « Cela étant, ça m'étonnerait que tu puisses la poursuivre en justice. Tu en as sûrement envie, mais... » Il hésita un instant, se demanda jusqu'où pouvait aller sa franchise. « Je pense que tu n'aurais pas fait cette mise en scène si tu avais des preuves.

– Maintenant, on en a, dis-je. Vous avez bouché les trous.

– Peut-être, mais je ne pourrai pas témoigner sous serment – je n'étais pas là – et Madeleine niera en bloc. Si je vous ai raconté tout ça, c'est dans l'espoir que vous laisserez tomber, à cause d'Hugo. » Il s'adressa à Jess. « Tu sais ce qui va se passer, Jess, si tu livres Madeleine en pâture au public. Pour se disculper, elle accusera tout le monde – moi compris –, mais le seul qui souffrira, ce sera le petit. Je ferai tout pour éviter ça.

– Il suffit que j'aille voir la police... commença Madeleine.

– Tu es baisée, lui dit-il sèchement. Tu es complètement bouchée, ou quoi ? Quoi que tu fasses, tu es baisée. Si tu essaies de prévenir le coup, de te justifier par avance, Jess n'a qu'à ranger son film dans un coin et te laisser tresser la corde pour te pendre... si tu la mets au pied du mur et qu'elle l'envoie, tu te retrouveras au poste de police avec elle, pour interrogatoire. Il se peut que Connie et elle soient accusées de chantage, mais ce n'est rien comparé à ce qui t'arrivera si tu n'es pas capable de fermer ta sale petite gueule. »

Jess leva la tête. « Si nous ne montrons le film qu'à la police, ce n'est pas du chantage. C'est une preuve. » Elle m'adressa un regard déconcerté. « Qu'est-ce que je dois faire, Connie ? Je ne sais plus. »

Je n'avais pas les idées beaucoup plus claires qu'elle. Notre intention était de donner à Jess le moyen de se débarrasser de Madeleine la conscience tranquille. Madeleine finirait par hériter l'argent de Lily, et personne ne saurait jamais rien de l'histoire des deux familles. Nous espérions aussi lui faire assez peur pour qu'elle rentre à Londres sans parler à Bagley. J'étais arrivée à dissimuler à la police un certain sac de toile et un DVD que je considérais l'un comme l'autre comme ma propriété privée, mais Bagley en savait déjà trop. Je renâclais à l'idée qu'il puisse raconter mon histoire à une femme qui s'empresserait de la vendre, ou de s'en servir pour se faire mousser. Par pure gloriole, elle était capable de faire circuler dans tout Londres mon nom et les détails de ma captivité.

Jess s'était montrée sceptique quand je lui avais exposé mon plan, la veille au soir. « Même si elle dit quelque chose de compromettant, elle n'acceptera jamais de vendre Barton House. Qu'est-ce qu'on fera, alors ? Je veux bien la filmer et la menacer de chantage... » Ses yeux avaient pétillé de malice. « Ça me ferait même plutôt plaisir – mais on ne peut pas faire ça pour de vrai. Elle courrait se réfugier chez Bagley comme un rat dans un égout.

– Dans ce cas, il ne te restera qu'à tout déballer à propos du testament de Lily, avais-je répondu gaiement. Mais je t'en prie, fais-lui vivre une heure d'enfer avant cela. Considère ça comme la vengeance de Lily. Comme la tienne aussi, si tu veux. Que Madeleine sache au moins ce que tu penses d'elle avant que tu lui serves un million et demi de livres sur un plateau. Personnellement, je préférerais que tu hérites de la maison – je suis sûre que Lily le voulait –, mais, dans ce cas, il sera impossible de taire les liens entre les Derbyshire et les Wright. »

Aucune de nous ne s'était attendue à des aveux de tentative de meurtre. Jess s'était faite à l'idée de maltraitance par négligence – *« Madeleine a agi comme ça toute sa vie »* –, mais elle n'avait pas envisagé qu'elle ait pu regarder une vieille dame sénile mourir d'hypothermie sans broncher. Quant à moi, je n'acceptais pas que Madeleine puisse récolter les fruits de ses mauvaises actions.

Je tendis le bras devant Jess pour attraper la souris et double-cliquai sur les séquences vidéo. « Tu les as coupées ?

– Oui.

– Bien. » Je mis un peu d'ordre dans mes idées. « En toute conscience, Jess, je ne crois pas pouvoir

441

De : alan.collins@manchester-police.co.uk
Date : Jeu. 26/08/04 10:12
À : connie.burns@uknet.com
Objet : votre extraordinaire résilience

Chère Connie,

Je suis impressionné par votre résilience, et Nick Bagley plus encore, semble-t-il. Il ne comprend pas que, après ce que vous avez vécu, vous teniez à rester sur place comme si de rien n'était. Je lui ai expliqué que vous étiez déjà sortie de situations pires que celles-ci. Mais, avec MacKenzie qui court toujours, Nick estime que vous devriez être plus inquiète. Votre réaction lui paraît « contre nature, pour une femme ». J'aurais pu dénigrer les dames du Dorset, mais il prétend que votre amie Jess est aussi têtue que vous.

J'ai eu plusieurs conversations avec Nick à propos de la disparition de MacKenzie. Il paraît que des témoins l'auraient aperçu dans le Sud-Ouest, mais qu'aucune de ces informations n'est fiable. Il s'intéresse au prétendu passage de MacKenzie au SAS (encore à confirmer) et m'a demandé s'il était possible/vraisemblable qu'il n'ait *pas quitté* Winterbourne Valley. J'ai répondu que cela me semblait peu probable puisque, si j'ai bien compris, aucune trace de sa présence n'a été relevée bien que la région ait été ratissée deux fois. *J'espère que j'ai raison, Connie.* Sinon, je vous en prie, redoublez de précautions. Si MacKenzie est encore dans les parages, les conséquences pourraient être d'une extrême gravité pour vous.

J'ai été navré d'apprendre qu'un des mastiffs de Jess était mort en cherchant à vous protéger. Je ne connais pas bien cette race. Tout ce que je sais, c'est que ce sont de grands chiens, très puissants. Nick m'a appris

que le chien des Baskerville était un mastiff – une
« énorme bête qui chassait les hommes et les
égorgeait » –, m'a-t-il rappelé. Je sais que la meute de
Jess lui inspire des inquiétudes à la hauteur de cette
description. Il la surveille de près, et s'étonne que les
chiens restent enfermés dans leur enclos alors que Jess
avait l'habitude de les promener tous les jours.
Pour finir, Nick est surpris que vous n'ayez pas détruit le
DVD tourné pendant votre captivité tant que vous en
aviez l'occasion. Ayant appris, par moi et par le docteur
Coleman, l'angoisse qu'il vous inspirait. Nick ne
comprend pas votre indifférence à l'idée qu'il soit
encore entre les mains de MacKenzie. Je suppose qu'il
se trompe, que vous êtes toujours aussi inquiète.

Cordialement, Alan

**Inspecteur principal Alan Collins, Greater Manchester
Police**

De :   connie.burns@uknet.com
Date :   Ven. 27/08/04 08:30
À :   alan.collins@manchester-police.co.uk
Objet :   mon extraordinaire résilience

Cher Alan

Merci. J'ai été très sensible aux arrière-pensées de votre e-mail.

Alors... pour vous rassurer...

Nick Bagley n'aurait pas été moins méfiant si Jess et moi nous étions effondrées et avions réclamé une protection policière vingt-quatre heures sur vingt-quatre. Peter Coleman a tellement exagéré notre courage qu'on se serait étonné de nous voir flancher tout d'un coup. Nous ne pouvons être que ce que nous sommes, Alan, et il aurait été ridicule de faire semblant d'être différentes, simplement pour nous conformer aux idées que se fait Bagley de la manière dont une femme est censée se conduire. Vous savez très bien que j'aurais pu jouer la comédie, et pendant un bon moment – je l'ai fait avec succès par le passé –, mais Jess est trop honnête pour ça.

J'ai pris votre citation de Thucydide à cœur. « Le secret du bonheur est la liberté ; le secret de la liberté, le courage. » J'ai essayé d'expliquer à Bagley que le simple fait d'affronter MacKenzie avait été une libération pour moi. Je l'ai vu tel qu'il était – pas tel que mon imagination l'avait fabriqué – et je me sens beaucoup mieux depuis. Je ne peux pas faire semblant d'éprouver une crainte qui m'est désormais étrangère, et je n'en ai pas l'intention. Bagley m'a donné un système de téléalarme, mais je suis sûre et certaine que MacKenzie ne reviendra pas. Cette nuit-là, il avait l'air d'avoir beaucoup plus peur de moi que moi de lui.

Dans la mesure où quelqu'un peut garantir quoi que ce soit, je vous garantis que MacKenzie N'EST PAS dans la vallée. Comme vous le rappelez, la police du Dorset l'a passée au peigne fin à deux reprises sans rien trouver. Il a pu se planquer ailleurs, mais je suis sûre que l'explication la plus raisonnable est qu'il a quitté le pays sous une fausse identité. Il semble disposer d'une provision illimitée de passeports.

Sachez que Dan a fait mettre un filtre sur l'ensemble des dossiers de Reuters pour en extraire tout ce qui pourrait être lié à des assassinats inexpliqués. Si MacKenzie recommence ailleurs, nous devrions donc le repérer.

À propos du chien des Baskerville, Conan Doyle le décrit comme un croisement de mastiff et de limier, de la taille d'une petite lionne avec une mâchoire phosphorescente ! Croyez-moi, même avec une imagination aussi débordante que celle de Bagley, il est difficile de transformer les clébards débonnaires de Jess en créatures de ce genre. J'admets qu'ils sont capables de vous clouer au sol rien qu'en s'installant sur vos genoux mais, cela étant, ils préfèrent passer leur temps à vous baver dessus qu'à vous prendre à la gorge. Elle les empêche de courir pour le moment, parce qu'elle a peur qu'ils ne déterrent Bertie de sa fosse. Dès que le gazon aura poussé sur la tombe, ils cesseront de s'y intéresser. Elle l'a expliqué à Bagley, mais, malheureusement, cela n'a fait, semble-t-il, qu'aggraver ses soupçons.

À propos du DVD, je n'ai jamais envisagé de le détruire. Est-ce qu'il m'angoisse encore ? Non. Pour être honnête, j'en suis même plutôt fière. J'aimerais assez que Bagley puisse le voir. Peut-être qu'il comprendrait mieux pourquoi l'idée de coincer MacKenzie une deuxième fois me ravit autant. Comme l'a dit un jour un sage : « Gagner, voilà ce qui compte. »

Vous avez été un excellent ami, Alan, et j'espère vous avoir rassuré. Soit dit en passant, si je devais tuer MacKenzie, je ne me fatiguerais pas à dissimuler le corps. À quoi bon, si je peux le massacrer à coups de hache émoussée en plaidant la légitime défense ? J'aurais peut-être dû le faire quand j'en avais l'occasion.

Avec tous mes remerciements et toute mon amitié,
Connie

23.

Je ne sais pas si Madeleine est allée à son rendez-vous avec l'inspecteur Bagley. Le cas échéant, il n'en a jamais parlé. Il prit l'habitude de passer inopinément à Barton House aussi bien qu'à Barton Farm, jusqu'à deux ou trois fois par jour. Il me trouvait le plus souvent à mon ordinateur, mais manquait régulièrement Jess, qui travaillait aux champs, fort occupée à rentrer sa moisson retardée par un été parmi les plus pluvieux de l'histoire locale.

Plusieurs fois, elle surprit l'inspecteur en train de fouiner dans ses dépendances. Malgré l'absence de mandat de perquisition, elle ne s'en offusquait pas. Elle lui répétait qu'il était le bienvenu avant de lui suggérer d'aller vérifier si les ossements contenus dans la terre du jardin étaient bien de nature animale. Dès qu'ils eurent appris à reconnaître le moteur de sa voiture, les chiens cessèrent de se méfier. Lui ne cessa jamais de se méfier d'eux.

Je restais sur mes gardes, moi aussi, en leur présence. Certaines phobies sont imperméables à la logique. J'arrivais à affronter un chien à la fois, mais les quatre ensemble continuaient à m'inquiéter. De toute évidence, Bertie leur manquait. Dehors, ils patrouillaient à sa recherche le long de l'enclos grillagé. Dans la maison, ils s'asseyaient près des portes, attendant son retour. Jess était sûre que ça durerait un mois, puis qu'ils l'oublieraient, mais Bagley ne la crut pas.

« Ils n'attendent pas l'autre chien, me déclarat-il un matin. Ils veulent sortir. » Il se tenait derrière moi et lisait par-dessus mon épaule le texte affiché sur l'écran de mon ordinateur, un paragraphe compliqué sur les statistiques de stress posttraumatique. « Vous n'avez pas beaucoup avancé, Miss Burns. Vous n'avez ajouté qu'une phrase depuis hier soir. »

Je cliquai sur « enregistrer » et reculai ma chaise, manquant de peu son pied. « Ça irait nettement plus vite si vous ne veniez pas m'interrompre à tout bout de champ, lui dis-je avec douceur. Vous ne pourriez pas sonner, de temps en temps ? Ça me permettrait au moins de faire semblant de ne pas être là.

– Vous m'aviez dit de passer quand je voulais.

– Je ne pensais pas que vous alliez vous incruster comme ça.

– Dans ce cas, fermez votre porte de derrière à clé, Miss Burns. On entre chez vous comme dans un moulin. » Il m'offrit une cigarette. « Après ce qui s'est passé, je m'étonne que vous ne preniez pas plus de précautions pour éviter les visiteurs importuns. »

C'était une variation sur un thème abordé une bonne centaine de fois. J'acceptai du feu. « Ne croyez pas que je ne sois pas inquiète, répondis-je patiemment, mais je n'ai pas envie de transformer cet endroit en prison. Vous préféreriez ? Je croyais qu'aujourd'hui la police cherchait à persuader les victimes de reprendre leur vie ordinaire le plus vite possible.

– Mais ce n'est pas votre vie ordinaire, Miss Burns. Votre vie ordinaire consistait à vérifier les verrous des portes et des fenêtres toutes les deux heures.

– Oui. Ça n'a fait que me stresser encore plus, et ça n'a pas empêché MacKenzie d'entrer. » Je désignai le pendentif de téléalarme que j'avais autour du cou. « De toute façon, j'ai ça, maintenant. Au moins, je suis sûre que la cavalerie arrivera à temps... C'est le but de l'opération, non ? »

Il me décocha un sourire acide en se laissant tomber dans le fauteuil, à côté du bureau. « En effet, mais j'ai vaguement l'impression de gaspiller l'argent du contribuable. Vous avez l'intention de l'utiliser ? Miss Derbyshire refuse de porter le sien.

– Il ne sert à rien quand elle est dans les champs. Il faut une ligne fixe ou un réseau de portable pour que ça marche. »

Fidèle à son habitude, il parcourut le bureau du regard, comme s'il attendait une révélation soudaine. « J'ai parlé à Alan Collins, hier soir. Il prétend que vous êtes trop intelligente pour moi et que je ferais mieux de laisser tomber. Il dit aussi qu'il ne versera pas une larme si on n'entend plus jamais parler de MacKenzie. Si votre agresseur a récolté ce qu'il méritait, tant mieux. »

Je doutais qu'Alan ait pu tenir des propos pareils, surtout à un homologue d'un autre comté. « Vraiment ? demandai-je étonnée. Moi qui le croyais d'un légalisme pointilleux. Je le vois mal se déclarer ouvertement favorable à une justice sommaire et à l'autodéfense.

– Cela n'avait rien d'officiel, répliqua Bagley. Une conversation privée.

– Quand même... Vous croyez qu'il me répéterait ces quelques phrases ? J'aime bien celle où il dit que je suis trop intelligente pour vous. Et si j'en tirais un article de fond, comparant les QI des membres de la police à ceux des détenus des prisons... » Je levai un sourcil. « Qu'est-ce que vous en pensez ?

– Que vous êtes certainement la pire casse-pieds que j'aie jamais rencontrée, rétorqua-t-il d'un ton sinistre. Pourquoi est-ce que vous supportez patiemment toutes ces questions, Miss Burns ? Pourquoi est-ce que vous ne vous fâchez pas ? Pourquoi n'avez-vous pas d'avocat ? Pourquoi n'accuse-t-il pas la police de harcèlement ?

– *Il* ? Ne croyez-vous pas que le cas échant, je prendrais *une* avocate ? »

D'un geste irrité, Bagley fit tomber sa cendre dans le cendrier posé sur le bureau. « Et c'est reparti. Vous ne pouvez pas être sérieuse cinq minutes ?

– J'aime bien quand vous venez, vous savez. Winterbourne Barton manque de divertissements.

– Je ne suis pas là pour vous divertir.

– C'est pourtant ce que vous faites, assurai-je. J'adore vous regarder fouiner dans le jardin à la recherche d'indices. Vous avez trouvé quelque chose ? Jess dit que vous n'arrêtez pas de tourner autour de son grenier à blé. Vous vous demandez sans doute si nous avons enterré MacKenzie sous une tonne de céréales ? Ça n'aurait pas été tellement facile, vous savez. Les grains de blé, c'est comme des sables mouvants. Nous aurions eu du mal à traîner un cadavre au sommet du tas sans nous y enfoncer nous-mêmes.

– Elle en a ajouté une tonne, ces derniers quinze jours.

– Et tout va être transporté sous peu dans un entrepôt commercial. Vous croyez que quelqu'un remarquera, s'il y a un corps qui dégringole ? » Je vis les coins de sa bouche s'affaisser. « Je n'arrive pas à comprendre pourquoi vous ne pouvez pas admettre qu'il a pris le large. Parce que, à notre place, vous l'auriez tué ? »

Il tira pensivement sur sa cigarette. « Je suis sûr que vous rêviez de vous venger.

– C'est vrai, tout le temps, reconnus-je avec un petit rire, mais ça m'a été encore moins utile que de vérifier la fermeture des fenêtres. Ça m'a fait perdre tant de kilos que je me sens comme une vieille poule, à deux doigts de tomber de son perchoir. Regardez. » Je lui tendis un bras osseux. « S'il reste un peu de viande là-dessus, il vous faudra un microscope pour la trouver. Vous croyez qu'avec un truc comme *ça*... » Je pointai mon index gauche vers un biceps gros comme un grain de raisin. « ... je pourrais faire disparaître un cadavre en une demi-heure ? »

Il sourit à contrecœur. « Je n'en sais rien. J'espérais que vous pourriez me le dire.

– Il n'y a rien à dire, et, même si c'était le cas, ça ne vous servirait à rien. Vous êtes seul et vous n'avez pas de magnétophone. Rien de ce que je dis ne peut être retenu contre moi.

– Pour ma satisfaction personnelle, alors. »

Je jetai un coup d'œil en direction du couloir. « J'aurais bien voulu le tuer. Et je l'aurais fait si j'étais moins maladroite. J'ai visé sa tête et j'ai touché ses doigts... La seule raison pour laquelle je n'ai pas recommencé, c'est que j'ai eu l'impression de me prendre une décharge électrique quand la hache s'est abattue sur les dalles. J'en ai eu des vibrations dans tout le bras et jusqu'à la base de la nuque. Je me suis dit qu'il valait mieux le ligoter. »

J'écrasai mon filtre dans le cendrier. « Jess voulait le tuer, elle aussi – elle était dans tous ses états à cause de Bertie –, mais nous ne savions pas comment faire. Peter était déjà parti et nous n'avions pas le temps de mettre au point quelque chose. J'ai proposé que nous détachions MacKenzie et que nous plaidions la légitime défense, mais Jess a dit qu'il faudrait le coincer quelque part pour faire ça... » Je soupirai. « Et puis, l'image de ces femmes en Sierra Leone m'est revenue... pelotonnées contre le mur parce qu'elles ne pouvaient pas aller plus loin. » Je me tus.

« Miss Derbyshire était d'accord avec vous ?

– Oui. Elle a dit que ç'aurait peut-être été différent s'il avait eu les yeux bandés mais qu'après l'avoir regardé dans les yeux, elle ne pouvait plus le faire. »

J'esquissai un sourire ironique. « Je ne crois pas qu'il soit facile de tuer des gens. Je ne crois pas qu'il soit facile de tuer des *animaux*. Je ne serais pas capable de tuer un rat s'il me regardait comme MacKenzie. Figurez-vous que je n'arrive même pas à tuer des cloportes. Il y en a un nid sous le vieux plancher du salon de Lily, et la seule méthode que j'aie trouvée pour m'en débarrasser, c'est de les aspirer et de les balancer dehors... »

H. L. Mencken a dit un jour : « Il est difficile de croire qu'un homme dit la vérité si vous savez qu'à sa place vous mentiriez. » Si j'avais su plus tôt que Bagley répugnait à tuer des animaux, j'aurais parlé des rats et des cloportes tout de suite. Sa vision des psychopathes et des sadiques était plutôt radicale – il fallait tous les pendre –, mais il comprenait mon incapacité à exterminer la vermine. Je ne suis pas sûre d'avoir jamais saisi la logique de son argument mais, apparemment, ma réticence évidente à tuer quelque créature que ce fût lui parut plus convaincante que toutes mes dénégations.

Dans le cadre d'une opération de relations publiques destinée à nous disculper définitivement, je persuadai Jess de lâcher ses chiens devant lui. Comme elle l'avait prédit, ils se dirigèrent tout droit vers la tombe de Bertie avec des hurlements lugubres. Bagley demanda comment ils savaient qu'il était enterré là ; Jess répondit qu'ils avaient assisté à la première inhumation. Comme les éléphants, ils n'oubliaient jamais. Je ne sais pas s'il la crut, mais lorsqu'elle lui proposa de déterrer ce pauvre Bertie une seconde fois, il déclina l'invitation. Les chiens ne manifestèrent aucune intention d'aller se promener ailleurs dans la vallée, et il fallut les mettre en laisse pour les éloigner de la tombe.

Après cela, Bagley nous laissa tranquilles. Alan fut très amusé par les motifs que j'attribuais à la disparition soudaine de ses soupçons. Il pensait, quant à lui, que l'absence de preuves avait été plus importante que les réticences de Bagley à tuer des cloportes, mais je reste convaincue que la touche féminine de l'aspirateur a joué un rôle non négligeable.

La deuxième semaine de septembre vit l'arrivée de mes parents et le début de l'été indien, après les pluies de juillet et d'août. Jess et eux sympathisèrent, et, en un rien de temps, mon père s'installa plus ou moins à la ferme. Ma mère était inquiète à l'idée qu'il se fatigue après ce qu'il avait subi, mais Jess la rassura : il se contentait de conduire le tracteur et d'aider Harry à nourrir les bêtes.

Le sujet de MacKenzie était tabou. Personne n'avait envie de parler de lui, ni de ce qui s'était passé. À nos yeux, l'affaire était close. Il ne servait à rien de se livrer à des récapitulations morbides pour établir qui en avait le plus bavé. Néanmoins, il ne fallut que quelques jours à ma mère pour relever certains signes invisibles à mes yeux ; elle alla rendre visite à Peter pour avoir une longue conversation avec lui.

Je ne l'avais pour ainsi dire pas vu depuis les événements, mais j'avais cru qu'il continuait à passer régulièrement chez Jess. Elle avait mentionné sa présence au moment de l'exhumation de Bertie et pris sa défense quand je lui avais reproché d'en avoir trop dit à Bagley. En fait, à part un coup de téléphone, un soir, pour prendre de mes nouvelles, il ne s'était pas manifesté. Je me souviens d'avoir coupé court à ses mea-culpa, puis, comme Bagley était arrivé peu après, Peter avait disparu de mon champ de conscience.

Ma mère me le reprocha vertement. Plus que quiconque, j'aurais dû comprendre à quel point le sentiment d'avoir été défaillant pouvait être accablant – plus encore pour un homme que pour une femme. Censés être courageux, les hommes ne supportent pas de découvrir leur lâcheté, et perdent toute confiance en eux. Ironiquement, je lui demandai s'il aurait mieux valu pour Peter que Jess et moi soyons aussi peu vaillantes que lui, et elle fit écho à Bagley pour me trouver franchement casse-pieds.

« Je n'aime pas te voir faire la maligne comme ça, Connie.

– Je ne fais pas la maligne.

– Et je n'aime pas non plus voir ton père faire le malin.

– Il s'amuse, protestai-je doucement. Labourer les champs de Jess est beaucoup plus sympa que d'être assis derrière un bureau toute la journée.

– Il jubile, depuis que tu l'as appelé à l'hôpital, dit-elle d'un ton accusateur. Qu'est-ce que tu as bien pu lui raconter ? »

Les démons sont morts et enterrés... « Pas grand-chose. Simplement que nous étions tous sains et saufs, et que MacKenzie s'était tiré la queue entre les jambes. »

Maman pelait des pommes de terre devant l'évier. « Et ça suffit à le réjouir comme ça ? Il voulait que cette brute soit morte ou derrière les barreaux, et surtout qu'il ne puisse pas recommencer avec quelqu'un d'autre. Je ne comprends pas pourquoi aucun de vous n'a l'air de se soucier de lui. Tu t'en fiches, qu'il soit libre d'assassiner une autre malheureuse ? »

J'observai ses mains affairées et débattis des mérites respectifs de la vérité et du mensonge. « Ça ne m'inquiète pas vraiment, répondis-je honnêtement. Nous vivons à l'ère du village global. L'histoire a fait le tour du monde, sa photo a été diffusée partout. S'il est vivant, on le retrouvera vite. Il y a trop de gens qui le cherchent. »

Elle se tourna vers moi. « *Si ?* »

– Je prends mes désirs pour des réalités.

– Hmm. » Une pause. « Ça explique peut-être l'attitude de ton père. Il se conduit comme un vrai gamin, en ce moment.

– Ça lui rappelle la maison, de travailler à la ferme.

– Sauf que ça fait vingt ans qu'il n'a pas conduit de tracteur. Nous avions de la main-d'œuvre pour les labours... Papa était le patron. Il se pointait en quatre-quatre pour vérifier que les sillons étaient droits. » Elle soutint mon regard un moment avant de retourner à ses pommes de terre. « Mais tu dois avoir raison. L'explication la plus simple est généralement la bonne. »

Un après-midi, Jess m'annonça qu'elle allait voir Lily et me proposa de l'accompagner. Je savais qu'elle se rendait régulièrement à la maison de retraite, bien que Lily ne la reconnût pas, mais c'était la première fois qu'elle m'invitait à venir avec elle. J'y allai par curiosité – l'envie de mettre un visage sur une personnalité que j'avais appris à connaître –, et je suis contente de l'avoir fait. La fougue qui l'avait animée était éteinte, certes, mais son pouvoir de séduction restait intact. Son visage était empreint d'une douceur dont sa fille était dépourvue. Cela ne prouvait rien – car je suis fermement convaincue que la beauté s'arrête à l'épiderme –, mais, après l'avoir vue sourire, je compris pourquoi Jess éprouvait tant de tendresse pour elle. Sans doute le sourire de Frank Derbyshire avait-il exprimé la même affection perplexe lorsque sa fille avait pris sa main dans la sienne et l'avait caressée en silence...

Je pourrais vivre jusqu'à cent ans, je ne comprendrai jamais comment ma mère arrive à se faire des amis aussi facilement. Quand mon père et elle arrivèrent à Londres, ils se trouvaient sur la liste de dîners des exilés zimbabwéens quelques heures après l'atterrissage de l'avion. Mon père maugréait – « *J'ai horreur d'être coincé à table avec des gens que je ne reverrai jamais* » –, mais, dans le fond, il en était ravi. Il avait plus de points communs avec des fermiers expatriés qui avaient assisté de près au nettoyage ethnique de Mugabe qu'avec les intellos londoniens dont le seul sujet de conversation était leurs résidences secondaires en France.

Des visiteurs commencèrent soudain à montrer le bout de leur nez à Barton House. J'en connaissais quelques-uns grâce à Peter, mais la plupart étaient de parfaits inconnus ; en tout cas, j'étais loin d'entretenir avec eux des relations se prêtant à des visites impromptues. Au moment de la première visite – un couple jovial d'une soixantaine d'années qui vivait dans le même coin du village que Peter –, Jess était à la cuisine et, malgré tous ses efforts pour se fondre dans le décor, ma mère réussit à l'en faire sortir. Je l'avertis qu'elle allait effaroucher Jess si elle ne faisait pas attention, mais non. Jess rentrait tous les soirs avec Papa et semblait enchantée de participer au programme, du moins en spectatrice.

Julie, Paula et leurs enfants vinrent plusieurs fois. Le vieux Harry Sotherton lui-même fit une apparition et mon père dut le reconduire chez lui après une consommation de bière manifestement supérieure à la normale. Cela me rappelait notre vie au Zimbabwe, où il fallait compléter les repas avec les moyens du bord pour nourrir les visiteurs de passage. Jess ne serait jamais l'âme d'une soirée, mais l'affection sincère que lui manifestaient les gens qui la connaissaient lui faisait le plus grand bien.

Peter ne tarda pas à être le plus assidu. Je ne sus jamais ce que ma mère lui avait dit, mais elle me demanda de faire le premier pas en l'invitant à la maison. Je décidai de passer le voir et, au besoin, de lui imposer le silence radio à propos de MacKenzie. En fait, il n'aborda pas le sujet. Il s'intéressait beaucoup plus à Madeleine. « Écoute un peu ça, dit-il en appuyant sur la touche de son répondeur. Je suis rentré il y a cinq minutes et voilà ce qui m'attendait. »

La voix stridente de Madeleine sortit du haut-parleur. « Peter, tu es là ? Cette foutue maison de retraite refuse de me laisser entrer. Il faut absolument que tu viennes leur dire d'arrêter leurs *conneries* ! Ils m'ont menacée d'appeler la police si je ne partais pas immédiatement. Comment le notaire peut-il avoir le *culot* de m'empêcher de voir Maman ? Il a rendu une ordonnance contre moi. Je suis *furax*. Oh, et puis merde ! » Il y eut un cri étouffé qui ressemblait à « J'y vais, bordel ! », puis le silence.

Mon sourire n'échappa pas à Peter. « De quoi est-ce qu'elle parle ? Tu en as une idée ?

— Il semblerait que le notaire ait donné autorité à la maison de retraite de lui interdire de voir Lily.

— Pourquoi ?

— C'est une longue histoire, lui dis-je. Tu devrais demander à Jess de te la raconter.

— Ça fait des jours que je ne l'ai pas vue. Elle ne répond ni au téléphone ni aux coups de sonnette.

— Ce n'est pas nouveau. Depuis quand te crois-tu obligé de t'annoncer ? Je croyais que tu passais toujours par-derrière.

— C'est ce que je faisais, oui... » Il s'interrompit avec un gros soupir. « Je crois qu'elle ne veut plus me parler.

— Ça ne m'étonne pas, si tu viens sonner à sa porte comme ça. Elle doit te prendre pour cet imbécile de Bagley. » Je le vis secouer doucement la tête. « Alors, c'est ta faute, dis-je sans ménagement. Tu as changé les règles et elle ne sait plus comment jouer.

— Quelles règles ?

— Celles qui disent que tu dois passer ton temps à te mêler de ce qui ne te regarde pas, à la taquiner jusqu'à ce qu'elle se décide à rire. Elle s'imagine sans doute que tu ne l'aimes plus, maintenant que tu l'as vue toute nue.

— C'est idiot.

— Ouais. À peu près aussi idiot que de tourner autour de sa porte comme un adolescent timide. » Je lui donnai un petit coup amical sur le bras. « Nous parlons de la femme la plus introvertie du Dorset, Peter. Elle a été maltraitée par un cinglé... elle a vu un de ses chiens mourir... elle a résisté à toutes les tortures de Bagley... et elle devrait comprendre, comme ça, pourquoi un de ses vieux copains n'a plus envie de la taquiner ? Tu lui en demandes beaucoup ! »

Il sourit à contrecœur. « Évidemment. J'ai tout fait de travers, Connie. Je pensais qu'il fallait que nous... »

Je lui donnai une autre bourrade, plutôt brutale, cette fois. « N'essaie pas de me coller tes complexes de culpabilité. Ça baigne pour moi... J'ai recommencé à écrire... J'ai recommencé à *manger*. La vie est super. Tu crois que c'est tellement important, de savoir qui a fait quoi à quel moment ? » Je souris pour retirer toute aigreur à mes propos. « Tu m'as aidée le jour où je suis arrivée, Peter. Jess et toi m'avez aidée simplement par votre présence, cette fameuse nuit. Si j'avais été seule, je n'y serais jamais arrivée. Tu devrais être content, tu ne crois pas ? Pour Jess et pour moi... mais surtout pour toi...

– Tu es gentille, Connie.

– C'est oui ou c'est non ? »

Le sourire remonta jusqu'à ses yeux. « Je ne sais pas encore. Je te le dirai quand je serai allé enquiquiner Jess. »

Mes parents étaient encore là quand je reçus une lettre du notaire de Lily me demandant ce que je comptais faire des informations que nous lui avions transmises, Jess et moi. Je ne peux pas dire qu'il fit bonne impression à mon père. Comme celui-ci le remarqua, c'était bien un juriste. Il n'avait pas su protéger sa cliente avant les faits, mais prenait grand soin de sa commission ensuite.

J'étais de son avis, mais j'adoptai la solution de facilité. Étais-je suffisamment attachée à Lily pour accepter de subir un nouvel interrogatoire policier ? Non. Il n'y avait pas tellement de différence, après tout, entre sa fille et elle. Pas plus que Madeleine, Lily n'avait été prête à admettre ses liens biologiques avec Jess. Elle n'avait pas défendu publiquement les Derbyshire, pas réfuté les calomnies de Madeleine. Lily avait traité son frère et sa nièce comme des domestiques, avait exploité leur bonne volonté jusqu'à plus soif.

Pouvais-je, en toute bonne foi, affirmer qu'un garçon de onze ans avait tout à gagner à ce que je passe plusieurs journées au tribunal à répondre à des accusations de chantage pour obtenir qu'il soit séparé de ses parents ? Non. À tort ou à raison, je décidai de croire Jess lorsqu'elle disait que Nathaniel était sincèrement attaché à son fils. De toute façon, je n'avais ni la volonté ni l'énergie d'assumer la responsabilité d'un enfant dont je ne savais rien.

Mais, en fait, c'est surtout pour Jess que je décidai de me taire. Certaines dettes ne peuvent se rembourser que par la loyauté.

BALLDOCK & SIMPSON NOTAIRES

Tower House Poundbury Dorset

Miss C. Burns
Barton House
Winterbourne Barton
Dorset

14 septembre 2004

Chère Madame,

SANS PRÉJUGER

Objet : Rapport de Miss Derbyshire sur une agression commise contre votre personne par Madeleine Harrison-Wright; et informations contenues dans un film prétendant montrer l'événement.

En qualité de représentant de Mrs Lily Wright, je suis d'avis qu'il n'est pas dans l'intérêt de ma cliente d'engager des poursuites concernant les événements censément survenus entre novembre 2003 et janvier 2004. L'état de santé précaire de Mrs Wright ne lui permettrait pas de témoigner et je pense qu'une telle procédure aboutirait à un non-lieu. Votre affaire se présente sous un jour différent puisque vous disposez d'un film montrant l'agression dont vous auriez été victime du fait de Madeleine Harrison-Wright, et d'un témoin indépendant en la personne de Miss Derbyshire. Je n'ai aucun conseil à vous donner puisque vous n'êtes pas ma cliente, et espère que vous voudrez bien pardonner mon audace si je vous expose certaines conséquences probables d'éventuelles poursuites judiciaires. Madeleine Harrison-Wright ne manquera pas de faire valoir que rien de ce qu'elle a dit ne peut être retenu contre elle car il y a eu, de toute évidence, provocation et contrainte. Votre propre crédibilité sera contestée, dans la mesure où vous n'avez pas jugé bon de communiquer vos soupçons à la police. La même observation s'applique à votre témoin. En outre, l'existence même de ce film pourrait vous exposer, Miss Derbyshire et vous, à des accusations de tentative de chantage.

Ma préoccupation première étant le bien-être de Mrs Lily Wright, j'ai pris un certain nombre de mesures destinées à veiller à ce que celui-ci ne soit pas compromis et à ce que sa sécurité soit assurée. Soyez certaine qu'elle fait l'objet de soins dévoués et qu'elle est aussi heureuse que son état le permet. Avant ses problèmes de santé, elle m'avait donné certaines instructions la concernant elle-même, ainsi que sa famille et ses biens. Malgré, ou peut-être à cause des informations que Miss Derbyshire et vous avez obtenues de Mrs Madeleine Harrison-Wright, je ne vois aucune raison de ne pas m'en tenir à ces instructions.

1. Pour le moment et jusqu'à nouvel ordre, Barton House restera la propriété de Mrs Lily Wright.

2. Les frais de résidence en maison de retraite de Mrs Wright resteront couverts par les revenus de la location de Barton House et ceux de ses investissements.

3. Si la vente de Barton House devenait indispensable, l'argent serait placé en fidéicommis au profit de Mrs Wright pour le restant de ses jours.

4. À sa mort, ce capital sera légué à son petit-fils, Hugo Harrison-Wright, tout déboursement étant à la discrétion du subrogé tuteur.

5. Dans l'éventualité où Barton House demeurerait invendu à la mort de Mrs Lily Wright, cette propriété reviendrait à sa nièce qui sera libre de la conserver ou d'en disposer à sa guise.

Miss Derbyshire me dit que vous comprenez la portée éventuelle de ces décisions, mais si vous désirez de plus amples informations, n'hésitez pas, je vous prie, à me contacter. En ce qui concerne les instructions de Mrs Lily Wright, Nathaniel et Madeleine Harrison-Wright restent dans l'ignorance de ses volontés.

Bien que j'admette que vous ayez un motif légitime de porter plainte contre Madeleine Harrison-Wright, je crains que d'éventuelles poursuites n'aboutissent à la disculper et ne lui donnent accès à des informations confidentielles. Pour cette raison, puis-je vous demander de réfléchir à ce que je vous ai exposé ci-dessus et de me faire savoir si vous avez l'intention d'aller en justice ? Vous n'ignorez certainement pas que toute action de ce genre entraînerait des révélations concernant les liens de Miss Derbyshire avec la famille Wright.

Enfin, au nom de Mrs Lily Wright, je souhaite vous remercier, vous et Miss Derbyshire, d'avoir attiré mon attention sur ces questions. Je regrette que ma cliente n'ait pas été en mesure de m'informer à l'époque de ce qu'elle subissait, mais il semblerait que son état n'ait pas été durablement affecté par les mauvais traitements de sa fille. Malheureusement, l'évolution de sa maladie a toujours été irréversible.

Très cordialement,

Thomas Balldock

Thomas Balldock

24.

Des rumeurs circulèrent à l'époque, mais on en ignorait la source. Tout le monde savait que Madeleine n'avait plus le droit de rendre visite à Lily, et l'on supposait qu'elle avait essayé d'attenter à la vie de sa mère jusque dans la maison de retraite. Le téléphone arabe allait bon train. Différentes personnes me racontèrent qu'on avait diagnostiqué chez Madeleine des troubles de la personnalité, qu'elle était sous obligation de suivi psychiatrique, qu'elle avait été obligée de quitter son appartement de Londres après avoir exercé des violences contre son fils ; que Nathaniel avait engagé une procédure de divorce et qu'elle faisait l'objet d'une ordonnance restrictive lui interdisant de s'approcher à moins de deux kilomètres de Winterbourne Barton.

Le seul ragot que je savais exact (à part le barrage mis en place par la maison de retraite) était l'ordonnance restrictive que Thomas Balldock avait réclamée au nom de Jess et de moi-même. Je ne sais pas quels arguments il présenta, mais on nous demanda d'avertir la police si Madeleine ou Nathaniel cherchaient à prendre contact avec nous ou à pénétrer chez nous. Il fallut toutefois attendre que Peter rencontre par hasard une connaissance de Nathaniel, à Londres, pour que la nouvelle de la séparation soit confirmée. Selon cet ami, Nathaniel et Hugo avaient déménagé, et Madeleine avait gardé l'appartement. Le père et le fils vivaient au pays de Galles, chez les parents de Nathaniel, et Madeleine se débattait pour payer les factures.

Les réactions des habitants de Winterbourne Barton furent remarquablement honnêtes. La plupart se dirent bouleversés par ces rumeurs, et quelques-uns seulement déclarèrent avoir toujours trouvé le charme de Madeleine superficiel. Je fus tacitement chargée de transmettre des excuses à Jess pour un certain nombre de choses dites et pensées à son sujet ; peu furent assez courageux pour les lui présenter en personne. Ceux qui s'y essayèrent furent accueillis par une mine renfrognée.

Je préférais ne pas m'en mêler, mais je sais que ma mère l'exhorta à ne pas être rancunière : les gens voulaient « être gentils ». Jess répondit que c'était *elle* qui était gentille de les laisser la « reluquer », parce que rien n'avait changé, sauf l'image qu'ils se faisaient de Madeleine. Jess était restée la même, et Winterbourne Barton était toujours un village de retraités pleins aux as qui ignoraient tout de la vie rurale. Sous le baume émollient de ma mère, elle accepta finalement de se montrer moins hostile. Le sourire qu'elle tenta d'arborer manquait toutefois singulièrement de naturel et ses efforts s'arrêtèrent là. Elle se montrait tout aussi dépassée qu'avant par les bavardages insipides.

Je confiai à Maman que, selon moi, dès que Papa et elle seraient rentrés à Londres, la renaissance de Jess prendrait fin. « Je n'ai pas plus envie qu'elle de faire de la lèche aux gens d'ici, fis-je remarquer, et mon bail s'achève en décembre.

– Jess a bon cœur, dit-elle. Si elle apprend que quelqu'un a des ennuis, elle volera à son secours. Elle t'a bien aidée, non ?

– Oui, mais je ne lui ai pas imposé mon amitié. »

Ma mère rit. « Personne ne le fera. Les gens ne sont pas idiots, Connie. Tant qu'elle continuera à faire quelques visites, tout se passera à merveille. Comment ne pas aimer quelqu'un d'aussi chaleureux que Jess ? »

Chaleureux... ? Parlions-nous de la même personne ? Jess Derbyshire ? L'asociale par excellence ? « Jess ne rend visite à personne.

– Bien sûr que si, ma chérie. Combien de fois est-elle venue te voir depuis que tu es ici ?

– Ce n'est pas pareil.

– Tu crois ça ? Si Peter lui dit qu'un de ses patients a besoin d'œufs, elle courra lui en apporter. Elle est dévouée de nature. Elle fera une excellente femme de médecin. »

Ce fut à mon tour d'éclater de rire. « Parce que tu crois que c'est possible ? Je la vois mal la bague au doigt.

– Peut-être, mais un ou deux bébés ne seraient pas de trop, dit ma mère prosaïquement. Autrement, sa ferme passera à des étrangers, à sa mort. »

Je la regardai avec amusement. « Tu lui as dit ça ? Comment a-t-elle réagi ?

– Plus positivement que tu ne l'as jamais fait. »

Je mis un moment à la croire. Connaissant Jess, elle aurait dû rappeler à ma mère que ma naissance n'avait pas empêché des étrangers de prendre leur ferme au Zimbabwe – c'était la réponse qu'elle m'avait faite quand j'avais évoqué le sujet –, mais je préférai ne pas discuter. Ma mère n'avait que trop tendance à profiter des bébés des autres pour me sermonner au sujet de ceux que je n'avais pas. Et puis l'idée de Jess produisant des petits Derbyshire-Coleman m'enchantait. Je me disais qu'en grandissant, ils deviendraient certainement aussi affectueux, compétents et équilibrés que ses mastiffs.

Je passai quelques jours à Manchester à la fin du mois de septembre pour faire à Alan Collins une déposition complète sur les événements de Bagdad. À cette date, il avait monté tout un dossier contre MacKenzie, et le tenait à la disposition des forces de police nationales ou internationales dans l'éventualité où l'on mettrait la main sur lui. Je lui demandai s'il était optimiste. Il fit non de la tête.

« À mon avis, il est mort la nuit où il s'est introduit chez vous, Connie.

— Comment ?

— Il a dû lui arriver ce que vous avez suggéré à Nick Bagley... Il aura perdu son chemin dans le noir et aura fait une chute.

— De la falaise ?

— C'est peu probable. »

Je l'observai un moment. « Pourquoi ? »

Alan haussa les épaules. « On aurait retrouvé son corps. Nick me dit qu'il y a une bande rocheuse le long de cette partie du littoral.

— Peut-être qu'il est descendu plus loin. Un peu plus à l'est, certaines falaises sont à pic.

— C'est possible.

— Vous n'avez pas l'air très convaincu. »

Il esquissa un petit sourire. « Est-ce que je vous ai déjà dit que j'ai emmené toute ma famille en vacances dans le Dorset, un jour ? Nous avions loué une maison près de Wool, à une quinzaine de kilomètres de l'endroit où vous êtes. Les enfants étaient enchantés. Il y avait un puits, dans le jardin, avec un seau peint en rouge, et un toit de chaume. Ils étaient sûrs que des fées vivaient au fond, et passaient leur temps à grimper sur la margelle pour regarder dedans. Ma femme était terrifiée. »

Je croisai mes mains sur mes cuisses. « Ça ne m'étonne pas.

– Il n'y avait aucun risque. Il avait été recouvert, sous le parapet, pour éviter les accidents. J'ai demandé au vieux monsieur qui habitait à côté ce qu'il avait fait de son puits. Il m'a répondu qu'il l'avait comblé et avait installé un patio dessus. Il m'a raconté qu'ayant dû attendre la fin des années 1960 pour avoir l'eau courante, il ne tenait pas à se voir rappeler le temps maudit où il devait aller puiser l'eau. Selon lui, toutes les vieilles maisons du Dorset ont un puits désaffecté. Les manoirs en ont généralement deux... un dehors et un à l'intérieur. »

Je coinçai mes mains entre mes genoux. « Ma foi, s'il y en a eu un ou plusieurs, à Barton House, ils ont dû être comblés depuis longtemps. À mon avis, vous pourriez chercher pendant des siècles sans les trouver. »

Alan m'observa attentivement en rassemblant ses papiers, puis il les tapota sur son bureau pour les mettre à niveau. « Nick m'a dit que la propriétaire de Barton House lui avait demandé rendez-vous mais qu'elle n'est jamais venue. Vous savez pourquoi ?

– Lily Wright ? demandai-je avec étonnement. C'est impossible. Elle a un Alzheimer avancé. Son notaire l'a fait admettre en maison de santé il y a huit mois.

– Je crois que le nom qu'il m'a donné était Madeleine Wright.

– Ah, *elle* ! lançai-je d'un ton cinglant, me demandant combien de conversations il avait eues avec Bagley, et ce qu'il lui avait dit exactement à propos des puits. Vous voulez parler de Madeleine *Harrison*-Wright, la fille au nom à tiroirs. »

Il eut l'air amusé. « Vous n'avez pas l'air de la porter dans votre cœur.

– Elle n'est pas mon genre. Et je ne pense pas non plus qu'elle soit le vôtre, à moins que vous n'ayez un faible pour les quadragénaires gâtées bien décidées à se faire entretenir. Elle ne travaille pas – elle est trop chic pour ça –, mais ne juge pas au-dessous de sa dignité de vendre un article au plus offrant. Elle a essayé d'extorquer à Peter Coleman les détails les plus horribles sur MacKenzie et, comme il a refusé, elle l'a prévenu qu'elle s'adresserait à Bagley.

– Dans ce cas, pourquoi ne l'a-t-elle pas fait ?

– Je ne sais pas trop. Il semblerait que le notaire de Lily s'en soit mêlé et qu'il lui ait remonté les bretelles en notre nom, à Jess et moi. » Je fis la grimace. « Madeleine vit à Londres. Elle n'a jamais remué le petit doigt pour aider sa mère... ce qui l'a rendue très impopulaire à Winterbourne Barton. Les habitants, qui ont tous plus de soixante-cinq ans, veulent croire que leurs enfants les aiment. »

Alan s'étrangla de rire. « Qu'est-ce que vous me racontez là ? Vous avez embobiné le troisième âge, Jess et vous, et les vioques ont chassé la fille indigne de la ville pour qu'elle ne puisse pas se faire de fric sur votre dos ? »

Je lui rendis son sourire. « C'est un peu ça. Ils se sont montrés très protecteurs à notre égard.

– Et le fait que Madeleine soit la seule à connaître Barton House comme sa poche n'a rien à voir avec cette affaire ?

– Pas à ma connaissance. Si Bagley veut lui parler, il peut toujours demander son numéro de téléphone au notaire de Lily.

– C'est ce qu'il a fait.

– Et alors ?

– Rien. Elle a prétendu avoir manqué le rendez-vous à cause d'une panne de voiture. Elle voulait simplement lui demander si elle pouvait faire nettoyer les dalles. »

Je haussai les épaules. « C'est probablement vrai. Elle tient à ce que la maison soit impeccable, à mon départ, pour que le prochain locataire ne vienne pas se plaindre des traces de sang. »

Alan remit les papiers dans le dossier de Mac-Kenzie et se leva. « Est-ce que quelqu'un va me les demander, Connie ?

– Je n'en sais rien, dis-je d'un ton dégagé. Peut-être qu'un beau jour, un corps va être rejeté sur la côte du Dorset. Ça réglerait tous nos problèmes.

– Dans ce cas, espérons qu'il aura de l'eau salée dans les poumons », dit-il en m'aidant à enfiler ma veste.

De Manchester, je me rendis à Holyhead, dans le nord du pays de Galles, pour attendre le ferry de Dublin. J'aperçus Dan avant qu'il ne m'ait vue. Il n'avait pas changé, depuis le jour où nous nous étions quittés, à l'aéroport de Bagdad – grand, tanné, un peu fripé –, mais je fus tellement émue en reconnaissant le visage familier que je dus me cacher derrière un pilier en attendant que ma rougeur d'écolière se dissipe.

De retour dans le Dorset, Jess et lui me firent la gentillesse de se supporter, mais aucun des deux ne comprenait ce que je pouvais bien trouver à l'autre. J'avais l'impression d'avoir mis un grizzly en présence d'un chat sauvage. Avec Peter, il n'y eut aucun problème. Il ne leur fallut pas longtemps pour aller de conserve faire des parcours de golf agrémentés de haltes désaltérantes à l'auberge du coin. Chacun me dit que l'autre était un « chic type » et je me demandai pourquoi les hommes avaient moins de mal que les femmes à nouer ce genre de relations éphémères et simples.

Je n'aurais pas pu faire ça, avec Jess. Les liens qui nous unissaient étaient trop profonds.

L'abîme

Épilogue

Il n'y a pas grand-chose d'autre à raconter. Quelques jours après le retour de Dan en Irak, on retrouva un fragment de bras sur les rochers de la côte, à une vingtaine de kilomètres de là. Un groupe de pêcheurs le repéra. Les empreintes digitales étaient suffisamment nettes pour qu'on puisse attribuer ces restes à MacKenzie, et une comparaison d'ADN, effectuée grâce à un prélèvement de salive sur un verre, dans l'appartement de mes parents, confirma l'identification.

On s'interrogea sur les raisons pour lesquelles le bras s'était détaché du reste du corps et on se demanda pourquoi il était resté relativement intact malgré cette longue immersion dans l'eau. Apparemment, il avait été arraché au niveau du coude, mais la peau ne portait pas de marques permettant de comprendre ce qui s'était passé. On nota cependant que trois os de la main étaient fracturés. On parla de requins, mais personne ne prit cette hypothèse au sérieux. Les douces eaux littorales de l'ouest de l'Angleterre hébergeaient occasionnellement des requins pèlerins, mangeurs de plancton, mais aucun mangeur d'hommes.

Des plongeurs de la police explorèrent le fond marin sur plusieurs centaines de mètres autour des rochers, ainsi que deux ou trois zones situées un peu plus à l'ouest, des spécialistes des courants pensant que MacKenzie aurait pu être entraîné dans cette direction. On ne trouva rien d'autre. On nous convoqua, Jess, Peter et moi, à une enquête criminelle un peu surréaliste au cours de laquelle le bras fut décrété mort par accident – avec une présomption de décès de même nature pour le reste du corps. Alan et Bagley refermèrent leurs dossiers.

La presse publia plusieurs articles, contenant quelques détails sur ce qu'on savait de MacKenzie, mais l'intégralité de l'histoire ne fut jamais révélée. Bagley se contenta d'un verdict de mort accidentelle – n'importe quel individu poursuivi par la police pouvait aisément perdre l'équilibre sur les falaises, de nuit. Alan, lui, refusa de se prononcer. Comme il le dit, on ne pouvait rien tirer d'un avant-bras, sinon le nom de son propriétaire et la suspicion que celui-ci était mort.

« Vous n'êtes pas content ? lui demandai-je dans un salon de thé où je l'avais entraîné, après l'enquête du coroner, à laquelle il avait assisté, lui aussi. Vous l'avez, votre confirmation. »

Alan acquiesça. « Mais ma curiosité n'est pas tout à fait assouvie, Connie. On peut évidemment voir une simple coïncidence dans le fait qu'il se soit noyé après avoir été attaqué par des chiens et agressé à la machette. » Il remua son thé. « Son bras a été détaché à l'endroit exact où il avait cassé celui de la prostituée de Freetown.

– Ce n'était pas une machette, corrigeai-je aimablement. C'était une hache.

– C'est presque pareil. »

Nous étions assis l'un en face de l'autre et j'examinai son visage pour voir s'il était sérieux. « Je ne suis pas une adepte de la loi du talion, Alan. C'est une justice de dingue. De toute façon, si j'avais voulu une vengeance parfaite, j'aurais enfermé MacKenzie dans une cage pendant trois jours. »

Il plissa les yeux, ce qui lui donnait un charme fou. « Ça m'a traversé l'esprit. »

Je ris. « Bagley l'aurait trouvé. Il n'y a pas un centimètre de Barton House qui n'ait été fouillé au moins deux fois.

– Hmm.

– Vous ne croyez *quand même* pas que j'aurais fait une chose pareille, si ?

– Pourquoi pas ? C'était un tueur. Un sadique. Il aimait faire souffrir les gens. Il se vantait de ce qu'il avait fait subir à votre père... il avait humilié votre amie, tué son chien. Vous êtes très forte pour dissimuler vos sentiments, Connie. Vous avez un cerveau... et du courage. Pourquoi ne l'auriez-vous pas tué si vous en aviez l'occasion ?

– Parce que si je l'avais fait, je n'aurais pas été meilleure que lui. »

Alan but une gorgée de thé et me dévisagea par-dessus sa tasse.

« Vous connaissez la citation de Friedrich Nietzsche à propos de la corruption qu'exerce le mal ? Je l'ai affichée au-dessus de mon bureau. Voilà ce qu'il dit, en résumé : "Quand vous vous battez contre des monstres, faites attention à ne pas en devenir un vous-même." C'est une bonne mise en garde pour les policiers. »

Je hochai la tête en signe d'approbation. « Il y a une suite : "Si vous regardez trop longtemps dans l'abîme, l'abîme vous rendra votre regard." Comment diriez-vous cela, en résumé ?

– Et vous ?

– Si vous vacillez sur le bord, reculez.

– C'est ce que vous avez fait ?

– Bien sûr, dis-je en lui offrant un biscuit. Mais pas MacKenzie. Il est tombé dedans, lui. »

Madeleine Wright et Marianne Curran ont fait des dons à Leukaemia Resaerch et à la Free Tibet Campaign pour que leurs noms figurent dans ce livre. Je les remercie de leur générosité et espère que leurs personnages les amuseront.

Achevé d'imprimer sur les presses de

BUSSIÈRE
GROUPE CPI

à Saint-Amand-Montrond (Cher)
en avril 2007

POCKET - 12, avenue d'Italie - 75627 Paris Cedex 13

— N° d'imp. 70667. —
Dépôt légal : mai 2007.

Imprimé en France